i No. 96
Fiction

謎題師

THE PUZZLE MASTER

丹妮莉・楚索妮——著

譯——楊惠君

紀念詹姆斯・艾倫・麥克弗森（James Alan McPherson, 1943-2016），他教導我，寫小說是一種遊戲的形式。

「最高存有是所有謎題的創造及解決者。」

——哥特佛萊德・威廉・萊布尼茲

後天學者症候群是一種罕見但真實的病症，意指普通人在經歷創傷性腦損傷以後，有了超乎常人的認知能力。全球有記載的後天學者症候群案例低於五十例。

第一個謎題

上帝謎題

一九〇九年十二月二十四日

法國，巴黎

你讀到這封信時，我已經釀致許多痛苦，為此，我乞求你的原諒。你知道，孩子，我一直被惡魔糾纏，儘管傷重，但我總算和糾纏我的惡魔和解了。我寫這封信，不是為自己的所作所為找藉口。我很清楚，無論在上帝或凡人眼中，這都是無可原諒的。我在這裡記述我的發現，其實是不得不然。這是最後一次機會，讓我記錄這些令人難以想像、恐怖而驚奇的事件，它們改變了我的人生與意志，如果你冒險闖入我即將講述的謎團裡，你的人生也會被改變。

這樣的折磨，你問道，是怎麼造成的？我會告訴你，但要注意：一旦得知真相，便終身難忘。它無時無刻不糾纏著我。不可能視若無睹。我當年被它的奧祕深深吸引，宛如飛蛾撲火——*In girum imus nocte et consumimur igni.*（我們在深夜盤桓不去，然後被火吞噬。）儘管我有幸大難不死，記述真相，但即便此時此刻，當我站在深淵的邊際，想到要把這麼危險的祕密託付給你，仍然禁不住畏縮膽怯。

我受盡磨難，但這是我咎由自取。我相信自己能通曉人類不該知道的玄機。我想窺視不為人知的祕密，於是揭開了隔在人與神之間的面紗，直視上帝之眼。這個謎題的本質就在這裡：輪番帶來痛苦和快樂。我即將揭曉的真相，雖然可能令你震驚，但若能帶來少許希望的慰藉，那我最後這封信就沒有白寫了。

第二章

二〇二二年六月九日
紐約州，雷布魯克

麥可．布林克把車轉向一條鄉間馬路，穿過一片濃密的常綠樹林，停在監獄高聳的鐵門前面。他的狗，一隻一歲大的臘腸犬，名叫康南德隆（意思是難題），簡稱康妮，正睡在貨卡地板上，隱身在陰影裡。牠一動也不動，就連警衛走到布林克的貨卡旁邊，往車內打量的時候，也完全沒發現牠。他只是拿布林克的駕照和一份名單比對，就揮手叫他開向一棟莊嚴的砌磚機構，儘管是豔陽高照的六月天，看起來更像是恐怖電影的場景。

麥可．布林克和瑟薩莉．莫塞斯醫師有約，她在紐約州立矯正中心擔任首席心理學家，這是一所最低安全級別的純女子監獄，位於紐約州的小村莊，雷布魯克。前一週，莫塞斯醫師打電話來，請他到監獄和她談談。有一名囚犯畫了一個難以理解的謎題，她想找人幫忙解開。由於從事謎題設計的工作，加上被《紐約時報》雜誌譽為全球最有天分的謎題師，三十二歲的麥可．布林克收到的謎語浩如煙海。大多都被他即刻破解了。但依照莫塞斯醫師的描述，這個謎題似乎非常罕見，和他以前見過的都不一樣。當他請她拍張照片，用電郵寄給他的時候，她說她不能冒險。囚犯的紀錄屬於機密。「我根本不該跟你討論這件事，」她說。「但這位病人非比尋常，現在對我來說相當重要。」所以，儘管交稿日迫在眉睫，又要開三百哩的車，麥可．布林克還是同意北上親眼看看。謎題是他的愛好、他理解世界的方式，對這個謎題，他無法抗拒。

監獄有一股不祥之氣，有尖塔和陰暗、細長的窗戶。研究監獄的歷史時，他發現這棟房子建於一九〇三年，原本是治療肺結核的療養院。潔淨的空氣、高海拔和無盡的森林，本來就是治療結核病所不可或缺的。這個機構出名的原因之一，是它曾經出現在希薇亞．普拉斯的《鐘形罩》裡。她的男朋友得了肺結核，在這裡養病，期間普拉斯前來探望，後來把療養院寫進小說。現在這裡收容了數百名女囚犯。他從停車場看見一座庭院，周圍的鐵絲網圍籬頂端裝了刺刀網，再過去是一棟現代增建的煤磚建築，簡樸的風格和原始建築繁複的哥德風形成強烈對比。四周是綿延不絕的濃密常綠樹林，這個天然的屏障隔絕了囚犯和外面的世界。他認為這樣的隔離是刻意為之：就算犯人能翻過圍籬，就算她能擺脫蛇腹型刺刀網，仍然置身於渺無人煙之處。

布林克在一處陰涼的地方停車，在康妮的塑膠碗裡裝滿了水，搔搔牠又長又軟的耳後，然後把手提式風扇插在貨卡的車用點煙器上，把窗戶搖開一條小縫，好讓牠舒服一點。他平時不會單獨留下牠，但他不會離開很久，山上的空氣又很涼爽，不像曼哈頓那樣濕熱難耐。「待會兒就回來，」他說，然後向監獄走去。

到了大門，他在警衛室駐足片刻，把他的郵差包放進一個塑膠籃裡，向警衛出示駕照和新冠疫苗注射卡，然後穿過金屬探測器。獄方已經事先核准他帶背包，他在裡頭裝了筆電、手機、筆記本和筆。警衛沒有企圖收走他的背包，讓他鬆了一口氣。

有位女士站在那裡等他，一身寬鬆的海軍藍連身裙，身材高䠷纖細，深棕色的眼睛，皮膚黝黑，髮型是鮑伯頭。她自我介紹，說自己是首席心理學家瑟薩莉．莫塞斯醫師。

他不必自我介紹。她顯然上網搜尋過他。儘管如此，她還是盯著他看了好半天，他知道自己的外表讓她吃了一驚。他身高六呎一吋，身材健美、修長而壯碩，還很英俊（這是人家告訴他的），完全不是一般人預期中的「謎題極客」（他母親有時會這樣取笑他）。他穿著自己最喜歡的紅色Converse帆布膠底鞋、黑色Levi's牛仔褲、運動外套裡面的T恤上寫著：誰來想想辦法。

除了照片以外，上網搜索麥可．布林克，會找到一段影片，是「史蒂芬．荷伯晚間秀」對他的遠距專訪，在二〇二〇年新冠疫情封城期間錄製。他帶荷伯參觀他的謎題書房，打開他收藏的一本日本謎題書，然後福至心靈，說了一個關於壽司的笑話。網上還有一個維基百科的網頁，可以連結到《紐約時報》的遊戲版，他是這裡的固定設計師；有他獲勝的一系列謎題比賽；還有一個鏈結，可以點擊到《浮華世界》的人物側寫，裡面有他的生平故事：普通的中西部童年、改變他大腦的不幸意外，以及事後出現的神奇天賦。

「謝謝你這麼快就趕來，」她說，「我本來想開車到紐約市，但放不下我的病人。」

「你確實勾起了我的好奇心，」他說，「根據你的描述，確實很不尋常。」

「坦白告訴你，我根本看不懂，」她說，「但如果有人能解釋清楚，那一定是你。」

她對他的能力深信不疑，反而令他擔心。隨著他破解謎題的名氣越來越大，人們常常以為麥可．布林克擁有超人的天賦。不只能背誦圓周率小數點後面的一萬五千個位數、創造難如登天的填字遊戲，還能解讀未來。但他沒有超能力，也不能創造奇蹟。他是一個擁有單一天賦的普通人，就像他的醫師說的，是個「天選之島」。他頂多只能姑且一試。

「你帶來了吧？」他問道，留意到她腋下的文件夾。

「麻煩往這邊走，我們可以私下談談。」莫塞斯醫師比了個手勢，要布林克尾隨她穿過走廊。

雖然他知道監獄的設計風格和現代設施不同，他心裡多少預期會出現煤渣磚牢房和鐵窗這些他在電影裡看過的畫面。然而莫塞斯醫師反而帶頭穿過一個寧靜、幾乎是舒適的空間，體制化（窗戶經過加固），但很人性。金屬偵測器附近放了盆栽，牆上掛了藝術品，走廊鋪了地毯。把肺結核療養院的結構改建成當代監獄，就像把老教堂改建成坐禪中心。象徵圖形和裝飾變了，但基本結構還是一樣。

她領他進入自己明亮、時髦的辦公室，在他身後把門帶上。他置身於一個布置嚴謹的空間：一塵不染的辦公桌、架子上用色碼標示的資料夾、桌上型蘋果電腦，全都無趣極了，直到他看見擺在窗台上的魔術方塊。這是比較新的款式，方塊是塑膠製品，不是用貼紙貼的，混合了藍色、綠色、黃色、橘色、紅色和白色。看方塊被轉得亂七八糟，就知道有人（他假定是瑟薩莉．莫塞斯）拚命要把六個彩色面對齊，扭來轉去好幾個星期，或許是好幾個月，但總是心有餘而力不足。他從頭到腳，整個人陷入焦慮之中，他用手指在大腿上敲啊敲。光是看到混亂無序的方塊，他就非要動手改正不可。

瑟薩莉注意到他大感興趣，便拿起方塊，用指尖轉了幾下。「這是我去年在公司的假日派對贏來的，我本來希望拿到神奇八號球。我一直努力破解，但屢戰屢敗。不知道我幹嘛要玩這個東西，說實話。把時間浪費在無用的遊戲上，有什麼意義？」

瑟薩莉在他面前轉動方塊時，布林克評估方塊的每一面。順時鐘往前轉三次，逆時鐘往後轉兩次，往右一次，往左五次……這一連串的步驟清晰浮現在他心裡，每個步驟最後都能讓六面的顏色完全對齊。

「意義，」他把目光從魔術方塊移開，直視瑟薩莉的雙眼，「在於它有超過四千三百萬兆種組合，卻只有一種解法。」他看得出自己吸引了她的注意，然後繼續說：「你難道不想體驗一下這麼絕無僅有的東西？」

「來，」她說，把方塊拋給他。「示範給我看。」

他用左手接住方塊，把每邊看一看，讓色塊在他的心裡對齊，然後他估計花了十五秒鐘，用二十個動作把方塊破解。相較於速解魔術方塊的世界冠軍麥茲・瓦克只需要五・五秒，這不是最優異的成績，但也很不錯了。把破解好的方塊放在瑟薩莉的手上時，他感覺腎上腺素飆升。這正是他破解謎題的原因：感覺宇宙的萬事萬物都有了意義。就像傳出達陣獲勝的球、像跑完一場馬拉松、像刺激的性愛。「我對這種無用的遊戲很有天分，」他說。

瑟薩莉瞠目結舌，直愣愣地瞪著他。「我想也是，」她邊說邊用手指劃過對齊的顏色，勾勒出方塊的完美秩序，然後放回她的辦公桌上。她開口想問他一件事，略微遲疑，然後屈服在她的好奇心之下。「相信整天有人問你這個問題，別怪我愛打聽，但你剛才究竟是怎麼做到的？」

她說的對，諸如此類的問題，他已經被問了上千次。他解謎的能力究竟是怎麼運作的？是不是本能？直覺？天分？魔法？他腦子裡是不是有某種電腦，直接提供答案？他是不是熟記了幾千個謎題的幾千個解答？祕訣是什麼？但事實很簡單，他不知道是怎麼發生的。他沒辦法解釋。他的大腦沒經過他的允許就自行運作，就像他的心臟輸出血液或肺臟把氧氣注入細胞。它看出了模式和序列，不需要他的同意，有時候甚至不需要他有意識而為，就把蜂擁而來的數字和畫面塞滿他的大腦。當他想破解謎題時，只要把它視覺化，就能想到破解之道。有時候，在他背誦圓周率位數，列出小數點後面的幾千個數字時，他心裡會浮現一種紡織結構，一種彩色梭織，引導他繼續前進，和他剛才破解魔術方塊的時候一樣。有些醫師相信這種感官的混合，又稱為感覺統合，是大腦對他受傷的反應，也是他特殊能力的關鍵。但他不是很確定。大多時候，就像打開一扇門：資訊直接湧入。

瑟薩莉走到她辦公室的另一頭，示意他坐在一張雙人沙發上，然後在他的對面坐下。坐好以後，她帶著專業心理醫師特有的警覺，和他四目相望。受傷以後，他看過許多心理醫師，很清楚自己想從他們身上看到什麼：帶有同理心的聲調、試圖建立情感連結。他不喜歡對方裝模作樣，缺少真心實意，但瑟薩莉．莫塞斯似乎很真誠。她把他找來，是有原因的。

她從文件夾抽出一張紙遞給他。「就是這張圖，」她說，「我很想知道你怎麼解讀。」

這張紙又薄又輕，簡直像透明的。他打開之後，看到一個用黑墨水畫的大圓圈。圓圈像太陽一樣放射光線，外圍是一圈從一到七十二的數字。正中央是用大型粗體字寫的一連串希伯來文字母。他毫不費力，甚至還沒有完全意識到，就開始拆解這個圓圈，他用心觀察其中的模式，尋找謎題有別於其他天地萬物的特定秩序：對稱而優雅、內含寶藏、必須被破解。每次遇到驚人或罕見的模式，他都會有這種反應；內心冒出火花，嘶嘶作響，產生強烈的好奇心和欲望，令他無法置之不理。

但這個謎題（如果算是謎題的話）並不完整，只有百分之十填寫了數字或象徵圖案，這些神祕的空缺部分用奚落的方式誘惑著他。他漏看了什麼？空白的部分代表什麼？他把紙張放在兩人之間的茶几上。「我從來沒看過這種東西。」

「但你能告訴我這是什麼，對吧？」

他看看上面的希伯來文字、數字的渦旋線條。這顯然只是開始……但後續是什麼？「這裡看不出什麼。沒有完整的模式，沒有明顯的序列，我什麼都看不出來。」

莫塞斯醫師的臉色一沉。果然不出他所料：她期望他揮動魔法棒，揭曉幻影背後的真相。

「但你不可能看不出來，」她把紙張翻過來，背面有幾個手寫字：麥可・布林克。「是她叫我找你的。想必你多少能告訴我其中的含意。」

「誰叫你找我？」

「你認得潔絲・普萊斯這個名字嗎？」

他正想說不認得，這時腦子裡浮現一則新聞報導的畫面。他看到一個女人的黑白照片，雙手被銬在背後，照片上方的標題：「潔絲・普萊斯，名作家，因殺人被捕。」對，他記得潔絲・普萊斯。幾年前，到處都在報導她的新聞。她被指控在北紐約州一棟鍍金時代的豪宅裡殺害一名男子。被捕之後，她拒絕對警方、她的律師或媒體開口，完全沒有為自己辯護隻字片語，全案以過失殺人罪判刑定讞。「你是指作家潔絲・普萊斯？」

「嗯，她好一段時間沒有寫作了。」莫塞斯醫師說。「她在這裡待了將近五年，直到上星期才第一次和我溝通，畫了那個圓圈，叫我拿給你。」

「幹嘛給我？」他問道，雖然答案並不難猜。十年來，他的謎題已經讓他小有名氣。

「潔絲・普萊斯知道你的天賦。儘管我不知道她為什麼畫這個圓圈，但我相信也許能透過它，了解我職業生涯中最神祕、最難纏的病人。幾年來，我一直努力和她溝通，過程中遭遇的種種挫折，讓我懷疑自己的能力。我想盡辦法和她溝通。然而她卻指名要你。」

他再次看著圓圈，感覺自己恨不得掉進去，想要揭露它，就像一道光線照出被影子遮蔽的角落。但他反而把它推開。「解開謎題是一回事，可是蹚這種渾水？還是算了吧。」

莫塞斯醫師和他對看了一會兒，把文件夾打開，擺在他面前。「這些是潔絲．普萊斯的檔案，看一下，也許裡面的資料會說明她為什麼指名找你。」

他看到一疊打字的臨床報告，每一份底下都有簽名，另外還有一疊照片、幾張剪報。一篇報導從裡面滑出來，掉在茶几上。是一份哈德遜河谷報的影印本，報導上有一張賽吉府邸的照片，是哈德遜河附近的一棟豪宅，一個名叫諾亞．庫克的二十五歲男子在屋內遭人殘忍殺害。旁邊是他五年前看過的潔絲．普萊斯被捕後的照片，上方是粗體字的新聞標題。他仔細端詳，和他記憶中的照片比較。是同一張，潔絲．普萊斯被上了手銬，帶進法院。

除了報上的新聞，還有一張潔絲．普萊斯的肖像照——很可能是她的作者照片——和幾張從社群媒體下載的快照。他瀏覽了一遍，看到一個金髮藍眼的女子，眼距很寬，留著一頭精靈短髮，五官鮮明、淘氣。他的第一印象是這個女人沒有能力傷害任何人，更別說殺死一個男人。

「她看起來不像……」他差點要說「瘋子」，但還是忍住了。「精神不穩定的人。」

「從各方面看起來都不像。在案發當晚之前，她是個心智健全的年輕女子，過著相當正常的生活。現在她有一大堆精神健康問題，沒有一個我能全面診斷出來。她好像會幻聽，就是她會聽到不存在的聲音。她有急性焦慮症，因此會自殘，像是把手臂的皮膚抓破、拒絕進食、拔頭髮。上星期她把指甲咬到流血。」

「而且她完全不跟你溝通？」他問，好奇她不用某種方式表達自己的需求，要怎麼正常生活。

莫塞斯醫師打開一個牛皮紙信封，裡面是一本筆記本。「剛開始治療潔絲的時候，我把這個給了她，以為有助於克服她製造的障礙。寫作可以成為很好的治療工具。她的前任心理醫師厄尼斯特·雷斯留下的筆記指出，他用類似的方法得到不少成效。但結果和我的預期截然不同……」她打開筆記本。裡面全是數字和圖形、棋盤格和一行行的文字，以及一頁頁從雜誌上剪下來、貼在筆記本上的謎題。「她活在謎題裡。」

布林克拿起筆記本，看得更仔細一點。他看到自己的謎題，總共有幾百個，都用藍色墨水填完了。

「你看，」莫塞斯醫師看著他的眼睛，「她只對你的遊戲有興趣。」

「是謎題，」他說，感覺胸口一緊。「我設計的是謎題，不是遊戲。」

她一副被逗樂的表情，彷彿在哄小孩。「有差別嗎？」

「謎題由模式組合而成，是用來破解的，永遠有預定的秩序，永遠有明確的答案。憑著技巧和堅持的精神，一定能把謎題填完。遊戲的輸贏常常是靠運氣和隨機的環境，有偶然的成分。就算擁有全世界的天賦和決心，也未必能在遊戲中取勝。兩者有極大的差異。」

莫塞斯醫師看著他，「對，嗯，你的謎題已經成為她的一種執念。潔絲已經破解了你發表過的每個謎題，還有你在週日《紐約時報》雜誌的每週謎題。這些謎題讓她進入忘我的境界。她鑽研你的謎題時，幾乎是一臉滿足的表情。說你的謎題救了潔絲．普萊斯一命也不為過。」

他一直認為自己的設計只是一種有難度的消遣，在慵懶的週日早上打發時間的一種趣味活動——咖啡、貝果、布林克的謎題。當然，他設計謎題是為了藉此和別人產生連結，但這個別人是抽象、沒有五官的。沒想到遇見了普萊斯，一個真實的人，她的照片就在他面前。他的謎題對這個女人的重要性大到足以救她一命，這讓他有一種強烈的責任感。「很高興聽到這些謎題對她有幫助。」他最後表示。

「確實很有幫助，」莫塞斯醫師的態度變得溫暖。「無法表達自我，對她造成莫大的傷害，這種禁錮也許比牢房更嚴重。你的謎題帶給她依靠，讓她可以和世界互動。而且，你看，她第一個想溝通的對象就是你。」莫塞斯醫師把筆記本闔上，放回信封裡。「接下來要說到我請你過來的另一個理由。我希望你考慮跟她見面。」

「跟她見面？」他不由得吃了一驚。「你是說現在？」

「會面的時間很短，」她說。「不過對她的康復可能有莫大的幫助。」

「聽著，」他說。「我明白這對你很重要，我也願意幫忙，但我不能久留。回紐約市要開很久的車。我明天要交一個謎題給編輯，過了週末還要再交一個。而且我的狗在車上。」

「你現在就可以見她，」她說。「最多十五分鐘。事實上，我全都安排好了。獄方已經核准了你的探視。」她從連身裙的口袋掏出一張名牌，遞給他。「我已經幫你騰出一個安靜的地方。拜託你考慮一下。除了見見你最忠實的粉絲，或許也能對這張圖參透一二。」

這個圓圈確實勾起他的好奇心，他也感覺到自己渴望把它弄清楚，然而他下意識警告自己別蹚這個渾水。「不知道，」他說。「我沒把握能幫上忙。」

「布林克先生，我從來沒有邀請任何人和我的病人見面，」她說。「但潔絲・普萊斯不是普通的病人。她身上透著幾分古怪。我不知道該怎麼解釋。有時候跟她在一起，我會……不知道該怎麼說才好。害怕。不只是害怕。驚恐。彷彿陷入我無力抵抗的處境，危險重重。那張圖可以告訴我們原因。」

他瞥了那張圖一眼，不知該如何是好。他可以拒絕，在晚餐前回到他的挑高公寓。或者他可以留下來，和潔絲・普萊斯見面，破解他畢生遇過最古怪的謎題。

莫塞斯醫師察覺到他的遲疑，於是再加把勁。「我知道這是強人所難。你願意跑一趟雷布魯克的機率很低，更別說幫助一個素未謀面的女人。但你現在是她唯一的機會。」

聽到「機會」這兩個字，他頓時說不出話來。他比任何人都了解什麼叫機會渺茫。發生那場意外，他只有百萬分之一的機會能平安脫險，以他所受的傷，只有十億分之一的機會，能得到他開發出的那種技巧。但這是事實：麥可・布林克已經克服萬難。他怎麼能拒絕給別人一個同樣的機會？

他把一隻手伸進口袋，抽出一枚銀幣。自從受傷以來，他一直隨身攜帶，而且深信不疑——兩種結果各占百分之五十的結構化隨機性；在不確定的時候，直接了當、清楚明瞭，比他相信的任何東西都要明確。宗教或科學、虛構或事實、後天或先天。都不如丟硬幣的靠不住那麼靠得住。

他把硬幣放在拇指上，用關節維持平衡。「正面，我去見她，」他說，「反面，我就回家。說定了？」

莫塞斯醫師大惑不解地看著他。這種作法莫名其妙，但如果她事先上網搜尋過他，就會對他的奇行怪癖了然於心。他曾在一場重要的謎題競賽開始時拋擲銀幣，然後按照拋出的結果，棄權離場。莫塞斯醫師點點頭，答應他的條件。

在他的皮膚襯托下，銀幣閃閃發光，他感覺到一股來自預期的戰慄，一種出自不確定的顫抖。他不是迷信的人。他相信模式的力量、數字的崇高之美、理智的對稱性。然而這枚銀幣對他的命運具有獨特的影響力。事實證明它是一條渠道，一個帶領他通往未來的門戶，一種神諭。

等銀幣平衡之後，他往上一拋。銀幣拋得很高，旋轉一次、兩次，然後再轉一次，隨後落在他的掌心。他伸手一拍，把涼涼的金屬扣進他的皮膚，然後他胸口一緊，抬手、觀看。

第四章

莫塞斯醫師從口袋拿出一串鑰匙，打開監獄圖書館的門。布林克跟著她走進一個寬敞的空間，裡面擺滿了書架和很長的木桌。在房間的另一頭，三層樓高的窗戶構成一面牆，俯瞰著花園，囚犯在那裡給花床除草。每扇窗戶都以正方形的玻璃構成，算起來是三乘以三乘以三。他欣賞這種模式：每扇窗戶二十七個正方形，一疊完美的立方體。莫塞斯醫師把他領到靠近窗戶的一張桌子。

「我現在去叫潔絲，」莫塞斯醫師對他露出感激的笑容。「五分鐘就回來。」

他走到窗邊，眺望庭院。穿著灰色連身褲的女子走在一條土路上，庭院的另一頭是停車場。他那輛破舊的貨卡，夾在本田、福特和雪弗蘭當中格外顯眼，在近午的陽光下閃閃發光。他的貨卡是一九九一年的福特，車身是番茄紅色，邊緣都生鏽了，差一點就到不了雷布魯克。每次車速超過六十五哩，就會震動和突然轉向，只要打到五檔，就會發出嚇死人的嘎嘎聲。早在二〇〇八年，他從克利夫蘭開到波士頓上大學的時候，這輛車就每況愈下，但這原本是他父親的車，是他在父親死後保留的少數遺物之一，他不忍心不要它。車子經常故障，但布林克接受這輛車的缺點，就像人們接納自己心愛老狗的缺點：除了包容，也是意識到，悲傷卻又不可避免的死亡隱約將至。

這輛貨卡見證過他青少年時期所有的里程碑：他在這輛貨卡上學會開車，和朋友在駕駛座買醉，在後座的睡袋裡初嚐禁果。那個晴天霹靂的日子，他也開著這輛車，二〇〇七年十月十二日，俄亥俄州州立高中足球冠軍賽當天。他把貨卡停在停車場，球隊在這裡搭巴士去體育場，他怎麼也想不到自己會在幾小時後被救護車載走。破損的合成皮座椅，還有灰塵和汗水的酸味，甚至是故障的變速箱，全都讓他回想起從前的他：高中冠軍足球隊的四分衛兼隊長，帥氣而自信，是那種幸運、隨和、從小到大沒吃過什麼苦的人。

重大比賽之前，總是很難定下心來，但那天晚上比平常更不容易專心。現場會有大學球探觀賽，而他的前途全看他比賽的表現如何。贏了就能獲得幾份頂尖足球大學的全額獎學金；輸了就得回頭接受早就來爭取他的那些二流大學的入學邀請。無論輸贏，晚上比賽結束時，他都會得到某一所大學的足球獎學金。

就算沒有獎學金，爸媽也會資助他讀完大學。他們一直很支持他，即使他闖了禍也一樣，例如他因為超速被攔停或美國歷史課被當掉的時候。望著足球場的另一頭，他發現他們坐在露天看台的第二排，就在他們的球隊後面，膝蓋上鋪了一條羊毛毯。被兒子看到的時候，他母親揮揮手，他父親則點頭表示鼓勵，他感覺到一股向陽而生的驕傲。現在是他回報父母的機會。

他們為他做了這麼多，熬過那麼多外地比賽，買了那麼多裝備，給了他那麼多鼓勵。今晚他要為他們爭口氣。

現場的嘈雜聲震耳欲聾。砰砰跺地的腳、啦啦隊的斷奏式詠唱、銅管樂隊的主要節奏……他努力將之全部隔絕在外，專心應付比賽。季末寒冷、嚴酷的天氣劃過球場，他擔心投出去的球會撞到一面風牆。幸好他的球隊拋硬幣贏了。對方球隊選了反面，裁判拋出正面，給了麥可順風的優勢。棄踢之後，他的隊伍占了上風，他決定掌控全局。他下令持球跑陣，切過中場，讓他一路把球帶到球門區。離球門那麼遠，這種戰術很罕見，也很冒險，但採用四分衛襲進，會讓對手失去平衡，同時展示他的靈敏和速度。開賽不到一分鐘就衝跑達陣，可以讓他們知道誰是老大。

他抓著球、後退、假裝傳球，然後拔腿狂奔。十碼、二十碼、三十碼。他感覺到夾在腋下的球。他感覺到背脊的寒意。他看到遠處的球門區毫不設防地等著。然後發生撞擊。他重重倒地，頭盔裡的腦袋砰的一聲，眼前一片漆黑。

他醒來的時候，整個人被綁在木板上，躺在救護車裡。他首先想到的是自己骨頭斷了，但結果發現，除了視線模糊和一個鵝蛋大的腫包，好像沒什麼毛病。在急診室做了全面檢查以後，一位醫師說他有腦震盪，交代他要冰敷頭部和休息，就讓他出院了。

幾天之後，才有跡象顯示他受的傷沒那麼單純。他在家裡休養的時候，發現身邊的一切好像都變了。比以前更有秩序、更有條理。令他困惑的是，他發現眼前的每一樣東西都有模式。廚房的大理石地板——黑磁磚和白磁磚的棋盤式排列——是幾何學的奇蹟，一個充滿無限通道的立體拼圖遊戲。有一天下午，他在淋浴間待了四十五分鐘，只是凝視水的移動，從蓮蓬頭到磁磚，在排水口周圍以螺狀線旋轉的軌跡。水把自己組織成優雅的建築結構——彩虹和不規則碎形、在他面前以一波波顏色展開的數學模式。望著水中不斷變動的模式，他靈光一閃。他不知道為什麼會這樣，但他看得懂那些結構。世界有一個系統，一個基本秩序，而他看出來了。

時間一天一天過去，他發現自己感知事物的方式還在不斷改變。當他想到某些數字或字母，它們是以鮮豔的顏色出現在他心裡，明亮而飽滿，幾乎閃耀著光芒。九是櫻桃紅，六是鮮黃色，三是深鋼青色。兩位數以混合色出現，所以六十三是綠色，九十三是濃郁的紫外光色，六十九是亮橘色。聲音也會把色彩帶進他的意識裡，所以歌曲就成了一場繽紛燦爛的色彩表演，他潛意識裡的一首彩繪協奏曲。

他體驗現實的方式發生了這麼詭異的改變，一開始他隻字不提。他只知道自己常常感知到高度結構化的幾何幻象，儘管知道自己看到的一切都是真的，但他不確定一旦開口說明，會不會有人相信他。他相信等他頭上的腫包痊癒，這些模式和色彩就會消失。他決定等它消失，給它一點時間，看看會怎麼樣。

但它們沒有消失。從他受傷以後，已經過了四個月，但他的情況沒有好轉。他晚上睡不著，白天起不來。他和朋友的關係變得緊張，他的女朋友凱絲莉不再和他聯繫（他懷疑她對他的足球運動衫比對他更有興趣）。他每次上學都會恐慌。然後有一天晚上，他再也受不了了。他的腦子被排山倒海的數字、模式和色彩淹沒。數不清的畫面和圖形，差點把他淹死。他走到廚房，坐在早餐桌前，嚎啕大哭。他需要幫助，但他不知道怎麼把他遭遇的情況告訴別人。

他母親在他身邊坐下，堅持要他告訴她發生了什麼事。麥可對她說，這幾個月來，他腦子裡不斷看到各種模式，但他不敢說。他告訴母親，他覺得自己快瘋了，而且想過要一死了之。他母親聽他描述廚房地板的黑白格子如何在他面前展開，如何形成各種不同的模式：棋盤，然後是填字遊戲，接著是數字方塊，一種黑白相間、變化無窮的矩陣。她聽他描述一種不斷出現在他腦子裡，然後淡去，卻又再次出現的謎題。

他母親找來紙筆，拿給他。「把你看到的東西畫給我看，」她說，然後他把謎題畫了出來，是一個數字方陣，後來他知道這是一種古典魔術方陣，叫洛書方陣，一種數字九宮格，不管哪一邊，每一行的數字加起來都是十五。這種魔術方陣最早出現在公元前二三〇〇年左右的中國。二〇〇八年二月一個寒冷的夜裡，他在凌晨三點畫給母親看，那時他對這種方陣的歷史一無所知。她仔細打量，發現他畫出的方塊非比尋常，於是說，「你得到了一種天賦。你可以置之不理，也可以善加利用。但你不能逃避。」

等做完核磁共振以後，他才明白她的話是對的。他再也不可能變回意外發生前的他。一位精神外科醫師解釋，他撞到地面的時候，每平方吋八百磅的壓力撞擊他的頭骨。左腦受到對側力所傷，造成腦部回彈。雖然他沒有表現出創傷性腦損傷常見的症狀，他沒有痙攣、沒有失憶、沒有神經損傷、沒有疼痛，但麥可．布林克再也不同了。

一名警衛把潔絲・普萊斯帶到靠近窗戶的桌子旁邊，解開她的手銬，然後退回走廊，在門口站崗。

「如果有什麼問題……」莫塞斯醫師指指警衛，很快向布林克點點頭，把身後的門關上。

潔絲・普萊斯在桌邊坐下，窗外的陽光灑在她身上。布林克走過去，偷偷瞥了她一眼，將她和瑟薩莉給他看的照片做個比較。雖然那些照片是五年前才拍的，卻和桌邊的囚犯判若兩人。作者照片裡的女人頑皮而淘氣，一副自信滿滿、其樂悠悠的表情。眼前的女子已經被創傷所改變、軟化，像一尊被風雨磨去稜角的雕像。她瘦骨嶙峋，頭髮留得太長、很容易斷裂，指甲尖端還有乾掉的新月形血漬，莫塞斯醫師提過她會自殘，這就是證據。

然而她有一種迷人的魔力、一種神祕的氣質，和她的外表無關。是一種模糊的特質，和萬有引力一樣強大。他無從解釋，但他走過去的時候，空氣好像出現了什麼變動。感覺就像站在漩渦邊緣，一股黑暗而又無法抵擋的力量，令人興奮，又充滿威脅。

他把郵差包掛在椅背上，脫下外套，坐在潔絲對面。她盯著他看，目光充滿了好奇和某種不那麼明確的心思，那是一種充滿警戒的強烈興趣。他早知道兩人會陷入沉默，但和她相對而坐，令他非常焦慮。他們之間的空洞既廣且深。要打動她，他必須主動出擊。

「莫塞斯醫師跟我說你喜歡謎題，」他總算開口了，感覺好尷尬。

她的眼神非常聰慧，隨時保持戒備，怎麼看都不像是精神不穩定的人。相反地，他察覺到她藍色的眼睛背後，是一個聰明的頭腦，動彈不得，閃爍著光芒，像一顆懸在冰塊裡的鑽石。

「這是她給我的。」布林克把那個圓圈放在兩人中間。他又看了一眼，儘管沒有必要。他把這個謎題記得清清楚楚。這是那場意外的副作用，或者可能是最大的好處：不管任何模式，他只要花幾秒鐘看一次，就能永遠記住。然而儘管記得很清楚，這個謎題卻讓他大惑不解，讓他想起以前在麻省理工學院，他的教授兼導師維威克・古普塔博士會給他出一個艱澀深奧、令人費解的題目。他會徹夜不眠，從每一個角度研究題目，上下顛倒，左右對折，用每一種可能的排列組合來轉換更改，直到最後靈光一閃——就像窗戶打開，讓光線照進黑暗的房間裡——找到解題的路徑。從那時候開始，他就能往後一坐，看解題的路徑自己現身。他會看出必須採取的步驟，以及採取這些步驟的順序。找到解決之道，感覺就像一種祝福，一般人也許會稱之為恩典，但對布林克來說沒那麼簡單：解決之道是一條救生索，可以避免他往下沉。

可是現在當他動用這種能力，圓圈只留下更多問題：為什麼這個數字在那個位置？為什麼中間是希伯來文字母？七十二這個數字有什麼意義？他清清喉嚨，再試一次。「你要我看這個，我承認，我很好奇。我很想解開。但我需要更多線索。你能不能幫我弄明白這個東西？」

她盯著他看，不發一語。她凝視的眼神令他不安。突然感覺空氣變得迫人、令人窒息。又熱又膩，繼續向他逼近。他感覺到自己的皮膚變得潮濕。靠近潔絲，改變了他體內的化學反應，就像鹽分改變了水的沸點。

「聽著，」他開口，往前靠得更近。「我不知道這張圖是什麼意思，或是對你的處境有什麼意義，但莫塞斯醫師相信它和你的遭遇有關，我想幫忙，但你必須給我一點頭緒。」

她繼續打量他。

「例如，」他說，「你第一次在哪裡看到這個圓圈？是原創的？是抄來的？」

沒反應。

「一到七十二之間的示數盤，還有希伯來文字母。這種布局很少見。好像少了幾個數字和字母。你知道為什麼嗎？」

看她毫無反應，他把圓圈推開。直接問問題行不通。她顯然想和他溝通，不然幹嘛把他的名字寫在謎題背面？但好像有什麼讓她開不了口。她用手臂抱住身體，彷彿他的問題弄痛了她。他盯著她看，一股同理心油然而生。他想起受傷後的自己：害怕、迷惘、困在自己的腦子裡無法掙脫，想說明自己的遭遇，又不知從何說起。他只需要有一個人打開他的心門。在他描述那些令人難以置信的經歷時，有一個人相信他。那個人是他母親，她的耐心拯救了他。也許他可以成為潔絲．普萊斯的那個人。

「我曾經有過不幸的遭遇，」他仔細端詳著她。「我當時經歷的事情簡直太……嗯，荒謬。我在每個地方都看到模式、數字和色彩。我嚇壞了。我想解釋清楚，但我知道不會有人相信我。他們會覺得我瘋了，我是說，要命，我以為自己瘋了。你知道是什麼改變了我嗎？」

她輕輕搖了搖頭。這只是最微弱的反應，但已經夠了。一股強烈的成就感湧上心頭：她回應他了。

「這個……」他把手伸進郵差包，翻出一本口袋大小的方格紙筆記本和他最喜歡的筆，一枝畢克牌四色伸縮原子筆，然後畫出他對母親說出真相當晚畫給她看的方陣。

4	9	2
3	5	7
8	1	6

她瞄了瞄上面的數字，然後又看著布林克，帶著疑問。

「這是一種古老的數學方陣，洛書方陣，最早出現在四千年前的中國。基於某種原因，我受傷之後一再看到它。它會在我腦子裡浮現，每個數字都帶有閃耀的色彩，然後逐漸消失。那時我不知道為什麼，而且說真的，我現在也不知道。我的醫師都有一套理論，但理論對我並不重要。重要的是，無論看起來多麼古怪，我經歷的一切都是真實的。」

潔絲低頭看著洛書方陣，認真研究起來。

「經常有人遭遇可怕的經歷，」他說。「我不是唯一的一個。你也不是。」

和他目光交會的時候，她的眼裡滿是淚水。

「告訴我是怎麼回事，」他說，把繪有圓圈的圖畫輕輕推到兩人中間。「我會相信你，我保證。」

潔絲慢慢把目光從布林克身上移到房間的角落。他順著她的目光，看到安裝在圖書館天花板上的監視攝影機，再回頭看著潔絲。她的表情有些猶豫，臉上閃過一絲恐懼。

「你擔心我們被監視？」他問道，聲音小得像在耳語。

她點點頭，這樣整件事就說得通了。監獄的每個角落都被監視。她有話想告訴他，可是擔心被別人聽見。他突然心生一計。她顯然可以把數字、字母和圖形寫下來，畢竟她幾乎解開了他設計的每一個謎題。他提筆寫道：你不用說出來給我聽。

他把筆記本推到她面前。她思索片刻，一聲不響，然後拿起筆來，畫了一個玩吊死鬼字謎的斷頭臺。看到這裡，他感到一陣興奮。吊死鬼的玩法和他最喜歡的Wordle字謎一樣。他每天早上都玩Wordle，通常能在咖啡變涼之前猜出答案。規則很簡單：藉由猜測字母的位置，把字拼出來。可以猜六次，每猜對一個字母，就離答案更近一步。玩吊死鬼遊戲時，每猜錯一次，就在斷頭臺上畫出火柴人的一部分。猜錯的次數太多，火柴人被吊死，你就輸了。

潔絲在斷頭臺下面畫出五個空格。根據玩Wordle的經驗，布林克知道他只要猜對一個字母的位置，就能解開謎題。凡是在那個位置有這個字母的字，不管是什麼排列組合，都會在他腦子裡閃過，他會把這些字和他以前解出的答案（他全都記得）交互參考，接著正確答案就出現了。這個遊戲很簡單，太簡單了，有八成機率，他會在猜第二次時就知道答案。

他低頭看潔絲的謎題，首先猜最常用的英語字母。他拿起筆來，寫下字母E。

潔絲微微搖頭，幾乎感覺不出來。不是E。她畫出火柴人的頭。

他猜了後續四個最常用的字母：A、I、N、O，潔絲畫出了火柴人的身體、兩條手臂和一條腿。他能感覺自己全身緊繃。也許是待在潔絲．普萊斯身邊的關係，但是他從沒遇過自己猜不中的字謎。誠然，與其說是謎題，不如說是猜謎遊戲，但那也一樣。他瞥了斷頭臺一眼，發現自己只剩下一次機會，再猜錯就輸了。他選了字母T。潔絲淺淺一笑，在謎題裡寫下兩個T。

T_ _ _ _T

有一個字在他腦子裡閃耀，帶給他一股勝利的快感。就像把彩虹裝進罐子裡，每個字母都迸發一種色彩，捉摸不定，又搖曳生光。

「你想知道你能不能信任我，」他低聲說道。

她看著他的眼睛，他先前那種強烈的感覺又回來了。她確實不必開口說話，就能讓他明白她的意思。他能感覺到她的所思所想。

「我的長處不多，」他說。「但我一向信守承諾。如果你對我說你有什麼需要，我保證會盡力幫忙。」

她考慮他的建議，同時瞪著筆記本，目光如炬，幾乎要把筆記本燒了。然後她翻到一面空白頁，用手遮著，寫了幾個字。寫完之後，她咬破一片結痂的指甲，弄出傷口。鮮血在她的指尖匯聚成一滴腥紅，接著她把血液按在筆記本頁面塗抹，彷彿要把皮膚擦拭乾淨。她把這一頁從筆記本撕下來，緊緊揉成一團，扣進他的手心。

在她的觸摸下，他覺得全身一種麻。就像觸了電，充滿不斷搏動的熱能量，這種感覺強烈到他幾乎無法呼吸。她隔著桌子傾身向前，輕吻他的嘴唇，霎時間，時間彷彿凝結了。圖書館逐漸消失，他忽然置身於謎題中，數字的渦旋線條及象徵圖案在他周圍自行編排成一系列縱橫交錯的路徑，正中央就是潔絲．普萊斯，一個困在迷宮裡的女人。他把她拉過來，回應她的吻，感覺自己越來越迷戀她，這時忽然有一名監獄警衛站在兩人旁邊。「不得和犯人有身體接觸，」他粗聲說道，同時把潔絲往後一拉，用手銬鎖住她的手腕，把人帶走。

圖書館的門掩上，留下布林克一個人。他全身顫抖，伸手去拿郵差包時，注意到自己的手在發抖。我他媽的究竟怎麼了？和潔絲．普萊斯見面以後，他頭暈目眩、左搖右晃，心跳得很厲害，滿腦子都是問題。感覺就像剛完成一場累死人的比賽，長達十小時的數字謎題或國際象棋之類的，他的大腦既興奮又疲累。

他在圖書館四下張望，想找一個隱密的角落。書架的擺置，讓這裡一點隱私也沒有，監視攝影機可以毫無遮蔽地拍到整個房間。他把背包背在肩上，一把抓起椅背上的外套，擦去眉毛上的汗水，往那一排窗戶走去。他背對監視攝影機，把潔絲塞給他的紙團攤開。紙張很皺，沾了血漬。他盡量攤平，發現頁面中央有五行很潦草的字。潔絲．普萊斯寫了一段話。他一行一行看：

Thus we eat red apples, every（於是我們吃紅蘋果，每個）
Wonderful kind,（優良的種類，）

Pink Lady,（紅粉佳人）

Hokuto, Early Gold, Liberty,（北斗、早期黃金、自由）

McIntosh.（麥金塔）

就這樣。五行的……什麼？詩？他又看了一遍，設法解析箇中含意。語意完全不通。這個女人多年不曾和任何人溝通，到了溝通的時候，卻寫了一首晦澀不明的詩來描述蘋果的品種？他很想把它捏成一團，丟進垃圾桶，但他知道這首詩另有深意。潔絲一直擔心說話被人聽見，應該也會擔心寫下來的訊息被攔截。這首詩可能是一則謎語。

通常謎語會借助雙方共同的知識、兩人都知道的某個參考點。但他和潔絲・普萊斯沒有任何淵源，當然也從來沒有討論過蘋果。他往窗外看了一眼，彷彿庭院裡可能有蘋果樹，但那裡空空蕩蕩，只有一條土灰色的小徑。

他把手伸進左邊褲袋，摸到他的銀幣。這是一八九九年鑄造的摩根銀元，價值幾百元的收藏幣。州立冠軍賽開場時，裁判拋的就是這枚硬幣，不到幾分鐘，布林克就受了傷。根據傳統，硬幣由獲勝的球隊保留。他的球隊在沒有他的情況下贏了球，一致投票通過把銀幣送給他。

他想事情的時候，會用拇指和食指夾著銀幣摩擦，因為這個習慣，硬幣的邊緣變得和河裡的石頭一樣光滑。通常這樣能幫他集中精神，現在卻毫無助益。他把潔絲寫下的音節唸出來，希望能從這段話的節奏聽出一些端倪，可是連一個規律的節拍也沒有。他把這些字併成一行，去掉空格，試試能否看出什麼訊息。看不出來。就算是謎語，也說不通。

然後他注意到一個不尋常的地方：紙上的血漬塗抹在幾個特定的位置，不像他一開始以為的那樣，是隨機塗抹的，而是井井有條地把每塊血漬抹在一個字母上。潔絲用指尖按了第一行的八個字母、第二行的四個字母等等，就這樣標記了二十八個字母。

他馬上把二十八這個數字在數學上的各種可能性過濾一遍：二十八是第二個完全數、歐爾調和數、三角形數、斯特默數字和物理學的第四個魔術數字。不過，他把這幾行字再看一遍，發現二十八在這裡毫無意義。

突然，他靈光一閃。當然和數字毫不相干。潔絲．普萊斯是作家，她的溝通工具是文字，不是數字。這不是謎語，而是暗號，是一段密碼，而且是很直接的那一種。她用鮮血標出字母，這些字母是解開訊息的關鍵。

Thus we eat red apples, every
Wonderful kind,
Pink Lady,

Hokuto, Early Gold, Liberty,
McIntosh.

這個題目點燃了麥可・布林克內心的原始衝動，一種原始的渴望，其中混合了好奇和欲望。他想掌握和馴服它的奧祕；逐一拆解、揭露其中隱含的祕密，直到它的晦澀在他手中崩解。簡單地說，這個謎題牢牢拴住了他。他唯一能做的就是解開謎底。

他把銀幣放進口袋，從背包中取出筆，將標示出的字母寫在每一行的尾端：

Thus we eat red apples, every THERDARY
Wonderful kind, WEKN,
Pink Lady, NAD
Hokuto, Early Gold, Liberty, HKTELYDLIE
McIntosh. MIH.

這些字母顯然被打亂了。他必須照順序排好，才能看出是什麼意思。短短幾秒鐘，布林克就在想像中把字母排列成行，不斷調換位置，直到這些字母被排成文字的模式。他把這些字寫在暗號旁邊的第三欄，然後看一遍。

Thus we eat red apples, every	T H E R D A R Y	Dr Raythe
Wonderful kind,	W E K N,	knew,
Pink Lady,	N A D	and
Hokuto, Early Gold, Liberty,	H K T E L Y D L I E	they killed
McIntosh.	M I H.	him.

他把句子寫出來，然後讀一遍：雷斯醫師知道，然後他們殺了他。

第七章

麥可・布林克敲了兩次瑟薩莉・莫塞斯醫師辦公室的門，是用力拍了兩下，他不是故意要這麼用力的。裡面沒有反應，他急著找她說話，於是再試一次。和潔絲見面之後，他踉踉蹌蹌，彷彿身體的重心移位。他不斷看見她的臉，或是想起自己在她身邊感覺到的邪惡吸引力。兩人的親吻到現在還讓他全身哆嗦。就算在自己面前，他也不想承認他完全招架不住。也許莫塞斯醫師能對他指點一二。

「布林克先生。」莫塞斯醫師的聲音從走廊傳來。她穿著一件白色外套，裡面是海軍藍的連身裙，肩膀上背著LV的托特包，檔案從包包裡突出來。她手上拎著一個帆布便當袋，可以假設她才剛吃完午飯。

「莫塞斯醫師，」他說，「現在方便嗎？」

「請叫我瑟薩莉，而且當然方便，請進，」她打開辦公室的門鎖，幫他扶著門，然後關上。「我很想聽聽你們在圖書館的情況。」

對於他和潔絲・普萊斯之間的交流，他不確定該透露多少。他才認識潔絲三十分鐘，卻對她忠心耿耿，在接吻之後，不知道為什麼，他無論如何都要了解這個人。他想幫助她。可是要怎麼幫？她把暗號畫在紙上，顯然表示她所說的話是祕密，不能讓監獄主管單位知道，可是他一個人幫不了她。而若世上有哪個人想扶潔絲一把，自然非瑟薩莉．莫塞斯莫屬。事實上，潔絲叫瑟薩莉找他，就已經把她牽扯進來。光憑這一點，就表示她值得信賴。

瑟薩莉把皮包往桌上一丟，輕啜一口咖啡。「情況順利嗎？」

「和我的預期不同，至少可以這麼說。」

她一臉好奇地看著他。「怎麼說？」

「反正你會從警衛那裡聽到，所以我不妨現在就告訴你：她吻了我，」他說。

「吻了你？」瑟薩莉驚訝地說著。

「隔著桌子。警衛把她帶走了。」

「那當然，」她不敢置信地搖搖頭。「探監時禁止肢體接觸，接吻更是完全……」

「我們不只接吻而已。」

「什麼？」她問道，手臂在胸前交叉，彷彿在給自己做心理準備。

「她寫了一些東西。」

瑟薩莉瞇起眼睛。「你們用書寫溝通？」

「可以這麼說，」他說。「她又出了一個謎題，一個暗號。」

瑟薩莉倚著辦公桌。「我本來就猜想她對你的反應會不錯，但沒想到她這麼快就敞開心扉。」

「等你聽到她寫的內容，恐怕就不會這麼興奮了。」

瑟薩莉一臉困惑。「怎麼說？」

「你說她上一位心理醫師叫什麼名字？」他問。

「雷斯醫師，」瑟薩莉詫異地說：「怎麼問起這個？」

「你說雷斯醫師有辦法和潔絲溝通，」他字斟句酌。「說他的方法在她身上奏效了。」

「看他留下的報告，我相信確有此事，」她說。「但只是曇花一現。不管他用了什麼方法，都沒能持續下去。」

他想起潔絲那個暗號的解答：雷斯醫師知道，然後他們殺了他。他究竟知道什麼？「他有沒有任何關於她的特殊資料？」

「不知道，」她顯然感到困惑。

「如果有這種資料，」他說，「難道他沒有保留什麼紀錄？個案筆記之類的？」

「當然有。這是工作的一部分，」她皺起眉頭，聲音也充滿防備，彷彿他的話是在暗示她的工作出現重大疏失。「可是他的筆記我都看過。完全看不出他拿到她的什麼超乎尋常的新資料。」

「有沒有辦法再看一次？」

「嗯，」她說，「我不知道這有什麼用。他寫的東西我都看過。雷斯醫師留下的檔案亂七八糟，我剛到任的前幾個星期，都在清理檔案。他不是很有系統的人，但是像潔絲．普萊斯的資料這麼重要的東西，我懷疑他會忘記登載……不過先等一下。我查一個東西。」

她走到辦公桌的另一頭。「在我接替雷斯醫師的那段時間，獄方把囚犯檔案大批數位化。如果他有一些檔案沒有完全數位化，可能是儲存起來了。」她在桌上型電腦輸入幾個字，停下來看搜索結果，然後轉頭看著布林克。「看來有這個可能。雷斯醫師可能把一些檔案存放在舊儲存區。不如我去看看，再告訴你我發現了什麼？」

「那就太好了。」布林克感覺自己越加振奮。要是她能在雷斯的檔案裡找到資料，或許他可以推測出潔絲．普萊斯想告訴他什麼。「還有一件事，你剛說你接替了雷斯醫師，這是為什麼？」

她的表情很古怪，想弄清楚他問這些做什麼。「獄方有這個空缺，是因為雷斯醫師過世了。」

「他是突然過世的嗎？」

「對，他死得很突然。我很快就被面試和聘用，這也是他的文件這麼凌亂的原因之一。」

「我想你應該看看這個，」他從背包裡拿出潔絲的暗號給瑟薩莉看：雷斯醫師知道，然後他們殺了他。「潔絲．普萊斯相信雷斯醫師是被謀殺的。」

他看著瑟薩莉的表情從懷疑轉為純然的震驚。「但這是絕對、絕對不可能的，」瑟薩莉一臉驚駭。「他的車在三十二號公路撞到一片結冰，然後衝出護欄。這是意外。人人都知道。」

「除了潔絲．普萊斯以外。」

瑟薩莉再看一次那張紙，然後對摺。「我不明白，」她最後說道。「她為什麼要用這種方式溝通？」

「因為她害怕某個人，所以才要你把我找來。我能看出別人看不懂的東西。你覺得雷斯醫師的檔案裡會不會有什麼資料，或許能解釋她有這種感覺的原因？」

「我會找找看，但可能要花一點時間，」瑟薩莉說。「舊檔案存放在監獄裡一個無人使用的地方，而且我必須申請許可。如果你早上可以再跟我聯繫，我會告訴你我進行到哪裡了。」

布林克本來計畫馬上開車回紐約市，他沒帶換洗衣服，連牙刷都沒有，而且康妮的食物在家裡，但他必須進一步弄清楚潔絲．普萊斯想對他說什麼，才可能離開。「我會找一家旅館。但我想再見潔絲一面。你可以再安排一次會面嗎？」

瑟薩莉咬唇考慮他的要求。「我不能給你任何保證。安排一次會面要花費不少口舌，我的上司可能不會再批准。話雖如此，今天發生的事是一次巨大的突破。你成功地讓潔絲．普萊斯和你溝通，這是其他人都辦不到的，所以我會想辦法。別走遠，布林克先生，我一有消息就打電話給你。」

第八章

復古、豔麗、和廣告看板一樣大，星光汽車旅館的霓虹燈招牌，用鮮豔的紅色和藍色燈光閃著「空調房間」和「無空房」。布林克把車子開進停車場，關掉引擎。這是一間低等級的旅館，不過那面招牌感覺很像他的老家。在中西部，老舊的汽車旅館和汽車電影院仍然隨處可見。他已經很多年沒回過俄亥俄州了，但走進星光汽車旅館，有一種回家的感覺。

他在主樓的一張辦公桌辦理登記，留言板上掛著十二把鑰匙，明白顯示旅館其實是有空房間的。他和櫃臺確認康南德隆可以進去，然後付了延後退房的費用，這樣他第二天去監獄的時候，康妮就能留在房間裡，然後他從咖啡小站的水果盆拿了一顆蘋果，進到房間。

他的房間號碼是三，最小的奇質數、第一個梅森數和第二個費波那契質數，房間四四方方的，光線很暗，天花板很低，有一張特大雙人床和一台破舊的箱型冷氣機。青苔綠的地毯延伸到五〇年代的浴室，青綠色的磁磚和立柱式洗臉盆有漂白水的味道。建築非常老舊，霓虹燈招牌大概會害他整晚睡不著，但不要緊。他住不了多久，而且星光旅館離監獄很近。

把郵差包往書桌一扔，他動手準備康南德隆的食物，是他在高速公路的一家超市買的：四分之一磅剁碎的腰內肉、花椰菜，還有胡蘿蔔絲。康妮是肉食動物，專門培育的狩獵犬，所以他盡可能餵牠吃新鮮肉類。他把牠照顧得很好。監督牠的每日脂肪和蛋白質攝取量，確保牠有強化牙齒用的骨頭，並給牠充足的過濾水。少數幾位見過康妮的朋友都注意到，他把狗照顧得比他自己還好：康妮的伙食比他的還健康。

照顧牠已經變成他生活中很重要的一部分。他在疫情期間領養了還是幼犬的康南德隆，當時他只有一個人，需要朋友。在封城的幾個月裡，牠成了他的生活重心，他帶牠去散步、在公園抛塑膠球、教牠各種技能。常見的技能，像是撿球、打滾、握手，牠都學會了，牠也學會幾個少見的技巧，例如接住好幾張飛盤，還有（他最喜歡的）裝死。他從來沒想過自己會花這麼多時間在一隻二十磅的短毛達克斯獵犬身上，但事實就是這樣：康南德隆是他最親密的夥伴。

康妮進食的時候，布林克拿出筆記型電腦，找出他的新謎題。這是三角座，他為《紐約時報》設計的一種很難的幾何謎題。他和平常一樣，一步步開始建構。他先想出答案。接著，當他知道結果是什麼，他便會往回推演，用那種既是情理之中，又屬意料之外的方式，安排其中的挑戰和線索。通常很容易設計。憑直覺就行了。但不知為什麼，今天的三角座總是不太對。對布林克而言，難的不是設計謎題（他可以一邊睡覺一邊設計），而是做出精彩的謎題，一個兼顧所有元素的謎題。帶給玩家的應該是挑戰，而非挫敗；要捉摸不定，而非晦澀難明；而且最重要的是，精彩的謎題應該讓玩家在破解每個線索時得到滿足感。設計這種謎題是一門藝術，而麥可・布林克是藝術家。

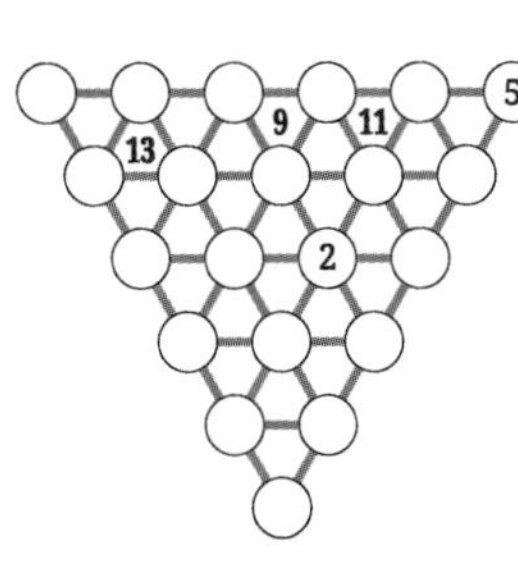

要破解三角座，必須在每個圓圈填入一到六的數字，在任何一條灰線上，每個數字最多只能出現一次。他把三個數字填在三個圓圈構成的三角形裡。三個圓圈加起來，就是這個更大的數字。三角座很巧妙、符合邏輯，而且深具挑戰性。是他最喜歡的謎題。

把三角座設計好之後，他連上旅館的網路，然後用電子郵件寄給他的編輯。他沒有提到他把自己的名字藏在三角座裡，不過話說回來，他根本不用提。他的編輯知道布林克喜歡在謎題裡留彩蛋，他名字的首字母、姓名、某個他個人的祕密，就藏在答案中間。

電郵寄出去後，他開啟搜索引擎，輸入「潔絲・普萊斯、作家、凶手」這幾個字。案情很單純。二十三歲的潔絲・普萊斯到賽吉府邸，擔任看守房屋的工作。她在二〇一七年七月九日被捕，罪名是殺害諾亞．庫克，二十五歲，是她的男朋友。三個月後，她被判處過失殺人罪，在監獄關了五年，完全沒有透露那天晚上發生了什麼事。他搜索這件罪案的具體細節，但基本上只有這些資料。

他閱讀更多潔絲．普萊斯的資料，完全看不出她有能力犯下這種恐怖罪行。她出生在紐約市，畢業於史岱文森高中，然後憑學術獎學金進入巴納德學院，在校成績優異。二十二歲的時候，她出版了一本短篇小說集，轟動文壇。布林克把《紐約時報》網站的封面評論點開來看：普萊斯的故事是一個個小創傷，一次弄斷讀者的一根肋骨，最後把心臟暴露在新鮮空氣裡。她的網站早就停止更新，但維基百科的一則條目詳細記載她的諸多成就。她曾經入圍國家圖書獎，並獲得紐約公共圖書館幼獅獎。她短篇小說集的其中一篇被買下電影改編權。後來到了二〇一七年秋天，她二十三歲的時候，犯下過失殺人罪，判處三十年有期徒刑，移送紐約州立矯正中心執行。

他把她的姓名和看家網站交互比對，馬上就查到她以前的個人資料。有一張照片、一段寫著「巴納德學院英語系，紐約本地人，擅長照顧動物」的個人簡介、幾篇五顆星的評語，還有人稱讚她的個性：可靠、擅長溝通、友善、負責、細心。瑟薩莉說過，她接下賽吉府邸的工作時，看起來還是一個心智健全、才華洋溢的年輕女子。

但他讀到的描述，和他的親身體驗並不一致。既危險又陰暗。待在她身邊，就像站在陡峭的懸崖邊緣。他不禁狐疑，從以前的潔絲到現在的她，究竟經歷過怎樣驚人的變化。

光是想起潔絲帶給他的感覺，就不禁全身打顫。她和他以前遇過的人都不一樣。莫塞斯醫師是怎麼說的？她活在謎題裡。事實上，她已經把他丟進謎題當中。多年以來，他從來沒有像剛才在監獄裡那麼困惑。他情緒激動，每一塊肌肉都很緊繃，彷彿做了劇烈的跑步運動，或是在曼哈頓堵了一下午的車。他想弄清楚自己怎麼會變成這樣，但怎麼也想不透。她讓人感覺既興奮又恐懼，多年來參加過大大小小的謎題比賽，他對這種特質並不陌生，感覺就像遇上一個可怕的對手，最後可能把他擊敗。

顯然她激發了每個人強烈的情緒反應。他用搜尋引擎找到幾千筆和潔絲·普萊斯相關的文章和影片、討論小組和聊天紀錄，還有Reddit討論串。大家各自選邊站，對她的動機、著作，甚至是外表，做出各種推論。有個記者描述她是「*jolie-laide*」，這個字是法文，他母親以前專門用來形容那種五官長得很特殊，有時候並不好看，但結合在一起卻很美的女人。他看到有人說她瘋了、她是被陷害的、她是清白的、她是有罪的。

一開始，文學界的人強烈主張潔絲是清白的：她的編輯、她的文學經紀人和國家圖書獎的發言人發表聯合聲明，以示支持。當她在法庭上拒絕為自己辯護時，支持者的聲音變小了。然而潔絲·普萊斯一直陰魂不散。審判結束後，她的短篇小說集在暢銷排行榜上停留了好幾個月，有人撰寫未經授權的傳記，然後改編成電影。布林克發現一個網頁，和潔絲·普萊斯的照片並列在一起的，都是既美麗又有天賦，卻英年早逝的作家：伊迪．塞奇威克和珍．西寶，她和這兩位頗為相似。潔絲．普萊斯已經變成一個代表性人物、邪教偶像，或許是一名殺人凶手，或許是外在環境的受害者，誰也說不準。

偶然發現一個《紐約客》的線上鏈結，他看了潔絲．普萊斯二〇一七年刊登在這本雜誌上的短篇小說，幾個月後，她就被逮捕了。這個故事和《紐約客》的許多短篇小說一樣，在情節方面乏善可陳，但故事的某種結構和違反常理的語言運用，卻深深吸引他：尖酸的小孩、隆起的肩膀、令人寸步難行的暴雨。這篇小說叫〈風車〉，他覺得很怪，因為故事裡完全沒提到風車。

看了一小時左右，他清楚了解犯罪前的潔絲．普萊斯是什麼樣的人。他列出了她的生平事蹟、她寫作生涯的相關資訊、支持者的意見和誹謗者的推論。然而，儘管找到許許多多的資料，他知道她不是自己在網上看到的人。她不是聰明的學生、友善的看家者、聰慧且前途無量的青年作家，甚至不是悲慘、美麗的邪教偶像。不，他在監獄圖書館遇見的是另外一個人，現在這個女人被夾上虎頭鉗，把以前的她擰得乾乾淨淨，只剩下蒸餾過的版本。

他闔上筆電的時候，天已經黑了。他從早餐以後就不曾進食，所以叫了一份外送的義大利香腸大披薩加黑橄欖。他一面等，一面拿出維氏瑞士刀，削起他從旅館大廳拿來的蘋果。他從國中二年級就隨身攜帶這把小刀，是他母親送的生日禮物。這是他最寶貴的財產之一，而且和他的銀幣一樣，讓他經常想起受傷前的自己。他左手拿著蘋果，把刀尖插進紅色的果肉下方，然後不停轉動，直到削出一條完美的阿基米德螺旋線，蘋果皮和果核之間持續增加的距離，創造了一種秩序和幸福感，帶給他無盡的慰藉。

最後，披薩送來了。他打開一瓶從迷你冰箱拿出來的啤酒，坐在特大號雙人床邊緣，直接端著披薩盒吃起來，滿腦子都在想潔絲·普萊斯。他看不透她。她為什麼請瑟薩莉·莫塞斯把他找來？真的是為了瑟薩莉給他看的那個圓圈謎題嗎？他是不是看漏了什麼？厄尼斯特·雷斯是不是真的被謀殺？她要求他的信任，但他可以信任她嗎？抑或這整件事是一個精神不穩定、又對他的謎題走火入魔的女人捏造出來的？

吃完披薩以後，布林克下載了潔絲·普萊斯二〇一七年在全國公共廣播電台接受泰瑞·葛羅斯訪問的音訊檔，躺在床上聆聽。這個女人的聲音和圖書館那個女人不一樣，比較年輕、開朗，而且非常輕快。她花了幾分鐘的時間，談論在一個喜歡推特更甚於托爾斯泰的世界裡，作家的本質是什麼，也談到她的下一本書，一本她正在創作，「最好不要討論」的小說，打趣說只要開口一談，她的小說就會立刻內爆。訪談中那個風趣幽默、口齒清晰的人，和他在監獄圖書館見到的女人大相逕庭，讓他有些遲疑。從前的潔絲·普萊斯和現在判若兩人。

等他關燈上床，時間已經很晚了。他聽著潔絲·普萊斯的聲線起伏，漸漸沉入夢鄉。雖然兩人相隔數哩，他仍然強烈感覺到她的存在，彷彿她就躺在他的身邊。一種沉重的感覺將他籠罩，正是他在監獄圖書館和她隔桌相對時，感受到的那股引力。她對他有何企圖？為什麼他不能停下來不想她？精緻的五官、蜜金色的頭髮、具有奇特吸引力的藍眼睛，她的影像在他的心頭盤旋。她用一個謎題把他引進監獄，用一個暗號讓他越陷越深，現在他非把她的底細摸清楚不可。可是和潔絲．普萊斯有關的一切都說不通。她提供的線索晦澀不明，模式支離破碎。或許她的矛盾正是謎題的一部分。她制定了遊戲規則，如果世上有哪個人適合玩這個遊戲，非麥可．布林克莫屬。

第九章

那天晚上，他夢到潔絲，兩人並肩站在一片濃密、芳香、逐漸漆黑的常綠樹林裡。他在監獄見到的女人消失了、灰色的連身褲和憔悴的外表消失了、脆弱消失了，取而代之的是一個光彩照人的尤物，穿著紅色連身裙，美麗而自信，整個人散發著魅力。

她牽起他的手，帶他踏上一條布滿樹根的小徑，穿過稠密的雲杉樹叢。在他逐漸深入森林的同時，原先對她所有的不確定感、在她身邊體驗到的那種令人不安的邪惡，都化為純粹的吸引力。他對她毫不設防，對她的動機全無質疑。剛好相反，他知道這個女人和他是天造地設的一對。當她緊握他的手，他感覺到一種無與倫比的默契。他們彼此相守，密不可分。突然間，他不確定自己的身體在哪裡結束，她的身體從哪裡開始。

「快點，」她說，回頭嫣然一笑，領著他往森林深處越走越遠。她的聲音優美、清晰，在冰冷的空氣中格外響亮。「跟我來。」

等到他們步出樹林，踏入空地，黑夜已經降臨，天空是一片冒泡、翻騰的紫色。燭光照亮了一張宴會桌，一席盛宴正等著他們：一盤盤的肉、一個個熱氣氤氳的砂鍋、一盆盆多得滿溢的水果。潔絲拿了一顆石榴，掰開，把朱紅色的果肉遞到他面前，而當他咬下石榴的時候，燭火滅了，他嚐到她嘴唇的味道。這個吻激烈火熱、充滿性慾，這是他生平第一次體會到這麼強烈的感覺。在他夢中的艾雪*樓梯上，這是一個同時發生在現在、過去和未來的吻，一個開啟了上千種可能的吻。她緊緊抓住他，把他拉進自己的懷裡，他感覺自己對她有一股原始的需求，一種強烈的肉體慾望，還有認可：她了解他，關於他的祕密、他的不安全感、他最深刻的想望，而他也了解她。

「我就知道你會來，」她掙脫他的擁抱。「來這裡不容易。一般人都找不到路。但你不是一般人。」

「我們在哪裡？」他問，想理解周圍這個搖晃不定的世界。

「聽好，」她將一把鑰匙放在他手上。「拿去。你必須用它放我出來。」

鑰匙貼在他的皮膚上，溫熱、老舊而且生鏽。

「我已經獨自等了好久，好久好久。」她說。「你無法想像我有多麼寂寞。你是幾千年來第一個到這裡來的人。但那些都結束了。你來了。你拿到了鑰匙。你會好好保管。你必須保

* 編按：艾雪（M. C. Escher, 1898-1972），荷蘭著名版畫藝術家，其作品最為人稱頌之處在於他運用了數學邏輯、錯覺透視和視覺心理，打造兼具遊戲和科學感的謎樣圖像。作品〈相對論〉（Relativity, 1953）繪有錯綜複雜的樓梯，以不可能的方式相互銜接，打破三維空間。

證。」

「但我不知道……」

「保證。」她怒氣沖沖地看著他。「等你找到那扇門，就知道該怎麼做。」

他把鑰匙放進口袋。「我保證，」他說，連他說話的時候，四周的景觀也在變化，他們躺在一張巨大的四柱床上。潔絲把他的衣服一件一件脫掉，用白床單把他的腳踝、手腕跟木頭綁在一起，將他拴在柱子上。他仰躺在床上，動彈不得，看著她寬衣解帶，伸手撫摸他的身體，趴在他身上，和他緊密貼合。月光把光影交錯的圖案打在他們的皮膚上，是一種不斷變化的明暗對照法。他閉上眼睛，感覺她的每個觸摸。她狠毒、淫蕩、性感，她的動作是一種巫術。她是他畢生前所未有的體驗，然而她的一顰一笑、一舉一動，都有一種詭異的熟悉感——她的體味、她在他耳朵裡吐氣的感覺、她嬌柔的歡愉之聲、她把頭枕在他胸口的姿勢、她披在他身上的髮絲。她令他遺忘一切：他是何人、為何而來、所求為何。在夢的次元裡，不必詢問他們為什麼在一起。她召喚了他，他來到了她面前。現在他是她的人。

當夢境開始消散，潔絲把他抱得更緊，彷彿再把他多留一會兒也好。但一切都消失了。蠟燭熄了、床鋪消失了、森林褪去了。他想抱緊潔絲，但他一用力，她的皮膚就變得脆弱易碎。她的皮膚出現裂縫，就像裂開的鏡子，留下蜂巢的圖案。她的臉頰、她的頸子、她的手臂，她的身體吋吋破裂，然後消失不見。

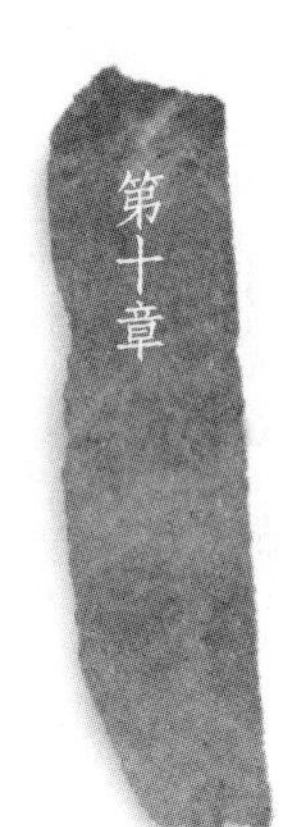

他醒來時滿身大汗，仍然深陷在夢境裡。他感覺被洗劫一空、任人宰割。他的心跳得很快，霎時間，他察覺到有一個鬼魅在附近徘徊，嚇得幾乎喘不過氣。他在床上坐起，環顧四周，不知身在何方。他到底在哪裡？這個地方很暗，只有一排紅藍相間的霓虹燈一閃一閃地打在窗簾上。他認不出邋遢的地毯、清空的啤酒瓶、披薩發酸的氣味。然後他想起來了：他在阿第倫達克山脈一個高山小城裡的舊旅館。他睡著了，而且做了一場綺夢。

康南德隆站在床邊嗥叫。牠很敏銳，比他認識的某些人有過之而無不及。牠察覺到空氣中有些異樣，一面發瘋似地吠叫，一面在床邊奔跑，彷彿在追逐獵物。他起身，在牠耳朵後面搔了幾下，安撫牠。「沒關係，小姑娘，」他說。「只是做夢而已。」

他看了數位鬧鐘一眼，發現才剛過凌晨三點。現在起床太早了，所以布林克深吸一口氣，躺回枕頭上，想讓自己睡著。失眠對他來說是家常便飯。他從受傷以後，就發展出許多安定心神的方法。但不管他花多少時間冥想，不管他熄燈的時候多麼筋疲力盡，他的大腦都會炫然發亮。一個個模式從他腦中飄過，漫無邊際的幾何圖形交織在一起，點陣和網路結構、結晶狀不規則碎片，還有數字，一串串無止盡的數字。起初他盡量置之不理，卻發現要想駕馭自己的大腦好入睡，就必須屈服在洶湧的模式下。他墜入各種圖形裡、計算方程式、把字母疊成直行或斜行、建構文字再重組成同字母異序字和迴文、在腦子裡打造出精緻的城堡，直到窮盡了所有可能，然後酣然沉睡。

他想起那天晚上，他對母親說出自己的天分。當時他徹底陷入恐懼和困惑中，是他人生的最低點，那一刻，他不確定自己能不能繼續活下去。他的身體如此殘酷地和自己作對，讓他格外驚恐。然後他把洛書方陣畫給母親看，描述自己當時的情況、他看到的各種荒誕的畫面，而她相信他。

那天晚上是他人生的轉捩點。第二天，他和母親開始向外求助。不到一個月，他們找到了擅長治療腦創傷的知名神經科學家，特雷佛斯醫師。布林克做了一系列檢查，得知他的腦損傷導致一種極其罕見的症狀，叫突發性後天學者症候群。全世界僅僅三十人有這種狀況，多半因此獲得了不同程度的奇能怪才。依照布林克的檢查結果，確定他屬於空間與機械學者症候群。憑著照相機式的記憶力，他可以分毫不差地想起看過的畫面和結構，還能做即時數值計算，包括日曆計算、背誦圓周率小數點後面的幾千位數、在短短幾秒鐘想出複雜方程式的數值解。這次受傷為他打開了一扇門，讓他得以運用多數人無緣接觸的大腦區域。「不要覺得自己受了傷，」特雷佛斯醫師說。「要認為自己擁有超能力。只要你學會如何控制，你的能力就能改變世界。」

在特雷佛斯醫師的幫助下，布林克漸漸發現他可以接受自己的新現實，而且活得很好。特雷佛斯醫師向他擔保，經過訓練以後，他可以控制這種天賦比較可怕的部分，例如失眠和思緒奔湧，都可以靠冥想來馴服。布林克讀了一位症狀和他相同的英國人寫的回憶錄。他寫道，「我知道了比我本身的存在更深刻的知識」，還有「不知怎麼的，我知道了我以前不知道的事」。這位先生沒有讀過高等數學或密碼學，而且一向不太記得日期或自己讀過的文字。然而他卻「接收」到資訊，彷彿是來自另一個次元。

這段話引起布林克很深的共鳴。他不知道自己知道的這些事是怎麼知道的；他就是知道了。他的腦子裡直接冒出圖形和模式。他受的傷是一把鶴嘴鋤，打破了一面牆壁，釋放出鋪天蓋地的知識，湧進他腦子裡，填滿多得令人眼花撩亂的資訊。他沒有學習。他只是接收到了。

麥可．布林克從此再也不踢足球。他專心收集謎題書，各式各樣，應有盡有：填字遊戲、拼字遊戲、謎語、數學遊戲、迷宮、數獨。他開始自己創造謎題。設計謎題能幫他把暴增的模式集中成單一的問題，讓他的想像力得到發洩。他以國家美式足球聯盟為主題，設計了一個填字遊戲，寄到《誠懇家日報》的謎題版。他們登了出來，寄給他一張五十元的支票，也讓他第一次在報上署名。他並不眷戀原先規畫的理想人生。他的人生方向改變了，就像被大圓石轉向的水改了道，快速而徹底地前進，完全被那股動量帶著走，無暇思考失去了什麼。

他沒有拿足球獎學金上大學，反而進了麻省理工學院，充分運用自己的天賦。他主修數學，專攻拓樸學，憑著自己的能力，他馬上占盡優勢。能進入麻省理工學院的，都是全世界最聰明的人，然而他發現自己的反應比其他學生更快。他很少讀書，考試總是第一個交卷，他不費吹灰之力，就能記住課本和老師講課的大段內容。學校老師看他天賦異稟，就安排他去上菁英課程，大學三年級就能上研究所的課，以最高榮譽畢業，進入斐陶斐榮譽學會，學校還邀請他以博士候選人的身分回去深造。

知識上的成就固然來得容易，但人際關係卻沒那麼好應付。他有連珠箭似的記憶力，又能在幾秒鐘內解開複雜的方程式，但這種天賦卻阻礙了他和別人交往的能力。例如，臉部表情很難解析，而且他有時會漏掉簡單的肢體暗示，誤解某個表情的含意，把玩笑誤認為諷刺，把好感誤認為厭惡。儘管他對各種模式擁有照相式記憶力，其他的記憶卻會逐漸模糊，然後消失無蹤。他能記住人的某些細節，像是他們的電話號碼、名字的二十個同字母異序字、他們左手雀斑的分布模式和水蛇座有多像，但有些時候，他不知如何解讀情緒。別人想表達自己的哪一面、要他做些什麼。

只有麥可．布林克覺得這是個難以捉摸的挑戰，一個他好不容易才學會應付的致命弱點。他仔細觀察他的同學和教授，注意他們表露思想和感情的方式，以便更有效地解讀他們的意思：有個朋友一緊張就摸下巴；有個和他修同一門課的女生，一受到質疑就撐開鼻孔；有位文學老師用咂舌頭的方式來表達驚愕。他開始把情緒的表達當作象徵圖案。在大腦分門別類，創造出一種詞庫，記錄每一種表情和情緒表示，就當作解謎的線索。欲望、恐懼、愛、不安全感……人類的情緒是一種文法很複雜的外國語言，他恨不得趕快學會。

大多時候，沒有人注意到他有社交障礙。就算注意到了，也會認為他是心神不寧，再不然就是心不在焉的典型數學系學生。但這種疏離的感覺讓他很難受，他便努力交朋友。他渴望一段戀情，一個他可以親近的人，一個和他互相關懷的人。高中時代的他很出風頭，和女生約會總是得心應手，但現在經常碰釘子。有一次他搞砸了和自己心儀女子約會的機會（他約她吃晚餐，卻解讀不出她的反應），他不禁懷疑自己會不會孤獨一生。

他把問題描述給特雷佛斯醫師聽。他透過電話，和他的神經科學家維持每週一次的交談，只要回到俄亥俄州，就去他的辦公室報到。特雷佛斯醫師推測布林克可能出現了創傷性腦損傷常見的副作用：他認知和處理情緒表達的能力受到破壞。可能有初期篩檢沒有查出來的前額葉損傷。他建議再做一次核磁共振，並介紹他去看波士頓的一位專科醫師。等檢查結果出來，核磁共振顯示他的前額葉完全正常。然而布林克一直擔心自己可能有社交障礙，迫使自己對其他人的感受保持高度敏銳，往往過度分析別人的情緒。

布林克知道自己的運氣有多好。受了這種傷，本來可能癱瘓，甚至猶有過之。他邀天之幸，只受了一點小傷，大難不死。儘管如此，他要的不只是活著。有時候，他覺得很難和別人溝通。約會結束時，他不知道對方想不想再跟他見面。和《紐約時報》謎題版的編輯開完會，他不知道對方是否滿意他的作品。他努力和同行交際，卻徒勞無功。名氣和英俊的外貌為他創造了數不清的機會，多得是女人想和他交往，但總是不來電。就像有一塊厚厚的玻璃，夾在他和這個世界之間。他能清楚看到每個人，他們也看得到他，可是他和他們溝通的能力已經變得鈍化、扭曲。施展不開。隔著這道屏障，他一直很難跟另外一邊的人社交。不過，他對潔絲．普萊斯卻沒有這種感覺。沒有任何屏障。他們之間毫無阻隔。

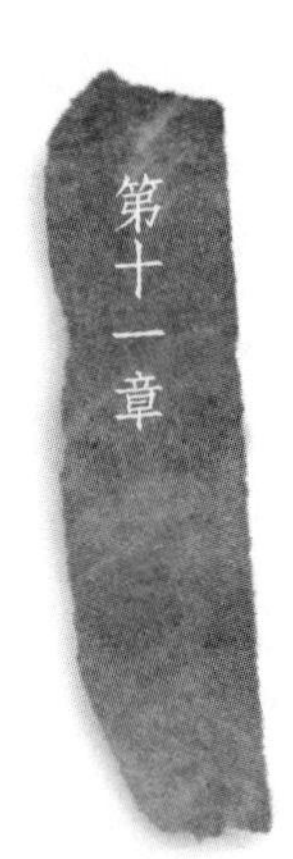

白天值班的時候，攝影機會追蹤他在監獄裡走的路，其他的警衛會記錄他的一舉一動，卡姆．普特尼沒有表露他對潔絲．普萊斯的興趣。他在食堂巡邏時會偷偷看她；女性做團體治療時，他在康樂室外面站崗；他把運動的時間表背下來，才清楚潔絲．普萊斯什麼時候會到庭院裡，在土路上散步。他小心翼翼地隱藏他的意圖。他接到的命令很清楚。不能讓任何人知道他在監視她。

不過到了晚上，就是另外一回事了。凌晨兩點到五點，這時候囚犯在睡覺，卡姆比較自由，他會溜進位在監獄現代區域的宿舍，那是一間長形的開放式房間，五十二個上下鋪睡滿了人，他躲在陰暗處看著潔絲．普萊斯，當然避開了監視攝影機。隨時有人在那盞閃爍的紅燈後面監視。囚犯睡覺的時候，警衛不得進入宿舍，除非有正當的理由，像是打架、火災、重大醫療緊急事故。近幾年發生太多藥物濫用事件——警衛和囚犯之間的人情交換，用毒品換取性服務——所以警衛受到的監視和囚犯差不多。

但卡姆對其他床鋪的女人沒興趣。他是在潔絲．普萊斯入獄那個星期被派到雷布魯克矯正中心，只要她一走，他馬上會被召回。他的任務很簡單：監視她、保護她、報告他看到的每一件和她有關的事。將近五年，他一直非常細心。她的心理醫師和她達成溝通時，他讓雷斯醫師清楚地了解到，他面對的不是普通的囚犯。潔絲．普萊斯這個女人非常重要，她保存了一樣珍貴而稀有的東西。沒有任何人，無論是她的心理醫師、其他囚犯，或她的家人，能問出她的祕密。他警告雷斯千萬不要企圖幫助她。但這傢伙不聽話。

卡姆摸摸脖子上的刺青，是十個圓點構成的三角形。他的刺青是一種入會儀式，代表他已經爬到組織裡比較高的層級。這個記號對大多數人毫無意義，他們瞥了一眼，只覺得是一種時髦的身體藝術。他加入組織這麼多年，這個記號被認出的次數寥寥可數。不過一旦被認出來，他心裡就充滿了不可名狀的滿足和驕傲感。不只是他，還有其他像他這樣的人。他們要一起打造新世界。

監獄已經熄燈好幾個小時，囚犯開始說夢話。她踢開毛毯，在床上翻來覆去，大概在做惡夢，這也不奇怪，看她頭髮打結、指甲流血的模樣，她的整個生活就是一場惡夢。他靠上前去，彎下腰聽她說話。她低聲呢喃。他把每句話都寫進他的報告裡，務必把他聽到的話一五一十記下來：快點、跟我來、保證。

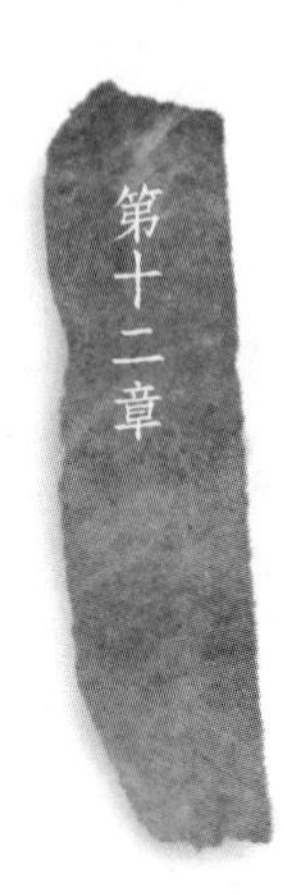

第二天早上，瑟薩莉．莫塞斯醫師在監獄門口和麥可．布林克碰面。

他把康妮留在旅館，開了空調，留了可以吃到中午的糧食與水。雖然想帶牠一起來，但即便具有服務型動物的身分，為狗申請許可的手續仍非常複雜。布林克去年告訴特雷佛斯醫師他養了康妮，醫師認為布林克對康妮的感情具有療癒作用，就把牠指定為「情緒支持動物」。布林克一開始很討厭這個標籤。為什麼特雷佛斯醫師非得把每樣東西都醫療化？難道就連養一隻寵物也得和創傷有關？然而，當特雷佛斯博士給了他一份歐洲太空總署的醫療證明，指定康南德隆為情緒支持動物，並允許布林克得以帶牠去任何地方，包括飛機座艙、政府大樓、餐廳、電影院，而不受任何懲處限制，他高興不已。他不喜歡把康妮拋在身後。

瑟薩莉領著布林克穿過中央走廊，來到監獄的另一頭，停在一道強化金屬門前面，上面的牌子寫著「禁止進入」。右邊是一個感應器和小鍵盤。「我得填寫一大堆文件，才得到許可，」她說，拿出一張塑膠吊牌給麥可．布林克看。他看到一個Code 39條碼，總共有四十三個字元，包含數字、字母和符號。Code 39條碼是最早結合文數字元和數字碼的條碼，也是全球使用率最高的條碼之一。

「我有一小時的使用權，然後就得把吊牌還給我的上司。密碼顯然是每四十八小時換一次。接下來，他們就會要我交出我的長子。總而言之……」瑟薩莉輸入密碼。「我們最好趕快進去。」

小鍵盤嗶了一聲，門栓鬆開。布林克伸手一推，然後幫瑟薩莉扶著門。

「我很佩服州政府決定保存並使用這些老建築，」她一面說，一面帶他走向樓梯，牆上的油漆剝落，樓梯平台上的塑膠地磚也破舊不堪。「能調閱病人病歷，當然有幫助。但他們真的應該撥出適當的維修經費。」

上面吊頂天花板的鑲板損壞。有幾塊不見了，露出磚造舊建築的原始天花板，高處的穹頂和窗戶創造出大量光影。

「假如我要越獄，就會從那裡跑。」布林克指著破洞的天花板。

「這裡每個入口都有維安設施，」瑟薩莉說，「但沒錯，如果囚犯有本事爬上去，就很難找到人。而且你看，」她伸手往上一指，布林克發現頭頂二十呎是一片破爛的屋頂，灑下一條條光柱。「屋頂壞了，所以才會發霉。水直接滲進來。多年來矯正署一直承諾要修繕，但天知道什麼時候才會實現。」

瑟薩莉帶他走向一組樓梯，然後進入地下室，布林克能聞到空氣中的霉味，從剝落的油漆和裂開的塑膠地磚，感覺這裡已經荒廢了幾十年。他們經過老舊的醫療設備、鐵製摺疊床和輪椅，是肺結核療養院剩下的東西；一整牆腐壞的書籍，是從圖書館拿來的；故障的健身設施，其中有一台特別殘破的樓梯機，一定是從監獄健身房搬下來的。最後，瑟薩莉在另一扇門前止步，打開門鎖，把布林克帶進一間儲藏室。

「監獄二〇一九年以前的紀錄都在這裡，」瑟薩莉陪他走進迷宮般的檔案櫃。上面標了年份：一九九三年、一九九九年、二〇〇四年。「在這裡接受治療的每一個人，不管是得了肺結核，還是接受精神保健服務，這裡都保留了一份檔案。說真的，我們的治療資料庫少了這麼多資料，實在可惜。一定有辦法弄到經費，把這些檔案掃描進我們的系統。」

瑟薩莉在標示二〇一八年的櫃子前停下。

「技術上來說，我應該提出書面申請，才能讓你或任何人看這些檔案，」她說。「但既然來不及進行更多文書作業，我們就假裝你什麼都沒看到吧。」

她打開一個抽屜，翻閱裡面的檔案，抽出一個很厚的風琴文件夾，最上面打出的名字是「普萊斯，潔西卡」。她往裡面看了一眼。「嗯，看來地下室這裡還是有資料的。」她領他來到角落的一張桌子，把文件夾裡的東西全部倒出來，在他們面前攤開。有幾百頁文件、許多文件袋，和幾個牛皮紙信封。

「雷斯喜歡紙本，」她拿起一疊病例筆記，逐一翻閱。「很仔細。把每件事都寫下來。」

「要是他很仔細，你怎麼沒有這些檔案的副本？」

「問題就在這裡，不是嗎，布林克先生，」瑟薩莉瞄了他一眼。「我們看看裡面寫了什麼吧？」

瑟薩莉拿起一疊文件，布林克拿了另外一疊。空間和機械學者症候群的其中一個特質是能夠快速閱讀，並且把每一頁一字不差地記下來。這是一般人最有興趣的技巧，布林克每次接受訪問，都會被問到這一點。他也覺得很神奇，但主要是因為外界普遍性的誤解。舉個例子，他最喜歡的驚悚片和間諜片裡的男主角，都有遺覺記憶或照相式記憶力，但這些電影通常錯得很離譜。這種記憶不像掃描，或甚至照相，而是一種抽象、概念性的過程，是對顯示記憶的意識所做的解析。即便是布林克，也覺得不明所以，不過給他一疊幾百頁的資料，他九十秒就能看完，並且記得一清二楚。

特雷佛斯醫師測量過這種能力，發現布林克每分鐘能閱讀一萬八千字，而且百分之百理解，還能一字不差地回想起隨機抽出的句子。雖然沒有創下速讀的金氏世界紀錄（紀錄保持人是每分鐘閱讀兩萬五千字的霍華德．史蒂芬．柏格），不過對一個沒興趣速讀的人來說，也算不錯了。他把讀過的資料重現紙上的能力，已經好到可以在ＳＡＴ取得滿分，並獲得麻省理工的全額獎學金。

布林克快速翻頁，一口氣看完資料。大多數的報告極其枯燥，充斥著臨床術語。但布林克很快就能整理出潔絲進入矯正中心第一年的初步評估、她的行為和治療的基本要點。她沉默寡言、拒絕參加團體治療、有自殘和忽視獄友及警衛的傾向，完全符合瑟薩莉對她的描述。但他沒料到雷斯竟然蒐集了這麼多潔絲．普萊斯的文件資料，包括一千多頁的分析。

「裡面有很多和潔絲的治療有關的資料，」他把這疊文件推開，然後再拿一疊。「但沒什麼不尋常的地方。」

瑟薩莉瞥了那疊文件一眼，顯然不相信他這麼快就能消化這麼多資料。「這些資料會放在地下室這裡就不尋常了，」她說。「雷斯醫師的檔案應該全部在他的辦公室。他會把自己可能需要的資料放在這下面就很古怪。簡直就像雷斯是故意把這些和她的正式檔案分別存放。」

「你能想出他這麼做的理由嗎？」布林克問道，仔細查閱更多報告：一份份開給她的處方藥清單、一次團體治療的筆記、一名警衛對一場事故的報告，最後鬧事的人都受到紀律處分。

「完全沒道理，」她說。「但我確實覺得他們的關係很奇怪。我昨天跟你說過，我是在雷斯醫師發生意外之後來這裡任職。我到的時候，發現這件事讓潔絲很難過。聽我提起這件事，她哭了出來，甚至激動到恐慌發作，必須注射鎮靜劑。我當時很吃驚，因為他的筆記完全沒提到他和她的溝通很有進展。當然，以我自己治療她的經驗，很難想像潔絲和雷斯醫師已經達成真正的交流，不過話說回來，誰知道他還用了哪些方法和她溝通……」

瑟薩莉說話的時候，布林克注意到一個亮光藍的文件夾。他很快從一大疊報告底下抽出來，鬆開橡皮圈，然後打開來看。裡面的資料似乎和其他檔案不同。有一份雷斯的報告，和一個厚厚的白信封夾在一起，信封寬八吋長十吋，正面蓋了「機密」的紅色戳印，左上角印著哥倫比亞郡警長辦公室的標誌。而且信封裡塞了一本棕色的皮革手札，書背繫著一條捲曲的紅絲帶。

「那是什麼？」瑟薩莉指著文件夾問。

「不知道。」布林克抽出塞著報告的白色大信封，遞給瑟薩莉。她看了一下，解開報告上的夾子，讀了起來。「這真的很……古怪。」她說。

他伸出手，想自己把報告拿來看，但被瑟薩莉抽走了。

「雷斯醫師在這裡寫著，潔絲剛來的時候會做惡夢，」她說。「看樣子她換過兩次宿舍，原因是她尖聲喊叫，打擾了其他囚犯，從C1宿舍換到A宿舍。而且雷斯醫師好像能和她溝通，談論這些惡夢。你聽。」

瑟薩莉讀出報告的內容：「病人在夜裡大聲喊叫。她很害怕一個女人，宣稱對方一直在傷害她。有好幾次，她在深夜醒來，哀求警衛別讓這個女人靠近她。來了好幾個月，這是她唯一一次開口說話，眼看機會難得，我開始值夜班，好在她需要的時候就近幫忙。全靠這個方法，我才能和她溝通。她描述自己不是在做惡夢，而是有人來找她。不過值班的警衛報告說沒有其他囚犯接近潔絲．普萊斯，而且看監視影片也發現，她每天晚上都是一個人躺在床鋪上。我認為她的恐懼不是裝出來的，就開始調查她為什麼身陷囹圄。調查的發現令我非常震驚。幕後主使者權高勢大，他們不想讓任何人知道真相。我開始懷疑不只潔絲・普萊斯一個人有危險。」

瑟薩莉看著他的眼睛，一副驚駭莫名的表情，他想起她在兩人第一次見面時說的話。有時候跟她在一起，我會……不知道該怎麼說才好。害怕。不只是害怕。驚恐。彷彿陷入我無力抵抗的處境，危險重重。

「哇，」他說，「聽起來很嚴重。還有嗎？」

瑟薩莉把雷斯醫師的報告一翻，露出空白頁。「他只寫了這些。但這個也許能幫忙解釋。」瑟薩莉把白信封拿過來撕開。看到她的注意力被轉移，布林克快速翻閱那本棕色的皮革手札。他馬上認出潔絲的筆跡，並且屏住了呼吸。趁瑟薩莉不注意，他把手札偷偷藏進後口袋。

「搞什麼鬼……」瑟薩莉檢視白信封裡面的東西，驚愕得眉頭深鎖。

「看到什麼有趣的東西？」布林克問，同時走到她旁邊觀看。好像是一份警方報告，他看到邊緣，但還來不及細看，就被瑟薩莉放回信封裡。

「我不清楚這是什麼，」她僵硬地說，不過她的反應完全相反：她發現了讓她非常感興趣的東西。

他伸手拿信封。「來，我試試看，」布林克說。「也許我能幫上忙。」

但她避開他，迅速把信封放進藍色的文件夾，塞進腋下。「我想暫時到此為止吧。」

「等一下，我想看其他的資料……」

「我想這是不可能的，」她抱起桌上的檔案，緊貼在胸前。

「別這樣，瑟薩莉，」他說得若無其事，希望掩蓋內心的迫切。不管那個藍色文件夾放了什麼，都可能幫他弄清楚潔絲想對他說的話。「至少可以告訴我信封裡是什麼吧？」

瑟薩莉的態度變得很冷漠。「只要和病人有關，布林克先生，我會把這份資料分享給你。但我要先把這些檔案拿到我的辦公室，仔細看一遍。我必須了解資料的內容，才能分享給不屬於本機構的人。」

布林克琢磨她的意思，心裡很不好受。是她找他來監獄幫忙，現在卻把他一腳踢開。他們發現了重要文獻，而且他非看不可。不管正當與否，他相信他有權利看這批資料。也許是因為潔絲把她的暗號託付給他，也可能是因為他們在他的夢裡非常親密，他覺得和她有一種很深的默契，是他很少體會到的。不到二十四小時，這個女人對他變得很重要。

「再說了，」瑟薩莉看了她的手錶一眼，「我已經申請到許可，讓你再見潔絲一面。她中午會在圖書館。現在正好還差十五分鐘。你最好準時出現。」

潔絲・普萊斯的手札讓他牛仔褲的後口袋凸出一小塊僵硬的正方形，布林克穿過一樓的走廊時，為了防止自己拿出來看，他用盡全身每一分力氣抵抗。要不是怕被莫塞斯醫師沒收，他才忍不住。她已經拿走了雷斯的檔案，他絕不能再讓她把手札收走。他已經看到第一頁最上面的日期：二〇一七年七月七日。諾亞・庫克死亡前十二天，代表潔絲是在賽吉府邸寫的。也許這本手札可以清楚說明每一件事，包括賽吉府邸的慘劇，甚至還有潔絲・普萊斯請他解開的謎題。有一點是確定的：這本手札太重要，不能弄丟。

瑟薩莉帶他去圖書館，但他無法想像，不知道手札的內容，要怎麼見潔絲。他們經過洗手間的時候，布林克藉口說要解手。瑟薩莉顯然不太高興，但沒有反對。「你有兩分鐘的時間，」她說。「我去圖書館等。」

她走了以後，布林克感覺自己的脈搏加速跳動。他只有幾分鐘的時間，但他也只需要幾分鐘，外加一個監視攝影機拍不到他的隱密空間。洗手間似乎是最完美的答案，可是他一閃進去，看到裡面全是警衛。他走到小便池，然後到水槽那裡洗完手就走了。他不想冒絲毫風險。

監獄不提供隱私，這裡的目的是消滅隱私。每個轉角都有警衛，在走廊、在入口附近的安全檢查站，帶領一幫女人從這裡走到外面的庭院裡。他匆匆經過瑟薩莉辦公室附近幾個看似安全的房間，但擔心有攝影機，所以不敢進去。最後，他又來到通往監獄老舊區域的金屬門前。回頭瞄了一眼，確定四下無人。儘管沒有瑟薩莉的吊牌，但他清楚記得密碼——條碼下面的一串數字。當然，一般人會用印了條碼的吊牌，絕不會手動輸入這麼一長串數字。但布林克不是一般人。他在小鍵盤輸入由四十三個數字和符號構成的序列，鎖開了。

他把門推開，走進樓梯間。瑟薩莉先前把他帶到下面的地下室，現在他要上樓。走上樓梯，來到廢棄的療養院樓層，一個漆黑、布滿灰塵的空間，到處是蜘蛛網和過時的醫療設備。太陽從沾滿油垢的窗玻璃照進來，雖然光線極差，他還是從口袋抽出手札翻開。

他看了一眼，確定自己沒弄錯：他找到的是潔絲的手札。上面有她的筆跡，整潔而圓潤，第一頁最上面寫著「二〇一七年七月七日，賽吉府邸」。他閱讀第一段。

賽吉府邸是十九世紀小說裡經常看到的那種有山牆和角塔的莊園，不是想像中的避暑別墅。住在這裡，還可以獨占整棟房子，讓我同時感覺極其美妙，也極其可怕。

他沒有繼續往下看，而是先把剩下的手札翻過一遍，有一張摺好的紙飄落在地，他呆了一下。布林克把紙張撿起來打開，頓時吃了一驚。這個結構很眼熟，是他自己設計的謎題，但見到這個謎題卻讓他倉皇失措。他萬萬沒想到還會再看到它，更別說是在這裡，在監獄裡一名定讞殺人犯的手札裡看到。

霎時之間，他和潔絲．普萊斯的關係變了。在此之前，他以為自己是主導者，而她只能逆來順受。但根本不是這麼回事。這個謎題讓天平徹底傾斜。他看到空格裡填了答案，突然湧出一股強烈的占有欲。潔絲．普萊斯不應該看到這個東西，任何人都不該看到。他以為它已經永遠離開了他的生命，卻出現在這裡，強迫他面對自己當年犯的錯。

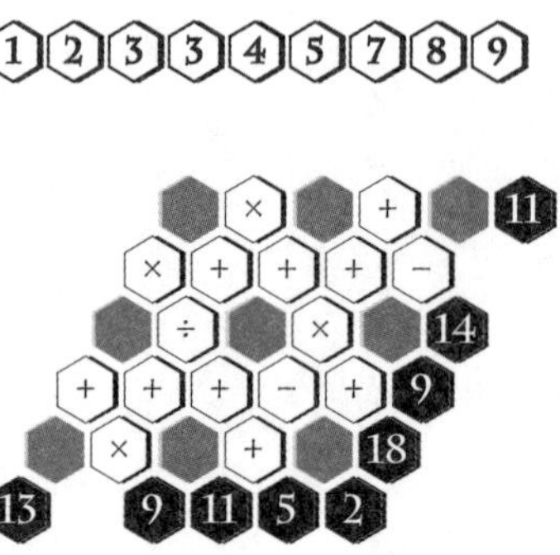

這個謎題總共有二十五個六角形，五個一行，中間夾著加減乘除的數學運算。可以把九個

一系列的數字填到空格裡，解開這些方程式。提供答案的六角形位在方程式底部，並沿著右側以斜角往上延伸。

這是他二〇〇九年設計的謎題，當時他十九歲，在麻省理工讀大二。這個謎題很簡單，那時的他沒有把自己當成職業設計師，只是一個找樂子的小毛頭，玩玩罷了。他是在這種心情下設計出來的，看到這個謎題重現眼前，他想起了十年前的自己，一個天真的孩子，對自己古怪的天分不甚了了。此刻就像偶然看見自己的舊照片：他認得這個人，甚至有一種衝動，想保護當年的自己，不過斯人早已遠去。

這個謎題雖然表面上很簡單，裡面其實藏了另一個謎題，是謎中謎。他將之視為一種簽名，一張麥可．布林克的名片，而且儘管對布林克意義深遠，卻是他最不為人所知的謎語。事實上，只有寥寥幾個人知道它的存在。他以為早已消滅無聞。顯然他誤會了。

檢視謎題時，有聲音吸引他的注意。通往樓梯間的門被打開，砰的一聲關上，接著身後傳來腳步的回聲。當一名監獄警衛步入走廊時，布林克連忙把手札放進口袋，退到一個陰暗的角落，緊緊貼著骯髒的窗戶。

布林克認得那個警衛，前一天才看到他把潔絲．普萊斯送進圖書館，不過當時看得並不仔細。現在發現這傢伙身材魁梧，有六呎四吋高，漂金色的頭髮，兩耳各戴著偌大的鑽石耳釘。他制服底下的肌肉鼓起，雙腳穿的是厚底靴，專門用來踢人的那一種。最好不要在陰暗、廢棄的療養院和這種人硬碰硬，特別是他身上還有一位囚犯的手札。這名警衛有警犬的本能。他在走廊裡來回行走，彷彿要嗅出布林克的氣味。接下來，布林克只見警衛站在他面前，低頭直視他的眼睛。「你在上面這裡搞什麼鬼？」

布林克從陰暗處出來，拿出許可吊牌為自己辯解。「我有許可證。」他說。

警衛一把拿走吊牌，仔細檢查。他歸還吊牌時，一副想大幹一架的眼神。「這裡離精神科辦公室很遠。」

「莫塞斯醫師在圖書館等我，」他連忙找藉口搪塞過去。「我剛才在找洗手間，結果走錯路。要是你能告訴我怎麼去圖書館，那就太感謝了。」

「你也錯得太離譜了，兄弟。」警衛說著，很快把布林克往門口使勁一推。只是輕輕一推，動作快而猛，但也足夠讓布林克失去平衡。他踉蹌了一下，吊牌跌落在地。警衛彎腰撿拾時，言不由衷地小聲說了句對不起，而布林克注意到他脖子側面的刺青，是十個圓點構成的等邊三角形。他只瞄了一眼，但是閉上眼睛，就看到那個圖案倚著他的眼皮閃閃發光：四排圓圈，最下面有四個圓圈，最上面有一個，一個巧妙的三角形結構。

警衛又把他往門口一推，雖然布林克的第一個本能是推回去，但他沒有反抗。他走得很快，警衛沒有搜身，讓他鬆了口氣。要是他搜到潔絲・普萊斯的手札，一定會交給瑟薩莉・莫塞斯。布林克需要這本手札，還有裡面的謎題，才能弄清楚潔絲・普萊斯究竟要他做什麼。

第十四章

警衛推了麥可．布林克的肩膀一下，指示他往前走。這個動作背後的侵略性不強，卻讓他惱火。他踢足球的時候遇過這種人：體格像推土機似的彪形大漢，非得一而再、再而三地證明自己不可。他們的想法並不複雜，但也沒這個必要。他們只要耀武揚威、阻擋擒抱，就足以證明球場少不了他們。布林克的特長是用他靈敏的動作來擺脫防守，從這些傢伙在防守線留下的小漏洞鑽過去。只要追不上他，就算一身蠻力也沒什麼用。不過話說回來，有時頭腦也比不過蠻力。即使布林克球技高超，只要重摔一次，人生就全盤改變。

瑟薩莉在圖書館門口等他，手臂在胸前交叉，一臉驚慌的表情。「究竟是怎麼回事，布林克先生？」

「我在三樓找到他，」警衛說。

「我們說好在這裡碰面，」瑟薩莉用責備的眼神看他。

「我走錯路了，」他說，但他看得出她心存懷疑。一個幾分鐘能看完一千頁報告，十五秒能破解魔術方塊的人，是不會迷路的。她謝過警衛，打開圖書館的門，讓他進去。他看到潔絲坐在他們第一次見面時一起坐的那張桌子。「這一次幫你爭取到一小時，」瑟薩莉在他進入圖書館的時候說。「不過別再走錯路了，好嗎？」

灰色的連身褲和蒼白的皮膚、指甲咬到了結痂的地方、默不作聲，潔絲．普萊斯和前一天差不多。雖然他知道她不可能有什麼不同，而且夢境無論多麼有感染力，都不會改變現實，他有些期待會見到他在森林裡遇見的女人，那個讓他神魂顛倒的性感尤物，她的長髮披散在背上，她的撫摸足以讓他全身顫抖。他甩去幻象，但夢裡那種強烈、迷幻的感覺並未消散。他可以全然感受到那驚奇和吸引力，那種無法抗拒、迫切想親近她的需求。當他在她對面坐下時，他的脈搏加快、汗如雨下。他在夢裡也有這種感覺。她的存在就像美味的毒品帶來的快感。

布林克往後瞥了一眼，確定警衛站在門口，他傾斜肩膀擋住監視攝影機，然後從口袋抽出手札，放在桌上。「這是我在雷斯的檔案裡找到的，」他低聲說道。

她拿起手札，捧在手上翻閱，看她的眼神，彷彿這是從古代遺跡出土的文物，從另一個輪迴救回來的寶藏。

「你認得吧？」他問，留意她細微的表情變化，驚喜、困惑、恍然明白雷斯醫師居然有她的東西。

她一頁一頁仔細查看，彷彿是想找出某種一致性，然後輕輕點頭，承認這是她的手札。

「那這個呢？」他問，把話題轉移到摺進手札背面的謎題。「你從哪裡得來的？」

她看著謎題，表情沒有透露任何線索。他知道她不會開口，所以從口袋抽出他的筆，滑到桌子對面，希望她提筆回應。

「我必須知道你是從哪裡得到這個的，」他能聽見自己聲音裡的急迫。

她研究這個謎題，拿起筆，解開每一個方程式，這些答案是他用來把自己名字加密的文數代換碼，她在答案底下寫出代換碼的字母：MIKE BRINK（麥可．布林克）。然後她把謎題推到他面前，笑了笑。這是他第一次看到她露出真摯的笑容，多少點出了她在多年前解出謎題時，是什麼樣的人。

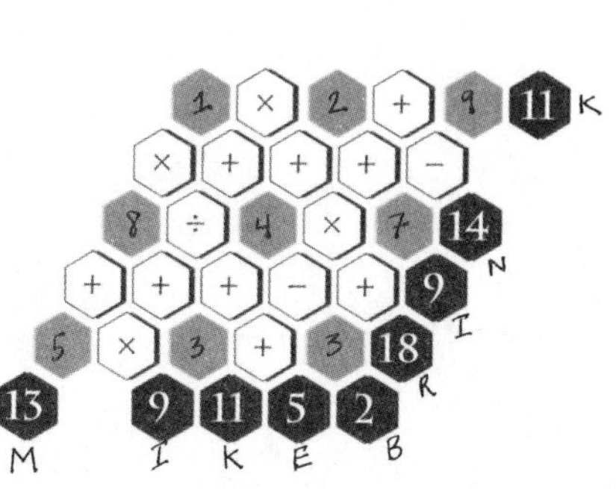

但他無法同樣報以微笑。看到自己的謎題出現在前面的桌上，就像發現他內心最深處的自我——他的心、他的胃——有一部分被剖開，暴露在外。感覺出了大問題。這個謎題不該有任何人知道。任何人。

他靠過去低聲說，「你到底是怎麼弄到這個的？」

她指指填完的謎題，彷彿從答案就能看出整個來龍去脈，這麼說也沒錯：她因為某個神奇的機緣巧合，發現了這個他希望自己從來沒設計過的謎題。至於她知不知道這個謎題的意義，或是麥可・布林克多麼希望把它忘了，是另外一個問題。

「你不應該拿到才對，」他聽到自己聲音裡的困惑。他方才還覺得和潔絲很有默契，現在突然一百八十度大轉變，唯恐她動機不良。原本是她想知道自己能不能信任他，但現在他完全不確定她這個人信不信得過。萬一那個圓圈謎題不過是一個詭計呢？萬一她說的每句話都是謊言呢？「其實你是為這個找我來的？」

她搖搖頭，激動得睜大了眼睛：不是。

「那是為什麼？」他極力讓自己的語氣維持平穩。

潔絲往後靠在椅背上，表情很驚慌。顯然她也沒料到會看見這個謎題。她恐怕不知道雷斯的檔案裡有她的手札。話雖如此，要是她早就知道這個謎題，那她對他的了解可不像她透露的那麼簡單。

「你應該一開始就給我這個謎題，」他說。「這樣的話，我就……」

「絕對不會來。」她說出他沒說完的話。

他被她的聲音嚇了一跳。嗓音很輕柔，宛如耳邊細語，但威力大到讓他的心跳越來越厲害。他聽得出來，鏗鏘有力。就是他在夢裡聽到的聲音。

「我不能冒這個險，」她說。「我太需要你了。」

「需要我做什麼？」

「信守承諾，麥克爾。」

也許是因為她用這種口吻叫他麥克爾——從來沒有人這麼叫他，連他母親都沒有——也或許是被她握住手時感到的一股寒慄，他突然害怕了。他拚命掙脫，但她緊握不放，連身褲的袖子往後滑，露出刻在右手臂的蜂巢圖案，從手腕到手肘，一個個精緻、完美嵌合的八面體，構成錯綜複雜的網狀系統。粉紅色的疤痕組織，表示這個圖案一定是用剃刀刻在她皮膚上的。圖案的對稱性吸引他的注意，不過最讓他吃驚的是，這正是他做夢時在潔絲的皮膚上看到的圖案。

他開始質疑她，不過她靠上前說，「你記得森林的氣味嗎？月光是怎麼灑在我們皮膚上？我們共同經歷的一切多麼美好。而且那只是剛開始。」

他感到一陣興奮，夢中的情景再度湧來：森林的氣味、他把她抱在懷裡時那蒼白的月光照在她身上。這不是他的想像。她也在夢裡，經歷了他的經歷。

「沒有你，我辦不到。」她說。她看著他，他感覺到他前一天晚上感受到的一切：近乎通靈的默契、翻江倒海的欲望、感覺終於找到了自己缺少的一部分。

「我不懂，」他終於開口，但其實他懂：不知道為什麼，坐在他對面的女人是他夢中的女子。

第十五章

要讓麥可・布林克吃驚並不容易，因為他的腦子通常比別人快了三、四步，但潔絲讓他茫然不解、倉皇失措。你記得森林的氣味嗎？月光是怎麼灑在我們皮膚上？布林克的謎題、提到他的夢、她手臂上的疤痕圖案，在在令他目瞪口呆。他努力鎮定下來。他有問題要問她，但還來不及開口，圖書館的門開了，瑟薩莉・莫塞斯走過來。他悄悄把潔絲的手札放進口袋，希望她沒看見。

「要麻煩你出來一下。」瑟薩莉的聲音不太對勁，有一股他不曾聽過的嚴厲權威。她原本說他有一小時的時間，但他在圖書館總共待了十分鐘。「我可以談完再去你的辦公室嗎？」

「恐怕不行。」她往門口看了一眼，有兩名警衛在那裡監視，是先前那個金髮推土機，還有一位年紀比較大的灰髮男子。他們正在等瑟薩莉點頭，好教訓他一頓，而且她似乎就要同意了。

「走吧，布林克先生。」瑟薩莉指著門口。

「怎麼回事？」他問，推開椅子站起來。

瑟薩莉看了他一眼，然後望向監視攝影機，用無聲的動作示意他閉上嘴巴，聽命行事。「有人叫我通知你，你的許可被撤銷了。」她的聲音像錄音帶一樣冷酷、淡漠。「我要送你出去，布林克先生。請跟我來。」

警衛走上前，一個站在旁邊，另一個給潔絲上手銬。她跟著他們走，經過他身邊時，潔絲靠過去，彷彿在他耳邊呢喃，說：「記住你的承諾。」

布林克跟著瑟薩莉穿過走廊，跟上她急促的步伐。到底發生了什麼事？十五分鐘以前，她才讓他和潔絲會面一小時。現在卻彷彿監獄鬧火災似地，急著帶他出去。雖然表面服從，但他全身每一個細胞都不肯離開。「別這樣，瑟薩莉，」他在兩人穿過走廊時說。「莫塞斯醫師。等等。可以起碼解釋一下嗎？」

她沒有回答，而是把他帶到警衛站，在那裡通過金屬探測器，出了前門，走進涼爽、完美的午後空氣中，天空很藍，太陽明亮。他們往停車場走，這時瑟薩莉放慢速度，走在他旁邊。「非常抱歉，」她的聲音很低。「但我必須盡快把你弄出來。」

他轉頭看她，急著想知道發生了什麼事。「到底出了什麼事，瑟薩莉？」「繼續走就是了。」她輕聲地說，用手肘推推他的手臂。「我有很多話要說，而且時間有限。」

他們並肩前行，經過一排休旅車和小型汽車、大批的摩托車，逐漸深入停車場。「從地下室回來以後，我把藍色文件夾裡的資料看完了。你大概也有看到哥倫比亞郡警長辦公室寄來的白信封。裡面有調查諾亞．庫克命案的機密資料影印本。是我以前沒看過的資料。」

「哪一種資料？」

「犯罪現場發現的證物清單、照片、法醫報告。雷斯一定申請了影本。心理醫師調閱病人的警察刑事紀錄，雖然不是常事，卻也不是沒聽過。但我登入系統，查詢雷斯的申請紀錄時，卻發現雷斯在資料庫裡沒有任何和潔絲．普萊斯有關的檔案。有這些檔案的資料夾，但報告本身卻不翼而飛。我以為是我的存取方式有問題，所以我登出系統再試一次，沒想到我的使用者憑證失效了，登入失敗。我應該可以完全存取這些檔案的，於是我打電話找資訊科技部幫忙，然後不到十分鐘，我接到主管的電話。他說典獄長辦公室堅持要你離開矯正中心。」她看了他一眼，他無法解讀她的眼神，一半是恐慌，一半是控訴。不是懷疑他犯了錯、做了違法的事，就是被嚇得心慌意亂。

「典獄長辦公室？」他問，完全一頭霧水。「典獄長辦公室跟我，或是潔絲．普萊斯有什麼關係？」

「我也是這麼問的，」她說。「我的主管說你的探訪權被撤銷了，叫我要送你出去，而且務必讓你知道以後不能再來。如果再來的話，我就得打電話報警抓你。」

「不過這也太荒唐了，」一陣怒氣湧上布林克的心頭。「我是得到許可才來的。一定是搞錯了。」

「我主管從來沒接過典獄長辦公室的電話。從來沒有。顯然有人不喜歡你，或是你做的事，」她說。「還有，我感覺有人刪除了你昨天和潔絲會面的監視影片。我去問安全主管約翰．威廉斯，他負責監視任務。我和約翰的關係很好，他通常很幫忙。但我問他要影片時，他卻找不到數位檔案。」

布林克想起潔絲對監視攝影機多麼警覺。她早就知道有人在監視，而且可能用他們看到的畫面來對付她。她是對的。

「我不該跟你說這些話，」她說，離他更近一點。「我可能會丟掉工作。但那個文件夾有很多匪夷所思的內容。我很想聽聽你的看法。」

「什麼匪夷所思的資料？」

「拿去。」她把一個隨身碟塞進他的手心。「我來不及全部掃描，但大部分都在裡面。」

布林克把隨身碟塞進牛仔褲的口袋深處。

「老實告訴你，我不知道該怎麼理解這件事。雷斯醫師……」她回頭看了一眼，確定周圍沒有別人，「太離譜了。像這種重要資料，他應該和潔絲的正式檔案存放在一起。」

兩人走到他的貨卡那裡，但布林克不能走。他必須盡可能弄清楚究竟是怎麼回事。「那個文件夾有什麼資料這麼重要？為什麼雷斯一定要藏起來？」

瑟薩莉又回頭看了一下。「我現在不能多說。你把資料全部看完以後打給我。」她把一張名片塞到他手裡。「背面有我的手機號碼。」

布林克瞄了名片一眼，瑟薩莉．莫塞斯醫師，博士，再看草草寫在反面的電話號碼。他開始相信自己不能再跟潔絲見面了。想到這裡，他陷入絕望。他才剛找到她，才剛了解他們的默契，想到要失去她，他心裡非常惶恐。

「聽著，」他說。「我一定要和潔絲溝通。事情不像你想的這麼簡單。」

「現在不是時候。」她露出警告的眼神。「晚一點打給我。」

「還有一件事，」他想起刻在潔絲皮膚上的蜂巢圖案。「潔絲的手臂。疤痕。你知道是怎麼出現的嗎？」

「潔絲．普萊斯的手臂沒有疤痕。」瑟薩莉困惑地說。

「我剛才看到的。」那些幾何圖形在他腦中浮現。「她手臂上有一個六角稜柱形鑲嵌圖案。起初我以為是刺青，但不是，是疤痕組織。」

「潔絲．普萊斯的皮膚上沒有任何特殊的標記。沒有刺青、沒有胎記、沒有疤痕。這一點我很確定。」

布林克知道自己看到了什麼，正準備據理力爭，但這時有一輛黑色特斯拉在監獄門口靠邊停車，打斷了他的話。一名高䠷、瘦削、戴著太陽眼鏡的紅髮男子下車，正要到監獄去，然後發現他們兩個人在停車場，就走了過來。

「你必須走，馬上。」瑟薩莉邊說邊連忙轉身走向那輛特斯拉。布林克坐進自己的貨卡時，往瑟薩莉身後的監獄看了一眼，剎那間，他以為聽見潔絲．普萊斯的聲音在空中盤旋：跟我來。

第十六章

駛出監獄大門的時候，麥可・布林克試圖弄清楚究竟是怎麼回事。至少可以說，過去二十四小時，他的情緒就像是坐雲宵飛車一樣。他不帶一絲感情地來到監獄，他最迫切的責任不過是餵康妮吃飯，以及交出每星期的《紐約時報》謎題。現在他背負了一個無法抗拒的使命，要幫助一個他素昧平生的女人。他不明白，不明白那場夢、那個謎題、她皮膚上那個圖案，但他和潔絲的默契是他以前沒有經歷過的。最初的謎題已經變成一場完全屬於他個人的探索。不只是那張令人費解的圖，不只是雷斯的祕密檔案，甚至不只是諾亞・庫克死亡的真相。和潔絲見面以後，他變了，他感受到前所未有的情緒，而他必須知道為什麼會這樣。

聽瑟薩莉對他說的那些話，他很確定他們現在有危險。潔絲設法警告過他；她的暗號再清楚不過了：雷斯醫師知道，然後他們殺了他。然而他當時半信半疑，不把她的恐懼當一回事，跑去找瑟薩莉問答案，現在他知道這是大錯特錯。要是他把潔絲的警告聽進去，行動就會更小心。他會極力縮短待在監獄的時間。他會把握機會，更強勢地要求瑟薩莉把雷斯的檔案拿給他看。他必須知道幕後主使者是誰、他們想從潔絲那裡得到什麼。只要知道這些線索，就能判斷自己遇上了什麼麻煩。如今，他掌握的線索有限。瑟薩莉的主管一通電話，就撤銷了他的探訪權，再回去就會被捕。他有潔絲畫的謎題、後口袋裡的手札，還有瑟薩莉給他的隨身碟，裡面存了她掃描的檔案。但這些東西有什麼共同點？它們是線索還是死胡同？

然後是那個開特斯拉的男人。他絕對不是來參觀監獄的。他在停車場的另一頭發現了布林克，看著他坐上貨卡，在他駕車離去時尾隨其後。布林克確定對方是來監獄找他的。不過為什麼？他有什麼企圖？會不會關係到潔絲・普萊斯？或是他在她的手札裡發現的謎題？如果是的話，當中有什麼關連？潔絲怎麼會牽涉其中？他好奇雷斯之所以被殺，是不是就像她的暗號說的，是因為他手上那些和潔絲有關的資料，還是像瑟薩莉堅稱的純屬意外。看樣子他的問題比答案多。他對任何事都沒有把握。只有一點是肯定的：他不可能把潔絲・普萊斯的謎團置之不理。

離開監獄幾哩之後，他開上一條蜿蜒的鄉村高速公路，前往山區。到星光旅館要開十分鐘的車，而且他不想惹麻煩。他必須回到汽車旅館，坐下來，看瑟薩莉掃描的檔案，越快知道隨身碟的內容越好。

他把速度加到這輛貨卡的極限，推動引擎往山上越爬越高。車窗外是一片片白松林，高聳的林木讓眼前的景物相形見絀。他打開車窗，讓山上的涼風吹進來，嗅嗅濕泥土和青苔的氣味，然後對自己說，他所經歷的一切——和潔絲神祕的默契、所有未解答的問題，會把他帶到一個合乎邏輯的方向。他進入一個謎題，而且和每個謎題一樣，會得到解答。他只需要專注於謎題的模式、依照線索推論，就能破解謎題。

看著後視鏡，一道陽光閃過，他看到那輛特斯拉跟在後面。他緊握方向盤，同時斟酌自己的選項：設法開得比特斯拉快，或是躲起來。他知道他的貨卡力有未逮，而且，就像他在足球場親身學到的，只要閃躲得快，總好過被人從背後擒抱。

他在高速公路轉彎處，把車開上一條泥路，駛入一片常綠叢林，熄掉引擎，往後靠著合成皮座椅的椅背，心跳加速。等他確定特斯拉從旁邊快速駛離後，才坐起來四處張望。在參天的松樹保護下，午後的陽光穿透枝椏，成了一塊塊明亮的不規則碎片，他慢悠悠地深吸一口氣，數到十，然後慢慢呼出。他暫時安全了。

潔絲好像早知道會發生什麼事。她知道瑟薩莉會送他離開圖書館。她知道他會被趕出監獄，成為不受歡迎人士。她一直在等待這一刻。但她也知道他不是輕言放棄的人：謎題越難，他會越努力破解。畢竟她就是看中他這一點。一旦開始解謎，他絕不放棄。

二〇〇九年十一月，父親因為癌症過世不到一星期，他就把這個謎題上傳網路。那是一段很傷心的日子，事後回想，他認為自己是消化不了當時的心情，才做出那些蠢事。

父親罹癌末期，他待在俄亥俄州的家裡。當時他和母親的關係很緊張。他搬到波士頓，進入麻省理工求學以後，他母親也離開克利夫蘭。她去了法國，表面上是幫忙他外婆搬進布列塔尼的老人院。他母親是法國人，在巴黎出生，他知道她很想念祖國的一切。他懷疑母親留在俄亥俄州是為了他。他受傷以後，她一直是他最大的支柱，帶他看專科醫師，幫他申請大學，絕不讓他一個人獨自面對。他走了以後，她想必感覺生活變得空虛。她答應去幾個星期就回來，但一走就是一年多，漸漸地，大家都知道她不會回來了。

母親不在的這段時間，他爸爸病了，儘管麥可知道兩者沒有關連，他父親生病當然不是任何人的錯，卻禁不住覺得她的離開和他們人亡家破，有某種潛在的關係。

他父親被診斷罹癌之後，母親飛回俄亥俄州，麥可也在他父親癌症末期的時候回來。他們把他留在家裡，直到他痛得實在受不了，才送去醫院。父親離世時，他們一家三口守在一起。

他是在深夜走的，醫院陰暗而沉寂。他父親這一刻還活著，下一刻就去了。

布林克和母親籌備葬禮，挑選父親下葬穿的西裝，在父親入土時站在一起，並且，在教堂地下室舉行的小型聚會上，和賓客握手、接受擁抱、聆聽弔唁。那個下午，他彷彿回到了以前的日子，回到他受傷之前的時光，那時他只是勞勃和席琳的兒子，人人都認為他將來前途無量。

飛回波士頓以前，麥可整理他以前留在地下室的幾樣東西。他找到了以前的謎題書，一疊疊的密德筆記本，裡面是滿滿的圖示、方程式和謎語。他找到了他生平設計的第一個謎題，魔術方陣，還有他發表的第一個謎題，以美式足球為主題的填字遊戲。他裝進箱子裡，加上幾件父親的遺物：絲質領帶、一本他共同著作的電腦程式設計教科書、他的手錶，一起拿去UPS，運到東岸。

那個男人是在UPS外面，一個購物美食街的停車場和他攀談的。他自我介紹說他叫蓋瑞．桑德，是他父親在凱斯西儲大學的同事，也是資訊科學系的教授。布林克沒想過要質疑他的身分。他看起來就像個丟三落四的教授，蓬亂的白髮、過時的服裝、沾了墨汁的手指。「我請你喝一杯，」桑德說，邀請他去美食街最後面的墨西哥餐廳。麥可以為他是想回憶他父親的往事。勞勃．布林克一直深受愛戴和尊敬；他的葬禮擠滿了麥可不認識的人，每個都能說出他以前沒聽過的故事。所以他跟著那個男人走到吧台，點了一杯瑪格麗特，一邊喝，一邊聽著蓋瑞．桑德提出的工作邀約，從此改變了他的一生。

一開始，他的任務很簡單。桑德給他一個私人金鑰，就是加密密碼，登入一個匿名留言板，在這裡找到桑德發送的文件：密碼電文、暗號、一頁頁的字母和數字，在檢查之後，可以看出其中的訊息。布林克會逐一破解，透過他的加密金鑰傳回去，然後桑德會寄給他一張支票。就這麼簡單。當時儘管有獎學金，他仍然需要這筆好賺的外快。桑德不曾對他有更多要求，布林克也從來不問他做的到底是什麼工作。他曾經上網搜尋桑德，結果一無所獲，所以認定他應該是國安局的人，他這種直覺來自他們的溝通方式：所有訊息都透過一個加密網站傳送。過去幾十年，國安局啟動了龐大的密碼術計畫，布林克知道以他的技術，應該是他們招募的主要人選。但桑德從來沒有招募他，而且既然他們後來再也沒有面對面相見，布林克也沒有說什麼。

但後來發生的事情很詭異、很危險。

一開始是線上跟蹤。二〇〇九年，在麻省理工讀大二的時候，布林克參加了一個線上解謎社群，用M為筆名上傳謎題。他和大多數的解謎者一樣，比較喜歡在線上維持匿名。當時《紐約時報》雜誌的謎題已經發表，他的謎題是《紐約時報》的固定內容，他還簽了謎題書的出版合約。他的聲名遠播，但是不喜歡在謎題論壇受到差別對待，所以從來不用本名。線上有一樣東西，是他在現實生活中找不到的：一個由熱愛謎題、喜歡談論謎題的人組成的社群，他成為其中的一份子，不是因為他是何方神聖，或是有過什麼奇遇，而是因為他們說著相同的語言。

M傳奇就是從這裡發展出來的。一開始很簡單。他會把謎題貼在一個高人氣的謎題論壇，然後有人過來破解。起初他設計的多半是填字遊戲和藏頭詩，這些顯然是最受歡迎的謎題，不過他有時會拋出一個定理、或迷宮、或是數牆謎題。他的設計涵蓋各種難度，但他最喜歡的是難度很高的謎題，只有少數幾個人能解開。他每星期設計一個謎題，在東部標準時間週日晚上十一點十一分準時貼上去，在四十九分鐘後的午夜撤下來。

沒多久，開始有一群志同道合的解謎者上他的網頁。所有內容都是開放、免費、可供下載的，而且他從來沒想過關注他的人會越來越多，不僅是幾個同樣熱愛挑戰、窮極無聊的謎題技客。很快地，每星期有幾千人下載他的謎題。完全違背他的初衷。儘管他的虛擬化身是M，但有幾個比較仰慕他的解謎者稱他為謎題大師。

布林克在潔絲的手札裡發現的，是他以M的身分貼上論壇的最後一個謎題。他的謎題引起的高人氣漸漸失控，有一群固執的愛好者不斷吵著要他揭露本名。Reddit一個主題分類的討論串在揣測他可能是什麼身分，當他看到第一個候選名單是麥可．布林克，眼看身分即將暴露，他惶惶不安。匿名是參加網路社群的基本要件，他做夢都沒想過要透露真實身分，不過和一位解謎者（破解了他最難謎題的其中一位高手）交換了幾封電子郵件以後，他設計了一個隱含他姓名的謎題，在星期三上傳，這一天沒有人會來找他們的每週謎題。

他想用最後一個謎題來自我挑戰，所以把他用來和蓋瑞．桑德交換訊息的十四位數私人金鑰設計成謎題的答案：13911521891411，金鑰的文數代換碼拼出來是Mike Brink（麥可．布林克）。這是圈內人的玩笑，隱晦、沒有人會知道。他在十一點十一分上傳，午夜時分撤下。他查看分析資料的時候，發現只有兩個人下載了謎題。然後，他覺得自己設計線上謎題的日子到了盡頭，就把M的個人資料從所有網站永久刪除。

第二天，蓋瑞．桑德到他的住處興師問罪。當天清晨，有不明人士用布林克的密碼登入國安局網站，儘管沒有造成明顯的損害，沒有任何檔案被更改、使用者也沒有存取任何文件（也是加密的），但有人已經看過布林克的檔案，並複製下來。在桑德說明出了什麼事的時候，布林克聽得目瞪口呆。有人早就知道他是M，知道他和蓋瑞．桑德有關係，也有足夠的能力破解他的謎題，才能用一連串數字做為私人金鑰，登入國安局的加密網站。雖然布林克堅稱不可能發生這種事，解釋只有兩個人下載謎題，而且沒有任何人知道他為國安局做事，卻都只是白費唇舌。他的登入憑證被永久刪除。他和蓋瑞．桑德的關係就此結束，布林克只覺得非常羞愧。他居然蠢到在網路上揭露這種個人資訊，也辜負了蓋瑞．桑德。直到後來，他才明白自己的工作還有更危險的後果。

這是一次很不愉快的事件，他很想假裝沒有發生過。但畢竟是發生了，而且不知怎麼被潔絲知道了，因此他不禁要問，這個謎題她是怎麼發現的，又是怎麼跑到她的手札裡。

就在昨天，他還以為自己是到雷布魯克幫助一個天資聰穎，卻有精神疾病的女子。是一場愉快的冒險、是命運的安排、是難以預料的偶然。但潔絲不是什麼有精神病的奇人，他在監獄出現也不是偶然。潔絲・普萊斯的做法，是經過仔細、縝密的計畫。她在等待適當時機。她用謎題來引誘他，再用一個暗號讓他上鉤。在潔絲・普萊斯身上，麥可・布林克遇到了對手。說真的，他想躲也躲不掉。

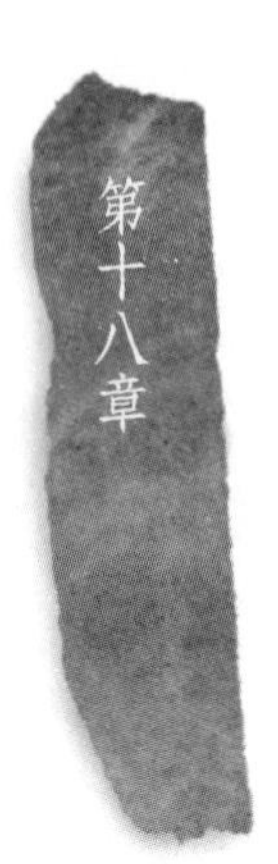

第十八章

要不是為了康妮，布林克會直接駛出山區，開往南下的高速公路，回紐約市，爬上他五樓的公寓，鎖上大門。但他把康南德隆留在旅館房間，現在他很後悔做了這個決定。經歷了監獄那些事以後，感覺什麼都不安全，星光旅館也不是多麼安全的地方。儘管成功甩掉了開特斯拉的男人，他直覺認為對方不會就此善罷干休。

把車開進星光停車場的時候，事實證明他的直覺是對的。他的房門被撞倒，門框裂開，門板上有一連串靴子踩踏的腳印。康妮不見蹤影。

他跳下貨卡，衝進他破敗不堪的房間。無論破門而入的人是誰，都可能還在裡面守株待兔，但他管不了這麼多。康妮可能有危險。他想到最壞的情況；康妮嚇得跑出去，有人在外面發現牠，然後帶回家，或者，最慘的是，他心愛的小狗在公路上被車子輾過去。「康妮！」他喊著，把房間掃視一遍。「康妮，你在哪裡？」

房間裡亂七八糟，床被翻倒，床墊上的寢具被扯下來，但不管是誰幹的，現在都已經走了。他一步步穿過歪七扭八的床單被褥，走進浴室。發現旅館的洗漱用品，一小瓶的洗髮精、細細的一條佳潔士牙膏，都被擠出倒在地上。連康妮的飯盆和水盆也被翻過來，胡蘿蔔絲灑在地毯上。他不明白。他們以為他藏了什麼？沉進牙膏條的電腦晶片？他是走進了間諜小說還是怎麼樣？說來諷刺，因為他一直認為自己沒什麼可隱藏的，直到大約兩小時前，他在潔絲的手札裡看到自己的謎題。

就算有，他也絕對不會留在旅館房間裡。凡是看過間諜電影的人都知道，他們第一個要找的地方就是這裡。不過話說回來，他居然粗心到把他的私人密碼發布在線上謎題裡，所以他或許不像自己以為的那麼精明。

忽然間，他聽見小腳丫在柏油地面拖行，然後是一聲熟悉的吠叫。他轉身看見康妮一蹦一跳地穿過停車場，整個人如釋重負，他蹲下來，康妮跳到他身上舔他的臉，高興得叫個不停，他伸手摸了摸牠的毛，為牠的聰明讚嘆。牠不知怎麼躲開了闖進他們房間的傢伙，然後溜出門去，躲在森林裡。牠一定是躲在停車場邊上的野生黑莓樹叢後面，親眼目睹了整件事。「你一定知道是誰幹的，對吧？」

他抱起康妮，帶進房間，在牠的盆子裡重新倒水，從迷你冰箱拿出剩下的腰內肉，擺在牠面前。牠進食的時候，他靠著牆，想琢磨出下一步該怎麼做。做謎題的時候，他總是從最簡單的地方開始，然後由簡入繁，設計清晰的攻擊計畫，但他第一次感到這麼迷茫。站在宛如廢墟的旅館房間裡，他知道自己離真相只有一步之遙。他必須做出反應，放手一搏，而且要快，但要怎麼做呢？

他可以從幾個地方下手。他口袋裡的隨身碟，裡面有雷斯的檔案；他背包裡的潔絲手札。然後還有監獄的瑟薩莉・莫塞斯，他計畫打電話給她。所有的迷宮都是起點決定結果，但是他動彈不得。

突然間，他腦子裡冒出一連串圓點。剛開始是一個實心的黑色圓圈，然後九個圓圈排列成三角形，直到他看見那名監獄警衛的刺青。在瑟薩莉告訴他監視影片被刪除，又知道監獄裡一直有人在監視他以後，他就直覺地認為那個金髮警衛一定脫不了干係。

自從看到那個三角形以後，布林克一直覺得很不對勁。圓點的排列、三角形精巧且井然有序的特質……不知道究竟是哪裡讓他耿耿於懷。每次遇到新類型的謎題，就會有這種感覺：他會感覺到挑戰帶來的誘惑，解密過程中忘我的痲醉感，還有在他解開謎題的時候，洶湧而來的幸福滋味、血液中的血清素強烈迸發。

布林克走出房間，到他的貨卡那裡，抽出副駕駛座底下的筆電。至少他沒有笨到把筆電留在房間。否則不是被搗毀就是被偷了。他打開筆電，輸入密碼，然後上網。他在搜索引擎裡輸入關於那個刺青的描述，很快找到了幾十張圖片，是那種形狀和構造的變體，不過描述都是相同的。這是四列三角形，由十個圓點構成的等邊三角形，最早由畢達哥拉斯提出。

這是第四個三角形數的幾何學重現，而且是神聖幾何學的一個象徵，這或許比較符合那個警衛把它紋在身上的理由。布林克輸入「神聖幾何學」和「三角形數」，然後進入一個網站，裡面全是關於這種三角形的資料，非常深奧。照網站的說法，這個象徵表達了上帝的名字，四字神名——象徵耶和華的四個字母的名字。到了現代，最常使用這個象徵的人（如果網路可信的話）是共濟會成員。不過根據布林克對共濟會確實非常有限的了解，監獄警衛並非這種菁英祕密社團歡迎的人。所以為什麼一個監獄警衛的身上，會有畢達哥拉斯的三角形？會不會有另外一種意義？大約在過去十年裡，美國文化已經朝卡通式陰謀論、祕密結社和末日政治的領域發展。就算這傢伙屁股上紋了約櫃*，他也不會吃驚。

儘管參與過蓋瑞・桑德的陰謀，麥可・布林克並不相信陰謀論。他不相信選舉舞弊、末日

* 編按：古代以色列人依照上帝的指示和設計，打造出來的神聖的櫃子，裡面裝有聖諭版，也就是兩塊寫了十誡的石版。

即將降臨，或是外星人業已造訪地球數十年。他相信數字和事實、二加二永遠等於四、重力會讓蘋果從樹上掉下來。他相信合邏輯的解答，而且只要用對了方法，就能揭曉真相。這世界的神祕事件其實和謎題差不多，同樣出現在我們周圍，全靠我們把零碎的片段拼湊起來。

把筆電收好以後，布林克把康妮抱上貨卡，然後一口氣開到八十七號州際公路南段，沿途一直在留意那輛黑色特斯拉有沒有出現。過了一小時左右，他停在一個休息區。下車前，先回頭看高速公路，再仔細查看停車場。他每隔十分鐘左右就看一下後視鏡，還沒有發現可疑的跡象。在他看來，沒有人跟蹤他。

他給康南德隆繫上狗鏈，從手套箱拿出特雷佛斯醫師的情緒支持動物證件，以防有人找麻煩，然後穿過停車場。磚造的休息區建築是平房，一邊是速食美食街，洗手間在正前方，左邊是一家便利商店。空氣裡傳來炸薯條的味道，還有工業肥皂令人噁心的臭味，讓他感覺到微微的頭痛。空調冷得讓人很不舒服，可是有免費的網路，而且現在是星期五的下午四點，這裡差不多只有他一個人。

他從SUBWAY買了一份外加美乃滋和酸黃瓜的火雞肉三明治，又從星巴克咖啡亭買了一杯大杯咖啡，然後在俯瞰高速公路的窗戶附近坐下。他必須保持警覺。雖然他確定自己沒有被跟蹤，但不表示不會有人跑來。他那輛番茄紅的貨卡並不難找。

一隻眼睛盯著窗外，他從郵差包裡抽出潔絲的手札，讀了起來。

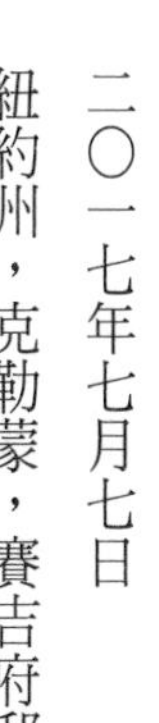

第十九章

二〇一七年七月七日

紐約州，克勒蒙，賽吉府邸

賽吉府邸是十九世紀小說裡經常看到的那種有山牆和角塔的莊園，不是想像中的避暑別墅。住在這裡，還可以獨占整棟房子，讓我同時感覺極其美妙，也極其可怕。

看家的工作通常是我申請來的，但賽吉府邸的差事卻是自己送上門。有人透過豪宅看家網站luxuryhousesitting.com寄了一封電郵，邀請我提出申請。我仔細研究信中的描述，恨不得馬上到紐約州北部避暑。賽吉府邸的主人不久前過世，家屬希望夏天房子裡有人住，可能要一直住到秋天，趁這段時間打理房子，以便出售。我主要是做些輕鬆的家務，維護花園，在潛在買家上門參觀之前，把房子打理打理，看起來不難應付。那裡離紐約市有兩小時車程，而且沒有網路或電視，可以提供我寫作需要的安靜和孤獨。

事情進行得比我想像中更順利。我把公寓分租出去，搭乘火車北上，帶著一行李箱的衣服、一台筆電和一本新的手札。現在到了目的地，我寫的就是那本手札，而不是我的小說。至少我現在文思泉湧。至少我沒有靈感枯竭。聽我極力為自己的行為辯護。不過，說真的，沒什麼好辯護的。瓊・蒂蒂安在〈論記筆記〉裡說得再好不過：把事情寫下來，是受一種格外強烈的衝動驅使，對於沒有這種衝動的人來說，根本是難以解釋的，這種強烈的衝動只會在偶然的、次要的狀況下，發揮任何一種衝動嘗試合理化自身行為所提出的作用。

先前有一輛計程車在萊恩克里夫車站接我，大約十五分鐘以後，轉進設有閘門的車道，開上一條漫長、蜿蜒的山路，在稀疏的樺樹和楓樹林裡曲折穿梭。賽吉府邸佇立在山路盡頭一座俯瞰哈德遜河的山上，和甜點一樣鮮豔，一群尖塔和穹頂聳入空中，像一個巨大的哥德式結婚蛋糕。我從來沒看過這種東西，過了好一會兒才全部看清楚——巨大的圓形塔樓、頂樓安裝的玫瑰窗、渦旋狀白色邊緣的環繞式門廊。我站在那裡，正看得入迷，計程車司機把我的行李箱放在草地上開走了。

物業經理比爾答應跟我在賽吉府邸碰面，但車道空蕩蕩的，前門也上了鎖，所以我決定四處逛逛。有一條小徑通往下面的河川，大宅的一旁是疏於維護的玫瑰花園。花園規畫得秩序井然、左右對稱，有醒目的棚架和鍛鐵長椅，但植物野蠻生長，令原始設計黯然失色。玫瑰延伸到小徑上，光是一株花根就長出大量的多頭玫瑰，花柄上的刺，加上花朵開得張牙舞爪，帶有少許不祥之氣。我一向不太喜歡玫瑰花，總覺得這種花美麗而冷酷，像切面水晶或數學。

我聽到輪胎嘎吱嘎吱壓過地上的碎石，回來看見比爾從一輛白色的貨卡下來。他年約五十，頭髮灰白，厚重眼鏡後面的眼睛濕濕的，彷彿得了乾草熱。他打開前門的門鎖，說明屋主歐若拉．賽吉已經在前一年的十二月過世，繼承人是一個叫詹姆森．賽吉的姪子，打算把這棟房子連同所有家當都賣掉。在我把行李箱順著階梯拖上寬闊的門廊時，他說賽吉府邸建於一八七六年，業主法蘭克林．賽吉靠製造玻璃鈕釦發了財。他利用名下的財富，娶了一位在社會地位上對他有幫助的妻子，魯斯登家的女兒阿德蕾德，此舉顯然讓他的地位大幅攀升，畢竟他來自奧巴尼，人脈也少得可憐。

我尾隨比爾進入寬闊的門廳，仔細打量一番。看著前面的走廊，發現到處都是東西，疊在每個角落，堆在每個表面，囤積了大批寶物：水晶煙灰缸、烤漆的歌劇望遠鏡、大理石半身像和藝術玻璃鎮紙。即便純粹是做為出入通道的門廳，也有一個巨大的黃銅鳥籠在這裡擋路，籠子完全按照賽吉府邸的外觀製作，包括尖塔等等。一個貓頭鷹標本坐在籠子裡，瞪著眼睛往外看，和滴水嘴獸一樣嚇人。

比爾慢慢往裡走，帶我到餐廳去，一個狹長的空間，主要的擺設是一張餐桌，要不是桌上擺滿一疊疊的瓷盤，說不定能坐二十個人。他按下開關，點亮一盞巨大的水晶燈，吊在這片瓷器地景上方，一個個水晶稜柱像融化的冰塊似的，滴下點點亮光。牆上嵌的是雕刻繁複的桃花心木方塊，把煙草的色調投射到整個房間，弄得每個角落都像被煙燻似的，要不是插了花，一定會很陰鬱，甚至有壓迫感。一瓶又一瓶的玫瑰在餐廳到處盛放，完美得不像真的，而果然不出所料，在我伸手捏一片花瓣的時候，感覺有一片精緻的絲織品滑過我的皮膚。這些玫瑰仿製得栩栩如生，甚至比外面的玫瑰看起來更有生氣、更真實大，似乎完美得不太正當。

「真的有人在這裡住過？」我問，努力想像生活在這種地方是什麼感覺。

「歐若拉在這棟房子獨居了至少六十年，」他說。「沒結過婚、沒生過孩子，據我所知，也沒有朋友。」

比爾走進廚房，打開一個掛在牆上的木盒，露出一系列掛著黃銅鑰匙的掛勾。「這一把是後門的，這一把是地下室的，還有……就是這個。」他拿了一把鑰匙。「這是起居室的鑰匙。裡面是歐若拉的收藏。會有一位職業估價師過來看，所以你到時候要開門。來，我帶你去。」

比爾沿著走廊往前走，把鑰匙插進一組隱藏式拉門的鑰匙孔，然後把門拉開。我尾隨他進去，然後戛然止步，除了震驚，還有點害怕。剛才比爾說到「收藏」，我想像的是哈德遜河畫派的作品，不然可能是幾盞蒂芬妮檯燈。但是從起居室這一頭到另外一頭，像大批憂鬱花一般佇立的，全是瓷玩偶。搖椅上的玩偶、倚在窗台上的玩偶，還有更多固定在老式嬰兒車裡的玩偶。有個玩偶一邊的眼皮張不開，剩下另一隻眼睛放肆、憤怒地瞪著我。兩個黑人嬰兒玩偶圍坐在兒童桌邊，包含茶壺、瓷杯和一個蛋糕架在內的成套茶具擺在它們面前，彷彿在喝下午茶。一整排穿著碎花連身裙的玩偶腿貼著腿，坐在一張紅絲絨沙發上，我仔細一看，發現它們的手臂是互相交錯的，一個瓷手肘勾著下一個手肘。一道光線斜斜地灑在這群嬰兒身上，微塵在空氣中旋轉，剎那間，我以為它們的眼神不懷好意地閃動。

我繼續往起居室裡面走的時候，這些小傢伙彷彿都轉頭瞪著我看，那些胖嘟嘟的臉頰、嘟起的小嘴和上翹的鼻子，從每一邊擠壓過來。我，五呎四吋高，一個照大多數標準來看，體型都相當普通的人，感覺自己很巨大，是個龐然大物，就像吃了藥的愛麗絲。雖然我一向沒有幽閉恐懼症的傾向，但起居室的空氣忽然被抽光了。

「這些是歐若拉·賽吉最大的愛好。」看樣子比爾和我一樣忐忑。

「愛好？」我開口的同時看了他一眼，想必已經透露這整件事讓我感到多麼詭異。

「我也無法理解，但我確實知道這批收藏值不少錢。我說過，賽吉先生要全部賣掉，然後把房子掛牌出售。估價師必須拍幾張拍賣要用的照片，所以她來的時候，你可以讓她進來。除此之外，這個房間一定要鎖起來。」

比爾鎖上起居室的門。我跟著他穿過走廊，經過一座弧形樓梯，欄杆支柱雕成孔雀的形狀，一隻鑲了寶石的眼睛炯炯有神。然後我們來到一面掛滿泛黃照片的牆壁。他停下來，向我逐張介紹賽吉家族的成員。

有歐若拉的父親法蘭克林·賽吉穿著哈佛學院毛衣的照片；然後另一張是婚禮當天，法蘭克林和他的妻子阿德蕾德·魯斯登站在教堂外面的照片；有嬰兒歐若拉和她母親；然後是三歲的歐若拉和她弟弟，小法蘭克林，小名叫法蘭基；下一張是十幾歲的歐若拉和法蘭基站在一間奢華的會客室裡，比爾說那是「賽吉家的城市寓所」；有歐若拉和法蘭基在跨大西洋豪華客輪瑪莉女王號前面的碼頭擺姿勢的快照；歐若拉高中畢業；然後是法蘭基畢業。每一張照片裡的法蘭基都很爽朗、面帶笑容，他姊姊站在他身邊，身材嬌小，表情嚴肅。

「法蘭基過世了？」我問，想起財產繼承人是歐若拉的姪子詹姆森，而且沒有其他親戚在世。

「二十五、六歲死的，」比爾說。「裁定是自殺，雖然一直沒有公布其他細節，當然惹了不少閒言閒語。屍體是歐若拉發現的，據說因此大受打擊。後來她一直把自己關在房子裡。除了臨時找來的維修工和管家曼蒂，幾十年沒有人踏進這裡一步。法蘭基的死讓她身心受創。歐若拉在餘生形單影隻，與絲玫瑰和瓷玩偶為伍。」

第二十章

比爾關上起居室以後，帶我去了廚房，是餐廳旁邊一個很小的房間，有一九六〇年代風格的爐灶、一個很大的白瓷水槽，和裝滿瓷茶杯的櫥櫃。窗前是一張美耐板貼面的摺疊桌，可以看到河景，只不過我沒有停下來看：比爾已經走到前面，站在他所謂的總管餐具室，一個既像壁櫥，又像走廊的巧妙空間，兩邊的架子上擺滿了盤子。我想像一位管家走進餐具室，拿出大盤子和醒酒器、一個銀托盤，或是他需要的任何餐具，從另一邊出去，完全不會打擾廚師。

就我的工作而言，總管餐具室是收納清掃用品的地方。比爾把一個櫥櫃打開，讓我看裡面的掃把、拖把、紙抹布和各種清潔產品。我的工作是在他帶潛在買家來參觀之前，把房子收拾好，隨著時間一分一秒過去，這份工作顯得越來越嚇人。

歐若拉很愛她的家，他說，但在人生的最後階段，她的體力太差，無力維護，所以把家務交給她的管家，一個叫曼蒂・強森的本地女子。

「這倒提醒了我，」他說，「我想應該不會出問題，不過萬一曼蒂跑到這兒來，你應該馬上打電話給我。」

在我聽來，這表示他預料會有問題，我也說出了我的看法。

「別擔心，」比爾說，「曼蒂已經不是問題了。只不過歐若拉死後，發生了一些問題。晚年的歐若拉非常偏愛曼蒂，開始把家裡的東西送給她，傳家之寶、珠寶、一些藝術品。歐若拉過世前一直沒有人知道。後來發現歐若拉在遺囑上把曼蒂指定為唯一受益人。這所有的一切，」比爾指指整棟房子，這個概括性的動作是為了點出這位清潔婦天大的好運，「如果你相信的話。詹姆森．賽吉提起訴訟，主張歐若拉當時心智不正常。他辯稱歐若拉生前的行為怪異，這一點我想誰也不能反駁。再說歐若拉簽名時沒有見證人在場，既然沒有證人，整件事就丟給遺囑檢驗法院處理，所有遺產都留給她在世的親屬：詹姆森．賽吉。」

「不過你擔心她還會跑來？」我問道，比起遺囑檢驗法院的細節，我更擔心一個委屈不平的管家。

「她上個月來過，被詹姆森發現以後，就以非法侵入的罪名報警逮捕她，又甩給她一份禁制令。我不相信她會回來，但萬一她回來了，打電話給我。」

比爾走了以後，我努力把這裡當作自己的家，但沒那麼容易。歐若拉．賽吉已經死了幾個月，然而她的存在感很強，讓我感覺自己是非法侵入。想必從她過世的那天起，每一樣東西都保持原樣。我看到她扔在藤籃裡的髒衣服、她放在冰箱裡的食物（一袋腐壞的蘋果、一塊發霉的乳酪、一夸脫凝固的全脂牛乳）。她床頭櫃上的茶杯，裡面全是餿掉的茶，丹寧都變成了焦油。她的衣服掛在衣櫥裡，有縫著法文標籤的厚重深色羊毛裙、漿得硬挺的白棉布女襯衫、天鵝絨睡袍，和幾十雙鞋跟沾了泥土的四號半繫帶小皮靴。歐若拉・賽吉死了，但依然流連不去，我不禁感覺她這幢房子，包括裡面的桃花心木鑲板、寶貴的收藏和擺滿瓷玩偶的起居室，不應該被打擾。

我暫時放下疑慮，到圖書室去，我看到裡面有一張巨大的律師辦公桌，是夏天工作的最佳位置。房間是八角形，書架上放了幾百本書，有些是皮革裝訂的舊書。壁爐貼的是奶綠色的全釉面磁磚，一張厚實的東方地毯、兩扇俯瞰河景的大窗戶。房間通風不良，空氣裡有很多灰塵，所以我把厚重的錦緞窗簾扣到兩邊，打開窗戶。太陽漸漸落在在卡茨基爾山高低起伏的山脊後面，微弱的陽光照進整個房間，這時我看到角落的一台推車，下層的架子擺滿一瓶瓶的酒。我從一盤酒杯裡抽出一個切面水晶的平底無柄杯，給自己倒了兩指深的波本威士忌，心想也許能幫助睡眠。我準備上床睡覺，走向臥室的時候經過一張邊桌，桌上有一本舊聖經。翻開破舊的皮革封面，我看到加上註解的經文、畫了線的段落、寫在邊緣空白處的筆記，用來加強語氣的驚嘆號，展現出必須用防水墨水來書寫的熱烈信仰。

標記出的段落有一個共同的思路，至少看起來是這樣。這些經文講的都是創造的行為。

「要有光」那節經文、用亞當的肋骨造出夏娃，還有第七日安息的部分——創世紀幾乎是全文標記。然後是詩篇第三十三章第六節：諸天藉耶和華的命而造，萬象藉他口中的氣而成。在某一頁最底下，用濃淡不均的藍色墨水寫了一段看似格格不入的話：

我受盡磨難，但這是我咎由自取。我相信自己能通曉人類不該知道的玄機。我想窺視不為人知的祕密，於是揭開了隔在人與神之間的面紗，直視上帝之眼。這個謎題的本質就在這裡：輪番帶來痛苦和快樂。

等我看完了，威士忌已然見底。我把聖經收起來，從衣櫥裡找出乾淨的床單，在二樓一個朝西的房間鋪了床，這裡寬敞、通風、有俯瞰玫瑰花園的凸窗。角落有一張搖椅，我把這件古老的木家具拖到窗前，心想不妨看看書。但房裡沒有閱讀燈，加上我喝了波本威士忌，有些許醉意，所以拿我的書卡住窗戶，讓它一直開著。我睡的鐵架床是一個龐然大物，彈簧床墊睡起來不舒服，恐怕有一百年的歷史了，但儘管不舒服，我還是很快就睡著了。

深夜時分，我睡得很熟，忽然被怪聲吵醒。音量很小，一開始幾乎聽不見，好像有東西從我頭頂上移動，速度很快，就像雨滴啪嗒啪嗒地打在窗玻璃上。我坐起來，把耳朵豎直。瞬間靜默無聲，然後又發出聲響，頭上的空氣流動，輕柔而規律。

我睡不著，躺在床上聽了很久。月光從窗外照進來，銀藍色的光輝打在硬木地板上，我還以為會看到歐若拉站在那裡，她的鬼魂斥責我入侵她的家，不過當然什麼都沒看見，只有窗簾在微風裡輕輕飄動。我對自己說，剛才聽到的一定是夜風吹過窗玻璃，或是空氣被卡在老舊管線裡的聲音。我在紐約市租過一棟戰前建築裡的房間，每次天氣變冷，舊式的蒸氣式暖器就像打鼓似地砰砰響。賽吉府邸裝的是超大的十九世紀葉片式暖器，雖然這個季節沒有打開，還是可能排出卡在裡面的空氣。

我計畫早上工作，所以決定繼續睡覺，但那個怪聲又響了，音量比剛才還大。不是風、不是暖器裡的蒸氣，而是從三樓不斷傳來的刮擦聲。老鼠，一定是老鼠。老房子都有齧齒動物。我曾經看過一篇看家者的評論，詳細描述有一次她在新罕布夏州看家時，每天晚上都聽到怪聲的沮喪心情。她找遍每個地方，想弄清楚到底是什麼聲音，最後在地下室發現一家子浣熊。

幸好我不怕老鼠。我從小就經常在地鐵和公園裡看見大老鼠。凡是看過曼哈頓大老鼠的人，都能應付幾隻小家鼠。我早上會打電話給比爾，到時他會處理。這樣就能安心了，於是我閉上眼睛睡覺。

可是過了不到十分鐘，怪聲又響了，樓上的咔嗒和刮擦聲越來越大，變成一連串響亮的砰砰聲。我嚇得坐起來，往陰暗處打量，想看看究竟是什麼，這時另一個完全不同的聲音傳進房間裡：一種高亢、哀怨、傷心欲絕的啜泣。

我從床上爬起來，穿過一片片月光到走廊去。怪聲是樓上傳來的，所以我走到樓梯間，往黑暗中看去。比爾沒有帶我上三樓。上面什麼都沒有，他說，指著樓梯頂上寬大的木門。只有一箱箱舊東西。但他錯了。上面不是什麼都沒有。

小心翼翼地爬上樓梯，赤裸的雙腳在木板上滑不溜丟的，我走到門前，握住涼涼的黃銅門把，試著轉動一下，可是門鎖得很緊。於是我把耳朵貼在木板上，極力想聽清楚門後的情況。有拖曳的聲音，輕柔而規律，像腳步聲。也許不是老鼠，我想，而是體積比較大的動物，一隻迷路的貓或負鼠。不管是什麼，我都得打電話給比爾。他一定會處理。不過我才剛轉身，就突然出現敲門聲，連續敲了好一會兒。我嚇得動彈不得，只得豎起耳朵。開門，那個聲音低聲地說。拜託，放我出去。

我嚇得半死，半跌半跑地衝下樓梯求救。

第二十一章

比爾花了幾分鐘安撫我，並說服我留在賽吉府邸，等他過來。我在前門的門廊等候，他趕到的時候，太陽剛剛升起。他帶我走進屋裡，讓我坐在走廊的一張靠背長椅上，憂心忡忡地聽我把房子裡的怪聲告訴他。「這裡不對勁，」我說，可是當他強力要求我說明哪裡不對勁的時候，我實在不敢把我遇到的事情說出來，只說我聽到三樓傳來的怪聲。我沒有提起我在門口聽到的話。當時我半睡半醒，略有醉意，獨自待在一棟大房子裡。我開始覺得我是被想像力沖昏了頭。

比爾盯著我看了很久，彷彿是想消除他自己對這棟房子的疑慮，然後告訴我那八成是齧齒動物的聲音。「這裡不是第一次出現小動物，」他說，然後帶我去總管餐具室，拿了一盒捕鼠夾給我，大概有十二個左右。「你知道怎麼用嗎？」他問。雖然以前沒有設過捕鼠夾，我還是向他保證我應付得來。

比爾一走，我就去鑰匙盒那裡，找到三樓的鑰匙，然後從冰箱拿出一塊發霉的乳酪上樓。三樓比一樓和二樓更亂，走廊塞滿了紙箱、木箱和舊家具，是賽吉家一代又一代的人丟棄的物品。我從旁邊擠過去的時候，被一個低矮的木箱絆倒，一批玻璃鈕釦灑在硬木地板上，箱子裡冒出幾百個彩色玻璃的圓盤。我蹲下把鈕釦舀回箱子裡。舉起其中一個圓盤，我看到淡粉紅色的表面上壓了賽吉這個姓氏。賽吉鈕釦，賽吉家的致富之源。

我避開更多的垃圾，步入走廊，突然發現自己被鏡子包圍了，走廊的兩邊掛了二、三十面鏡子。每一面都照出了我的一小部分，這裡是一塊手臂，那裡是一小片臉、一整隻手。我是到了那一刻才發現的，自從到了賽吉府邸，我一直沒看過自己的鏡像。在比較低的樓層，到處都不見鏡子的蹤跡，一樓或二樓沒有，連浴室裡也沒有。然而在三樓的走廊，從頭到尾有幾十面鏡子：鍍金框和木框、斜面框和鍍銀框，有的因為年代久遠而出現斑點，有一面鏡子的對角線是鋸齒狀的裂痕。

或許是因為沒有鏡子，才感覺賽吉府邸每樣東西都很古怪。記得我們在大三的心理分析與文學研討會看過一篇文章：雅各・拉岡的〈鏡像階段〉。拉岡說，嬰兒是因為看到鏡子裡照出的自己，才形成身分認同感。沒有固定形狀、不受任何束縛的自我，隨著每一次看到的鏡像而逐漸受限。他主張，當我們看到鏡子照出的自己，就知道自己在身分和天性上的界限。我好奇賽吉府邸沒有鏡子，會不會造成相反的效果。沒有鏡像的生活，或許會把一個人化為烏有。

我在整條走廊設置捕鼠夾，最後放了十個左右，以間隔排列。等捕鼠夾全部放好了，我就到鏡廳去，從牆上拿下一面鏡子，一面鍍金框的橢圓鏡，下樓放置在我的房間，用釘子掛在梳妝台上方。當我正要下樓去圖書室工作時，空氣中充斥著一種聲音。我停下腳步，屏住呼吸，仔細聆聽：一記刮擦聲、一記攪拌聲，然後是一聲尖叫，又是前一晚的恐怖怪聲。

我跑回三樓，穿過走廊，追蹤怪聲的來源：貼了壁紙的牆上有一道隱藏式小木門。我把門打開，看到一個很深的垂直豎井，上面裝了吊繩。我探頭進去，抬頭看見繩索纏在一個很高的絞盤上。真是奇怪，因為據我所知，這棟房子沒有四樓，比爾也沒提過這裡有閣樓。門框上裝了電木按鈕，我按了其中一個，繩索突然動起來，吊起一個木製臺架。機件活動時發出的正是我聽到的怪聲：啪嗒聲、拖曳聲、嗖嗖聲，不時還有生鏽的絞盤發出的恐怖尖叫聲。賽吉府邸沒有老鼠，就算有，我聽到的怪聲也不是牠們弄出來的。罪魁禍首是一台老舊、嘎吱作響的送貨升降梯。而說話的聲音？顯然是想像力過度激烈的結果。謎團解開了。

不過這樣又引出另一個謎團。豎井通到哪裡？我沿著原路回到走廊，尋找通到另外一層樓的樓梯。早上天氣晴朗，從玫瑰窗照進來的光線，沿著走廊，從一面鏡子反射到另一面鏡子，照出一個刻在碎花壁紙上的長方形。一道暗門，隱密到我好幾次經過都沒發現。我敲在壁紙上，聽到回音，是很明顯的空間感。沒有門把，但我注意到一個很小的鑰匙孔，然後蹲下來往裡面看。有一組樓梯，頂端一片黑暗。

這勾起了我的好奇心，我跑到樓下，穿過廚房，走到木製的鑰匙盒前。比爾拿三樓的鑰匙給我時，我沒怎麼留意，但如果有閣樓的鑰匙，應該就在這裡。果然，盒子裡有十二把鑰匙的掛勾，四個一排，每把鑰匙的掛勾上方有一個手寫的標籤：地下室、餐具室、圖書室、起居室、閣樓。我把比爾給我的鑰匙掛回去，拿了標籤上寫著閣樓的鑰匙，用一步兩階梯的方式爬上三樓。

鑰匙是對的。小心把門打開，我爬上狹窄的階梯，進入一個悶熱、不通風的閣樓。這裡沒有電燈開關，所以我開啟蘋果手機的手電筒功能，仔細打量這個房間。這個空間又長又窄，屋頂向內傾斜，最高點在正中央。除了送貨升降梯的豎井附近有一台舊引擎——我意識到這是驅動滑輪的機械裝置——閣樓空無一物。

或者說幾乎空無一物。在我轉身離開的時候，看到一個藏在屋簷下的皮革行李箱。我彎下身子，抓住把手，把它從陰暗處拖出來，拿到閣樓中央。箱體三呎長，是另一個時代的產物，皮革因為年代久遠，發了霉。我無從得知它被藏在閣樓裡多久，不過表面積了厚厚的一層灰，擦掉以後，露出一個精緻的設計，以玫瑰和卷鬚為外框的幾個字母，GLM。

箱體用黃銅扣環關閉，我逐一解開扣環，打開箱子。裡面躺著一個用白布包裹的人像。我揭開白布，看到一個精美的瓷玩偶。她的頭髮濃密而有光澤，是一種深紅褐色，她的眼睛是超大的綠色玻璃球體，翠綠色的寶石斜面閃閃發光，深邃而耀眼，看得我目不轉睛。她穿著淡粉紅色的連身裙，下半身是大襬的多瓣裙。我看她脖子上戴著一條變了色的維多利亞風項鍊盒，刻著「薇奧蘭」這名字。

我第一個想到的是把她和起居室的玩偶相比，不過薇奧蘭和它們的差別就像太陽和月亮。那些玩偶固然會吸收光線，她卻像會發光似地，她蒼白的臉蛋光芒四射，彷彿是從裡面向外照耀。她差不多有兩呎高，而且重量不輕，雖然她的四肢和臉孔是用同樣的乳白色瓷器製成，軀體卻柔軟易彎，像個活生生、會呼吸的孩子，讓你忍不住想把她抱在懷裡。

我緊緊抱著她，吸入粉末、灰塵和舊絲綢的氣味，感覺她在我懷裡的重量。這個小東西仰頭看著我，眼裡充滿了某種我不太確定的東西——玻璃眼睛後面的閃光，察覺到我的存在的意識。或許是光的魔法，也可能是閣樓裡逼人的熱氣，不過就在此刻，玩偶似乎放射出火熱、耀眼的生命力。

過了幾天，有人敲門，我見到一位年約四十、儀態優雅的女士站在門廊上。她穿著成套的奶油色裙子和外套，有點像我的圖書編輯，她喜歡打扮成一副要跟賈桂琳共進午餐的模樣。她伸出手，介紹自己是蘇富比拍賣會的安－瑪莉．李卡德，來給要拍賣的古董估價。

她為自己沒有先打電話就直接上門而道歉，但我沒打算把她拒之門外。我在賽吉府邸待了不到一星期，已經對獨處感到戒慎恐懼。我在廚房沖咖啡，然後端了一杯給安－瑪莉。她一邊喝，一邊在餐廳走來走去，用敏銳、老練的眼光為歐若拉的寶藏估價。「詹姆森．賽吉請我來盤點，」她盯著一個裝滿東西的玻璃箱，裡面有菊石、一個景泰藍盒子、一個鍍金青銅鐘。「盤點的工程浩大，恐怕超出他的預期。」

安－瑪莉說話帶著口音，後來我問她是哪裡人，她說她在蒙特婁出生，不過在紐約住了二十年。「我到紐約，在庫珀．休伊特學院攻讀陶瓷，一畢業就被蘇富比拍賣會雇用。我的專長是瓷器，特別是歐洲瓷器。九〇年代在拍賣會工作很有趣，我可以把一件早期的利摩日瓷器賣到六位數，眼睛都不眨一下。現在市場只在乎高回報，不講究品味。但這個女人買這些東西不是投資，她是真的很喜歡。」

安—瑪莉從餐桌正中央拿起一個蛋殼藍瓷大茶壺，用估價的眼光仔細端詳，然後放回原位。「十九世紀的威治伍德瓷器。果然寶貴。」

「你不覺得這有點……過頭？」

「這些收藏？」安—瑪莉瞪大了眼睛。「*Mon Dieu*（天啊），這根本不算什麼。我看過整棟房子塞滿幾千個音樂盒、地下室的漫畫書從地板堆到天花板、車庫被古董打字機擠爆。收藏家往往非常極端。」

我想都沒想，就脫口說出我來了以後，潛意識裡一直想問的問題：「但這是為什麼呢？」

「收藏物品，是按照你自己的形象來組織這個世界，歐若拉．賽吉顯然很清楚自己是什麼樣的人。從一個人的收藏品，可以看出他們的很多特質。我隨便瞄一眼就看得出來，我應該會喜歡她。她非常講究自己買的東西。用這些收藏品創造出一個與眾不同的世界。」她喝完最後一口咖啡，放下杯子。「現在要開始工作了，」她說。「比爾說有一個房間是我特別要看的。」

我去廚房拿起居室的鑰匙，打算把她留在那裡，不過當我打開起居室的門，帶她進去的時候，她徹底驚呆了。

「怎麼可能……」她四處環顧那些玩偶。「怎麼沒有人告訴我這些玩偶在這裡？」

她把皮革手提包往沙發一扔，慢慢地走進起居室，彎腰看著絲絨沙發上的一個玩偶。它坐在一片陽光裡，瞪大的眼睛顯得犀利，在陽光的照耀下，瓷器的臉孔很有光澤，彷彿能捏出水來。

「真不敢相信，」她興奮得睜大了眼睛，轉頭對我說：「你知道這些是什麼嗎？」她沒有等我回答。「這些是鼎鼎大名的法國玩偶師加斯東．拉莫里埃特的作品。」她從手提包拿出一台小相機。「他生前是Les Bébés de Paris（巴黎小寶貝）的創作者，從十九世紀末期到第一次世界大戰，這個系列的玩偶在哈洛德和莎瑪麗丹之類的歐洲百貨公司銷售。這個房間裡的玩偶都是拉莫里埃特做的。在當時極受歡迎，價格不菲，幾乎一上市就立刻成為收藏品。來，我給你看一樣東西……」

她拿起絲絨沙發上的其中一個玩偶。撥開濃密的金髮，露出後頸的戳印，用指尖撫摸一組首字母：GLM。「加斯東．拉莫里埃特。百分之百的真品。」

她把玩偶放下，轉到向光的位置，拍下一張照片。

「我曾經在一個玩偶收藏家手下工作，她對這些玩偶很癡迷，可以說是走火入魔，」她說。「她派我四處奔走，購買這些玩偶。我離職之前，她大概收藏了兩百個。她過世以後，兒女當然全都賣掉。貴重的東西就是這樣重新分配的。不過她生前收藏的時候，心裡真正想要，而且願意重金購買的是一個非常特別的玩偶，拉莫里埃特在一八九〇年代的傑作。這個玩偶獨一無二，在構造和材質上都極其特別，完全手工製作，世所罕見。他生前一直沒有對外銷售，收藏家當然為之癡狂。」

她走到兒童桌那裡，拍了一系列玩偶茶會的照片。

「結果當然是無功而返：拉莫里埃特的傑作赫赫有名，如果落到哪一位收藏家手裡，或甚至公開求售，一定會傳得沸沸揚揚。不過你知道收藏家這種人，他們相信金錢是萬能的。儘管很多東西都能用錢買到，但我從一開始就對她說她會失望。這個玩偶最後一次出現是在一九〇九年，那時拉莫里埃特還在世。嗯，總之，我的客戶一意孤行，而我想得到這份工作，所以就賭一把。」

她拍下那個眼皮張不開的寶寶，然後是手臂交錯的合唱隊嬰兒。

「迪娜·維爾尼在查特斯的莊園舉辦一場私人銷售會。」她頓了一下，定睛看著我。「她擁有全球最驚人的玩偶收藏。維爾尼也是十幾位法國畫家的繆斯，她當過馬約爾和馬諦斯等人的模特兒，她也是熱心的藝術保護者。我覺得或許……只是有可能，是迪娜神不知鬼不覺地弄到了拉莫里埃特這件傑作。如果有人做得到，那一定是她。她這樣的女人真是奇蹟，戰時住在巴黎，參加抵抗運動、受到納粹迫害。總之，我的客戶幫我買了一張頭等艙的機票，每天的津貼也很豐厚。我參加了查特斯藝廊的私人銷售會，仔細看過每一件藝術品。當然沒看到拉莫里埃特的傑作。最後我在查特斯度過一個美好的週末，但沒有買到玩偶。」

「這個玩偶……」我大膽提問，想問出更多資料，但又不能讓她看出我真的很想知道。

「和他製作的其他玩偶像不像？」

「我當然只看過照片，還是黑白照片，但我可以說，在構造上，這件傑作和他比較常見的那些工廠生產的玩偶很不一樣。這個手工製作的玩偶比這些大得多，而且精緻細膩。有手工縫製的羔皮身軀，瓷器的組件，像是頭、手臂和腿，是用一種特殊的高嶺土混合料塑造而成，讓這個玩偶有一種獨特的光澤，是工廠生產的玩偶沒有的。它的雙臂和雙腿用關節銜接，以那個時代的玩偶來說，是非常罕見的特色，比較像是木偶或牽線木偶的做法。」

「那這個玩偶，」我想起了薇奧蘭，那明亮的玻璃眼睛、充滿光澤的頭髮、有花押字母GLM的行李箱，我感覺我的脈搏加速，「它的獨特之處是看得出來的嗎？」

「噢，一眼就看得出來，」她說。「手工製作的玩偶別具一格，尤其是眼睛，以含鉛水晶製成。拉莫里埃特採用傳統的吹玻璃工藝，很像穆拉諾玻璃的做法。幫客戶研究資料的時候，我發現他是在布拉格發展出這種技術，不過他師承何人已無從考證，可能是有意隱瞞。他從來不透露他的祕訣。從事我這個行業，你很快就知道藝術品的出處至關重要。收藏家要的是動聽的故事，拉莫里埃特玩偶的故事精彩絕倫。他非常熱愛自己的創作。這個玩偶從不離身。事實上，據說他是隨身攜帶。」

「但這是為什麼？」我問，想不通為什麼一個成年男人要隨身攜帶瓷玩偶。

「因為這個玩偶是拉莫里埃特照他的寶貝女兒薇奧蘭的樣子做的。這個女孩在十五歲時慘死，拉莫里埃特一直沒有從喪女之痛走出來。一九〇九年，他在抑鬱多年以後自盡身亡。兒子繼承了他的作坊，然後賣掉全副家當，也包括那個玩偶。拉莫里埃特的傑作從此消失無蹤。也許永遠沒有人能找到薇奧蘭。」

安─瑪莉前腳一走，我後腳就跑上樓去。我原本把薇奧蘭留在我的臥室，放在搖椅上，可是等我衝回房間，玩偶不見了。其他每樣東西，鋪了碎花絎縫被子的床鋪、我放在地上的行李箱、迎向午後明亮陽光的窗戶全都紋絲不動。但搖椅是空的。我蹲下來，在床底下尋覓，在搖椅四周和窗簾後面找尋，彷彿一個偌大的瓷玩偶真的有可能被微風吹跑。可是我怎麼也找不到薇奧蘭。

我在整幢房子裡四處尋找。我把房間全都打開，在雕花衣櫃裡翻找，把衣櫥裡的廢物拖出來，把三樓的箱子東推西挪。我從地下室一直找到閣樓，心裡越來越亂。雖然我很清楚她不可能在起居室，因為我整個下午都在那裡，但我還是跑了回去，把歐若拉收藏的玩偶翻了一遍，我小心翼翼地穿過房間，同時有幾百張小臉盯著我看。它們空洞的眼神看得我直打哆嗦，感覺它們掌握了我不知道的祕密，我不由得背脊發涼。但薇奧蘭不在它們這裡。薇奧蘭不見了。

我一度以為可能是比爾來過，但這種可能性也很低。起居室正好俯瞰下面的車道，我肯定會看到比爾的車。而且他很愛說話，應該有興趣跟安─瑪莉聊聊。會不會是別人進來了？我確定前門已經上鎖，然後逐扇窗戶檢查，把窗簾拉上，再檢查窗門。所有門窗都關好了。

最後，整幢房子已經無處可找，我一屁股坐在起居室的絲絨沙發上，感到挫敗而焦慮。閣樓裡發現的東西，會不會是我想像出來的？不可能。我親手抱過玩偶，凝視過薇奧蘭碧綠的眼睛。然而這是唯一的解釋。

我去圖書室，抓起那瓶波本威士忌，把酒杯倒滿，一飲而盡。喉嚨燒得厲害，留下焦糖甜甜的餘味，但緩解了我的焦慮。我倒了第二杯，振作起來，回到起居室。

把酒杯在沙發邊緣放穩了，我拿起一個玩偶，仔細打量。她的皮膚是半透明的，嘴唇是極淡的粉紅色，眼睛大而透亮。我環顧四周，突然感覺玩偶好像在注視我、評估我、批判我。我把那杯波本威士忌喝了，然後再倒一杯。我在沙發上坐了幾小時，左思右想，努力把每件事梳理清楚。很荒謬，我知道，但我很害怕。我心跳得很快，全身流竄著一股強烈的厭惡感。我不想待在那裡。我得找人說話，把這裡發生的事情說出去，所以我跑上樓梯，衝進我在二樓的房間，坐在窗邊的搖椅上，拿出我的手機。

我可以打電話給很多人，但我立刻想到諾亞。從我升上大學二年級，我們一直斷斷續續地在一起，儘管沒有人把我們當成情侶。他比我大五歲，我們認識的時候，他二十四歲，我十九歲，都在赤爾夕一家藝廊工作。他是雕塑家，用塗漆的廢金屬創造美麗、抽象的作品。我們交往了一年左右，他去義大利攻讀藝術史，雖然沒有分手，但我們也不算真的在一起。他回紐約以後，我們繼續保持獨特的友誼，偶爾會一起過夜那一種。

我們好幾個星期沒有聯絡。他完全不知道我來北部給人看家，但他一聽我的聲音，就知道有問題。即使沒有經常聯絡，諾亞卻是我唯一感覺親近的人。他知道我喜歡獨處。但他也知道我有時也需要他。這些年來，他接過我太多訴苦的電話。儘管不必每天見面，一旦需要找人講話，我總是打給諾亞。

「你知道你已經一個月沒打給我了，潔絲」是諾亞接起電話以後說的第一句話。第二句是「快說出了什麼問題」。

我移動身體的重心，搖椅嘎吱作響。這時月亮已經升起，月光照得草坪發白。我把雙腳搭在窗台上，只跟他說了一個極為模糊的梗概，沒提起玩偶或安—瑪莉，甚至沒說到賽吉府邸是個收藏奇珍異品的寶庫。但我的話足以讓他知道我獨自待在北部一棟大宅裡，遇上了某種麻煩，這裡有好酒和大量空間。我來不及考慮清楚，就開口要他來看我，他也答應會盡快趕來。

他原本是要來看我的，只不過我在幾小時後，發現有人在我房間裡。事前沒有任何預警，沒有吱吱響的地板，也沒有濃重的呼吸聲，只有一股模模糊糊、匿跡隱形的氣息，在空氣中飄忽游移，只聽見表面的聲音，把我從沉睡中驚醒。

我在床上坐起。夜裡的天氣炎熱、潮濕，我睡前沒有關窗，然而現在空氣非常冰冷。先前一點風也沒有，但現在漆黑中充滿了刺骨的寒氣。我頭昏眼花，往四周看了看，想弄清楚是什麼狀況。我酒喝多了，這個我知道，但解釋不了房間裡的寒意，或是我身體的麻痺。我的雙臂和雙腿有一股刺痛感，尖銳而疼痛，像是戳了大大小小的針頭。

我半睡半醒地起身去關窗，但手腳蒼白無力，身體失去平衡：我的膝蓋一軟，整個人趴在地上。月光從窗戶灑進來，濃郁得宛如牛奶，籠罩著我。我想站起來，可是全身上下動彈不得，一股奇特的能量充塞在空氣中，劇烈的震動像電流似地傳遍全身。我在地上趴了好一會兒，嚇得心驚膽跳，使勁想動一動，卻轉不了頭也握不了拳，更喊不出聲音。某種強大、劇烈的力量，不知什麼東西控制了我，一種笨重的感覺匯集在我的四肢，把我的肌肉糾結在一起。這股力量既冷又熱，在我耳朵裡形成持續的低鳴。

然而，即使我全身麻痺地趴在地上，眼睛還是能看得一清二楚。家具在振動。四柱床在搖晃。梳妝台一點一點從牆壁移開。房間裡的壓力越來越大，達到瘋狂的地步，而且我從眼角看見，我從閣樓拿下來的那面鍍金框橢圓鏡子轟然碎裂，宛如一張蜘蛛網。

一切突然歸於寂靜。家具紋風不動，巨大的能量消失於無形。我抓著床柱，從地上爬起來，顫抖得幾乎站不穩。我的聲音恢復了，我大聲一喊，問對方是誰。有人在房間裡，這一點我很確定，但只聽見一片沉寂。

我努力說服自己，只不過是波本威士忌喝多了，或是殘餘的夢境，我本來差點就相信了，直到我望向窗簾。雖然夜裡很安靜，絲質的窗簾還是鼓了起來。我當下就知道自己的直覺是對的。房間裡不只我一個人。有人站在窗簾後面。我看見一隻小手，在月光下潔白如冰，抓著窗簾的邊緣，四隻蒼白小巧的手指緊緊握著絲綢。然後，一切都慢了下來，食指、中指、無名指、小指、食指、中指、無名指、小指，小巧的手指像蜘蛛似地滑過窗簾的邊緣，彷彿在鋼琴上彈奏音階，讓月光下的絲綢像水一樣顫動。突然間，窗簾張開，只見薇奧蘭站在那裡。

第二十四章

天將破曉之際，我衝下樓，決心離開這裡。一樓和原先一模一樣：有賽吉家族的肖像、優雅的欄杆柱和氾濫成災的收藏品。每一個瓷盤都留在原位，霎時間，我相信可以把剛才的遭遇登錄、上架、拋在腦後。只要我能離開賽吉府邸，一切都會安然無恙。

不過即使是倚著欄杆喘氣的時候，我也知道我的世界已經變了。我心裡出現了兩條路。一條是我認識的現實世界：我腳下堅固的地面、我肺臟裡的空氣、清晨升起的太陽。另外一條朝反方向前進，是我從來沒想過的新現實。在這條路上，出現了無法解釋、詭異離奇、嚇得我魂飛魄散的現象。我不能容許自己相信的現象。

唯一解決的辦法是馬上離開賽吉府邸。我要打電話叫計程車，然後搭上第一班回紐約市的車。不過在我走向大門時，走廊突然有了動靜。我嚇一跳，不小心撞倒了黃銅大鳥籠。有個女人站在陰暗處盯著我看。她按下電燈開關，我看到她沙金色的頭髮、眼距很窄的灰眼睛，以及平凡、寬闊的臉孔。她舉起一串鑰匙。「他們換了前門的鎖，不過漏掉了地下室。」

是打掃房子的曼蒂．強森。

比爾交代過，曼蒂一來就打電話給他，我知道這個女人被法院下了禁制令，但我一看就知道曼蒂不是危險人物。事實上，她有一種令人安心的氣質。經歷了這一夜，我恨不得衝到她懷裡嚎啕大哭。

「看樣子我來得正是時候，」她瞥了一眼翻倒的鳥籠。「來，我泡茶給你喝。」她轉身走向廚房。我跟著她進去。「對了，我叫曼蒂，」她說，同時在壺裡裝滿了水，調了調瓦斯，然後開火。

「我想也是，」我更仔細地觀察她。她年近四十，穿著舊牛仔褲、高筒球鞋和一件褪色的槍與玫瑰樂團T恤。「歐若拉．賽吉的的管家。」

「我一開始是幫歐若拉小姐打掃，對，」她說。「但我的工作不只是打掃。」她往窗邊的小桌子比了一下。「坐下來放鬆一下。看來你昨晚吃了不少苦頭。」

我坐下來，背部和肩頭扛著恐懼的包袱，壓得我幾近崩潰。「我覺得我快瘋了，」我最後說。

她看了我一眼，彷彿對我的遭遇一清二楚。「沒關係。你不必解釋給我聽。我在這裡遇過的事，說了你也不會相信。其實……你也許會相信。」

曼蒂對廚房很熟悉，她從壁櫃裡拿出一個瓷茶壺和兩個茶杯，從櫥櫃裡找出一盒瑪黑兄弟牌茶葉，往茶壺裡舀了兩匙，放在裝飾墊上，然後坐在我的對面。把滾水倒進茶壺時，她灰色的小眼睛瞟過來，上下打量我。「賽吉府邸的夜晚很難熬，」她說著，把茶倒進我的杯子裡。「但你不必留下來。等拿到東西，你就可以走了。再也沒什麼能把我們任何一個人留下。」

「拿到什麼東西？」我不解地問道。

曼蒂盯著我看了半天，彷彿在決定什麼了不起的大事。「喝點茶，親愛的。等你平靜一會兒，我們再聊。」

我舉起瓷杯，啜了一口熱茶。這是帶有柑橘味的紅茶，濃烈的咖啡因正合我意。

「我向來不愛喝這種茶。但歐若拉小姐一定要喝。好像是法國的。漢娜福特超市買不到。她叫我向紐約市的一家茶行專門訂購。她要我坐下來陪她喝。既然她高興，我就喝了，不過，要命，我會加一大堆糖，把味道蓋過去。」她笑了，露出參差不齊的牙齒，和她格外普通的五官形成一種很奇特的對比。她小指戴的戒指閃閃發光，是一個裝飾藝術風格的戒台，鑲著一枚矩形紅寶石，周圍是一圈鑽石，顯然是來自歐若拉的餽贈。她發現我在盯著她的戒指。

「漂亮吧？」她說，在光線下轉動，讓紅寶石不停閃爍。「本來是歐若拉小姐的母親戴的。很小，四號，只能勉強戴進我的小指，恐怕要改改尺碼。」

我望向窗外。太陽升起來了，微弱的光線在河面舞動，映照出紅寶石的閃光。

「大家都認為我占了歐若拉小姐的便宜。嗯，我沒有。她給我的一切都是我應得的。」她往後靠在椅背上，一直盯著我看。

「比爾說你和歐若拉變得很親密，」我說。

「親密？」曼蒂微微一笑。「可以這麼說吧。我服侍她二十幾年，只有我一個人能接近她，從這方面說，我們是很親密。她信任我。我十八歲來賽吉府邸工作，只是個吸食大麻過度，把人生弄得一團糟的小毛頭。我從高中輟學，和一個不把我當人看的男人同居。但歐若拉．賽吉改變了我的人生。她給了我一份全職工作，支付我的健康保險費，逼我回去考高中同等學歷證明。我不是說我現在就很完美，不過她讓我明白，每件事發生的背後都有原因、有目的。我們每個人都有自己的使命，這是上帝讓我們來到這個世界的原因，我的使命就是幫助歐若拉．賽吉。她需要我，特別是在她生命的末期。我是她唯一能依靠的人。我幫她保護古蹟，這是她的說法，古蹟，我從來沒跟任何人說過。」

我被好奇心和焦慮沖昏了頭。我有好多問題想問，卻不知從何問起。

「而且，相信我，她那個姪子可不好對付，」曼蒂說。「他跑來四處窺探，發現了他不該發現的東西。有一次他不請自來，強行闖入，逼她拿給他看。他說他知道東西在她手上。他宣稱他父親也有一份，而且他會找律師爭取他應得的遺產。歐若拉小姐一時害怕，把不該說的話也告訴他了。她很後悔，因為他要是知道了，一定不會放過她。他要求她把東西拿給他看，但是她不肯。我永遠忘不了她的話：『要是落在詹姆森手裡，只會傷害別人。』」

喝過茶以後，我稍微清醒了一點，說出我心裡最想問的問題。「你說這裡有東西要給我，是什麼意思？」

「過去幾年，歐若拉開始為將來擔心。她知道自己的身體越來越差，她必須確保她最寶貴的財產得到妥善照顧。她要我留在這裡看守，儘管答應她的要求，我還是對她說，一旦找到更適合這份工作的人，我就會離開。我向歐若拉小姐保證會達成她的心願，雖然從來沒有人說我是天使，但我一向言而有信。我從來沒有對遺囑檢驗法官說過，但歐若拉小姐不在乎這幢房子是否在我名下。她只需要我代為看守。她需要我阻擋她的姪子。她需要我把那件古蹟交給你。」

「你的意思是你在等我？」我問道，想搞懂怎麼可能發生這種事。

「與其說是等你，」她說，「不如說是我主動找到你。一個年輕、聰明的人，有責任感、值得信賴、五星好評，一個不會問東問西的人。」

我突然明白了：是曼蒂在看家資料庫找到我，是曼蒂把工作內容寄給我，是曼蒂讓我和比爾聯繫。是曼蒂在幕後策畫了整件事。

想起我在賽吉府邸目睹的一切，聖經裡的標記、瓷玩偶、把我的房間撕裂的強大力量。我感到困惑、疲倦又害怕。我想回紐約市，徹底忘記賽吉府邸的存在。我望向窗外。曼蒂的車子，一輛破舊的豐田正停在車道上。她可以載我去火車站。但我必須先讓曼蒂回答一個問題。

「歐若拉・賽吉在這裡藏了什麼？」

曼蒂抬起頭，彷彿望向天國，彷彿會聽見歐若拉·賽吉的低語，然後她又看著我。「跟我來，」她說。「我帶你去看。」

第二十五章

曼蒂領著我穿過廚房，走向總管餐具室的狹長走廊。她彎下腰，打開壁櫃的一扇門，推開幾個厚重的銅鍋，然後把手伸到櫃子深處，拉開一個閂子。只聽見清脆的一聲「啪」，壁櫃鬆開了，從牆壁向外轉動，露出後面漆黑深邃的密室。

我探頭進去，馬上感覺到裡面滯悶、污濁的空氣。「禁酒時期，他們家把酒藏在這裡，」曼蒂比向一批排列整齊、積滿灰塵的大蕭條玻璃瓶，大約有二十四瓶加拿大俱樂部和老薩拉托加威士忌。她把手舉到最高的架子上，從酒瓶後面拿出一個皮革資料夾，放在我的手上。「這是給你的。」

我擦擦資料夾的表面，拭去一層薄薄的灰塵。曼蒂先前描述這是一件古蹟，雖然我想像的是一件古老的基督教文物、一根聖徒的手指或一瓶聖水之類的，但這個資料夾的歷史不會早於一九六〇年代，頂多裝了幾份文件。我正要打開來看，但被她攔住了。

「不要。拜託你。等我走了再打開。歐若拉小姐從來沒有拿給我看，現在我也不想看。」

她準備離開密室，但我抓住她的手臂，不讓她走。

「不可能，」我說。「你知道的一定不只這些。」

「我實現了對歐若拉小姐的承諾，」她甩開我的手。「我的責任到此為止。」然而她沒有離開。她的眼睛一直看著資料夾，我看得出來，儘管嘴上這麼說，但她心裡很好奇。「多年以來，我注意到房子裡有怪事發生，顯示這裡不對勁。到處可見碎玻璃，在樓梯、走廊上。水晶花瓶裂成上千片，活像爆炸了似的。然後開始有鏡子裂開。我無法解釋，鏡子不是從牆上掉下來之類的，而是好端端地在鏡框裡裂成碎片。我嚇得半死，只得把它們全部搬到樓上。然後出現了怪聲。笑聲和哭聲，小腳丫子跑來跑去。我不相信有鬼，但我開始認為可能是什麼幽靈。我以為自己瘋了。每次問歐若拉小姐，她都說沒事。她說是我想像出來的。她說是她拿水晶的時候沒拿穩。不過後來她年紀大了，對這些怪事比較容易說漏嘴。她去起居室忘了關門。我會看到一些事情，怪事，我知道發生了很可怕的事。」

「例如呢？」

曼蒂低頭看著我手上的皮革資料夾。「我不知道裡面是什麼，但不管是什麼，這裡發生的每一件壞事都是它造成的。」

我有好多問題想問曼蒂，但我才剛要開口，就聽見外面有人吵鬧。我跟著曼蒂走到廚房的窗戶前面，看到車道上有一輛警車。曼蒂低聲罵了一句髒話，示意我把皮革資料夾藏進餐具室，然後關上門，拉上門子。我們走回廚房的時候，比爾已經到了，旁邊站著兩名警察。

「如果不想坐牢的話，把車子停在車道上有點蠢，曼蒂，」他說，目光從曼蒂移到我身上。

「我只是跟看家的人喝喝茶，」她一臉無辜地說。「應該沒有損害什麼吧？」

雖然沒這個必要，比爾還是提醒她別忘了法院的禁制令：不到幾分鐘，警察就把曼蒂帶出去了。看著她離去，我赫然發現我還不知道該怎麼處理皮革資料夾的內容。除了歐若拉的姪子，只有曼蒂有可能解釋給我聽。

比爾走了以後，我鎖上前門，跑回總管餐具室，跪在壁櫃前面，伸手進去，把門子拉開。喀拉一聲，祕密餐具室的門開了。少了曼蒂擋路，我發現密室比我一開始以為的大多了，在放私酒的架子後面，還有一大片漆黑。我鼓起勇氣走進去，發現一個很大的空間，裡面空無一物，牆壁是石砌的，水泥地板是裂開的。等我的眼睛適應以後，我把資料夾拿在手裡，用手指滑過它柔軟的表面，感覺它的重量。想到要發現裡面的內容，我的脈搏加速。我的好奇心按耐不住，然而潛意識，某種更深刻的本能，警告我應該置之不理。我應該學曼蒂，不去蹚這個渾水。

但我無法置身事外，我必須知道歐若拉藏了什麼，知道曼蒂對我說的那番話背後是什麼意思，最重要的是，我必須知道資料夾的內容和我在閣樓裡發現的那個美麗、靈異的玩偶有什麼關係。

到頭來，我的好奇心戰勝了。資料夾被一條很粗的皮帶綁著。我解開皮帶，看到一捆鬆散的紙張，上面寫的是法文。雖然看不懂，照字行的結構判斷，應該是一封信，第一頁最上面是日期，「一九〇九年十二月二十四日」，日期下面是稱呼語「吾兒」。筆跡華麗，似乎是倉促寫成，字行高低不平，墨水留下了污漬。最後一頁有一個龍飛鳳舞的簽名：「加斯東．拉莫里埃特」，創造薇奧蘭的玩偶師。

第二十六章

手札看到這裡，麥可・布林克抬頭看看錶，時間是下午四點八分。他已經陷在潔絲的手札裡十分鐘。她只寫了幾十頁，應該只要六十秒就能看完，但他讀得很慢，有時候一句話要讀好幾次。手札讓他有機會認識命案發生前的潔絲，就像他在全國公共廣播電台的專訪裡聽到的，被形容是有趣、熱情、聰慧的女人。想到她年紀輕輕，人生就這麼毀了，一股憐憫之情油然而生。

他回頭翻閱手札，一句特別醒目的話讓他頓了一下，這是引述作者瓊・蒂蒂安對筆記的看法：把事情寫下來，是受一種格外強烈的衝動驅使，對於沒有這種衝動的人來說，根本是難以解釋的，這種強烈的衝動只會在偶然的、次要的狀況下，發揮任何一種衝動嘗試合理化自身行為時所提出的作用。他讀潔絲的手札，希望能發現有用的內容，但就算被他發現，也是偶然的、次要的，純屬運氣。他相信隨機事件的力量，也相信偶然的邂逅能改變一生，但他不想讓自己被偶然的機運宰制。如果潔絲的文字裡有什麼具體的內容能回答他的問題，他一定要找出來。

布林克一頁一頁仔細翻閱，看看有沒有遺漏什麼，但潔絲的札記突然中斷，他有許多問題得不到解答，只能自己找答案。

頭頂的天花板有一系列通風口，空調不斷吹出刺骨寒風。他打了個寒顫，同時望向窗外的停車場，以為會看到那輛黑色特斯拉靜候在外，停在他的貨卡附近，不過他的車停在空曠的停車場中央。不會再發生星光旅館那樣的事。至少暫時不會。

康南德隆躁動不安，但布林克還不能走，所以從便利商店買了一條牛肉乾，放在牠面前。康妮很愛吃牛肉乾，這是牠最愛吃的美食之一，有機會的話，牠一口氣能咀嚼幾個小時。

趁牠的注意力轉移，他打開筆電，瀏覽到谷歌搜尋引擎，輸入幾個關鍵字：「法蘭基・賽吉、賽吉府邸、死」，但除了潔絲・普萊斯的資料，什麼也沒找到。他瀏覽了一個又一個網頁，最後無意間看到這個名字：詹姆森・賽吉。他看了才知道詹姆森是法蘭基的兒子，已經成年，現在五十幾歲。父親過世時，他還是稚齡小兒。根據維基百科的網頁，詹姆森・賽吉是一位成功的企業家，創辦了一家公司，叫奇點，投資非特定的生物科技和區塊鏈事業。這些資料看起來沒什麼用，所以他沒有多加留意，繼續點擊下一個鏈結，這筆資料出自《紐約時報》網站，是一篇訃聞，標題是「法蘭克林・『法蘭基』・賽吉二世，賽吉玻璃財富繼承人，得年二十五歲。」布林克把文件放大，看到一張年輕人的照片，長相英俊，一身少年氣息，被太陽照得瞇起眼睛，很像身穿白色夏季西裝的蓋茨比。訃聞沒有記載詳細的死因，只寫了喪禮的日期和下葬的地點。內文提到他身後留下了妻子蕾妮（二十三歲，英國倫敦人）、幼子詹姆森和他的姊姊，歐若拉·伊麗莎白·賽吉，目前住在紐約州，克勒蒙。

布林克輸入詹姆森的名字搜尋，不過雖然他的公司奇點有幾千筆資料，卻連他的一張照片也沒有。怪了，他一面瀏覽網頁一面想。像詹姆森·賽吉這種人，通常有幾十張照片才對。他正準備放棄，停止搜尋，這時突然看到一張照片，是一個身材高眺的男人，一頭紅髮，皮膚白皙，站在一個女人身邊。照片是在大都會藝術博物館一場半正式的宴會上拍的。照片底下的名字是「詹姆森·賽吉」和「安—瑪莉·李卡德」。這個女人的名字非常特別，他敢說就是潔絲在手札裡提到的那個女人。雖然不能百分之百確定，但照片上那個男的很像開黑色特斯拉的男人。他把照片放大，想看仔細一點。無庸置疑。他在監獄看到的男人，他懷疑搗毀他旅館房間的就是這傢伙，詹姆森·賽吉本人。

繼續看潔絲的手札，他逐頁掃視，希望多找到一些安—瑪莉·李卡德的個人資料。裡面沒有任何具體內容，但足以讓他確定，這就是潔絲在賽吉府邸見到的女人。他不知道她和詹姆森·賽吉有什麼關連，但兩人顯然關係匪淺。

他把安—瑪莉·李卡德的姓名輸入搜尋引擎，不到幾秒鐘，螢幕上出現一系列鏈結。這些鏈結的正上方，是巴德學院官網的個人資料。顯然她已經離開蘇富比拍賣行，擔任教職。布林克點開網頁，看她的小傳：安—瑪莉·李卡德，陶瓷與精緻瓷器博士。他看到一張彩色照片，相片中的女子黑髮、棕眼、神情嚴肅。他抽出手機，瞄一眼通話紀錄，瑟薩莉答應會跟他保持聯繫，卻一直毫無音訊。然後他撥了安－瑪莉．李卡德的號碼。電話轉到語音信箱時，他留了話。然後他點開了安－瑪莉．李卡德電郵地址的鏈結，送出一則訊息，說他認識潔絲．普萊斯，要是她能抽空和他聊幾句，他會非常感謝，他請她一有空就跟他聯絡。和她聯繫是有風險的，畢竟她和詹姆森．賽吉有關係，但他看不出還有什麼辦法能問出他需要的資料。

布林克點擊一頁又一頁有關安－瑪莉．李卡德博士的資料，很快地一一看完。其中有她寫的文章，大多是學術論文，研究的是陶瓷史，尤其是歐洲陶瓷，從第一批陶瓷自中國輸入的時代，一直到十六世紀，邁森開始成立歐洲的工廠。不過也有幾篇通俗的文章，有一篇登在《城鎮與鄉村》，敘述她對法國瓷器的喜愛，另外一篇登在已經停刊的《玩具》雜誌，寫的是瓷玩偶。她寫了一本書，研究十九世紀末和二十世紀初的法國瓷器，由一家大學出版社發行，在亞馬遜網站有九篇五星級的書評。她寫的不是大眾化的題材，但她學有專精。找她談話或許不會讓他對潔絲在賽吉府邸的遭遇有進一步的了解，不過依照手札裡的記載，安－瑪莉是潔絲在諾亞喪命前見到的最後幾個人之一。

他看完了網路上能找到的所有關於安－瑪莉的資料，然後從口袋拿出瑟薩莉給他的隨身碟，插進他的筆電，然後打開磁碟。裡面有兩個檔案：一個以「警方紀錄」為標題的ＰＤＦ檔，以及第二個沒有命名的ＰＤＦ檔。布林克把「警方紀錄」的檔案點開，出現一份五十七頁的文件。他往下捲動頁面，看到諾亞．庫克命案各種調查報告和筆記的掃描影像。每一頁都蓋了哥倫比亞郡警長辦公室的鋼印，這下他明白了：這些是裝在蓋了「機密」戳印的白色大信封裡的報告。他看到潔絲被逮捕和指控的相關文件、一張嫌犯大頭照、一份條列化的清單，列出從她身上扣留的衣服和個人財物——一件背心裙、一雙涼鞋、一條金鏈子。

他打開一個檔案，看到一份諾亞．庫克的驗屍報告，他看得津津有味。在媒體上、在審判期間、在以潔絲為主角拍攝的電影裡，很多人揣測諾亞．庫克是怎麼死的。但據布林克所知，驗屍的結果一直沒有公布，現在他知道是什麼原因了：報告列出的死因是胸腔和腹腔受到鈍力創傷。裡面有這樣一個註記：驗屍的法醫認為，死者的傷勢相當於發生車禍，或是下墜至少五十呎，強大的撞擊力嚴重損害他的內臟。心臟、肺臟、肝臟和腸道全都破裂，造成大量內出血。基本上，諾亞．庫克的內臟已經徹底毀壞。

驗屍報告被刻意隱匿，布林克並不吃驚，這件案子有很多案情沒有被媒體報導，尤其是因為潔絲拒絕作證。但潔絲的辯護團隊不利用這一點為她辯護，似乎說不過去。年輕的女人確實有能力刺男友一刀；她可以對他開槍、下毒，或甚至勒死他。但如果諾亞是從高處墜地重傷致死，怎麼可能是潔絲幹的？一個五呎四吋高的女人怎麼可能損毀男人的內臟？實在令人費解。

接著他回頭點擊隨身碟，看到一個資料夾，打開之後，螢幕上出現一系列拍立得彩色照片。他仔細一看，就知道為什麼照片和驗屍報告一樣密而不宣。一旦這些照片流傳出去，外界就知道諾亞·庫克的死比大家想像中更為恐怖。

照片中的諾亞·庫克癱在賽吉府邸的圖書室。赤身露體，睜開的雙眼呆滯無神，漆黑的長髮沾滿了血，蓬亂打結。他臉上的表情固然駭人，但最讓布林克毛骨聳然的是他的皮膚：他全身上下每一吋都布滿了布林克在潔絲手臂上看過的那種圖案，紅色線條構成灼熱的蜂巢形狀，在他的身軀和雙腿、手臂和臉孔上縱橫交錯。他的胸口尤其詭譎，蒼白的皮褶變成粉紅色，沾了斑駁的血跡。

他看得反胃，把頁面往下捲動，然後看到另一組照片，這次是黑白的。他把照片放大，心裡非常困惑。為什麼有兩組照片？為什麼一組是黑白的？不過看仔細一點，就發現這不是諾亞·庫克的第二組照片，而是一具完全不同的屍體。這具屍體躺在賽吉府邸的地板上，他是根據潔絲的描述認出來的：寬闊的樓梯、雕刻的欄杆支柱，還有滿牆的家族肖像。這個男人胸口的網狀傷痕，和潔絲手臂上的傷口、諾亞·庫克身上的傷痕一模一樣。寫在照片底部的名字是「法蘭克林·賽吉」。死者是歐若拉·賽吉的弟弟，法蘭基。他被殺害的手法和諾亞·庫克一模一樣。

從諾亞·庫克到法蘭基·賽吉，布林克在兩組照片之間來回捲動，想弄清楚是怎麼回事。兩個年紀相仿的年輕男子，相隔五十年，先後死在同一幢房子裡，還不算太奇怪。但兩人都死於同一種罕見的手法？這根本無法解釋。布林克把照片放大，先看法蘭基的屍體，然後再看諾亞，盯著這些傷痕全神貫注地研究了好一會兒。屍體上的傷痕呈扇形展開，宛如深紅色的蜘蛛網。除了這兩組照片，他只在潔絲的皮膚上看過這種圖案。還有，當然，在他的夢裡。

正要闔上筆電的時候，布林克看了一下他的電郵，沒想到收件夾裡竟然有安—瑪莉．李卡德的回信，可能和寫在主旨欄的名字「潔絲．普萊斯」有關，因為她只回了一句話，要求他交代自己和潔絲的關係。他回信說明自己的身分，並表示他和潔絲．普萊斯正在進行一項計畫，所以才找上李卡德博士。他知道這個答案也許無法令她滿意，畢竟他對計畫內容隻字不提，也沒說他是透過哪一類資料找到她。他只希望能激起她足夠的好奇心，想跟他聊聊。

不到一分鐘就收到回信：親愛的布林克先生，我對你和你的作品都很熟悉，而且你大概知道，我很清楚潔絲．普萊斯的情況。我整個下午都在我的辦公室（地址如下）。這個消息我已經等了好多年。請盡快前來。

有時候，參加技術性比賽，冒險是免不了的。把一枚棋子下到易攻難守的位置，以誘敵深入。穿過嚴密的防守線跑鋒達陣。要贏，就必須承受風險，必須面對它、接受它、處理它帶來的後果。想得到答案，必須去找安—瑪莉．李卡德，儘管會有危險，或許正因為會有危險，一想到要見她，他就格外興奮。

布林克站起來，把垃圾丟掉，再走向門口。這段路要開好幾個小時，不過現在才四點二十分，要是開快一點，傍晚就能到。他看看自己的背包，確定手札在裡面，感覺心裡滿懷期待。

無論賽吉府邸發生了什麼事，無論是哪些事把他捲進來，安—瑪莉．李卡德都能一一說明。他越快趕到她的辦公室越好。

但快到玻璃門的時候，他猛然停下腳步。也許是停車場熾熱的黑色柏油造成的幻象，也可能是他看過的影像已經烙印在心裡，因為有一個男人的影像在玻璃門的表面搖晃，他不認得這個人，只見他的皮膚結成晶體，裂成上千個不規則小碎片。

第二十七章

他才剛打開車門，就聽到手機傳來視訊通話的通知。他以前的教授，維威克・古普塔博士，正透過他的加密視訊應用程式找他。古普塔博士一年只打給他一、兩次，所以布林克馬上接聽。一手握手機，一手開車門，他讓康妮跳上車，然後鑽進火熱的駕駛座，把手機架在儀表板上，電話接通了。

「孩子，」古普塔博士說。「很高興在你給自己惹上更大的麻煩之前找到你。」

維威克・古普塔博士是不折不扣的文藝復興人。除了鑽研密碼學和數學，他還是一位視覺藝術家，專門研究和複製荷蘭大師的技術。維梅爾的「絕妙亮光」啟發了他對繪畫的研究，在新冠疫情期間，他離開波士頓，到鱈魚角隱居，把一間老舊的漁夫小屋改裝成畫室。布林克前一年才趁週末連假去探望他，大啖龍蝦，從拓撲學到阿爾布雷希特・杜勒，無話不談。他睡在畫室裡，周圍掛滿了酒瓶、死鳥和石榴的靜物畫，這些圖畫的色彩，如同每一件和他的導師有關的事物，令他深感震懾，崇拜得五體投地。

麥可・布林克是在進入麻省理工第一學期的秋天，被古普塔博士納入羽翼之下。當時布林克正在努力適應離家的生活、適應課堂，同時拚命想辦法支付天價的房租。他是在古普塔博士「模式、謎題、方程式」研討班的後排第一次見到他。古普塔博士是個高眺、優雅的男人，說著一口印度味的英國腔英語。他是公認的怪人，他的眾多怪癖之一，是長期在教室桌上擺著一台六〇年代的魯布・戈德堡機械*，一堆亮晃晃的扭角和迴路亂糟糟地互相糾結，讓學生看得眼睛發直。

開學後的第二堂課，古普塔博士開口對他說，「打擾一下，閣下是……」他在講台後面指著麥可・布林克。

「布林克。」麥可回答，恨不得找個地洞鑽進去。

「是，嗯，布林克同學，我知道你是第一次修我的課，不過要是你往周圍看看，就會發現你的同學都在做筆記。你有興趣比照辦理嗎？」

布林克不是第一次遇到這種事，教授看他沒帶紙筆，就認定他是不感興趣，或甚至驕傲自大。因為這個原因，他總是坐在最後面。「我有做筆記，」他說。「只是沒寫在紙上。」

「哦？」古普塔教授倚著講台，顯然被這句話給逗樂了。「是嗎？」

「是。」布林克感覺兩頰發燙。這門課是小班制，只有十五個學生，但每個人都轉頭看著

* 編按：一種機械組合，設計極為複雜，以迂迴的方式完成其實非常簡單的工作，像是翻報紙、倒茶。

他。「要是有興趣，我可以證明給你看。」

「別客氣，」他說。「上星期我們討論費馬最後定理。請把安德魯．懷爾斯證明的要點寫在白板上。」

「全部寫上去？」布林克有點驚訝老師居然要他把這麼複雜的證明重寫一遍。證明的過程漫長又複雜。即使是布林克，要重寫一遍也不簡單。

古普塔教授拿起一枝馬克筆，示意布林克到白板前面。「可以的話，就全部寫上去。」

前一個星期，古普塔教授整堂課都在討論費馬定理帶來的挑戰和奧祕。十七世紀的法國人皮埃爾．德．費馬，在閱讀丟番圖的《算術》時，草草寫下一個定理，還加上一個註腳，說答案的內容太多，頁面的空白處寫不下，看得人心癢難耐。在後續的幾百年裡，數學家絞盡腦汁想破解費馬最後定理。最後是一個叫安德魯．懷爾斯的英國數學家在一九九四年找到了證明，距離費馬提出定理，已經過了三百多年。古普塔把懷爾斯的證明投影在白板上，叫全班把重點寫下來。這時布林克已經看完，受到強烈的吸引。他最有興趣的不是費馬最後定理牽涉到的數學計算，而是為了解開定理所投入的心血、懷爾斯承受的痛苦、他的堅持、日以繼夜地尋求解答。在布林克看來，探索如何破解謎題，永遠比答案更有趣。

他走到白板前面，懷疑有誰，即便是筆記做得一絲不苟的人，能把懷爾斯的證明全部寫下來。布林克記不住整個方程式，然而當他一舉起馬克筆，就看到和古普塔投影的內容一模一樣的方程式，化為各種鮮豔色調的彩色磁磚，出現在他的腦子裡，指引他寫完整個方程式，彷彿是在鍵盤上彈奏音階。寫完以後，只見白板上密密麻麻的數字，全班同學驚詫莫名地盯著他看。

「漂亮，布林克同學，」古普塔教授震驚的心情表露無遺。「漂亮。以後你不必帶紙筆來上課了。」

從那一刻起，麥可．布林克就成了古普塔教授的嫡傳弟子，他是他在麻省理工最堅定的支持者，在知識和實務問題上指點迷津，是他的良師益友。教授讓他快速取得學位，提名他爭取多項榮譽和褒獎；對他選擇職業生涯提供建言，幫他報名參加各種研討會，但凡教職員那邊突然有什麼問題，他總在背後罩他。

時間久了，布林克漸漸明白維威克．古普塔這個朋友有多麼珍貴。布林克對謎題和模式、暗號和密碼的知識是出於直覺，古普塔的知識卻是經驗的累積，來自三十年的實戰經歷。布林克認識維威克．古普塔的時候，他年近五十，在業內業外都是傳奇人物。古普塔喜歡自稱為「密碼龐克時代的老兵」，他不信任政府，以及和政府站在同一陣線的企業，他堅信只有透過密不透風的數位代碼，才能在現代世界保護自己。他和幾位志同道合的夢想家運用他們的天賦，致力於創造自由空間、無邊界的數位景觀、數位貨幣，還有可以躲避監視的專用網路。他是數位貨幣的早期倡導者，還是一個區塊鏈網路的共同創辦人，後來他把賺到的錢投入一個價值數十億美元的慈善基金會，在印度扶植小型企業。他相信資本主義和資本的跨境自由能帶領世人脫離物質和知識上的貧窮。

有一天下課後，古普塔博士遞給布林克一張紙，紙上寫著下面這些話：

千百年來，人類一直利用耳語、黑暗、信封、緊閉的門扉、祕密握手的方式和信差來保衛自己的隱私。從前的科技確實容不下密不透風的隱私，但電子科技做得到。我們密碼龐克致力於打造匿名系統。我們用密碼學、匿名的郵件轉寄系統、用數位簽名以及電子金錢，捍衛我們的隱私。

布林克很快上網搜尋了一下，發現這段文字出自艾瑞克・休斯一九九三年寫的〈密碼龐克宣言〉。他在報章雜誌上看過，這個運動經常被視為科技革命的先驅，帶動了網際網路、數位通訊、加密貨幣和區塊鏈的去中心系統。密碼龐克想封鎖身分和隱私，他們的成員是全球勢力最大的科技企業家。

布林克了解人類對隱私的需求，不過他屬於另一個世代。他不覺得被看見有什麼壞處。既然他沒什麼可隱瞞，那還有什麼好擔心？古普塔博士對他說，他不知道隱私的關鍵不在「無可隱瞞」，而在於掌權者將來會怎麼運用資訊，在於他們會如何限制和抑制他的生活。基於這個原因，古普塔博士和網路空間的先驅才發動他們的任務：自由。

「你說的每句話都能做為對你不利的證據，也必然如此，」他某一天深夜在劍橋的酒館對一小群學生說。「匿名就是力量。比特幣的白皮書，也就是比特幣的創始文件，堪稱是紙幣之後最具革命性的財政發明，被一個叫中本聰的人丟上網路。這是假名。有人相信這個名字背後根本不是一個人，而是許多人共同合作。不管中本聰究竟是誰，他們躲在暗處是有原因的。此時此刻，世界正在打一場戰爭，而且戰爭的結果將會改變未來。」

布林克大二的時候，古普塔博士得知他把私人「加密金鑰」藏在麥可．布林克數字謎題裡，傳到網路上，立刻勃然大怒。儘管布林克年少無知，儘管只有兩個人下載謎題，布林克的個人資料被釋放到網路上，仍令古普塔教授非常惱火。「當然，你可以設法掩蓋，」他說。「你也可以和蓋瑞．桑德一干人等斷絕關係。相信你現在已經了解，他們只是利用你的天賦來達到自己的目的。你是受害者，不能怪你。但這種事會跟著你一輩子。」

事實確實如此。那一個愚蠢的舉動，那一次網路上的疏忽，那一時的錯誤判斷，一直對他糾纏不休。

布林克細看手機螢幕。古普塔博士站在他的畫室裡，穿著一件沾滿顏料的工作服。他昔日的教授離開麻省理工之後，已然發胖不少，顯得很有福相。他兩鬢斑白，下巴有一撮花白的山羊鬍，雙眼和嘴巴周圍出現很深的笑紋，是他風趣幽默的鐵證。「布林克先生，朋友，你在沒有加密的公共網路連接系統搜尋詹姆森．賽吉，究竟是在搞什麼鬼？」

布林克說明情況，包括瑟薩莉給他看的謎題、在監獄見到潔絲和後續種種，然後撈出那張圓形謎題的圖給古普塔看。他滿心期待他的恩師看一眼，就做出巧妙而清楚的說明，照理說布林克應該也能一眼看穿。可是沒有。他盯著圓圈看了好半天，眉頭深鎖，似乎憂心忡忡。最後他說，「當我得到示警，知道你在網上搜索某些資料，就懷疑你闖禍了。」

「你得到示警？」他知道維威克・古普塔可以在網路上洞察一切，早該懷疑自己受到監視。「你一直在監視我？」

「而且不只我一個，」他回答。「要確保自己不被監視，唯一的辦法是把電子裝置碾碎，但即使這樣也不夠安全。那麼，告訴我，你是怎麼看出詹姆森・賽吉和你剛才說的那些事有關係？從網路絕對看不出箇中關連。」

「確實不容易。網上只有一張賽吉的照片，在一場慈善活動拍的。」

「網上有這張照片，我已經很驚訝了。」他說。「賽吉是老派人，和我一樣。他不會留下線上個人資料、不釋出任何個人資訊，也不容許他的照片流傳出去。照片一出現他就刪除，你看到的每一筆和他有關的資料，不管是在維基百科、《富比士》還是《紐約時報》，都受到滴水不漏的監管。我之所以知道，是因為我委託同一個人清除我的網路足跡。」

「我找到的那張照片，拍的是賽吉和一個叫安—瑪莉・李卡德的女人。她在賽吉府邸接觸過潔絲・普萊斯，最後發現，這幢房子當時登記在詹姆森・賽吉名下。安—瑪莉・李卡德在諾亞・庫克死亡前幾天去過。我想看她能不能幫忙釐清究竟發生了什麼事。」

兩人陷入沉默，一點也不像維威克・古普塔的作風。最後他終於說話了，「你確定這是好辦法嗎，朋友？」

「我想不出別的辦法，」他說。「不管怎麼樣，她答應了。我再過幾小時就要和她見面。你真的認為賽吉有不可告人之事？」

「我認識這個人快三十年了，我可以告訴你，他絕對有不可告人之事。我一開始挺喜歡這傢伙。我們是因為威廉・吉布森和菲利普・狄克才好起來的。我們都熱中研究密碼學的實務成分，以及密碼學要怎麼保護匿名性，特別是大衛・喬姆的著作闡述的方式。我們是密碼龐克次文化的草創者，其中一部分原始成員在舊金山聚集，撰寫並發表宣言。我們也是區塊鏈科技的初期倡導者，一起發展區塊鏈相關事業。但這些年來，我們漸行漸遠。我不知道他現在在做什麼勾當，刻意和他保持距離。坦白說，他和我不是同道中人。他為了保護隱私，無所不用其極。如果你帶給他任何威脅，那你踩中的陷阱要比你想像中深邃、黑暗得多。」

「但我對他沒有任何威脅，」布林克說。「我是被拖進來的。是那個謎題找上我的。」

「你在幫助潔絲・普萊斯，」古普塔說。「對嗎？」

「可以這麼說，對。」布林克發現確實如此。原本只是一次探視，現在已經演變成更深的關係。

「在賽吉眼中，敵人的朋友就是敵人。根據你的描述，潔絲．普萊斯可不是賽吉的朋友。」

「你說的對。」布林克想起潔絲的暗號、她對於被監視的恐懼。

「然後我建議你不要跟他的女友見面。拋下這一切。毀掉那個謎題，回曼哈頓去。」

「辦不到。」他說，而且這是真心話。就算他一走了之，就算他能忘掉那個謎題，潔絲也會在他心頭縈繞不去。

古普塔博士嘆了口氣。「那就盡可能安撫他。設法找他談談。向他保證你不會干涉他的事。」

「但我連他有哪些事都不知道，」布林克說。

「說的對，誰也不知道，」古普塔說。「不過他的祖宅發生命案，是他生平第一次無法完全控制訊息。儘管網路上找不到任何資料，但他的名字和他公司的性質都受到嚴格調查。那個安—瑪莉．李卡德居然願意跟你見面，我很驚訝。非常驚訝。」

布林克把頭靠壓在方向盤上。人造皮燙得很。他突然巴不得接受古普塔博士的忠告，回到挑高公寓的家，待在他的舒適圈裡，設計謎題，下午跑步，晚上和康妮安安靜靜地看電視。

「也許你說的對。也許我應該撒手不管。」

「對，當然應該，」維威克．古普塔說。「但我太了解你了。再說，如果你被賽吉盯上，一定其來有自。照計畫去見他的朋友吧，但要小心。同時，你有我的加密傳訊應用程式。把那個謎題掃描之後傳給我，我來看看會有什麼發現。」

第二十八章

傍晚時分，麥可．布林克把車開進巴德．費舍爾中心外面的停車場，這幢建築物稜角分明，由法蘭克．蓋瑞設計，建築的外骨骼布滿摺痕和皺褶，宛如一件金屬摺紙。康妮必須出來跑一跑，所以他在修剪整齊的草坪上解開牠的狗鏈，牠活蹦亂跳，奮力地繞圈圈，享受明亮的陽光和新鮮空氣，開心得連聲吠叫。牠充沛的活力引起了一群在草坪另一頭玩耍的孩子注意。有個年約十歲、穿著黃色連衣裙的女孩用一根塑膠桿吹泡泡，康妮玩心大起，衝向一個又一個泡泡，用鼻子戳破。布林克看著用肥皂水吹出的彩虹色球體在陽光下升空旋轉，變幻無常的色彩，是恆定空氣曲線的奇蹟。他看到每個泡泡的球面度，看到它們無邊的對稱性。當大量的數字湧進心裡，他甩甩頭，不予理會。他現在不能沉溺在源源不絕的數字裡。安—瑪莉．李卡德在等他。

布林克給康妮拴上狗鏈時，褲袋裡的手機震動。他抽出手機，看到一個語音留言，他不認得來電號碼，極有可能是星光旅館的經理看到他的房間以後，打來興師問罪的。他打開留言，聽到瑟薩莉．莫塞斯的聲音，突然呆住了：

我有一個很令人不安的消息。我一直想搞清楚今天午後發生了什麼事，剛剛我的上司打電話來，說他們要把潔絲移出雷布魯克矯正中心。多麼可怕的夢魘。總之，我是打來問你是否看完了隨身碟裡的檔案。抽空打電話給我。我們必須盡快聯繫。

藝術史大樓的冷氣把他團團包裹，活像在泡冰浴。當他走在空無一人的走廊，尋找安－瑪莉．李卡德的辦公室，才發現這場會面讓他非常焦慮。這種焦慮毫無理性，特別是因為他和古普塔博士非常親近，但每次碰見學者，他就會心生防衛。不是每個老師都和他的恩師一樣欣賞麥可．布林克的天賦。事實上，他在大多數的教授眼裡，說得好聽是馬戲團的怪物，說得難聽就是徹頭徹尾的騙子。他可以理解他們的心態。他只花幾小時就看完了《戰爭與和平》，隨便問他哪一段，他都能背誦出來；他只要翻翻課本，就能解開困難的數學方程式。有的教授即便知道他的經歷，也心存懷疑。他們從來沒有公開說出口，但每次和他們互動，他都感覺到背後揮之不去的指控：布林克占了便宜，雖然他們不能證明是用什麼方法，但他一定在作弊。

布林克在麻省理工輕騎過關，三年就以最高榮譽畢業。儘管他是明星學生，卻不是當學者的料。對他來說，學術工作缺乏挑戰性，甚至毫無趣味。當麻省理工向他提供博士課程的全額獎學金，他斷然拒絕，搬到曼哈頓，當起了《紐約時報》的謎題設計師，這個決定讓學校的教授大惑不解，同儕更是冷嘲熱諷，他們不是到聲譽卓著的學術單位任職，就是在全球各地的企業擔任高薪顧問。也有這種工作找上麥可·布林克，但他一一拒絕了。

很少人知道他是別無選擇。布林克對聲望或金錢的需求，遠不如破解謎題那麼大。他拿到老天發給他的牌——一個無論正常或故障都已經逆轉人生的腦子——學習為自己贏得最多籌碼。他欣然接受這份特雷佛斯醫師口中的「超能力」，不敢想像若非十五年前在那個足球場受傷，他的人生會是什麼光景。但儘管如此，這場意外帶來的傷害難免令他刻骨銘心。

「李卡德博士。」布林克站在她的辦公室門口。他是從巴德網站的照片上認出她的。她的身材頎長，儀態優雅，留著及肩的黑髮，披著一條灰白的針織披肩，大針的毛線在肩膀形成複雜的格子結構。

「請叫我安—瑪莉。」她說，示意他走進她狹小的辦公室。他在一張很小的雙人皮沙發坐下，一旁的書架放滿了藝術書籍：一本巴黎羅丹美術型錄，還有一本日本陶瓷型錄。「這是誰啊？」她問，彎腰撫摸康南德隆，康妮警覺地看著她。

「拿這個給牠，康妮會愛你一輩子。」他從背包拿出一條牛肉乾給她。他是騙她的。康南德隆對人的感覺很敏銳，看一眼就知道自己喜不喜歡對方，而且很少改變心意。這是他最佩服牠的一點——對人的第六感。安—瑪莉把牛肉乾拋給康妮，然後坐在布林克對面那張完全一樣的雙人皮沙發上。

「謝謝你臨時抽空跟我見面。」他說。康妮坐在他腳邊，開始咀嚼今天的第二條牛肉乾。

「多年以來，我一直希望有人找我談潔絲・普萊斯的事，」安—瑪莉說。「她現在還……」

「關在牢裡？」布林克幫她說完下半句。「對，在阿第倫達克山脈的一所矯正中心。我剛從那邊過來。」

「你提到你跟她在進行一項計畫，」安—瑪莉問道。「什麼樣的計畫？」

布林克原本沒打算撒謊，不過這個故事很好編。「給囚犯做的謎題。是州政府組織的義工活動。」

「真有愛心，」她用懷疑的眼神看著他。「經常有這種義工計畫找上你這麼……有專業能力的人嗎？」

「很少。」布林克再度發現自己確實聲名遠播。「但只要有機會，我很樂意幫忙。這也是我找你的用意。你見過潔絲，對吧？」

「只見過一次，在賽吉府邸。屋主請我去估價、認證和出售房子裡所有的古董。但一直沒有賣掉。」

他聽了很驚訝。他以為賽吉府邸的每一樣東西，包括房子本身，都變現了。「還沒賣掉？」

「沒有，」她說。「屋主想讓古董維持原狀，和他姑母生前一模一樣。」

「維護一幢鍍金時代的宅邸來收藏古董，花費有點高吧？」

「詹姆森不太在乎花費。但你說的對，這個決定確實不合常理。多數人會盡快把那幢房子脫手。發生那些事以後，他決定繼續持有。他請一位管家打掃和除塵、請一個園丁打理玫瑰花，還要供應足夠的暖氣，免得冬天水管爆裂。詹姆森和他姑母歐若拉一樣特立獨行，也許尤有過之。」

「所以瓷玩偶的收藏還在房子裡？」

安―瑪莉臉色漲紅，他看得出她變得緊張起來。「是潔絲告訴你那些玩偶的事？」

他點點頭，盡量不讓安―瑪莉看出他很想聽聽她對這些玩偶有什麼說法。

「我很清楚歐若拉的收藏。雖然我和她素昧平生，不過從她的收藏看起來，我覺得她這個人很……很了不起。她是個怪人，當然，不過她牢牢守護自己心愛的東西，不讓外人擅自闖入。」

安―瑪莉握緊放在大腿上的雙手，接著說道，「她還收藏了一批上好的瓷器，瓷器也是我數十年來的愛好，是我藝術史專攻的領域，我在這方面發表了大量著作，從古中國寺廟的花瓶到法國釉陶的傑作。瓷玩偶原本只是這些研究的延伸，我承認，但後來漸漸主從易位了。」

「這是個非常特殊的領域，」他感覺必須讓她繼續說下去。「你是怎麼進入這個領域的？」

「想知道真相？」她微微一笑，因為些許的尷尬而羞紅了臉。「十歲那年，我喝到一杯熱巧克力，是用我曾祖母的茶杯盛的，那是個薄如蛋殼的瓷茶杯，鑲了金邊，正中央是一朵玫瑰。這件瓷器輕若無物，透如蛋白，又能吸收光線，向四周折射，讓我深深著迷。後來曾祖母過世，我繼承了那些杯子，結果發現是利摩日瓷器。它們跟著我搬進我在曼哈頓的第一間公寓，占據我那個小廚房一半的櫥櫃空間。我每天都會使用這些杯子，我知道，對一個身無分文的學生來說有點荒謬。但不知怎麼的，這些杯子鼓舞著我。每天我都會端著一個利摩日茶杯，除了懷念我的曾祖母，也會想到要匯集多少藝術技巧，才能創造這個杯子，以及美是如何世世代代流傳下來，經年累月地取悅人心。我明白那個杯子是一件藝術品，和羅馬雕像一樣珍貴，只不過我可以每天享用。我把研究的重點轉移到陶瓷史。我對瓷器的熱愛也就此展開。」安—瑪莉有些扭捏地對他笑了笑。「請原諒，」她說。「你一定覺得很沉悶。」

「一點也不沉悶，」布林克說。事實上，他很清楚執念會如何侵襲一個人的生活。對謎題的發現其實拯救了他、建構了他的存在、改變了他的一切。「我覺得很有意思。」

「沒錯，是很有意思，」她滿意地說。「瓷器史尤其令人著迷。歐洲人一開始接觸瓷器，是馬可．波羅從中國帶回來一個小罐子。他命名為*porcellana*，這個義大利文的意思是貝殼，瓷器就像貝殼裡發亮的珍珠母。後來，數不清的工匠企圖複製中國瓷器，結果全都失敗。其中包含他們無法參透的技術，是中國人的獨門祕方。進口的瓷器價值連城，只有富甲一方的貴族勉強買得起。」

「全歐洲都被瓷器迷得神魂顛倒，求一件而不可得。一個叫強力王奧古斯特的日耳曼國王投下鉅資，想找出祕方，最終如願以償。一旦天機外洩，可以這麼說，瓷器的生產便在全歐洲突飛猛進。法國創辦的瓷器工廠揚名全球，威治伍德之類的英國公司也一樣。小人像成了人人垂涎的飾品。盒子、茶壺、花瓶，讓大家買得欲罷不能。瓷器的引進在許多方面改變了歐洲的生活。當然也締造了巨大的財富和名望，英國和歐洲的國王和王后聘請名師巨匠燒製令人讚嘆的傑作，不過到了十九世紀，普通人也買得起一只瓷茶壺或一組茶杯，就像我曾祖母。」

「還有歐若拉・賽吉，」布林克把話題拉回來。

「對，還有歐若拉・賽吉，」她說。「只是她一點也不普通。不過告訴我，你為什麼跟我聯絡？是不是跟你和潔絲的計畫有關？」

布林克一直在試探安－瑪莉的態度，現在決定是時候說出他此行的用意了。「我想弄清楚賽吉府邸發生了什麼事，」他說。「潔絲在那裡看家時，你是少數見過她的人之一。」

「我是去給古董估價的，」她說。「沒跟她說幾句話。」

「也許你在那裡看到什麼怪事，」他說，「可能和諾亞・庫克遇害有關？」

「相信警方做過調查，」她的聲音變得冷漠。「而且你很清楚，有人被定罪了。」

「我認為被定罪的人不是真凶。」

「你要為她申冤？」

「難道袖手旁觀就對了？」

「或許不對，」她說。「不過你在插手之前，應該弄清楚這件事牽涉的範圍有多廣。」

布林克想起潔絲・普萊斯的暗號。她相信厄尼斯特・雷斯被人所殺，他的處境也很危險。他研究安—瑪莉的表情，想推敲她究竟知道多少。「這正是我的來意，」他最後說。「把事情弄清楚。」

安—瑪莉把她寬鬆、輕透的披肩裹得更緊，她的語氣反映出同樣的謹慎。「有點像潘朵拉的盒子，布林克先生。一旦打開了，你就會知道潔絲・普萊斯經歷了什麼事。你會掌握你想知道的所有內情，甚至尤有過之。但掌握真相是要付出代價的。你看，她發現了隱藏多年的祕密。有人不想讓這個祕密曝光。潔絲距離真相太近。結果如何，你也看到了。」

「只怕我不明白你的意思。」他仔細盯著她看。

「掌握真相，是一種巨大的誘惑，」她接著說：「你會忍不住想揭露，把外面的保護層一一剝開。我們以為只要掌握真相，就能得到滿足，會感覺放心、安全、舒適。不過說真的，有時知道了真相反而有害無益。有時候祕密被隱藏起來，是有原因的。」

布林克思索她的話，不知該如何回應。他無法容忍任何祕密。一股發自內心的強烈衝動，逼使他破解一個祕密。「我就是那種打破砂鍋問到底，還問砂鍋在哪裡的人。」

安—瑪莉從皮包拿出一把鑰匙，打開檔案櫃，抽出一個小型皮革資料夾。布林克一眼就認出這是潔絲．普萊斯手札裡寫的資料夾——棕色、老舊磨損、用一條很粗的皮帶固定。她回到座位上，雙手牢牢抓住資料夾，指甲扣進柔軟的肌肉裡。「我想你已經了解，賽吉府邸發生的事和表面上不一樣。問題不僅僅是誰殺了諾亞．庫克，或甚至潔絲．普萊斯是不是凶手。這個資料夾裡面的東西會改變你對整件事的觀感。事實上，還會改變你對天地萬物的觀感。」

布林克望向窗外。夕陽西下，天色漸暗，白晝即將消失。「觀感本來就是會改變的。」

安—瑪莉把資料夾塞進皮包裡，從書架拿起鑰匙，走向門口。「那就跟我來，」她說，聲音很低，彷彿擔心隔牆有耳。「我帶你去看。」

第二十九章

麥可．布林克開車跟在安－瑪莉的ＢＭＷ後面，經過一連串狹小的鄉村公路。天色越來越暗，當兩人開進她的房地產所在地，他打開前照燈，順著一條陡峭的車道，穿過濃密的冷杉、樺樹和楓樹森林。前照燈閃過釘在樹幹上的告示，寫著「私人產業，禁止侵入、禁止打獵」。他看看後照鏡，尋找黑色特斯拉的蹤跡，發現它沒有跟來，他鬆了一口氣。特斯拉不見了，然而他依稀感覺那輛車隱身在暗夜中，隨時準備現形。

最後，他們開到車道盡頭，停在一幢現代房屋前面，房子包含三個玻璃立方體，座落在混凝土厚板上。他關掉前照燈，查看手機。沒訊號。他下了貨卡，尾隨安－瑪莉到前門，康妮跟在他腳邊，但安－瑪莉不讓他帶進去。「你不介意吧？」她問，瞥了他的貨卡一眼。「我從來不讓狗進去……」

布林克把康妮的毛毯鋪在貨卡的座椅上，把窗戶搖下來一點，鎖上車門。他覺得應該讓牠待在貨卡的車斗上，但臘腸犬是專門飼養的獵犬，他能想像一旦牠聞到動物的氣味，會有什麼反應。牠不喜歡被鎖在貨卡裡，開始大聲吠叫，並且撲向車窗，他只好打開車門，帶牠到樹下撒尿。康妮回來的時候，他用手指比槍。「砰！」他假裝對牠開槍，牠隨即倒在地上。裝死的技能很難學，但經過幾個月的練習，牠已經非常拿手。康妮躺在車道上，舌頭從嘴巴伸出來，很有喜感。他哈哈大笑，很快在牠耳後抓幾下，然後把牠抱回貨卡，鎖上車門。

安—瑪莉在房子的正前方按下遙控鑰匙，瞬間燈火通明，嗖地一聲，室內沐浴在柔和的燈光下，廚房和客廳變得清晰，玻璃的表面反射出漣漪。

「這裡沒什麼隱私，不過話說回來，我沒有鄰居，所以……」她說，帶他走進廚房，從酒櫃裡拿出一瓶桑賽爾。她拔掉瓶塞，倒出兩杯白酒，遞給他一杯，帶他走到客廳裡，偌大的空間裡，到處都擺了燈，黃光的光暈把房子時髦的建築結構——玻璃牆和拋光的混凝土地板——變得柔和。高挑的天花板掛了一盞彩色水晶吊燈，紅色和黃色的玻璃像章魚爪子似地扭來扭去。「那是戴爾．奇胡利的作品，」安—瑪莉看到他凝視吊燈時說。「那些，」她指著壁爐架上三尊眼睛又大又圓的小瓷人，「是埃爾特的裝飾藝術傑作。」他轉身看見掛在客廳牆上的加框希伯來文古捲。櫃子裡擺滿瓷器，架子上有一個金色的聖杯。「要是我能決定的話，我會把時間全部花在拍賣會上。」她回頭看他，棕色的眼睛突然嚴肅起來。「然而，我一年到頭忙著尋找另一個寶藏。」

安—瑪莉把她的酒杯放在茶几上，拿出皮包裡的皮革資料夾。

「不只潔絲一個人被這個謎團奪去了過去五年的人生。那幢房子裡發生的事、歐若拉．賽吉和她弟弟的遭遇，以及他們和某些陳年往事之間的關連，都成了我人生很重要的一部分。」

她坐在沙發上，鬆開皮帶，打開資料夾。布林克目不轉睛地看著，心裡越發期待。但安—瑪莉忽然停下手上的動作。「你的手機呢？」

布林克把酒杯放在茶几上，撈出口袋裡的手機。他看看來電紀錄，顯示剛才有三通未接來電，一通是瑟薩莉打來的，另外兩通是維威克・古普塔，但這裡沒有訊號。他猛然驚覺，誰也不知道他身在何處。這裡前不著村，後不著店，完全與世隔絕。

「麻煩你關掉。」安—瑪莉示意他關掉手機。

反正沒有訊號，布林克心想。他按下電源鍵，關機，然後舉起來，讓她看到變黑的螢幕。

「我知道有人會覺得我疑神疑鬼，但我必須小心再小心，」她說。「我為了這個費盡心血，絕不能讓別人錄下來。」

布林克慢慢靠過去，以便看到資料夾。安—瑪莉牢牢抓在手裡。

「剛開始從事瓷器拍賣時，」安—瑪莉說，「我對拉莫里埃特的了解有限。當然，我聽過他那些玩偶的故事。我這個領域的行家都聽過：美麗、稀有、讓收藏家念念不忘的豪華玩偶。不過拉莫里埃特的研究者最感興趣的，是那個靈異的寶貝玩偶，他依照愛女薇奧蘭的模樣創造的傑作。超自然力量會令某一類人無法抗拒，特別是其中混雜了美麗藝術品的魅力。我花了很多時間追查這個傳奇背後的事蹟。」

「但我很快發現事情不像我原先以為的那麼簡單。我們瓷器史專家的圈子很小，我開始打電話給同業，詢問他們對拉莫里埃特了解多少。我一個研究所的朋友，法國瓷器專家庫倫・威德斯，收集拉莫里埃特的資料幾十年。沒想到他藏有大量文獻，內容是拉莫里埃特的廠製玩偶系列，巴黎小寶貝，以及他獨一無二的創作，公認是傑作的玩偶：薇奧蘭。庫倫研究拉莫里埃特研究到入了迷，挖出拉莫里埃特的新聞報導和訪問、他一九〇一年在巴黎舉辦作品展的型錄、幾張照片、一封手寫的書信等等。他發現拉莫里埃特曾經在一八九〇年代投入布拉格一位玩偶師門下。他為人所稱道的玩偶眼睛——色彩飽滿的含鉛水晶——深受捷克玻璃製造術的影響，那段時期留下的一封信裡，約略提到拉莫里埃特在布拉格交了一個猶太朋友。我進一步追查，儘管找不到其他關於這段友誼的資料，我卻對這個故事很感興趣，所以繼續研究下去。」

安—瑪莉輕啜一口白酒，接著往下說。

「我很快得知，一九〇九年拉莫里埃特自殺身亡以後，美國大亨約翰・皮爾龐特・摩根買下了他的作坊，包含一批珍貴的書籍和手稿，還有薇奧蘭。」

「那個銀行家？」布林克想起他看過的一個一九〇七年金融風暴的故事，摩根當時把最重要的銀行家全部鎖在一個房間裡，直到他們答應設法解決危機才放人。

「說對了，」安—瑪莉說。「我想他是看中了拉莫里埃特的藏書，連帶薇奧蘭一併買下。摩根把玩偶送給他的孫女，法蘭西絲・崔西・摩根，當作聖誕禮物。女孩的保母克麗絲・克萊門汀小姐經常接觸這個玩偶，宣稱玩偶薇奧蘭被附身了，她用的就是這兩個字，」安—瑪莉說。「她在一九二八年出版自己的生平事蹟，這時她和摩根家的雇佣關係早已結束。她的回憶錄完整呈現了符合讀者期待的靈異玩偶：電磁力、從房子的這一角詭異地移到那一角、光圈、神祕的哭聲，最後還有暴力。如果保母所言屬實，小法蘭西絲・摩根不但受了傷，還留下永難磨滅的疤痕。」

「薇奧蘭和它的出處證明文件，也就是拉莫里埃特設計玩偶時的畫稿、他這件作品相關的私人文獻，一起被賣掉。這是一樁私人買賣，以現金交易，至於是誰買下薇奧蘭，摩根圖書館沒有任何紀錄。結果發現玩偶被歐若拉・賽吉的父親買下，送給他的女兒，歐若拉。」

「這個資料夾，」她說，「裝了和薇奧蘭一併出售的文件，是潔絲被捕以後，在賽吉府邸找到的。這幾張，」安—瑪莉拿出一沓文件，放在兩人中間的茶几上，「出自加斯東・拉莫里埃特在一九〇九年十二月二十四日寫給兒子查爾斯・拉莫里埃特的信，敘述拉莫里埃特將近二十年前，也就是一八九一年，到布拉格追隨玩偶師約翰・卡爾學藝的一段歲月。這是拉莫里埃特生前寫的最後一封信。一九〇九年的聖誕節，他自殺了。」

布林克想拿過來看，但被安—瑪莉擋住了。她從資料夾的內袋取出一個小信封，抽出三張泛黃的照片。「這些是拉莫里埃特、他太太和他女兒薇奧蘭的照片，一八九〇年在巴黎拍的。幾年前，我在拉莫里埃特的兒子查爾斯的遺物裡發現這些照片。」

布林克拿起一張照片，看到一個身材肥胖、鬍鬚修剪整齊的男人，一手攬著一個戴了帽子的女人，帽沿很寬，點綴著幾隻填充鳥。他的另一手攬著一個少女，薇奧蘭。布林克更仔細地看著薇奧蘭。她個子很高，過於瘦削，算不上漂亮，但表情很活潑，讓她看上去像個美少女。她和父親一樣，心情似乎很好，簡直稱得上快活。

「還有這個，」安—瑪莉把另一張照片放下時，反射在玻璃上的影像拉得很長，照片上是一個瓷玩偶，「是拉莫里埃特的傑作。有沒有注意到玩偶和他的女兒有多像？真是維妙維肖。看出來了嗎？」

布林克確實看出來了。就像一個模子刻出來的。玩偶和那個女孩一樣，長相有些奇特，眼睛很大，一臉調皮搗蛋的模樣。

「這張照片拍完不久，她就不幸慘死。」安—瑪莉說。

「他完全捕捉到她的神韻。」此刻布林克完全了解拉莫里埃特的傑作對他的意義，他不禁心頭一慟：他是用這種方法紀念死去的孩子。

安—瑪莉把信紙分成兩堆，攤在茶几上。「歐若拉．賽吉保存這個資料夾幾十年，想必是潔絲．普萊斯找到的，因為她被捕之後，警方在賽吉府邸的圖書室發現資料夾。信紙東一張西一張地散落在房間裡，順序混亂。可惜並不完整。我相信這封信還有更多內容，雖然天知道它們怎麼了。可能是收件人，拉莫里埃特的兒子弄丟了。也許是歐若拉處理不當。總之誰也說不準。」

布林克想起潔絲記載的祕密餐具室，他想起手札裡描述的資料夾和信，儘管證實了安—瑪莉所言不假，他卻不打算告訴她。他不信任安—瑪莉。凡是不讓狗進家門的人，都有問題。

「原文是法語，後來在二十世紀初譯成英語，或許是拉莫里埃特的兒子出售玩偶的時候，」她指著茶几上的兩份文件：法語的手寫原文，和一疊英語的洋蔥皮信紙，是打字的譯文。布林克從小就跟母親講法語，而且藉由閱讀西默農的小說，練出完美的文法。如果安—瑪莉允許，他可以讀原文，他瞥了一眼，急欲知道信上寫什麼。

「這封信之所以重要，是基於幾個原因，」她說。「首先，這原本是給他兒子查爾斯一個人看的，拉莫里埃特要他兒子看完之後把信燒了，所以誠實記載了拉莫里埃特在布拉格的經歷。此外，裡面敘述了薇奧蘭的死對他的傷害有多深。她過世才兩個月，他就去了布拉格，而且看信上的內容，這是他一開始向卡爾大師學藝的原因。無論如何，這封信呈現了真實的他，全無矯飾，而且毫不避諱地揭露他經歷的種種駭人聽聞的事件。」

布林克快速瀏覽了第一頁，目光停在最下面一行：

我相信自己能通曉人類不該知道的玄機。我想窺視不為人知的祕密，於是揭開了隔在人與神之間的面紗，直視上帝之眼。這個謎題的本質就在這裡：輪番帶來痛苦和快樂。

布林克發現潔絲曾經一字不差地抄寫這段話，不禁全身顫慄。她看到的這段話，是寫在賽吉家的聖經上，表示歐若拉．賽吉一定也謄寫了同一段話，理所當然，意指這封信原本在歐若拉手中。「揭開了隔在人與神之間的面紗，直視上帝之眼。」布林克說。「這種說法很不尋常。你知道他在說什麼嗎？」

他聽見康妮在外頭吠叫，八成是因為一隻松鼠而激動，但他滿腦子只有拉莫里埃特的信，無暇查看牠的情況。

「他說的是一個發現，」安－瑪莉目光炯炯地盯著他。

「什麼樣的發現？」布林克問。

背後有一個聲音說：「恐怕是歷史上最偉大的發現。」

布林克跳起來，看見他在監獄停車場火速逃離的紅髮男子，就是開著特斯拉，尾隨他穿越阿第倫達克山脈的人。「神聖知識的寶藏。」

卡姆．普特尼起初是和另外九個人一起在詹姆森．賽吉的中城辦公室當保安。當時他二十一歲，住在皇后區的一個破地方，同時做兩份工作，好支付孩子的生活費。他名下一無所有，沒車，沒存款。他的毒癮很大，除了大麻和類固醇，偶爾還吸古柯鹼，這耗光了他僅存的微薄工資。他有一次在史坦威街的夜店和別人打架，被警方以妨礙治安行為的罪名逮捕，當他被檢驗出疼始康定的陽性反應時，法院判決他要繳納罰款、強制勒戒、差點要坐牢。他生活中唯一的支柱是他女兒，雅思敏，一個可愛的兩歲小孩，他兩週探視她一次。

賽吉先生想必看出了他的優點，他本質上的過人之處：忠誠、服從、渴望更崇高的使命，因為有一天下午，他把卡姆叫到辦公室，問他想不想升職。「我要你加入我的私人保安團隊，」他說。「這種職缺不常有。」

「你要我當保鏢？」

賽吉笑了笑。「保安不僅是提供人身安全，雖然這當然是工作的一部分。保安是存在問題，涵蓋人類生存的所有元素：身體、智能、精神、財務。虛擬。你或許知道每年有六千萬人的身分失竊，但你知不知道，除了身分，其他的很快就會消失？我的身分和我的肉體一樣重要、一樣寶貴。為什麼？因為它會取代我的身體。我在裡面生活、體驗生存的時間，將遠超過我生物上的存在。危害我的身分就是危害我的存在本身。我這個人不接受任何危害。明白我的意思嗎，普特尼先生？」

他點點頭，不清楚這份工作究竟要做什麼，但很想聽下去。「明白，先生，」他說。

「這和你以前從事的工作完全不同，必須全心投入。工作時間，這麼說吧，很長。不僅是一份全職的工作。應該說是一種使命，必須做出某些服從性的行為：每週藥檢、工時很長、精神和肢體的再教育、國際出行。而且你必須輪流接受兩種保安技巧的訓練。你能接受這些條件嗎，普特尼先生？」

卡姆看著賽吉，凝視他堅定的眼神、他修剪整齊的指甲、錢財和權勢賦予他的自信。雖然他不知道賽吉有什麼用意，但他知道現在的生活無法令他滿足。「可以，先生。」

「這份工作會突破你的極限，」他說。「我的想法和事業都是非正統的，加入我的團隊，會對你帶來挑戰。在我眼裡，我的保安團隊就是現代武士，身體機能處於顛峰，智能和精神上也很敏銳。你會成為一把刀，隔絕我和……」他示意他望向窗戶外面的世界，「他們。」

卡姆往窗外的曼哈頓城景看了一眼。他們從來不曾善待他。「我有興趣，」他說。「先生。」

「很好，這幾個月我一直在觀察你。你聰明、勤奮、身體的狀態極佳。我相信你能面對這個挑戰。至少，我願意冒這個險。」

「謝謝，先生。」他聽出自己的聲音有些激動。這是他有生以來，第一次聽別人說他是可用之材。

「我敢說這份工作絕不會辜負你。首先，薪水很優渥。另外還有其他為你量身打造的福利。一個是令嬡雅思敏．李．普特尼的教育基金，不管你挑選哪一所學校，學費都從這裡支應。」

卡姆工作的時候，沒有對任何人提過女兒，現在聽到她的名字，一時之間措手不及。他突然覺得詹姆森．賽吉可以看穿他，看穿刺青和肌肉、看穿他染成金色的頭髮和他的工作制服，看進他的靈魂深處。「真是慷慨，先生。」

「儘管你週末要上班，但我可以安排你維持兩個月一次的監護安排，至少暫時可以。不過將來就不能保證了。有時可能要安排輪流探視。我相信你能接受這種不便吧？」

卡姆目瞪口呆地看著他。他不但知道他女兒的名字，還知道他監護協議的細節。「我能應付。」他說。

「那麼，相信我們達成共識了。」這句話的意思既是握手，也是送客。他望向辦公室的門，而卡姆呆若木雞，轉身離去。

不到一星期，卡姆簽署一系列的數位協議（賽吉先生稱為李嘉圖合約），用法律保證他在精神上已經履行的兩個義務：忠心耿耿和守口如瓶。接下來那一週，他開始受訓，並在後續的十八個月徹底改變了他。他有一半的時間和賽吉先生在一起，確保他的人身安全。但另外一半的時間，他在接受極限式訓練。槍砲訓練、武術、冥想，還有電腦科技、網路安全，而且要學會複雜的加密金鑰，保護奇點的網路不被入侵。為了管理賽吉的加密內部通訊系統，從編寫代碼到分析數據系統，他全都學會了。他監視出入公司伺服器的每一則通訊。時間一久，卡姆不只成了世界和詹姆森．賽吉之間的物理屏障，也是數位屏障。受訓結束時，他身上紋了三角形的刺青，表示他可以出任務了。

受訓期間，他定期和女兒見面，隔週把她接到家裡度週末。他戒了毒、戒了酒、成為更好的父親。卡姆的薪資和教育基金，給了雅思敏他不曾有過的穩定生活，讓他的孩子成長茁壯。

這是十幾年前的往事。從那時候起，卡姆漸漸明白詹姆森．賽吉擁有什麼樣的力量。不只是財務力量，雖然這方面也不缺。這位先生的人脈網絡比金錢更強大。凡是賽吉想做的事，從來沒有辦不到的。在監獄的時候，卡姆親眼見證他人脈的威力，裡面所有資源都集中到潔絲．普萊斯身上。

當賽吉先生告訴卡姆，要把他調到雷布魯克的時候，他很不願意離開紐約市。不只是因為他和雅思敏會有五個多小時的距離，也因為他不相信會有人把賽吉先生照顧得和他一樣好。其他保鏢不像卡姆這麼用心。保護賽吉先生不是他的工作，是他的使命。

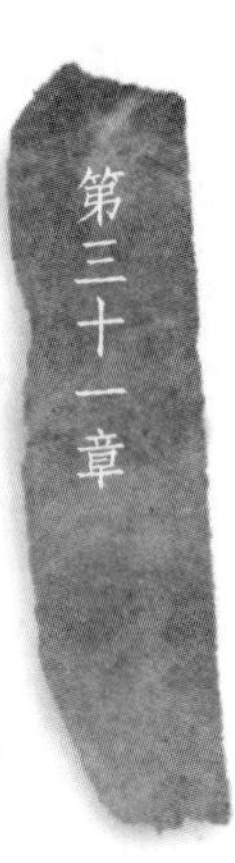

「詹姆森，」那個男人走到麥可・布林克面前，伸出手。「詹姆森・賽吉。」

布林克和他握手，向窗外瞥了一眼。那輛黑色的特斯拉停在車道上，而且布林克萬萬沒想到，監獄那個漂金色頭髮的警衛，脖子上有畢達哥拉斯三角形刺青的人，正倚著車子抽菸。他突然懂了。那個警衛是賽吉在監獄裡的內應。潔絲・普萊斯是對的：有人在監視她。

安—瑪莉從布林克手裡拿走拉莫里埃特的信，悄悄放回資料夾，然後綁起來。接著她起身吻了詹姆森一下，去給他倒酒。

布林克早就懷疑安—瑪莉和詹姆森・賽吉的關係，這個吻，加上這傢伙有房子的鑰匙，證實了他的懷疑。潔絲・普萊斯是在五年前見到安—瑪莉，他懷疑他們會不會那時候就在一起了，還是等到安—瑪莉給歐若拉・賽吉的古董估價以後，才開始交往？他轉過身來，細細端詳詹姆森。他長得很帥，鼻子和臉頰上有少許斑點，淡褐色的眼睛炯炯有神。他估計他年近六十，但身上有一股少年氣，顯得年輕幾歲，身上的衣服既時髦又昂貴：腳感舒適的義大利綠色麂皮駕駛鞋、設計師牛仔褲、綠色馬球衫。他想起維威克・古普塔對他這位老友的描述：他為了保護隱私，無所不用其極。如果你帶給他任何威脅，那你踩中的陷阱要比你想像中深邃、黑暗得多。

「很高興總算追上你了。」詹姆森說。他的口音介於英式和美式之間，這種寄宿學校的上流階層口音，布林克初次是在波士頓聽到的。他自己的中西部口音很突兀，所以很快就學會把母音發清楚，並且省略子音。「你看，我很急著要找你談話。」

「通常打電話是最有效的，」布林克說。詹姆森既有侵略性又有吸引力，他不確定該怎麼應付。這個人搗毀了他的旅館房間，關閉了他和潔絲接觸的管道，又從阿第倫達克山脈一路跟到這裡。瑟薩莉在監獄遇到的問題，無疑也是他在幕後主導的。經此一役，布林克不可能就這麼坐下來，和這傢伙談笑風生。詹姆森．賽吉身上有一種特質，讓他如臨大敵，一種八面玲瓏、損人利己的性格，優雅而危險，像一條水蝮蛇，悄無聲息地在淺水中滑行。

「我讓你不高興了，」詹姆森說。「恐怕這是我的致命傷。安－瑪莉總說我處事操之過急，沒有考慮對別人造成的影響。」

「不要緊，」布林克悄悄把手伸進外套口袋，摸到貨卡鑰匙。他得馬上離開。「後會有期。」

「你不是現在就要走吧？」詹姆森問，看看布林克手裡的鑰匙。

「時間不早了，」布林克說。「而且我要開很久的車。」

安─瑪莉從廚房出來。「你一定累壞了，」她用同情的眼神看著他。「不過再多待一會兒吧。」她遞給詹姆森一杯白酒。

「真的沒辦法，」他說。他不想知道詹姆森找他幹什麼。他必須上路，越快越好。

「拜託，晚餐再過幾分鐘就好了。你可以先吃飯，半小時以後再走。再說，你跟詹姆森必須聊聊。」她把目光移到茶几上的皮革資料夾。「而且我也有一件重要的事，必須跟你討論。」

「來吧，布林克先生，今晚夜色很美，而且露台的景觀好極了。」詹姆森示意布林克跟他走。「卡姆．普特尼會妥善照顧你的小狗。」

布林克向外一望，看到那個金髮的監獄警衛現在倚著他的貨卡。沒有他們的允許，布林克走不了。

布林克尾隨詹姆森走到外面的懸臂式露台，可以俯瞰一大片黑暗的樹林。在樹林的另一頭，地勢驟降，急遽向下傾斜成一片陡坡，消失在暗夜中。空氣炎熱，然而站在詹姆森旁邊，他的皮膚一陣陣刺痛。布林克拿出手機，啟動電源。還是沒訊號。

「當初給安─瑪莉蓋這幢房子，就是看上這片景觀。我想像有一個玻璃盒佇立在松林間，一個純粹的形狀，依偎在這片古老、宏偉的樹林裡。和我姑母歐若拉的家完全相反。賽吉府邸非常沉重、非常雜亂、塞滿了垃圾。我希望我住的地方，彷彿是大自然的一部分，可以說與大地合而為一。」

皓月升起，皎潔如霜，月光照亮一片空地，一架直升機停放在圓形的停機坪上。

「我的歐洲直升機，」他順著布林克的視線說著。「我買了一百畝的隔音棉，確保鄰居不會抱怨噪音污染。儘管如此，大家還是很不滿，即便他們聽不到噪音。紐約客的嫌貧嫉富最叫人受不了。只好動用我的法律團隊來解決問題，不過週日晚上只要半小時就能趕到紐約市，實在太方便了。安－瑪莉還考了飛行執照，這樣我們隨時都能升空出發。」

「安－瑪莉？」布林克驚訝地說。她的舉止平靜、鎮定，又是從事古董研究，實在不像會開著直升機到處蹦跳的人。

「我認識她的時候，她不喜歡搭飛機，但沒有因此退卻。她學開飛機，克服飛行恐懼症。這應該是她最大的優點，用知識克服對世界的畏懼。要是她害怕什麼，就設法征服她恐懼的對象。她的確是難得一見的女人。」

「我相信。」他想到她鍥而不舍地追查拉莫里埃特的信。

「她是我平生罕見的絕頂聰明之人，正因如此，我們才會在一起這麼久。我想除了她以外，沒有人看得出歐若拉姑母的發現是無價之寶。她在許多方面都是我的得力助手。」

「你姑母的瓷器收藏有這麼貴重？」布林克想起安－瑪莉隱約提過，瓷器的收藏已經不流行了。聽詹姆森這麼說，卻又彷彿這批收藏價值不菲。

「我有興趣的不是歐若拉的瓷器。」詹姆森語帶輕蔑。

「那是什麼？」布林克說。「像你這樣的人，絕不會平白無故去做一件事。」

詹姆森看了他一會兒，然後倚著露台的欄杆說：「我在報章雜誌上看過你，麥可．布林克。他們說你是天才，萬中無一的聰明人。我承認，發現自己的平庸，確實很容易自卑。你這種聰明才智超出我們大多數人的理解。但我是個務實的人。凡是我自己做不到的事，一定請我的朋友代勞。」

「唯一的問題是，」布林克苦笑著對賽吉說，「我不是你的朋友。」

「我明白，」他同樣報以笑容。「你以為你把我看透了。我是個有錢的老頭，想在不斷改變的世界裡，設法保有我的特權。嗯，我就是這種人。不過……」詹姆森仰望天空，布林克順著他的目光看過去，繁星在清朗、漆黑的夜空閃爍。「我看得出我們多麼渺小、多麼微不足道。我們有很多事不了解、有很多事做不到。儘管如此，我們很快就會改變這一點，所以我不得不堅持下去。你不能怪我。對永生的渴望和生命本身一樣古老。《哈姆雷特》描述死亡是『自古便有去無回的神祕國度』。然而哈姆雷特感覺到那股探索未知的強烈衝動。」

詹姆森盯著布林克。

「那個神祕國度是我畢生的志業。意識，我們生前死後意識的特徵，這些主題成為我發展事業和……坦白說，從事其他所有行為最主要的動力。家父過世以後，他分到的遺產全都投入我名下的基金。成年以後，我利用自己的優勢創立了一家又一家公司，全部圍繞一個單一的信念：意識沒有生死可言，而是一種堅不可摧、包羅萬象的力量，是物質的塑造者。事實上，物質是為意識服務的。」

布林克靠在露台的欄杆上，一面聽，一面思索這些和潔絲．普萊斯或是她給他的謎題有什麼關係。

「我創立奇點科技公司來研究我的信念：人類的心靈不會隨著肉體的腐敗而消失，你不妨稱之為超人類主義，但我不是從那些角度思考這個問題。事實上，讀過拉莫里埃特的信以後，我已經了解，自開天闢地以來，探索人的意識，並使它免於物質變遷的影響，一直是人類最主要的追求。到了我們的時代，這個探索已經達到臨界點：我們可以利用人工智能、變性科技和電腦網路的力量來探索人類發展的無限可能。我已經和哲學家、遺傳學家、生物學家和三者之間的各類專家合作，探索所謂『人類靈魂』可能的結構，以及靈魂如何與身體互動。人類最古老的研究、我們最古老的文物、我們的古代典籍，還有我們最寶貴的宗教，都是在探究靈魂的本質，然而我們迄今仍找不到答案。所以我才相信我們必須合作，布林克先生。你的天賦對我的研究大有用處。」

「我看不出有什麼用。」

「我認為你低估了你的天賦。」

「我認為是你高估了。我的能力是洞悉和破解模式。我沒有超能力，也沒興趣追求永生。」

「『高估』是相信的另一種說法，」他說。「而且你說的對：我相信你的能力。我這種人和其他人的區別就在這裡。只要我相信一件事，只要直覺告訴我這是真的，我就會堅定不移地追求，不達目的絕不罷休。所以我直接開門見山地告訴你：潔絲．普萊斯有我需要的東西。」

「什麼東西？」

「或許她在監獄跟你說過，」詹姆森說，「或許她隱約提到她在我姑母家找到了什麼東西，然後藏起來。對我來說，這個訊息可能非常寶貴。甚至可以說，萬一你幫我找到了，未來有很長一段時間，你都不必擔心經濟問題。」

「你知不知道潔絲受了多少苦？」本來他只是對詹姆森有所防範，但現在開始覺得這個人卑鄙無恥。一個女人的一輩子被毀了，他好像不當一回事。「除了自由，我懷疑她還會想要什麼。」

「可能她自己也不清楚，」詹姆森說，「但我相信她知道線索，可以幫我找到這件……公平地說，原本就屬於我的東西。也許她跟你說過，或者就算沒有，可能也提過要去哪裡找。此外也可能是她把東西摧毀了，時間一年一年過去，這個可能性越來越大。我已經找遍了整幢賽吉府邸。但東西好像不見了。」

「那你就不需要我了。」

詹姆森打量了他一會兒，然後向布林克走近一步，縮短兩人之間一半的距離。「我知道你不願意幫忙。你不滿我切斷了你接觸潔絲．普萊斯的管道。」他又往前走了一步，兩人的距離再度減半。布林克聞得到他身上的氣味，是汗液和高價古龍水混合的味道；他聽得見他的呼吸。他在刻意展現男子氣概，這是布林克在足球更衣室學到的。「但我把醜話說在前頭。不管潔絲．普萊斯怎麼藏，我一定找得到。」

「不如節省你我的時間，」布林克說，「告訴我，你到底在找什麼？」

詹姆森想必對這個問題早有準備，因為他沒有絲毫躊躇。「是一件貴重的古物，原本屬於我的歐若拉姑母所有。因為它能改變人類和人類宇宙地位之間的關係，所以被隱藏了幾千年。」

「什麼樣的古物？」布林克問，但他早就知道了。他滿心想著那個圓圈、周邊的數字，以及中央的希伯來文字母構成的圖像。

「一件有能力改變未來的古物。」賽吉說。「只要你肯幫我，我們就能攜手改變未來。」

門開了，安－瑪莉走出露台。「我想跟你談的就是這件事。」她說。「來，晚餐好了，而且我們有很多事要討論。」

從安—瑪莉家開車回雷布魯克的路上，卡姆．普特尼想起他女兒。只要他靜下來的時間夠長，一定會想到她。他開啟自動駕駛功能，把目的地輸入特斯拉的全球定位系統，讓車子自己行駛。Model S Plaid的時速高達一百五十五英里，儘管不能全程以最高速行駛——照他的設定，車子一遇到雷達控制就會減速——他很快就會抵達雷布魯克。

透過擋風玻璃看著飛馳而過的風景，讓他的頭腦放鬆、沉澱，形成了某種屏幕，他在上面看到雅思敏不在他身邊的時候，晚上是怎麼過的。他看到她放學，看到她和保母一起上了地鐵，看到她把背包丟在門口，走進臥室。他想像她做完了科學作業，星期一要交的混凝紙漿恐龍，吃晚餐時，她母親為了吃不吃豌豆和她吵起來。即便從來沒有跟她住在一起，他知道她晚上有哪些例行活動：挑選第二天要穿的衣服、沖澡、收拾書包。他女兒快滿十三歲了，長得很快，而他錯過了她的成長。儘管他經常和女兒通電話，把最好的一切都給她，但做為缺席的父親，他懊悔不已。有時候他懷疑這樣值不值得。他在奇點的歸屬感、豐厚的收入、知道他的工作可以改變世界，這些都對他非常重要，但他因此放棄了什麼？

他的工作通常容不下懊悔的餘地。進入奇點的菁英保安團隊一年後，他開始接受梅師父的訓練。賽吉先生把這位導師介紹給他，還說他們要做的是『意識訓練』，但卡姆覺得她的身分介於軍事演習士官和新世紀生活教練之間。一開始，他不喜歡當年輕女人的徒弟。他們年齡相仿，都二十出頭，而她的體型只有他的一半，瘦得像一根小樹枝，態度冷靜、警覺。她的英語有很重的日本腔，他聽得很吃力，常常在她說話的時候發呆，只想左耳進，右耳出，不過後來上第一堂武術訓練課的時候，她攻勢凌厲，一拳打在他的心窩，他倒在地上，目瞪口呆。從此以後，他絲毫不敢分心。

梅師父教他武術、冥想，以及能力帶來的種種責任。「這一刻，」她說，「你很強大。將來有一天，你會變得弱小。了解這兩種生存狀態，你就能活下來。」

卡姆漸漸明白，強者要有弱者才能存在。動是靜的自然結果，死亡和生命是一體兩面，狂熱是關愛的基礎。他的工作不管多麼殘暴，確實讓他得以供養他在人世間的最愛：他的孩子。全靠他為賽吉做了這些事，才有辦法保護雅思敏。他只要完成他的使命，協助賽吉先生達到目的，就能夠隨心所欲，當個更好的爸爸。

要不了多久了。賽吉先生的計畫即將實現。當賽吉先生說明卡姆必須開車趕回雷布魯克，阻止莫塞斯醫師插手干預時，卡姆就知道他們快成功了。當然，這代表必須傷害她，或許甚至要把她殺了。但在梅師父的啟迪下，他明白暴力究竟是什麼，儘管並不喜歡，但他接受暴力的必要性。沒有戰爭就沒有和平。沒有死亡就沒有永生。現在不消逝就不會有未來。

這不只是佛教用來唬人的話，雖然卡姆一開始這麼認為。這是賽吉先生背負的使命的核心。卡姆過了很久才領悟。有一次，卡姆為了他的飲食控制計畫（沒有紅肉、一堆他從來沒聽過的日式蔬菜、艱苦的體能訓練，還有林林總總的天然藥材）和梅師父爭吵，差一點就離開奇點。在他叫她滾開，別煩他的時候，梅師父用沉著的棕色眼睛看著他，並且說，「我們必須珍惜傷害我們的人。傷害我們的人是我們最高深的老師。」也許很多人把賽吉先生看成敵人，但他其實是他們的救星。

直到擔任這份工作的第三年，獲得了奇點加密網路的完整存取權，看到賽吉先生的使命多麼宏大，卡姆才領悟到這一點。他在已知的世界之上，創造了新一層的存在，一個全球資訊網路，靠一份神聖不可侵犯的帳本來維護它的安全性，耗費以十億美元為單位的鉅額數位貨幣來支持。帳本由全球進行認證和維護，而且有別於其他的區塊鏈科技，是透過一種新型電腦處理器來驅動，這是賽吉先生和一支國際開發者團隊共同研發而成。奇點不只是一家企業，賽吉先生也不只是一位億萬富翁。他遠見卓識，將會改變人類存在的發展過程。這個網路會讓奇點，以及詹姆森．賽吉成為生命本身的核心。卡姆的任務是確保他達成使命。

卡姆從執行第一件任務開始就毫無保留。他從泰特伯勒機場搭奇點的噴射機飛到基輔，去洲際飯店的大廳和一個男人見面。他們之間連一個字也不曾交談，對方把手指放在卡姆手機的螢幕上確認身分；卡姆把一個大信封放在桌上，然後拿起裝了一個硬碟的包裹，轉身離去。他對信封的內容一無所知；也不知道那個硬碟裡存了什麼。但賽吉先生很滿意他的表現，在後續幾年，他在基輔、明斯克、莫斯科和倫敦執行了幾十件交收任務。每次都是同一套流程：遞出一個信封，取回一個硬碟，然後交給賽吉。

這套流程只有去倫敦的時候會出現變化。每次他在倫敦見到的都是美國人。這傢伙擔心有人監視他們，賽吉先生也認為他的擔憂其來有自，所以他們交接時格外謹慎。有一次是在國家藝廊外面擦身而過，沒有交換隻字片語，就把信封遞給對方。另外有一次，他們在地鐵碰面，那個男人下車的時候，座位上留了一個袋子，信封就裝在裡面。兩人接觸最多的一次，是二〇一七年十一月，在紅獅廣場附近的酒館見了最後一面。對方介紹自己叫蓋瑞．桑德，邀請卡姆和他喝一杯。他們坐在酒館的角落，離大門很遠。卡姆叫了一品脫健力士，聽蓋瑞．桑德（顯然不是這傢伙的本名）大談他招募的基金有多少投資機會。卡姆配合演出，請教這個基金的情況，直到他的酒快喝完了，才感覺到桌子下面有一隻手。桑德悄悄把硬碟給他，站起來，走人。卡姆喝完啤酒，結帳，搭機返航。

和蓋瑞．桑德的幾次會面引起他的好奇，促使卡姆破天荒第一次，也是最後一次，違反奇點的慣例。他上網搜尋，發現蓋瑞．桑德和賽吉先生有很深的淵源。他們參加過早期一個加密通訊的開發者團體，成員是八〇年代晚期住在灣區的一群科技未來主義者。其中有幾個人已經完全與世隔絕。但蓋瑞・桑德和詹姆森・賽吉沒有這麼做。卡姆找到二〇〇八年的一系列電子郵件，裡面提到了中本聰，還說要開發一種另類交易形式，讓富人無法透過操弄或操作交易來主宰窮人。賽吉先生一直在參與這個實驗，他的目的不是錢，而是要解放被壓迫的人民。

「目標即將達成，」賽吉先生對他說，就在他離開曼哈頓，要去雷布魯克的監獄工作那一天。「我們即將創造人類有史以來最偉大的突破，一個將要擊潰死亡的突破。偉大的革命即將來臨。關鍵就在潔絲・普萊斯身上。」

儘管具備激進的社會和政治基礎，原來這才是賽吉的使命，令卡姆大吃一驚。他知道賽吉的個人使命為何——了解意識和死亡的本質——但直到這一刻，他才赫然發現，這個改變卡姆人生的人，打算改變世界。

安—瑪莉擺好餐桌，把燈光調暗，開始盛裝義大利麵。

「做得好。」詹姆森坐下，對安—瑪莉點頭說道，是一種簡短、近乎正式的表達，就像在誇獎僕人。

安—瑪莉對他的誇獎並不領情。「我下午就把蝴蝶麵做好了，搭配農夫市場買來的生番茄、蒜頭、莫札瑞拉起司和羅勒，放在冰箱裡。」她新開了一瓶酒，往酒杯裡倒。「你餓了，」她把麵條舀進布林克的盤子裡。「吃了會舒服點。」

不用她多費唇舌。他現在餓壞了。「真好吃，」他說，吃了一口麵。「我靠速食維生。」此話不假，他前兩頓是在星光旅館吃披薩，以及在高速公路休息區吃火雞肉三明治。

安—瑪莉坐下來，開始吃麵，然後放下叉子，用手指劃過她鈷藍色盤子的邊緣。「請教一下：你認為用有三百年歷史的瓷器吃飯，味道會比較好嗎？」

「不知道，」布林克研究她的表情，想判斷她是不是認真的。這個問題很古怪，她的表情也讓人猜不透，但他斷定她是認真的。「我從來沒有用有三百年歷史的盤子吃過飯。」

「嗯，你現在有了，我可以保證味道確實比較好，」安－瑪莉用叉子叉起一顆番茄。

「當然是因為有毒，」詹姆森對安－瑪莉眨眨眼。「那種藍色大概加了鉛。」

「我起先跟你說了瓷器史，但這段歷史還有另外一面，要說是祕史也可以，除了我以外，學術界的很多前輩都研究過，和詹姆森剛才跟你說的古物有直接關係。」

布林克抬起頭，感覺話題轉向了。「怎麼說？」

「瓷器，我先前提過，在早期的現代歐洲被視為一種神祕物質。國王垂涎它的明亮和堅硬，但製作難度極高，高到有人把瓷器的製作和煉金術相提並論。誠然，製作瓷器也成了煉金術士潛心研究的奇術。化賤金屬為黃金的祕方，和化黏土為瓷器的祕笈一脈相承：化鉛為金的祕方是尋找賢者之石，把黏土製成瓷器的祕方叫奧祕。」

「做出第一件歐洲瓷器的人是約翰・弗里德里希・伯特格，一位煉金術士和化學天才，十七世紀在邁森成立第一家歐洲瓷器工廠。很快地，其他的工廠紛紛成立。隨著瓷器變得更加普遍，價格也大幅下跌。然而儘管不再像黃金那麼值錢，瓷器的特性──原本粗糙的泥土化身為純粹、有光澤的物質──一直是這個奧祕傳統的一部分。後來有一個很重要的祕密，就藏在瓷器裡。」

「什麼樣的祕密？」布林克問道，往窗外看了一眼，希望瞥見康妮。貨卡還在他原來停放的位置，但那輛特斯拉不見了。四周寂靜無聲，他猜康妮大概睡著了。

「我們起初是在拉莫里埃特寫給兒子的信上看到的，」安—瑪莉說。「他提到一部典籍，其中包含古代流傳下來的神聖知識。那部典籍記載了一種密碼或謎題。」

「叫上帝謎題。」詹姆森說。

「這就是你需要我的地方。」布林克終於明白為什麼詹姆森對他這麼有興趣。詹姆森懷疑潔絲．普萊斯把謎題的資料給了布林克，她當然也給了。

「首先必須找到謎題，」詹姆森說。「我們從拉莫里埃特寫給兒子的信裡，知道他取得了謎題。我們知道他一九〇九年自殺身亡的時候，謎題，連同他的傑作，玩偶薇奧蘭，都在他手裡。我們也知道我姑母過世之前，薇奧蘭一直是她的財產，而潔絲．普萊斯二〇一七年曾在房子裡發現那個玩偶。但玩偶不見了，而且我們對上帝謎題一無所知，不知道它是什麼樣子，或甚至包含哪一種密碼。不過這就是我要找的東西。」

布林克和他四目交接，盡量不讓喜怒形之於色。他比詹姆森和安—瑪莉快了幾步。他知道謎題是什麼樣子。上面的每個數字和字母，他都看得很清楚。

「我找得越久，越相信這個謎題包含一份神聖的資料，一種密碼，只要妥善運用，就能改變人類看待過去、現在和未來的方式。我相信我姑母得到了這個密碼。」

「既然潔絲．普萊斯是歐若拉死後唯一住進這幢房子的人，」布林克說，「你認為她知道這個謎題的資料。」

「我們確定她知道。」詹姆森說。「厄尼斯特．雷斯證實了這一點。」

「他在幫你做事？」發現潔絲在雷布魯克的第一任精神醫師出賣了她，布林克頓時怒火中燒。他想起監獄地下室那幾百頁的檔案。雷斯是不是全都給賽吉看了？

「是的，」詹姆森說。「他定期向我更新她病情的進展。潔絲對他說她找到了一樣東西，描述那是一個『不完整的謎題』。」

「但這是為什麼？」布林克問，想知道怎麼會有醫師做出雷斯做的這種事。他對病人負有道德和職業義務。「為了錢？」

「雷斯的目標和我差不多，想了解賽吉府邸究竟發生了什麼事。他的目的是幫助潔絲。他相信她的清白，想讓她重獲自由。我相信他是真的對她有興趣，想伸張正義。我的理由，嗯，我剛才提過，和他截然不同。我們共享資源。包括你背包裡的手札。」

布林克瞪著詹姆森，惴惴不安。他到底是怎麼知道手札的事？

「別一副震驚的表情，」詹姆森得意洋洋。「卡姆在監獄看到你讀手札。我聽他描述，就知道那是我在賽吉府邸找到以後，交給雷斯的手札。房子裡的東西，凡是有調查價值的，都被警方帶走了。但那本手札塞在歐若拉的聖經裡，警方沒想到要檢查。警察離開以後，被我找到了，從頭讀到尾，在潔絲被關進雷布魯克以後交給雷斯。」

「你如果看過她的手札，就知道潔絲發現了薇奧蘭，也知道那個祕密餐具室。」

「的確，」詹姆森說。「我們打開餐具室，去到裡面搜找。」

「不過沒找到薇奧蘭，」安─瑪莉說。「也沒找到謎題。」

賽吉指指客廳，皮革資料夾躺在茶几上。「拉莫里埃特的信在圖書室散了一地，被警方當證物帶走，後來他們確定對案情毫無影響，就送回來了。從信上的內容，可以推測當晚發生了什麼事，但警方沒有看出來。」

「而且內容有缺漏，」安─瑪莉補充說道。「最後幾頁一直沒找到。可能是在拉莫里埃特死後弄丟了。也可能被潔絲毀掉了。我們透過雷斯醫師，想套出更多線索，但潔絲一直沒有透露它們的下落。」

「既然你們和雷斯有聯絡，」布林克邊說邊把他的郵差包放在桌上，拿出筆電，「應該看過這些東西。」從他前面的口袋撈出隨身碟，插進筆電，點擊一個文件夾，調出照片：法蘭基·賽吉屍體的黑白照片，然後是諾亞·庫克屍體的拍立得照片。他把兩組照片並列在螢幕上，把影像拉近，放大刻在他們皮膚上的圖案。

「這兩具屍體間隔了五十幾年，卻是驚人地相似。」

詹姆森隨即戴上眼鏡，往前靠近筆電，仔細端詳這些照片。布林克靠在椅背上，留意他的反應。他的反應並不好，突然把這種東西丟給他看，就像一腳踢掉他屁股下的椅子，看他掙扎著保持平衡。詹姆森臉上滿是驚訝，然後是困惑，接著是痛苦。從他這一連串的情緒反應，布林克看到了堅硬外表下的詹姆森，是一個感受到喪父之痛的孩子、一個用金錢和權力來遮掩畢生傷痛的男人、一個即便難以面對自己的過去，依然歌頌永生的男人。

「這些照片你是從哪裡弄來的？」他的心很亂，一貫舉止優雅的他，今晚第一次失態。

「看樣子雷斯醫師沒有把他找到的資料全部給你看。」布林克說。

「*Mon Dieu*（天啊），雷斯怎麼可能弄到這些？」安－瑪莉問，迅速戴上老花眼鏡，貼近螢幕。

「他有很多沒有人看過的資料。連潔絲的現任精神醫師都不知道這個檔案。」

詹姆森專注看著這些影像。「我不知道家父被拍過這些照片，」他的聲音很低。「當然，我一直很想知道他是怎麼死的，但家裡的人從來不提這件事。家母飽受驚嚇、心碎欲死。她不願意談。每次都是三緘其口。最後我是在舊報紙上看到他死亡的新聞。但我看過的報導完全沒有刊登這些照片。我從來沒想到他死得這麼慘。」

「雷斯一定認為和潔絲有關，否則不會把這些存在她的檔案裡。」

「他是對的。」安－瑪莉嘆了口氣，闔上筆電。「兩者有一個關連。來，我給你看一樣東西。」她把一個瓷盤拿到燈下。「仔細看的話，會發現這個盤子的表面有一種裂痕，叫裂紋。裂紋的出現，表示瓷器受到極大或不平均的壓力。」

布林克看著裂紋的圖案，吃了一驚，這些就是法蘭基・賽吉和諾亞・庫克身上的圖案。也是潔絲皮膚上的圖案。他在玻璃門上看到的正是這個圖案，在自己的皮膚上方盤旋。

安—瑪莉接著說：「順便一提，裂紋（crazing）和瘋狂（crazy）的字根是一樣的：破裂、失去完整性。瓷器出現裂紋，就像發瘋一樣，是內部分裂的結果，因為內部壓力產生爆裂。」

布林克想起那份驗屍報告。上面記載的死因是身體受到鈍力創傷，可能是自高處墜落或是發生車禍，但這兩種情況都不可能發生。法醫鑑定的創傷，和安—瑪莉的描述若合符節：一股來自內部的巨大壓力。

「而且這和他們的遭遇有關？」他向筆電螢幕上的照片點點頭。「也和潔絲有關？」

「全都在拉莫里埃特的信裡，」安—瑪莉說。「他死前那一夜寫給兒子的信，交代了整件事的來龍去脈：煉金術士的奧祕所包含的祕傳元素，還有一個幾千年來代代相傳的祕密，這個祕密有可能改變人類的未來。」

「不是有可能，」詹姆森說。「是一定會改變人類的未來。只要我們找到完整的謎題。」

「聽著，麥可，我們知道潔絲．普萊斯畫的圖，」安—瑪莉的聲音很柔軟，彷彿是在賠罪。「我們知道那張圖讓你非常好奇，才會大老遠趕去監獄。現在既然知道事關重大，你當然看得出來，幫我們得到完整的謎題，對潔絲．普萊斯是最有利的。」

「在我看來，」布林克靠在椅背上，「這張圖根本稱不上謎題。它欠缺解開謎題所需要的內聚模式。而且就算我能解開，我實在看不出為什麼幫助你們是對潔絲最有利的。」

「嗯，」詹姆森．賽吉從襯衫底下的槍套掏出一把手槍，放在桌上，「對你當然是最有利的。有沒有興趣幫我們找出答案？」

第三十四章

手槍躺在他們之間的桌上。布林克從來沒有近距離看過真槍。雖然俄亥俄州人人有槍，他父親卻不打獵，而他的法國母親對美國的槍枝文化感到費解，從來不准槍枝靠近她家。他知道槍枝有迷人之處——黑色金屬的光澤、長方形的握把、槍管的完美角度、彈匣底內件的頂飾。他好不容易才遏制自己動手拿槍的欲望。

他對槍枝的興趣似乎把賽吉逗樂了。「華瑟PPK半自動古董槍，」他說。「德國製造。原本是家父所有。」

「很漂亮。」布林克感覺自己的胃在翻攪。

「我同意。」賽吉拿起手槍，手指劃過槍管上的金屬板。「我一直認為，如果可以用一種優雅的方式，脫離這個層次的存在，只能仰仗家父的華瑟槍。」他慢慢拿槍對準布林克。「你不覺得嗎？」

布林克曾經在截稿日迫在眉睫的情況下設計謎題，承受過二十四小時圓周率背誦比賽的壓力，曾經為了金錢、名聲和保持自己的理智而破解謎題，但從來沒有人為了一個謎題威脅他。

「我對槍枝不太在行，」他從頭頂到腳底都在發麻，四肢刺痛，毫無血色。「我認為最好是等到一百零一歲、滿臉皺紋、老態龍鍾的時候，在睡夢中安詳死去。」

賽吉縱聲狂笑。「你看，布林克先生，我們還是有幾分相似。我們都想長命百歲。沒必要英年早逝。現在更沒必要了。既然如此，把謎題拿出來吧。」

他心跳得很快。滿腦子都是那把槍。他毫不懷疑賽吉一定會開槍。說不定雷斯也掌握了賽吉想要的資料。如果不交點東西出來，今晚休想離開。但交出潔絲所畫，現正藏在他留在客廳的郵差包裡的圖，感覺像一種背叛。還有一個辦法。「我需要紙。」他斷然表示。

安─瑪莉起身走進廚房，拿紙筆出來。他接過筆，著手畫了圓圈：活像太陽爆發的放射線，外圈是一到七十二的數字。但他稍做更改，漏掉幾個希伯來文字母和幾條放射線。他把圖遞給詹姆森，站起來，靠在桌邊站穩。腎上腺素流竄全身。他突然很想嘔吐。賽吉把手槍放回槍套，拿起圖畫，細心研究。

安─瑪莉彎下腰，打量畫中的圓圈。布林克知道他們看不出什麼他沒發現的東西。「這代表什麼？」安─瑪莉最後問道。

「這張圖不完整，」他把關節折得喀喀響，希望這隱隱的疼痛能澆熄他全身湧動的焦慮。「要找到原版才能破解。」

「但潔絲・普萊斯一定知道少了什麼。」詹姆森說。

「就算她知道，也沒有告訴我。」

「來，」安─瑪莉從書架拿了一本希伯來語字典，放在詹姆森面前的桌上翻開。「這個或許能幫上忙。」

安─瑪莉和詹姆森試圖翻譯謎題時，布林克往房子內部張望。他必須離開這裡，而且要快，不過得費一番工夫。整幢房子是開放式的，每個空間，客廳、餐廳、廚房，甚至是樓上的臥室，全都一覽無遺。他不可能神不知鬼不覺地溜出去。這樣的房子，只有一個地方有隱私可言：浴室。

安─瑪莉指向客廳另一邊的走廊盡頭。望著平板玻璃窗外陰暗的車道，他確認那輛特斯拉不在，沒有擋住他的貨卡。他的第一個念頭是衝出前門、爬上貨卡、揚長而去。但賽吉三兩下就能攔住他。用他的華瑟PPK開一槍就行了。布林克必須逃走，但不能魯莽行事。

他一把抓起沙發上的郵差包，安─瑪莉先前放在茶几上的皮革資料夾還留在原位。他馬上就知道該怎麼做。他趁安─瑪莉和詹姆森沒看到，彎腰抽出資料夾裡的那一沓信紙，迅速塞進郵差包裡。在離開之前，他得先知道拉莫里埃特發現了什麼。

布林克把浴室鎖好，靠在門上，緊閉雙眼。他心跳得很快，氣喘吁吁。他的恐慌症好幾年沒發作了，上一次是他在麻省理工讀大一的時候，但他眼看就要發作。一波腎上腺素湧上來，漸漸散去，接著又是一波。他的胸腔收縮，喉嚨緇緊。他走到洗手台前面，打開冷水，潑在臉上，水的冰涼讓他恢復過來。我這是碰上了什麼事？這下他麻煩大了。每件事都和他原先以為的不一樣。

浴室大得不得了，按摩浴缸的周圍是一扇扇觀景窗。另外有一間封閉式玻璃蒸氣淋浴室和一尊羅馬皇帝的大理石半身像，八成是從賽吉府邸拿來的。空氣中瀰漫著無花果的香氣，味道來自角落燃燒著的一枝蒂普提克香水蠟燭，勉強可以就著燭光閱讀。他拿出手機，懇求科技的力量能給他訊號，不過當他查看螢幕右上角的訊號格，發現一格也沒有。

然而，他正要把手機塞回口袋時，看到一則未接來電的通知。瑟薩莉晚上六點四十四分留了一段錄好的語音備忘錄，大概是三小時前，當時他正在安—瑪莉的辦公室。他盡量把音量調低，按下播放鍵，把耳朵豎直：

我不想嚇你，但這裡發生了無法解釋的情況。我回到辦公室以後，發現我的數位存取權被封鎖了，無法讀取矯正及社區監督廳的所有檔案，甚至是我現在這些病人的內部資料庫。我的密碼無效，我打電話給技術支援部門的時候，他們告訴我，系統裡沒有我的名字和員工證件。我叫他們查了三次，才相信我的資料已經被刪除了。

我被禁止進入系統一事，實在太過巧合，不可能是單純的電腦故障。這裡發生了不尋常的事。有人在慢慢除掉每一個可能幫助潔絲．普萊斯的人。先是雷斯醫師。然後是你。現在他們想把我除掉。我開始明白自己的處境非常危險。

我沒有證據，但我相信我在停車場攔住的那個人是這件事的幕後主使者。我只跟他聊了幾分鐘，但知道他姓甚名誰：詹姆森．賽吉。他對你的事情知之甚詳，例如你被禁止進入矯正中心。他想跟潔絲談話。在我告知必須經過獄方核准方能探視時，他堅稱自己已經得到許可了。我不相信，每位探視我病人的訪客，都是我親自審核的。我請警衛陪同他到他的車子那裡，結果把他氣得七葷八素。不過等我回到辦公室，查看訪客紀錄時，上面確實有登錄他的名字。原來這位先生有位高權重的朋友，這或許能解釋你為什麼被禁止進入監獄，以及我為什麼失去我的存取權。

我覺得這傢伙怎麼看都有問題，所以決定打電話到哥倫比亞郡的警察局，潔絲是在那裡被捕的。我在警局有熟人，就打去問他對詹姆森．賽吉知道多少。聽到他的名字，他差點連話都說不出來。

你知道，潔絲被捕的時候，媒體炒作得不像話。警方發現她身上都是諾亞的血，所有人都認定她有罪，即使毫無證據，媒體仍對她未審先判。我在警局的熟人告訴我，在調查過程中，警方也訊問了其他人，儘管找不到證據支持他們的調查，他覺得這些人很可能參與了當晚發生在賽吉府邸的事件。後來我問他主要嫌疑人是誰，他說：詹姆森．賽吉和安—瑪莉．李卡德。

他還告訴我，我前任的雷斯醫師曾在二〇一八年跟他聯繫，也就是他開始治療潔絲的第二年。顯然雷斯醫師去過哥倫比亞郡警察局，看過案件資料，才會有我掃描的照片，就是隨身碟裡的照片。如果你還沒機會看那些檔案，現在馬上看，看完就知道為什麼這件事令人忐忑不安。

雖然現在看不出個所以然，但我可以確定一件事：我們一定要保護潔絲．普萊斯。我知道我要是回家，可能就回不來了。所以我要請潔絲到我的辦公室談話。我會把你要我問的話告訴她，如果她同意向我透露，我會錄下來寄給你。但你也知道，她從來沒有對我透露過什麼。我最多只能保證我會盡力查出是誰想對她不利，並且保護她。

瑟薩莉的語音留言結束以後，布林克心裡迸發出強烈的迫切感。詹姆森和安—瑪莉不只是希望發現貴重古物的寶藏獵人。他們和這件事的牽扯，比他原先以為的密切得多了。他必須設法離開這裡。

布林克環顧四周。尋找逃生路線。按摩浴缸附近的觀景窗打不開，不過馬桶附近有一扇窗戶能打開。雖然很小，但只要操作得法，應該剛好可以從窗口擠出去。

他解開門子，打開窗戶，推開紗窗，在暗夜中探出頭。月光把餘暉留在森林，和糖粉一樣細緻而雪白。他深吸一口新鮮空氣，俯瞰外面的黑暗，世界突然顯得更銳利、更清晰。他覺得自己充滿了使命感。他赫然發現，或許自從發生意外、離開足球場以後，他就一直沒有過這種感覺，覺得自己參與了一場很重要的鬥爭。這是謎題讓他感到如此愉悅、滿足的原因。他參加比賽，除了獲勝，也是為了達成一個非常個人的目的。解答問題，做完謎題。帶著絕對的結果離場。現在他確定潔絲有危險，他做的每一個決定都很重要。

窗戶正對著森林，距離地面十呎左右。他檢查郵差包有沒有扣好，然後爬上馬桶，先悄悄伸出一條腿，再把另一條腿伸出窗外，然後往下一跳，輕鬆落地。他繞到房子的另一頭，看到安－瑪莉和詹姆森在廚房激烈對話。詹姆森似乎在生氣，安－瑪莉好像在設法安撫他，雖然想知道他們在吵什麼，但他一分鐘也不能耽擱。

他從口袋拿出鑰匙，把貨卡的門打開。他以為康妮會撲上來，牠最討厭被鎖起來，再說他離開了兩個多小時。但車上是空的。他盡可能不要恐慌，看向乘客座的地板。他找到牠的塑膠水盤和牠的咀嚼玩具，但找不到康妮。他轉向房子後面的森林，心想牠或許不知怎麼跑下車了。但康妮不見了。等他發現牠的狗鏈和毛毯消失無蹤，他知道最糟糕的事情發生了：卡姆・普特尼帶走了康南德隆。

他怒火中燒，想回到屋子裡找詹姆森算帳，逼他打電話命令他的暴徒手下把康南德隆帶回來。但他知道這樣並不聰明。反而正中他們的下懷——現在布林克氣憤難平、喪失理智，只會任他們予取予求。儘管火冒三丈，儘管想到康妮可能發生的事就越發擔心，他還是要保持冷靜。

他爬進貨卡，關上車門，來一個深呼吸，讓自己穩定下來。只要離開這裡，他就能好好想清楚下一步該怎麼做。

他把鑰匙插進發動裝置，轉動鑰匙。沒反應。他一試再試。沒反應。引擎沒有迴轉，燈號也沒有閃爍。他檢查汽油，還剩下一半，然後發現電池沒電了，嚇得他不知所措。

第三十五章

卡姆・普特尼在監視瑟薩莉・莫塞斯。她從自家排屋的這一頭走到另外一頭，把電燈全部打開，直到全室大放光明，和夜裡的監獄庭院一樣敞亮。這個女人顯然非常害怕。她察覺到他的存在，即使沒有親眼看見，也感覺他躲在裡面。她的第一個防禦機制是把家裡的每個角落暴露在燈光下。真有趣，他在二樓燈亮的時候心想，人們總是把光線和安全畫上等號，像是陽光、營火、兒童房間裡的夜燈。他女兒七歲以前，非得開了夜燈才敢睡覺。不過燈光讓卡姆的工作變得更簡單，不管屋裡發生什麼，他都看得一清二楚。莫塞斯醫師從皮包抽出厚厚一疊檔案，放在餐桌上，旁邊是一台金色的MacBook Air，疫情期間，學校改到線上授課的時候，他給女兒買了同樣款式的筆電。燈光把陰影一掃而空，遲早什麼都瞞不過瑟薩莉・莫塞斯，但也瞞不過卡姆・普特尼。

這棟排屋位在一個封閉式社區，離監獄大約兩英里，總共有十棟住宅，座落在濃密的阿第倫達克森林裡。卡姆在超過一英里外的地方停車，把特斯拉藏在樹林裡。布林克養的雜種狗在後車箱發瘋似地亂叫，像彈珠一樣撞來撞去。連續鬧了好幾個小時，他恨不得給牠一個痛快。

但賽吉會不高興。他吩咐他把布林克的狗帶走，不是殺掉，卡姆不會為了這種事情冒險惹他生氣。最好讓牠把自己累得筋疲力盡，沉沉睡去。

卡姆繞到排屋後面，想找個漏洞鑽進去。他躲在陰影下，小心不被鄰居看到。萬一有人報警就麻煩了。他在房子背面找到一扇面向客廳的窗戶，從這裡看得到莫塞斯醫師坐在餐桌邊，開著筆電。她再度企圖進入紐約州政府的資料庫，不過當然被拒絕存取。密碼是他親手改的，讓她無法取得任何和她病人有關的資料，包括潔絲·普萊斯在內。他不費吹灰之力就駭入系統、變更她的密碼，然後把所有通訊轉移到他本人的帳號。假如這台筆電和她的桌上型電腦差不多，那就沒有任何安全防護，沒有病毒偵測軟體，連翻牆軟體也沒有。她顯然不知道她寫的每一句話、每一個案件筆記、每一則個人電郵訊息、每一篇社交媒體的貼文、她存進銀行帳戶的每一分錢，全部受到監控。

莫塞斯醫師豁地站起來，轉到窗戶的方向。在那驚駭莫名的一刻，她把眼睛瞪過來，他敢說她已經發現自己就躲在玻璃後面。但她轉過身，走出餐廳，看她步履穩定，不帶一絲恐懼，他知道對方還沒注意到自己的存在。

卡姆開始執行任務。他先試著打開窗戶。鎖住了。然後是後門。也鎖住了，但這是彈子鎖，不費什麼力氣就能撬開。他抽出一把撞擊鑰匙，在門鎖前彎下腰。汗滴順著皮膚往下流，他拭去流進眼睛的汗水，準備開鎖，他悄無聲息，迅速試了一把又一把鑰匙。第四把成功了。

螺栓喀一聲鬆開。他轉動門把，悄悄把門推開，他走進去的時候，一陣冷空氣撲面而來，空調的冷氣讓他濕熱的皮膚感到一陣寒意。他把身後的門帶上，溜進屋裡，穿過餐廳，來到和餐廳相通的客廳。他藏在書架後面，這時莫塞斯醫師拿了一瓶酒走回餐廳。他總算鬆了一口氣。她沒聽見開門或關門聲，沒聽見他走過餐廳的硬木地板。她什麼都沒聽見。她倒了一杯粉紅葡萄酒，喝一口，然後坐在在筆電面前。

他站在書架附近，看到第四版和第五版的《精神疾病診斷與統計手冊》，一整層的精裝本小說和一排排暢銷的心理勵志類書籍，排列得整整齊齊。有一張黑人老夫妻站在公園裡的照片，他猜這是莫塞斯醫師的父母。他把照片輕輕推倒，沒弄出半點聲音。他不想知道瑟薩莉·莫塞斯的生活點滴，他不想知道她父母是誰、不想知道她讀書的習慣、不想知道她把冷氣調到近北極的溫度。他知道得越多，越不容易完成任務。他不想給自己添麻煩。

他拔出槍套裡的克拉克四三手槍，感覺它握在手裡的重量。手槍是溫的，還留著他皮膚傳來的熱氣。舉槍跟舉手指差不多，他的槍是他身體的延伸，是他的一部分。瞄準目標時，他的手穩如泰山。這是他的眾多長處之一，另外還有毫釐不差的準頭，在任何情況下都能命中目標的奇才異能，毫不猶豫、即刻擊發的反射動作。然而他沒有開槍，暫時沒有。他盯著她看，很好奇她在想什麼。她有沒有感覺自己像籠中之鳥？為什麼不管去哪裡，都會遇到他？

他把手指搭在保險鎖上，瞄準她的後腦。不過正當他要扣扳機的時候，她彎腰從皮包裡撈出手機，手指滑過玻璃表面，把手機連接到筆電。

他把克拉克手槍放在書架上，靠近一點，睜大眼睛。他很快就看清楚她在做幹什麼，但猛然發現大事不妙：她是用手動的方式把檔案從手機轉移到筆電裡。看起來是WAV音訊檔，是一段錄音。他焦慮得不知如何是好。他對她的線上生活一清二楚。他監視她的電子郵件、她的社交媒體頻道、她的銀行帳戶。但她找到了避開監視的方法。她在監獄錄製這個檔案，存在手機裡，現在下載到筆電，全程脫離他的電子網。他離開雷布魯克才半天，她就逃出他的法眼。

卡姆殺過人，但那些任務的時間短促、對象姓名不詳，而且遠在異地。他在旅館房間和小巷子殺過人，有一次是在機場洗手間，不過都不涉及私人關係。唯一的例外是厄尼斯特．雷斯醫師，一個每天和他在監獄見面的人。賽吉先生沒有給他時間準備，這是一件突發性任務。但等除掉雷斯的時間到來時，他已經準備好了。

要把事情弄得像一場意外，必須發揮很大的創意。那是十二月一個寒冷的夜晚，再過一週就是聖誕節，天空陰暗，晝短夜長，太陽下午四點鐘就下山了。監獄的停車場漆黑一片，不會有人發現他闖入雷斯的速霸陸休旅車，從內裝的氣味就知道這是剛買的新車。他躲在後座，把腰彎得很低，等雷斯上車。玻璃上積了厚厚一層雪，遮住擋風玻璃，所以雷斯鑽進駕駛座的時候，車子裡黑漆漆的，是一個密閉的膠囊。

在另一段生命裡，闖入汽車是卡姆的專長。這門技術讓他在十五歲第一次進入少年感化院，然後又在十七歲首次進入真正的監獄。他一向擅長修修補補，腰間總繫著一串萬能鑰匙，不過最容易撬開的其實是電子鎖，不用損傷汽車，就能讓門鎖失效。越先進的電子裝置越容易關閉。賽吉先生一定知道他這個特長，知道他有組裝和拆卸系統的天分，知道他早年偷過車也坐過牢。這也難怪。只有擅長破解複雜系統的罪犯，才能為奇點公司所用。

算他好運，雷斯的車根本沒上鎖。這是天上掉下來的禮物。和下雪一樣：雪下在地上，潮濕、泥濘，然後結冰，給山路蓋上一層冰衣。雷斯從頭到尾都沒有懷疑卡姆在車上。他車開得有條不紊，慢慢駛入黑夜，只擔心曲折的山路有多危險，無暇顧及是不是有人蹲在他背後。卡姆的身材魁梧，卻能像幽靈一樣屈身蜷伏在駕駛座後面的空間，呼吸緩慢無聲，雙手交叉，貼在大腿上，等待時機。經過幾年的冥想訓練，他學會放鬆身體，調節呼吸，幾乎變成透明人。

雷斯繼續行駛，爬上幽暗的高山，卡姆知道只要用力把頭一擰，重擊一拳，就能輕易把他幹掉。動作越快越好。厄尼斯特．雷斯是好醫師，全心為病人奉獻，卡姆很尊敬他。梅師父總是說，忠誠是最高貴的特質之一。卡姆每天都在實踐這個信念，為了更重大的使命犧牲私欲。但雷斯基於對病人的關心，很快就會揭露賽吉先生的身分，揭發事實真相，從而威脅到整個企業。不管多麼心痛，他都不能讓雷斯越雷池一步。

卡姆不喜歡暴力。在賽吉先生的保安團隊裡，有人熱中暴力。他們誇耀自己執行任務時多麼殘暴，以支配、羞辱和摧毀人類同胞為樂。日子久了，賽吉把他們全部開除，最後奇點武士的原始團隊縮減到只剩一個人：卡姆．普特尼。他的位置給予他力量。而承蒙梅師父的教導，他知道這是一把雙面刃。遲早有一天，他會站在對立面。物質與能量必然發生轉換，這是宇宙的絕對法。晝化為夜，強化為弱，生化為死。有一天，他的力量會衰退，他會被其他更強大的力量宰割。但那是很久以後的事，現在他必須完成任務。

卡姆拿起手槍，繼續往餐廳裡走，安靜得像是鬼魅。他吸一口氣，穩住身體，然後舉起克拉克手槍。他想起暗殺厄尼斯特．雷斯那一刻：他的脖子喀一聲斷裂，車子以猛烈的速度，沿著鄉村道路向前飛馳。他算好時間，在車子滑落深谷前一刻跳車。在悲劇發生以前，雷斯醫師一直不疑有他。瑟薩莉．莫塞斯醫師也一樣。

第三十六章

電池沒電了。麥可小聲罵了一句髒話，非常沮喪。他的貨卡偏偏在這時候故障，但這不是他的錯：卡姆偷走康妮的時候，沒把乘客座的門關上。想必車頂燈一直開著，把電池耗光了。

他深吸了一口氣，評估現狀。貨卡停在陡峭的車道頂端，周圍是上百畝濃密的森林。他可以想辦法走到馬路上，不過太花時間。他現在只能盡量安靜、快速地下山。

但就算能發動，貨卡的舊引擎聲音很大，馬上就會暴露行蹤。不過等等……他不用發動引擎，靠重力就能抵達山腳。布林克慢慢鬆開緊急煞車器，放開離合器，把變速桿打空檔，再慢慢放鬆踏板。貨卡無聲無息地駛下陡峭的車道。

俯瞰前方黑暗、曲折的道路，他有一種強烈的預感。儘管完全看不到卡姆，布林克感覺這傢伙也沒有離得太遠，可能在車道的盡頭等他，甚或把車停在房子附近。他無從得知。現在他毫無退路，只能前進。

車道漫長而曲折。他幾乎看不到前面的路，但前照燈打不開，他只能摸黑前進，盡量不要偏離道路。最後，貨卡總算抵達山腳。他把離合器踩到底。引擎轉動、點火、發動。

他打開前照燈，急速前進，盡可能遠離詹姆森．賽吉。車越開越遠，布林克逐漸放鬆。他搖下車窗，感覺夜晚涼爽的空氣輕撫他的皮膚。直到現在，遠離了詹姆森．賽吉，他才發現剛才自己多麼緊張。過去幾小時，布林克身上每一塊肌肉都繃得很緊。他轉動肩膀，想紓解張力。他的感官瀰漫著松樹的氣味，腦子也清醒了。

他瞄一眼貨卡儀表板上的時鐘，發現從他告訴安—瑪莉他要上廁所開始，已經過了二十分鐘，不知道他們過多久才會發現他逃跑了。他想像她敲門問他上完了沒有，發現他毫無反應，他們應該會撬開門鎖，看到窗戶被打開。他想像詹姆森走到外面的車道，發現貨卡不見了。安—瑪莉會打開皮革資料夾，發現布林克把信拿走了，然後天下大亂。

布林克開到馬路盡頭，轉進一條狹小的鄉村公路，然後加速行駛。他不知道要去哪裡，只知道必須遠離此地。等他離開安—瑪莉家足足十英里，才把車停在路邊。打開安全警示燈，從口袋撈出手機，看有沒有訊號。令他欣慰的是螢幕顯示了訊號格。他看到瑟薩莉傳來的一則訊息：從我的手機傳送音訊檔不安全，而且我不信任我的公務電腦。我無法克制地覺得這裡有人在監視我。現在回家寄電子郵件。你說的對。潔絲．普萊斯遇上了大麻煩。半小時後查看電子郵件。

他寫了一則簡訊給瑟薩莉．莫塞斯，請她打給她的警察朋友，說他的推測沒錯：詹姆森．賽吉和安—瑪莉．李卡德有涉案。他們從犯罪現場竊取證據，也就是潔絲在賽吉府邸寫的手札，他們並且隱匿證物。布林克催促瑟薩莉馬上報警，叫警察把詹姆森和安—瑪莉帶去問話。

發出簡訊以後，他收起手機，專心開車。現在夜色濃重，這裡又渺無人煙。他很想停在路邊，在車上閱讀拉莫里埃特的信，但這樣一來，他就成了活靶子。他必須找一個可以安靜閱讀的公開地點。停車可能會遇到危險，但他必須知道信上寫了什麼，只能放膽一試。最後，他看到路邊一家通宵營業的小餐館，有如一座佇立在黑暗中的燈塔。這是五〇年代留下來的組立式建築，稜角分明，有一面玻璃牆，設置了好幾排青綠色的塑膠皮卡座。看起來夠安全。餐館裡沒有人，路上也沒有車輛經過，於是他繞到餐廳後面，在垃圾箱後頭停好車。誰也看不到他的貨卡。

走進餐館，他選了後面一個遠離窗戶的卡座。他覺得頭暈目眩，血液奔騰。他需要咖啡。他叫女服務生過來，點了一杯咖啡和一塊櫻桃派。她年紀很輕，二十歲左右，塗了黑色指甲油，有一撮頭髮挑染成綠色，從她的表情看來，他知道自己看起來就跟他想像的一樣糟糕。

等她走開了，他發現情況在過去幾小時急遽轉變，頓時覺得壓力沉重。他被捲入一場危險而複雜的高風險遊戲。彷彿這樣還不夠慘，康妮又不知所蹤，他不知道要怎麼找回來。

他伸手到口袋裡撫摸那枚一元銀幣，溫熱而光滑。命運和機會，天意和自由意志，現在是哪一個在發揮作用？他冒了一次險，決定去見潔絲・普萊斯，不料卻發現另一個謎題，一個把他耍得團團轉的迷宮。多年來，憑著過人的天分，他一直無往不利。但現在他所有的技能都受到考驗。

等咖啡的時候，他盯著自己的雙手，讓一切沉澱下來。他努力把整件事弄清楚。兩個死人身上有一模一樣的標記，潔絲的手臂也有完全相同的古怪圖案。詹姆森口中的上帝謎題，還有正在等他閱讀的拉莫里埃特的信。監獄警衛脖子上的畢達哥拉斯三角形刺青，還有麥可·布林克謎題和他的加密金鑰。他把這些碎片當作透明膠片，一層層分別展開，疊在一起之後，就形成一張合成照片，透露出重要線索，他知道一定會的，但不管他怎麼審視這些碎片，都看不出蛛絲馬跡。

服務生終於端來了他的咖啡和櫻桃派。他一面狼吞虎嚥，一面瞥向窗外，看詹姆森跟來沒有。這傢伙不會這麼輕易放過他，這一點無庸置疑。雖然這家餐館很偏僻，那輛黑色特斯拉仍隨時可能出現。他實在不該停車歇腳，但他必須看看他從資料夾裡取出的信。他必須知道詹姆森和安—瑪莉說的是什麼東西；他必須了解這個東西是怎麼和潔絲·普萊斯扯上關係。也許信上的內容能幫他參透潔絲畫的圓圈。有時候，遇到令他棘手的謎題，他會在完全意想不到的時候靈光一閃，得出答案。說不定他會交上好運，看到上帝謎題的解答。

喝完咖啡，稍稍舒緩了他的焦慮。糖和咖啡因讓他靜下心來。他的頭不暈了，開始看清自己的處境。他有危險，這是無可爭辯的，但他也有優勢。他握有詹姆森和安—瑪莉想要的資料，而且每個階段都以智取勝。他和潔絲產生了一種默契；他挖出了藏在監獄地下室的警方機密檔案；瑟薩莉．莫塞斯和她在警局的熟人都願意助他一臂之力。但他手上的王牌是拉莫里埃特的信，安－瑪莉所謂可以把來龍去脈交代清楚的文件。

「現在籌碼都在他手裡。象棋大師薩維利．塔塔科維說過：「勝利者是犯下倒數第二個錯誤的人。」」現在他絕不能讓自己犯下最後一個錯。他把手伸進背包，抽出他從安－瑪莉的資料夾取得的那沓信紙，拉莫里埃特的信，讀了起來。

一九〇九年十二月二十四日

法國，巴黎

吾兒，

你讀到這封信的時候，我已經釀致許多痛苦，為此，我乞求你的原諒。你知道，孩子，我一直被惡魔糾纏，儘管傷重，但我總算和糾纏我的惡魔和解了。我寫這封信，不是為自己的所作所為找藉口。我很清楚，無論是在上帝或凡人眼中，這都是無可原諒的。我在這裡記述我的發現，其實是不得不然。這是最後一次機會，讓我記錄這些令人難以想像、恐怖而驚奇的事件，它們改變了我的人生，如果你冒險闖入我即將講述的謎團裡，你的人生也會被改變。

這樣的折磨，你問道，是怎麼造成的？我會告訴你，但要注意：一旦得知真相，便終身難忘。它無時無刻不糾纏著我。不可能視若無睹。我當年被它的奧祕深深吸引，宛如飛蛾撲火——*In girum imus nocte et consumimur igni.*（我們在深夜盤桓不去，然後被火吞噬。）儘管我有幸大難不死，記述真相，但即便此時此刻，當我站在深淵的邊際，想到要把這麼危險的祕密託付給你，仍然禁不住畏縮膽怯。

我受盡磨難，但這是我咎由自取。我相信自己能通曉人類不該知道的玄機。我想窺視不為人知的祕密，於是揭開了隔在人與神之間的面紗，直視上帝之眼。這個謎題的本質就在這裡：輪番帶來痛苦和快樂。我即將揭曉的真相，雖然可能令你震驚，但若能帶來少許希望的慰藉，那我最後這封信就沒有白寫了。

一個人的墮落，可能從很多地方開始，但我就從一八九一年九月說起。當時你只有幾歲，但可能記得你姊姊是在那一年走的。你母親和我結婚已經十六年，度過許多幸福和悲傷的日子，但薇奧蘭的去世，為我們的婚姻帶來最大的考驗。走不出喪女之痛的我認為，投入異國的環境，離開你姊姊生活和過世的地方，可以得到一些慰藉。

於是我前往布拉格，追隨玩偶大師約翰．卡爾。那年夏天，我剛滿三十四歲，雖然年紀不輕，仍舊投入卡爾大師門下，一心學習他的技藝。當然，我已經在父親的督導下習藝多年，當時他在聖德尼路一百四十七號的店鋪已經是巴黎的傳奇，後來我繼承父業，進一步發揚光大。

但卡爾大師有一門我不懂的絕技，那便是製作波希米亞水晶眼球，這樣的技藝在巴黎聞所未聞。他的技術精妙，在玻璃眼球的中心注入顏色，用一種玻璃吹製法，讓虹膜充滿微小的氣泡。這樣眼睛就能捕捉和分散光線。事實上，我在巴黎一家店鋪看到卡爾做的玩偶時，這個小東西彷彿會隨著我的一舉一動轉移目光。他的玩偶非常迷人，逼真得讓人心裡發毛。

然而，儘管製作水晶眼球的技藝非常卓越，比起我的玩偶，卡爾大師的作品整體來說相當簡單。四肢的形狀、用料的品質、單調的臉部表情，在在證實了他需要我。當我得知卡爾大師有意把玩偶全部改用燒瓷組件，我就寫信提議交換：我幫他創辦瓷器工廠，換取他的水晶眼球祕方。

剛到布拉格的前幾週，我都待在工廠。廠房位在城外，原本隸屬於一座礦場，開採、精煉、研磨石灰岩和其他天然石材。工廠的空間狹小，而且相當陰暗，東側和北側開了高窗。工廠靠煤氣燈照明，連白天也不例外。我進入作坊之後，第一個動作是把手伸進一桶玻璃眼睛、幾百個澆灌得完美無瑕的玻璃球裡，只是想感覺它們的重量。實在太美了！光滑、冰涼的水晶表面互相撞擊，這種冷冽的完美令我平靜。

我們整天忙著製作瓷玩偶。卡爾安裝了一座獨立式窯爐，是一種瓶式窯，外殼以紅磚砌成，人可以站在煙囪裡，在瓷器進窯和出爐時彎腰靠近爐火。玩偶的小身體出爐時，四肢細長，受熱膨脹，像一條條剛烤好的麵包。玩偶出窯的那一刻，化腐朽為神奇，是一種純粹的元素反應，把火、土、空氣和水合併成固體形態。我用金屬鉗夾著腿，把玩偶拎起來，扔進一大缸冷水裡，玩偶像毒蛇一樣嘶嘶叫嚷。我像是被螫了似地連忙後退，看著蒸氣裊裊升上金屬橫樑，穿過屋頂的洞口，飄入寒冷的藍色天空。

在我的記憶裡，布拉格總是黑暗而陰鬱，與其說是光線不好，不如說是反映我當時的心境。那一年，我哀痛逾恆。在那之前，我的人生原本一帆風順。你母親自不必說，是我畢生摯愛，而薇奧蘭……薇奧蘭。一想到她，我伶俐、聰慧的孩子，我的手就會發抖。

縱然如此，我還是渴望向卡爾大師學習，也準備把我的知識傳授給他。我從我們巴黎的店鋪帶了一個玩偶，屬於我第一批用玻璃眼珠製作的玩偶。雖然身體很完美，是閃著微光的乳白釉瓷器，眼睛卻不如人意。我沒有把左右眼珠對齊，弄得小寶貝眼神失焦，成了嚇人的鬥雞眼。

我把玩偶送給大師，以示友誼：要是我願意展示我在玩偶製作上的弱點，也許他也願意。卡爾大師看出瑕疵所在，但也讚賞玩偶的身材比例，特別是瓷器的光澤。卡爾大師把這個巴黎小寶貝放進玩偶店前門的櫥窗，像一隻亞奎丹鵝，眼歪歪、氣鼓鼓地瞪著外面的路人。

來到布拉格幾個星期後，我注意到玩偶店外面有一個男人，身材高䠷瘦削，戴著帽子，穿一件黑色長大衣，在那個溫暖的秋日，這身裝束著實古怪。若非在古城廣場的市場又遇到他，我也不會放在心上。我買了一條裸麥麵包，正考慮買一捲風乾香腸時，他出現在我身邊，假裝在看一堆捲心菜。他留了一撮修剪整齊的黑鬍鬚，有一雙烏黑的大眼睛。他格外熱切地盯著我看，不知情的人會以為他一直在找我，現在找到了，說什麼也不放我走。

他介紹自己叫雅各，對我說起了捷克語。我馬上露出一副鴨子聽雷的表情：憑我學會的捷克語，可以在市場買麵包，但僅止於此。我設法和他溝通，雅各聽出我的口音，馬上改說法語。聽到母語，總算鬆了一口氣！我才離開巴黎幾星期，但總覺得渾身不對勁。

「一起喝杯啤酒。」他提議。我下午沒事，也想知道他有何意圖，就答應了。酒館附近是城邦劇院，幾百年前，這家歌劇院接待過莫札特。雅各邀我來喝啤酒，雖然他幫我叫了啤酒，自己喝的卻是茶，加了一塊方糖。

「請見諒，」他說。「我知道這樣跟你攀談很奇怪，不過你是玩偶師，對吧？告訴我，卡爾先生店鋪的櫥窗裡擺的是你的作品嗎？」

他注意到我的玩偶，令我受寵若驚。即便玩偶的眼睛有重大瑕疵，我仍然引以為傲。我告訴他那是我的玩偶，而且我是來布拉格學習水晶藝術的。

「你的作品是精緻的人像，比我看過的其他玩偶好多了。」

我感謝他的誇獎，隨即得知雅各現年二十四歲，是猶太人，住在玩偶店北邊的城區，父親是拉比。自我介紹完畢，雅各小聲地說：「你相不相信人活著是有目的的？」

「當然，」我毫不遲疑地說。「沒有目的要怎麼活下去。」

「那你的目的呢？」

失去薇奧蘭以後，我經常想到這個問題。她的死讓宇宙失去平衡。彷彿邪惡徹底壓倒了善良，我常常懷疑自己憑什麼活下去。如果像薇奧蘭這樣敏銳而聰慧的孩子都會死得這麼冤枉，這會是什麼樣的世界？

「創造美，」我最後這麼說。「當人生可怕的一面全都暴露出來，美是上帝賜予我們的安慰。」

聽到這句話，雅各莞爾一笑。「我們一直在等你，拉莫里埃特先生。已經等了好多年。」

「誰在等我？」我問，還是不明白他的意圖。

「我們很快會請你光臨寒舍。」

我喝完啤酒，轉頭叫女侍過來。等我回過頭，他的座位已經空了。桌上放了一疊硬幣，雅各匆匆穿過鵝卵石街道，黑色的帽子在人群中格外顯眼。

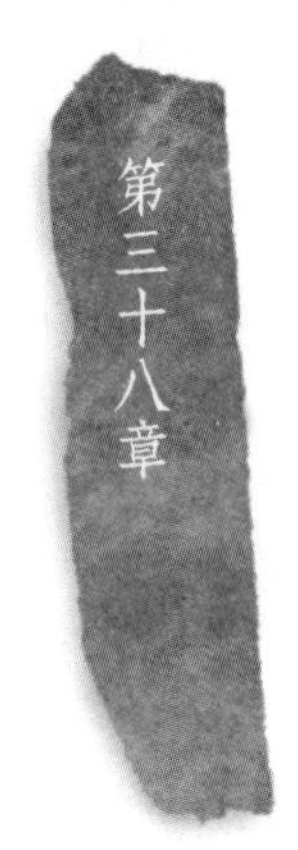

十月初左右，玩偶店發生了神祕事件。一天下午，我到了店裡，發現我做的玩偶已經不在櫥窗裡。我認定是被人搬走了，於是在架子上到處找，把木偶、布偶、素坯頭的嬰兒推到旁邊，尋找我的瓷器巴黎小寶貝。卡爾在櫃臺協助一位客戶。等他忙完以後，我問他玩偶在哪裡。卡爾大師一臉疑惑。沒有被買走，他說。誠然，他很珍惜這份禮物，絕不會賣出去。但我們一起在架子上找，我最初的判斷是對的：玩偶不見了。

不久之後，雅各又找上我。那是十月底的星期六下午，我剛從窯爐忙了一下午回來。雅各在玩偶店外面，站在陰影下等候，和我們第一次見面時差不多。這回他邀請我去他家吃晚飯。我答應了。我飢腸轆轆，房間裡一點吃的也沒有，不過比食物更誘人的，是有機會進一步了解他出生的地區。當然，還有母語的誘惑。和雅各說法語，就像一味補品，在我想念巴黎的時候撫慰我的精神，同時給我一種幻覺，世界上沒有什麼是克服不了的，即便是思鄉之苦或喪女之痛。

夜幕降臨，我們走過狹窄的街道。過河的時候，我看到家家戶戶門外堆著剛劈好的木柴，柴火的煙味盤旋不去。我們走了十五分鐘，很快來到市政廳，一幢宏偉、優雅的建築，馬薩式屋頂支撐著高塔，形狀有點像巴黎的建築物，屬於巴洛克風，高塔以岩石雕刻而成，像一枚棋子。

雅各直接把我帶去他家，一幢非常簡樸的房子，街區對面的建築物氣勢雄偉，聳入漸漸變成紫色的天空，那是老新猶太會堂。雅各說，他父親就是這所聖殿的拉比。雖然很想聽他多說一些，卻來不及發問。立刻有一群孩子圍過來，是他的弟弟妹妹，有七、八個女孩和男孩。我們走進一棟住家，屋裡瀰漫著燉菜的香氣，有人在後面的房間拉小提琴，大家低聲說著我聽不懂的語言。我真是愚昧，聽雅各說著流利的法語，就以為我們的文化背景差不多。我原本認定我們的風俗習慣相同、世界觀相似，甚至餐桌儀式也一模一樣。不過等我們走進他家裡，我才發現自己對他一無所知。

雅各的父親，約瑟費茲拉比，在我脫外套時上前迎接。我當然聽不懂他說什麼，雅各翻譯給我聽，每次他父親對我說話，他都代為傳譯。

「家父歡迎你，」雅各說。「他很榮幸能請到這麼了不起的藝術家。」

我受寵若驚，但很詫異他居然知道我的創作。除了那個失蹤的巴黎小寶貝，布拉格沒有我的作品，而且除了向雅各說明我追隨卡爾大師的目的以外，並沒有談起它。雅各看出我的驚愕，便解釋道：「是家父在玩偶店的櫥窗看到你的戈倫，要我打聽是哪位玩偶師做的。是他看出你的天賦，是他選上你的。」

戈倫。我從來沒聽過這個名詞，完全不知道是什麼意思。我也許有請他解釋，但聽不出個所以然。雅各說要請我吃飯，但至今隻字不提。他帶我穿過一條走廊，走進一個陰暗的房間，拉比示意我在桌邊找個位子坐下，然後坐在我對面。我還來不及坐定，就聽見敲門聲。四個男人一起進來，他們脫下大衣和帽子，和我們一起圍桌而坐。雅各介紹他們是他的朋友。他們坐下來，和雅各熱情寒暄，稱呼他「布歇爾」，雅各小聲告訴我，這是指研讀塔木德的年輕人。

這幾個人很快聊了起來。他們一直沒有直接對我說話，也沒有叫雅各翻譯他們的話，在這種情況下，我完全不知道他們到底在討論什麼。然而從他們看我的眼神，我覺得他們對我出現在此表現出濃厚的興趣。

最後，雅各的母親進來，端上晚餐，是我進門時聞到的燉菜。我們安靜地用餐，吃完以後，拉比套上羊毛大衣，和其他人道晚安。他示意我和雅各跟著出去，走進涼颼颼的秋風裡。夜色清朗，皓月當空，照亮猶太會堂山峰狀的屋頂，還有另一頭市政廳的尖塔，像一根根插入夜空的尖釘。到了聖殿，拉比從口袋拿出鑰匙，把門打開。

進了聖殿，雅各點燃一枝蠟燭，遞給我，再給自己點上一枝，我們一起穿過狹窄的走廊，上了一排樓梯，走進居高臨下的閣樓。在我受洗的聖敘爾比斯教堂，這裡應該是唱詩班座位區。但在猶太會堂，沒有風琴、沒有音管、沒有任何演奏音樂的東西。雅各點燃更多蠟燭，直到閣樓大放光明。拉比拿了一枝蠟燭，走向角落裡的大櫥櫃，拿起一串鑰匙，打開櫃門。

你不難想像，孩子，當我看到燭光下冒出一隻腳的時候，有多麼吃驚。隨著照明的範圍變大，我看到了一條腿，然後是厚實的軀體。震驚之餘，我忐忑地打量這個東西。它究竟是什麼？雅各過去幫忙，父子一起把某種假人模特兒從櫥櫃搬出來。

雖然鑄成人形，我發現它的體型比人還大，稱得上是巨人，在我看來，雅各已經很高了，而它比雅各高了至少兩個頭。他們把假人搬到閣樓中間，輕輕放在地上，讓它仰躺著，沐浴在燭光中。假人已經損壞，有些地方甚至裂成碎片：一隻手臂劣化嚴重，頭部和身軀都裂開了。

最後，拉比開口了，先指著假人，又指著我。

「家父想問你願不願意修復我們的戈倫。」雅各說。

我面前躺著的這具人像殘破不堪。我用手劃過胸腔，陶土就碎了。「它非常脆弱，」我說。「我看根本不該從櫥櫃搬出來。」

「它的創造者是家父的祖先羅伊拉比，大衛的父系後裔，」雅各說。「他用這所猶太會堂的塵土塑造而成。」

我四下張望，看著會堂的砌石，不懂他究竟在說什麼。這麼大的人像至少要用五公斤的陶土。「羅伊拉比在什麼時候塑造它的？」

「戈倫至少存在了三百年。」

我第一個反應是震驚。黏土就算經過烘烤，又不受風雨摧殘，也絕不可能保存二十年，更別說三百年了。

「看，這裡。」我摸摸右手，少了三根手指。「連這種相對簡單的修復也撐不住。如果我想重鑄手指，這隻手就會斷。我必須重新鑄造整隻手臂、整個身軀、雙腿和頭部。我得全部用新的黏土重新製作。」

趁雅各向他父親解釋我的話時，我進一步查看他們口中的戈倫。它的臉是粗鑿的，四肢壯碩，身軀方正，眼睛和鼻子四四方方，彷彿是刀子切出來的。

「戈倫是很簡單的東西，」雅各看見我興致勃勃的模樣。「它存在的唯一理由是侍奉和保護。它沒有頭腦，可是力大無窮。三百年來，我們家族一直盡力照顧它。但我們再也照顧不下去了。它逐漸碎裂。」

拉比對兒子比個手勢，雅各走到附近的一個木箱。

「來，有件東西一定要給你看，」雅各說。我走到木箱那裡，看到我的巴黎小寶貝躺在裡面。那雙永遠對不齊的玻璃眼珠，顯露出邪惡的氣質。我這才發現是雅各，我的新朋友，偷走了玩偶。

我還來不及叫他解釋，拉比就打開一冊記事本，取出一張仿羊皮紙。因為年代久遠，老舊發黃，紙張的正中央有一個複雜的大圓圈，寫了許多數字和象徵符號。

「這是造物者哈希姆的本名，我們最珍貴的祕密，」雅各小聲地說。「幾千年來，父子相傳。有人太早知道神名的祕密，結果遭遇不幸。但不必害怕。你不會有事。你與聞這個祕密，是受到邀請，也是出於必要。」

拉比對兒子說了幾句話，然後雅各轉頭看著我。「家父問你是否自願前來，還有你是否同意見證我們要給你看的事？」

儘管困惑不解，我沒有遲疑。我想知道雅各說的祕密。我確認我是出於自由意志前來，並懇求拉比繼續進行。

「待在我身邊，」雅各低聲說道。「不管發生什麼事，都不要說話。」

我根本來不及反應。拉比馬上開始舉行儀式，朗讀他的經文，反覆吟誦我聽不懂的話。雅各緊抓我的手臂，讓我不能亂動，也可能是利用我來穩住他自己。他的眼神極其恐怖，實在難以撫平我自己的憂慮感。拉比圍繞戈倫走了五圈、六圈。繞完第七圈以後，拉比站在原地。彎下腰，觸摸那個東西的額頭。

接下來的幾秒鐘變得漫長、遲緩、充斥著一股穿透我心靈的張力。然後，在全然的死寂中，那個東西醒了過來。眼睛瞬間睜開，然後，連續十秒，或許有二十秒，我注視玩偶抽搐著活起來。

不過這股力量越來越大，完全超出它的控制，它開始到處亂動，恐怖至極，眼睛發狂似地到處亂看。拉比把一隻手放在玩偶臉上，再次朗讀經文，玩偶倏然倒地，動也不動。

「你看，」雅各說。「瓷器是一種堅硬、有光澤的物質，就像化為固體的光。造物者的能力是透過光來表現。戈倫經得起生命的力量，沒有碎裂，你的作品可以為我們達到目的，朋友。」

我看得目不轉睛，驚愕萬分，嚇得說不出話來，因為看得出神而呆站在原地。

「我們可以讓戈倫活過來，」雅各說。「但我們需要堅硬外殼，更好的外殼，用瓷器做的。」

拉比和我四目相望，我終於明白他們要我做什麼了。

第三十九章

我瞞著大家製作戈倫。這並不難。既然有我在，卡爾大師幾乎不再監督手下的工匠（他相信我的眼光，他說，比他自己的更好），所以我知道工匠什麼時候開工，什麼時候收工。我在深夜去窯爐，這時其他人早就走了，或我會趁星期天早上上去，這時他們不是宿醉未醒，就是在教堂祈求救贖。這樣就不會有人干擾，我可以專心用高嶺土和火焰來實驗我的戈倫。

拉比要我設計一副堅固、輕盈、耐用、可以靈活移動的瓷器人體。我從頭到尾都不相信我的努力會成功，或是它真的會走路。然而我多少陷入了幻想中，以為自己在創造一個真正的孩子。就像雕刻小木偶的傑佩托，我想像一個小生命會帶著它美麗的小鼻子和完美的下巴，這些我努力的藝術成果，自願來到這個世界。

我父親曾經告訴我，創造瓷器嬰兒，不只是做一件玩具，甚至不只是創造一件藝術品，儘管包含了很多藝術成分。孩子們收到我們的作品，他說，是用父母的慈愛來疼惜它們。他們記得嬰兒耳朵的形狀、眼睛的顏色、身體究竟有多重。他們學會疼愛和保護它。從這一點來說，玩偶師的藝術是人性的基礎。我創作這個人像時，一直把這些話記在心裡，用無盡的慈愛悉心打造，務必使它人見人愛。

拉比在各方面都做了明確的指示，但確切的容貌由我操刀。我先畫出要做的人像草圖，研究出鉸鏈接口的機械裝置、臉部的輪廓、存放紙捲的腔室位置。我決定四肢應該外接。接口以彈簧製作，為瓷器增加一個緩衝系統，吸收活動帶來的震盪，同時用塗了潤滑膏的螺絲組裝腳踝和手腕，以便轉動。我決定用軟皮革製作驅幹，用藏在外殼裡面的索帶連接玩偶的組件。這樣做出來的手腳既靈活又堅固，和肌腱差不多。我確定這個方法以後會派上用場，確實，這是我回巴黎後取得專利權的其中一個工法，這些年來，創造了巨大的價值。

整個製程必須全面改造。我做出新模具，發明了把四肢及頸部和驅幹銜接的新方法：球窩設計，這樣做出的玩偶更加堅固，動作也更靈活，這個創新設計同樣成為我的專利。在膝蓋和手肘安裝彈簧，會讓玩偶的動作靈活；卡爾大師獨一無二的水晶眼珠，會賦予它魅惑人心的目光。

為了設計這麼精巧的機件，我殫精竭慮，甚至在幾個月的製作期間，不只一次懷疑自己的能力。以前沒有人做過這種瓷器，我在製作期間又一而再、再而三地失誤。不過鞭策我繼續努力的，是專業的自豪，也就是卡爾大師把我的巴黎小寶貝放在櫥窗展示，讓路過的行人紛紛駐足，凝視這件瓷器耀眼、動人的光澤，帶給我的驕傲。我感覺到一個藝術家的驕傲，一種堂而皇之、樂此不疲的驕傲，一種創造者對作品的驕傲，在發生這些事以後，回頭看來，是這種驕傲讓我徹底盲目了。

因為要不是盲目至極，誰會依照自己死去孩子的樣貌來創造人像？薇奧蘭離開我們的時候，你才五歲，孩子，但你看過她掛在客廳裡的肖像，不但畫得維妙維肖，還生動地捕捉到她一頭動人的紅褐色秀髮和澄澈的綠眼珠，因此經過畫像的時候，我常常感覺她還在我們身邊。她離世時已經十五歲，但在我眼中，她還像小時候一樣，玩著她在聖德尼路的店鋪挑選的玩偶。薇奧蘭是個極為任性和固執的女孩，有自己的一套怪癖。例如她不喜歡冰淇淋或任何冰涼的東西，不喜歡冰、不喜歡雪，甚至不喜歡光腳踩在大理石地板上，這件事總讓你母親和我樂不可支，而把薇奧蘭葬在拉雪茲神父公墓冰冷的墓穴以後，也讓我痛不欲生，連續一星期不曾闔眼。她一定很冷，我會想，冷得要命，我可憐的女兒，在那座墳墓裡冷得天愁地慘。

有一百個小細節，體現她與眾不同的個性——她臉頰上的雀斑、清澈的綠眼珠、纖薄的嘴唇——儘管這些特徵都隨著她的死消失了，但我可以用瓷器重現。我一次又一次地澆鑄，直到有一天，她終於成形。我把黏土人像放在一塊石板上，它的身體嬌小蒼白，宛如躺在柴堆上，等待火葬的孩子，接著我把它推進爐火中。我把窯門關緊，退後一步，心臟在胸口撲通撲通地跳，當我把棧板從火焰中拉出來，赫然看見一個完美得不像真實的玩偶。熾烈的火氣讓她全身發熱，身上那股震顫、搏動的力量，我敢拿來和太陽的威力媲美。她一身是火，雙眼凹陷，空洞的目光令人不寒而慄，彷彿是從無底深淵撈上來的遠古圖騰。我的薇奧蘭多麼高貴！多麼耀眼！火燙的熱氣滯留在光滑的瓷器上，啞光白迸發出橘色火焰，爆裂的色彩在表面忽隱忽現，宛如清水滑過白蠟！眼見人像冷卻，熱衝擊降低，皮膚硬化成高亮的珍珠白，我知道實驗成功了。在那個喜悅的時刻，不管多麼卑微，我感覺這是對我逝去的孩子做出的禮讚。

新年前夕，我發了高燒。我想是工廠寒冷的環境，加上幾個月不眠不休的辛勞，弄得我身體孱弱，大病一場。一直待在公寓裡，足不出戶，甚至沒有外出用餐。我燒得奄奄一息，迷失在清醒和做夢之間的國度。我看到前一年的薇奧蘭，在暖洋洋的春日午後，太陽照在她的皮膚上，她在我們家後面的櫻桃樹下吃著 *tarte au fraises*（草莓派），開心得笑起來。對她的記憶是一種甜蜜的折磨，讓她死亡的事實顯得更加慘痛。

她是和一個朋友去郊外遠足死的。她沒有準時回家，我徹夜未眠，擔心得要命。當門鈴終於響起，你母親把憲兵領進家門，我就知道薇奧蘭死了。儘管如此，我還是禮貌地問候他，把他帶到外面的露台上，彷彿新鮮空氣也許能稀釋他要通報的消息。他的銅鈕釦在清晨的陽光下一閃一閃的，他知道自己傳遞的消息非同小可，因此摘下軍帽，舉在胸前，以示尊重。這是他的任務，他執行得莊嚴肅穆，像醫師宣布絕症一樣，非常謹慎地傳達消息。我聽到他敘述事發經過——是一場意外，先生——但沒有完全聽懂。他的話像是天方夜譚，絕對沒有發生的可能。一個彎道。一次單純的疏忽。一場慘痛的悲劇。

一時的疏忽怎麼可能造成這麼巨大的毀滅？我很清楚事情的經過：馬匹受驚，車伕失控。命中注定，馬路下方有一片池塘，她們的馬車翻覆墜落。根據馬車的情況，即便沒有落水，薇奧蘭也會受重傷。她的朋友頸部骨折，後來村醫的報告證實，就算沒有溺水，她也會死。可是他們把薇奧蘭從池塘拖上來的時候，發現雖然雙腿都被輾斷，她卻是溺水而死。

薇奧蘭死後，我才體會到什麼叫絕望。它把你每一天的每一個小時都染上晦暗的色調。但時間久了，我漸漸明白主宰世界的不是絕望，讓人活下去的當然也不是絕望。而是愛——我對吾兒你的愛，我對薇奧蘭的愛，我在按照她的形象塑造戈倫時感覺到的愛。有這樣的愛，就能忍受任何悲傷。

雖然拉比交代我，一做好戈倫就給他送去，但離我上次來到猶太區，已經過了好幾個月。我把她打造得盡善盡美，藉此拖延時間。我花了一大筆錢，向古城一家假髮店買頭髮，是他們店裡最貴的：一頂光亮的紅褐色秀髮，垂到玩偶的腰際。我訂購布料，找裁縫師做了一件奢華的粉紅色絲質連身裙，和薇奧蘭過世當晚穿的小禮服一模一樣。絲綢不只一層，而是五層，環繞她的雙腿，像花瓣一樣張開。

到了四月底，我不能再拖了，我把戈倫裝進一只皮箱，搬上作坊的小型手拉車，穿過古城，送到猶太區。我走得很慢，每一步都在抗拒。每次鵝卵石路面出現顛簸，每次被旁邊跑過去的孩子碰撞，我都恨不得立刻掉頭。我有義務把薇奧蘭交出去，這個我知道，但每走一步，我都感覺和她分離是大錯特錯。我已經把她當作自己的，儘管我當然沒有權利這麼做。

從我上次到這裡來，已經過了六個多月，猶太區也在這段時間變了樣。窗口的花箱長出了花，滿街都是嬉戲的孩童。我敲敲拉比家的門，雅各開了門，打量我半晌，雙眼興奮得發光。

「來，進來一塊兒坐，」雅各的眼睛盯著手拉車。「我們正準備開飯。」

我拖著身後的手拉車走進他們家。一切都和秋天一模一樣，瀰漫著小提琴的樂聲和做飯的香味，但我陷入一種深沉的疏離。雅各想幫我脫外套，我避開了。他母親端茶給我，我拒絕了。我不像以前那樣覺得自己受到歡迎，反而倍感威脅。

看到這個改變，雅各很吃驚，但他沒有逼我解釋，而且不管怎麼解釋，都無法為我的行為辯解。我要怎麼表達，我非常後悔做了這筆交易？我怎麼告訴他，我感覺自己像個拋棄親生子女的父親？我知道自己立了契約，也一心要履行義務，但就是止不住地心痛。

拉比進來與我寒暄。幾個月不見，他的鬍子留得更長了。從他看我的表情，我知道他也發現我變了。

「我完成了你的委託，」我說，讓雅各代為翻譯。我把皮箱搬下手拉車，放在我們中間的桌子上。「你一定會滿意。它代表我的最高造詣，而且，恕我自大地說一句，這件作品完美無瑕。」

「戈倫不用完美，」拉比說。「堅固耐用就好。」

「請，」我感覺臉頰激動得漲紅。「能否容我向你展示我匠心獨具的創作？」

拉比盯著我看，神情令人費解。他指著他的帽子，他兒子拿來給他。「來吧，」他說，我們走出門外，來到廣場。我把皮箱抱在懷裡，拿進猶太會堂，抬上閣樓。拉比向他兒子比個手勢，他在皮箱周圍點了蠟燭。在搖曳的微光中，我打開皮箱。

箱底鋪滿木屑，薇奧蘭躺在上面，像鳥巢裡的蛋一樣受到保護，她綠色的玻璃眼睛定定地往上看，奶油白瓷的皮膚反射燭光；光亮的紅褐色頭髮披在肩頭。我想到同樣在這個閣樓上看到的戈倫，其貌不揚，黏土做的手不斷碎裂。我的玩偶和羅伊拉比的戈倫有天壤之別：一個單調、粗糙、日漸腐朽；另一個美得像一個真正的孩子。但拉比和雅各沒有出現我預期中的反應。他們盯著薇奧蘭看了足足一分鐘，然後開始交談，我推測是在討論玩偶，他們說得很快，我一個字也聽不懂。

雅各轉頭看著我。「我們沒想到戈倫是女的。」他滿臉疑問。

「你們沒有指定性別。」我頓時明白我美麗的戈倫和他們的預期差了多遠。他們想要一個瓷外殼，我卻給了他們一件傑作。「但我向你保證，它和我做的每個人像一樣堅固、耐久、好用。」我繼續向他們展示鉸接的四肢、活動的頭顱，還有隱藏在脖子底部的腔室。拉比從頭到尾不發一語。最後，他對兒子說了幾句話，然後要他翻譯。

「家父說做得很好，」雅各總算鬆了一口氣。「非常好，靈體可以住在這個東西裡面。我們接受你的作品，也感謝你付出的心力。」

我同樣向他們致謝，這時我激動的情緒眼看就要潰堤，於是轉身離開。

「但先別走，」雅各說，「家父有最後一個請求，拉莫里埃特先生。」

「還有什麼要求？」我的驕傲中摻著悲傷。「我已經把我最好的作品給了你們。它和太陽一樣耀眼而出色。」

「如果不曾看它發光，那太陽有什麼用？」

假如我不是那麼驕傲、不是那麼好奇，一定會轉身離去。但我想知道拉比那個圓圈的祕密。我想揭開隔在人與神之間的面紗，目睹造物的奇蹟。我想看生命在我的薇奧蘭身上燃燒。

於是我點頭應允，留下無盡的悔恨。

麥可・布林克翻過最後一頁，後面什麼也沒有。顯然信還沒寫完，但剩下的幾頁在哪裡？

他把信推開，眨眨眼睛，四下張望，觀察這間冷清的餐廳、青綠色的卡座、他的映像在窗戶的黑色玻璃表面搖晃。一切都感覺古怪又扭曲。空氣太熱、燈光太亮、他體內流竄的咖啡因太濃。他深吸一口氣，彎曲手指，握成一個拳頭，感覺非得使勁握拳，直到關節發白為止。拉莫里埃特的信攤在他面前，厚厚一沓信紙，裡面是一個被往事糾纏不休的男人寫下的話語。他在布拉格經歷了一件事，令他惶惶不安，而且事態嚴重，是他一生揮之不去的夢魘。

布林克很快把信紙放進郵差包前面的口袋，拉上拉鍊。他不斷想到拉比的圓圈，拉比喚醒戈倫，用的是哈希姆這個名字的圓形再現。從信上的描述看來，他確定那就是潔絲・普萊斯要他破解的圓圈，是安－瑪莉所謂上帝謎題的圓圈，是詹姆森・賽吉形容成無價之寶的圓圈。

那些連結固然清晰，但對於破解謎題本身，布林克還是和看到圓圈時一樣束手無策。他想弄清楚這個圓圈和安－瑪莉的奧祕，以及詹姆森的「神祕國度」有何關係。布拉格一個痛失愛女的男人這麼久以前寫的信，和潔絲・普萊斯有何關係？而且這些到底關他什麼事？安－瑪莉曾經保證，拉莫里埃特的信交代了整件事的來龍去脈。然而，即便看完了，這封信只讓布林克產生更多疑問。

他抽出手機，向服務生問了網路密碼，同時注意到電量所剩無幾。電池就快沒電了，而他的充電器和其他東西一起放在貨卡上。他改成低電量模式，查看電子郵件。他收到兩則訊息，一則是瑟薩莉・莫塞斯傳來的，有一個很大的附件，顯然是她說好要寄來的音訊檔。另一則訊息是他的恩師兼朋友維威克・古普塔傳來的，有一個進入他加密應用程式的鏈結。他打開鏈結，閱讀內容：

親愛的孩子，我必須承認，你陷入的這場冒險讓我夜不成眠。詹姆森・賽吉要找這個謎題，已經讓我非常好奇，而我仔細看過你傳給我的圖案，發現一個很有意思的地方。我必須再次警告你不要掉以輕心。你的發現世所罕見，垂涎者眾，而且基於諸多原因，容易惹禍上身，不只是因為詹姆森・賽吉有意染指。你現在一定知道，你具備一種絕無僅有的天賦，這種天賦會把你帶到我們大多數人永遠不會經歷的處境。異常之人會引來異常之事，不管是好是壞。你一定要保護自己。丟掉你的裝置，因為這些東西十之八九被動過手腳。別和我聯繫。我自會找你。

他的訊息下方是和《阿第倫達克每日企業》相連的一個部落格的鏈結。古普塔博士的訊息是在五分鐘前的晚上十一點三分傳送的。布林克打開鏈結，看到部落格貼文的標題：「新聞快報：雷布魯克精神科名醫遇襲，已經送醫」。

看了第一行，就知道新聞的主角是瑟薩莉．莫塞斯醫師。她在住家遇襲，儘管報導沒有透露多少訊息，沒提到傷勢輕重，或犯案的人是否被捕，卻證實了潔絲．普萊斯提出的警告。有人一直在埋伏和監視。瑟薩莉已經受傷，要是警察沒抓到那個人，潔絲會有危險。

他查看瑟薩莉．莫塞斯的訊息，是晚上九點四十七分傳到的，表示她一定是在遇襲前一刻把訊息傳送出來。這則訊息一個字也沒有，底下附加了一個音訊檔。他下載檔案，但決定晚一點再播放。他無論如何都不能讓別人聽見，連服務生也不行，所以他在帳單旁邊放下現金，拿起背包，離開小餐館。哪裡也不如他的貨卡安全。

走出大門，步入黑夜的時候，他看了一下手錶，十一點九分。停車場還是空蕩蕩的，另一頭的馬路上沒什麼車子，他停下腳步，提高警覺。不對勁。他掃視停車場，包括龜裂的人行道和空置的車位，總覺得有人在暗處埋伏。這些年來，維威克．古普塔極力規勸他要隱匿行蹤，但他認為犯不著這樣疑神疑鬼。不過現在經歷了監獄那些事，加上瑟薩莉遭人攻擊，他才明白維威克．古普塔說的一點都沒錯。

暗夜寂靜，只聽見知了此起彼落的叫聲。雖然急著回到貨卡，他忍不住欣賞這種昆蟲紊亂至極的叫聲。他小時候在俄亥俄州的家附近有知了，牠們的叫聲總讓他鬱鬱寡歡。在一個炎熱的夏夜，他父親描述知了令人匪夷所思的生命週期，知了的幼蟲可能在地底生活好幾年，只為了爬上地表活上幾天或幾個星期，求偶、孵卵、一命嗚呼。這樣短暫的存在似乎證明了生命毫無價值，但權衡輕重，誰敢說長命百歲有多了不起？他想到賽吉瘋狂地追求永生，拒絕接受生與死的界線。知了的叫聲很重要，無論是持續一天還是一百天。

他的貨卡在陰暗處等候。他上車，鎖門。停車場一個人也沒有，然而他不敢掉以輕心，於是立刻發動引擎，駛離停車場。他在公路上左右觀察，尋找交通標誌。他必須有清楚的頭腦，他必須做正確的選擇。但他根本不知道自己身在何處。他原先是順著曲折蜿蜒的小路，開到哪裡算哪裡，迷失在糾結盤繞、高低錯落的群山之間，但憑自己的心情轉動方向盤，沒有任何明確的方向感，如果知道要去哪裡，他可以用衛星定位系統。

他忍不住覺得自己早該預見瑟薩莉的遭遇。潔絲警告過他們的處境很危險，告訴過他們雷斯醫師的死不是意外。瑟薩莉遇襲不是巧合。雷斯是在著手調查潔絲的資料以後死的，瑟薩莉則是接續雷斯未完成的調查。布林克當然可以防患於未然。

但就算怪罪自己棄瑟薩莉不顧，他提醒自己，是她堅持他必須離開監獄。她親自護送他坐上他的貨卡，說一有需要就跟他聯絡，不接受任何異議。發生這種事不是他的錯，也不是她的錯。他們都不可能知道情況多麼嚴重，或多麼危險。他想起安—瑪莉說過的話：你在插手之前，應該弄清楚這件事牽涉的範圍有多廣。

他開始看出牽涉的範圍有多廣。瑟薩莉遇襲事件改變了一切。現在牽涉的利害更大，結果會賠上性命。不管他先前怎麼自圓其說——監獄之所以把他趕出來，背後有合理的解釋，他不是真的有危險——現在都不成立了。他們在玩一場生死攸關的遊戲，而且確實很危險。

他想直接開車去雷布魯克，但這對誰都沒有好處。獄方不會允許他進入，而詹姆森・賽吉要找他，首先就會去雷布魯克醫院。他和瑟薩莉一樣，是他們下手的目標。他想起雷斯醫師報告裡的一句話：幕後主使者權高勢大。詹姆森・賽吉就是其中之一。直覺告訴他，賽吉是瑟薩莉遇襲的幕後主使者，他對這種人的直覺很少出錯。維威克・古普塔是對的，在優雅的外表下，詹姆森有他瘋狂、殘酷的一面。詹姆森承認自己在追求奧祕的知識，而他姑母已經發現了人類意識的基本要件。為了得到這個祕密，他會使出什麼手段？

他想起潔絲對他說的最後一句話：記住你的承諾。但他要怎麼遵守自己在夢裡許下的承諾？他不明白她需要他做些什麼。解開上帝謎題，這個他知道，可是然後呢？一本古代的宗教典籍能為她洗刷冤屈嗎？難道一個描述宗教祕密和奧祕儀式的荒誕傳說，會有什麼具體價值？詹姆森・賽吉顯然這麼認為，安－瑪莉也是。但布林克不敢這麼肯定。他覺得自己解謎的能力已經逼近極限。他的天賦在精不在多。如果有正確的條件和正確的線索，他可以創造奇蹟。但潔絲的要求已經把他逼到想像力的極限，而他知道，想像解決之道的能力，是破解謎題的訣竅。

他把貨卡駛離路面，停在路肩上，把密碼輸入手機。古普塔博士警告過，可能有人對他的手機動手腳，用來跟蹤他，但他必須聽潔絲的留言。音訊檔案在漆黑中開啟，點亮手機螢幕。他希望還能用剩下的電力把留言播完。他按下播放鍵，心裡既期待又恐懼：很快，再過幾秒鐘，他會再聽到潔絲的聲音。雖然很想知道她要對他說什麼，但也怕聽完了會有什麼後果。

第四十二章

麥可．布林克開始播放錄音。他聽見麥克風的刮擦聲，然後貨卡裡迴盪著瑟薩莉．莫塞斯的聲音。

麥可．布林克認為你有話要對他說。我不知道是不是真的，但我答應讓你有機會錄一段話給他。我保證會交到他手上。

靜默了幾秒鐘，隱約聽到空調的嗡嗡聲、瑟薩莉再次開口時拖著腳步的聲音。

我知道你擔心被監聽。這裡沒有監視攝影機。這是私人辦公室。

默不作聲。瑟薩莉再試一次。

我知道這對你來說很不容易，潔絲，但現在沒有其他辦法。麥可．布林克可能會有危險。如果你有話要對他說，一兩句也好，現在必須說出來。

手機的麥克風附近出現拍打聲，他想像潔絲用結痂的指尖輕扣茶几。他感受到她的脆弱和激動，她在錄音背後迸發的狂躁能量。

你覺得我出去比較好？這扇門上鎖了。

布林克聽見取出鑰匙的鏗鏘聲。

我把鑰匙放在這裡。這裡只有我能進來。需要我的話，敲敲門。我在走廊上等。

傳來高跟鞋的聲音，門嘍地一聲開了，然後非常清楚地喀一聲關上。門栓扣好，房間裡只有潔絲一個人。

布林克想像瑟薩莉整潔乾淨的辦公室、井然有序的活頁夾、罐子裡的色筆、桌角已經破解的魔術方塊。他想像傍晚的監獄、宿舍裡的囚犯。他想像潔絲俯身在茶几前，準備說話。她把麥克風拿到嘴邊的時候，他感覺她靠了過來。

麥克爾，如果你能收到這段錄音，可能還有機會。

聽她這樣叫他的名字，還有她親密的口吻，他差點緊急煞車。他深吸一口氣，握緊方向盤，心跳得很快。

我之前沒辦法告訴你。我試過，我真的試過，想盡量多給你一些線索，不過就像用電報機敲擊摩斯密碼：每個信號底下總有更多含意，總有更多我想說的話。我知道他們在監視我們，我不能冒險開口，但不知為什麼，我覺得你明白。你是不是也覺得我們有心靈感應？一個眼神就勝過千言萬語？我想我沒有弄錯，我們之間有一種感應，一種非比尋常的默契，所以能理解其他人不了解的事。我們第一次見面，我就知道你能幫我把真相拼湊起來。原諒我。我知道我已經把你不明所以地推進一個迷宮，讓你在裡面繞圈子。但你也許是唯一能找到出路的人。既然進來了，就不可能回頭。我們必須一起走出迷宮。所以，趁現在還有機會，我會指點你一條明路。仔細聽好，而且我也會盡量把整件事清楚地告訴你。

布林克聽到潔絲站起來、走到門口、檢查門鎖、再回到座位上、把錄音機拉近的聲音。

那天晚上的事，我只記得一些片段。我記得諾亞騎著摩托車跑來，帶了外賣的中國菜和一瓶冰涼的白酒，有他在賽吉府邸，先前發生的怪事突然都顯得無關緊要。假如我堅持要走，我們可以馬上離開。我可以跳上他的摩托車後座，回到紐約市。但諾亞肚子很餓，而且他騎了兩個多小時的車來看這幢房子，當然，也是來陪我的。我們把餐廳的飯桌清理出一塊地方，然後吃飯、喝酒、聊天。我們在圖書室的土耳其地毯上做愛，感受到我們兩個人畢生都不會再有的快樂。

諾亞一看到歐若拉的玩偶就入了迷。他是雕塑家，想必看出歐若拉那些收藏的工藝多麼出色，因為他仔細研究了老半天。我把安─瑪莉說的拉莫里埃特的故事原原本本地告訴他，告訴他曼蒂說了哪些話，甚至告訴他我來了以後遇到哪些怪事，堅決表示一定是我想像出來的。他要我帶他去看每一樣東西，所以我把薇奧蘭拿到樓下的圖書室，然後帶他去看餐具室的暗門。我們就像尋寶的小孩，取出藏好的資料夾，打開來看。閱讀玩偶製造師拉莫里埃特的信，我覺得非常刺激，發現隱藏的寶藏也讓我很興奮。

諾亞仔細檢查薇奧蘭，發現她後腦有一個小腔室，他用廚房刀的刀尖撬開。裡面是那個圓形謎題，寫在一張很小的紙上。雖然拉莫里埃特在信上跟兒子提過，我還是第一次看見這種東西。一個古怪而美麗的圓圈，充滿了數字和象徵圖案，構圖複雜，畫得非常仔細。我好奇得很，研究了好半天，想知道究竟是什麼東西。

我們走進圖書室，點幾枝蠟燭，一起研究這個圓圈。諾亞小時候讀過希伯來學校，說那四個象徵圖案是希伯來文：Yod、Hay、Vav、Hay。神名。儘管拉莫里埃特在信中提出告誡，也可能就因為看到他的告誡，諾亞和我試圖唸出這些希伯來文。

我們只是在鬧著玩，就像玩通靈板或是開降神會的小孩。諾亞站在圖書室正中央，用逗趣、戲劇化的獨白唸出來。燭光在整幢昏暗的宅邸舞動，窗外，七月炎熱的夜色越來越深，整件事就像一場大冒險遊戲：我們要玩到什麼地步？有什麼能阻止我們？

沒有，我心想。沒有什麼能阻止我們。

接下來，我只記得自己醒過來。已經過了一段時間。蠟燭燒得所剩無幾，火焰在殘蠟中搖晃。現在我知道我那時昏過去了，但當時我感覺自己在水裡，努力游向水面，然而大海漆黑沉重，把我壓在水裡。我想坐起來，但身體下方的每樣東西都彎曲變形。等我終於有力氣站起來，房間變得很陌生。圖書室亂七八糟，書架上的書被推倒，散得到處都是，扶手椅被翻倒，酒杯碎了。過了一會兒，我才想起自己是在賽吉府邸，完全不記得諾亞來了。然後我看到他。

他仰躺著，四肢張開，癱在拼花木地板上，鮮血滲進土耳其地毯的邊緣，就像蘸了咖啡的糖霜餅乾。空氣極為凝重，充塞著鮮血的氣味，感覺這裡發生了不可告人之事。我記得當時心裡想著，不可能是真的，不可能真的發生這些事，然而的確出事了，這件彌天大禍讓我整個人都變了，就像遭遇了雷暴的樹木，被自己惹來的災殃弄得形銷骨立，不成人形。

我關於那天晚上的所有記憶中，諾亞的臉是最清晰的，他的藍眼睛睜得很大，彷彿在凝視什麼超出他視線範圍的東西。他的臉頰毫無血色，發灰泛黃。我徹底陷入震驚、恐懼、絕望和無助中，一度以為可以挽回自己闖的禍。可是當然回不去了。我知道從現在開始，一切都不同了。

我試著弄清楚諾亞是怎麼死的，但世界已經碎了。這幾年，我一直在拼湊這些碎片。雖然結果差強人意，不過根據呈上審判法庭的時間軸，我現在知道我是在凌晨一點十四分打電話報警。急救人員十三分鐘後趕到，警察尾隨在後。諾亞在凌晨一點三十三分被宣告死亡，我被警方拘留。我無計可施，因為被嚇得魂飛魄散而無法說明事發經過，所以一直保持緘默。

但沒有呈上法庭，我也沒有告訴任何人的，是那天晚上賽吉府邸還有另外一個人。一個穿了一身紅的女人。她悄悄溜進圖書室，火紅美艷，擦去我手上的血跡和臉頰的淚水。她是來安慰我的，她說。來拯救我。她說她不會丟下我一個人。她叫我拿走拉莫里埃特那封信的最後幾頁，上面寫著那個圓圈和儀式的資料，並且和玩偶一起藏起來。「我們等安全以後再回來拿，」她說。當時我嚇得六神無主，就相信了她。我們一起把薇奧蘭和信藏進皮箱，鎖起來，突然我感覺一切都不同了，彷彿得到了一個瓶中精靈。而且在某些方面，確實如此：暴風受到控制，至少可以控制一時。

然後我把皮箱藏起來。不是藏在祕密餐具室，曼蒂知道怎麼開，她可能告訴別人，我不能冒這個險。我把皮箱藏在另一個地方，一個誰也找不到的地方。非常隱密。我們以後來拿，我當時想；紅衣女子會幫我弄清楚我該怎麼做。

當然，最後根本不可能回去拿。我早該知道他們會把我關起來。但現在你可以為我代勞。要找到皮箱，你必須闖進灌木叢，尋找隱藏的寶物。一定要簡單俐落，並且順勢做出改變，但只要俯視黑暗的深淵，就會找到：Delaware（德拉瓦州），16；Maryland（馬里蘭州），24；Virginia（維吉尼亞州），1；Illinois（伊利諾州），8；Arkansas（阿肯色州），4。Virginia（維吉尼亞州）和Arkansas（阿肯色州）得到一條藍絲帶。其他是紅的。

錄音到此結束。

布林克感覺心頭壓了一塊不祥的大石，一種非常熟悉、令他難以抗拒的需求。潔絲設計了一個謎語，指引他找到隱藏的皮箱。

Delaware（德拉瓦州），16；Maryland（馬里蘭州），24；Virginia（維吉尼亞州），1；Illinois（伊利諾州），8；Arkansas（阿肯色州），4。

他多少希望自己可以視而不見。這樣越陷越深，不會有什麼好結果。但布林克無從選擇。

他一心只想著這個謎語，把線索分離開來，從各種角度思考，檢視每一個文字和數字，設法抽絲剝繭。即便他想，也無法阻止自己解開謎題。潔絲知道他這個毛病，知道他沒辦法置之不理。既然進來了，就不可能回頭。我們必須一起走出迷宮。

他發動引擎，打檔，上路。前面有一個平交道。柵欄放下時，布林克把貨卡減速。紅燈劃過暗夜，在路面留下一道深紅色的條紋。他往後看，發現路上空空如也。然而他感覺有什麼東西在他看不見的地方徘徊、監視。他方才在停車場也有這種詭異的感覺：好像有什麼人或什麼東西，離他越來越近。

布林克拿出手機，把音訊檔往回捲動，再按下播放鍵：你必須闖進灌木叢，尋找隱藏的寶物……Delaware（德拉瓦州），16；Maryland（馬里蘭州），24；Virginia（維吉尼亞州），1；Illinois（伊利諾州），8；Arkansas（阿肯色州），4。Virginia（維吉尼亞州）和Arkansas（阿肯色州）得到一條藍絲帶。其他是紅的。

他把頭靠在方向盤上，讓潔絲的聲音將他淹沒。他陷入一種強烈的渴望。他不知如何解釋，但她說話的聲音把他帶回知了的叫聲裡。他和潔絲見面的時間有限，只是短暫地相處了一會兒，卻讓他感覺生氣蓬勃。

闖進灌木叢。賽吉的意思是莎草，一種森林灌木。俯視黑暗的深淵。潔絲藏了一樣東西，要他找出來。布林克把貨卡掉頭，開往賽吉府邸的方向。

布林克把車開上蜿蜒的碎石山路，逐漸靠近山路盡頭那幢黑房子，看上去有一種詭異的熟悉感。他其實沒有來過這個地方，卻認得角塔和山牆、玫瑰窗。潔絲叫它什麼？哥德式結婚蛋糕。這個形容完全符合他眼前的景象：宅邸俯瞰河流，位置絕佳，渦旋狀白色邊緣的環繞式門廊。儘管現在是半夜，看不清花園的樣子，但他注意到玫瑰花園，一排排生長在棚架上的玫瑰花，維護得非常好。安—瑪莉提過，詹姆森雇了一個園丁，但大宅似乎無人居住。他望向凸窗，頓時想像起潔絲站在積滿灰塵的玻璃窗後面，在漆黑的玻璃對照下，皮膚格外蒼白。

潔絲給了他一連串線索，但必須進入屋內，才能解開她的謎題。闖進灌木叢。可是他要怎麼進去？詹姆森當然裝了監視攝影機，或至少有警報器。照古普塔博士的說法，這傢伙對安全有極端的狂熱。然而，他繞著賽吉府邸走了一圈，沒看到攝影機、沒有自動感應燈、沒有看門狗。什麼都沒有。

門都上了鎖，一樓的窗戶也一樣，當他沿著牆壁繞行，看能不能從哪裡溜進去的時候，想起了潔絲．普萊斯手札裡的內容。曼蒂是從地下室的門進去的。他在房子背面找到了門，同樣上了鎖，不過這是一扇舊門，時間一久，木頭也軟了。他掏出瑞士刀，抽出螺絲起子，插進軟木和鎖片中間，把鎖撬開。

地下室潮濕、黑暗，還有一股霉味。他摸出手機，啟動手電筒功能。明亮的白光劃過黑暗，在狹小的空間裡照出一條路，經過滿牆的架子和一座二十世紀初的巨型火爐，銅管往四面八方延伸，大得像一隻章魚。最後他找到一道狹窄的木造樓梯，從這裡爬上一樓，來到潔絲描述的總管餐具室附近。他穿過走廊，用手電筒照著一座弧形樓梯，欄杆支柱被雕成孔雀，鑲了珠寶的眼睛閃閃發光。這一片黑暗既深且廣，他就像在洞窟裡，一步步摸索前進。他可以把燈全部打開，畢竟賽吉府邸離馬路很遠，而且舉目所及，只有這一幢房子，但他不能冒險。他此行的目的是解開潔絲．普萊斯的謎題、拿到他要拿的東西，然後盡快離開。

儘管如此，他還是在樓梯前流連片刻。多麼詭異的感覺，待在他只在想像中看過的地方。他的手電筒照到了餐廳的水晶吊燈，照到了厚實的錦緞窗簾，停在賽吉家的加框照片上。歐若拉和法蘭基在漆黑中浮現，從泛黃的照片向外凝視，歐若拉纖瘦苗條，她弟弟高大活潑，笑容滿面，不知即將大禍臨頭。

他穿過走廊，來到一組隱藏式拉門前，門後是起居室。月光從滿是灰塵的窗戶流洩進來，照在家具上。那一瞬間，起居室就像考古挖掘的出土文物，從天災打撈出來的古代建築，表面布滿了灰燼和沉澱物。他想起潔絲感覺她入侵了歐若拉的產業，現在他覺得自己的出現也許會更動潔絲留下的線索。

他走到起居室中央，掀起一塊布，露出下面的絲絨沙發。一排嬰兒玩偶並肩坐在上面，玻璃眼睛在月光下閃爍。他不相信鬼神、附身，或這些玩偶不是單純的廢棄古董。然而，從玩偶旁邊經過時，他感到一陣不安的戰慄。他拿起其中一個，感覺它的重量，注意到它發光的眼睛。那天晚上發生的事，有一個合理的解釋，這一點他可以確定。幾個元素：一幢漆黑空蕩的宅邸、酒精和作家過度反應的想像力，湊在一起，共同創造出潔絲經歷的情境。他把玩偶拋回沙發上。這是一件玩具，僅此而已，絕無其他。

潔絲來到賽吉府邸時，不知道自己正步入一個陷阱。她被扯進一個和她無關的陰謀裡，而且承受了悲慘的後果：如日方升的事業毀於一旦、諾亞的死帶來的創傷、多年的牢獄生活。她被引入陷阱，逼上絕境。他為此義憤填膺，這股強烈的憤慨提醒他，他對潔絲和潔絲的遭遇耿耿於懷。現在的重點已經不是破解謎題。而是他和一個女人的關係，她的故事開始支配他的生活。

他坐在沙發邊緣，推開一個玩偶，從口袋拿出筆記本，寫下潔絲在音訊檔案中說出的一系列線索：

Delaware（德拉瓦州），16；Maryland（馬里蘭州），24；Virginia（維吉尼亞州），1；

Illinois（伊利諾州），8；Arkansas（阿肯色州），4。

潔絲是怎麼說的？一定要簡單俐落，並且順勢做出改變，但只要俯視黑暗的深淵，就會找到。

簡單俐落。縮短文字。他寫下這幾個州的縮寫：

DE、MD、VA、IL、AR。

他反覆研究這十個字母，看它們是不是同字母異序字。但不管他怎麼排列，這些字母都拼不出字。他把數字寫在字母旁邊。

DE, 16

MD, 24

VA, 1

IL, 8

AR, 4

順勢做出改變。他得做出什麼樣的改變？研究這些數字的時候，他忽然想到：代換。他必須把其中幾個字母換成別的。縮寫旁邊的數字是教他怎麼代換。Virginia（維吉尼亞州）和Arkansas（阿肯色州）得到一條藍絲帶。藍絲帶是第一。VA和AR要代換第一個字母。其他是紅的：代換第二個字母。他把字母表的二十六個字母寫在筆記本上。

A B C D E F G H I J K L M N O P Q R S T U V W X Y Z

布林克從E後面數十六個字母，停在U。他把E劃掉，換成U，得出第一個音節：DU。他對MD如法炮製，從D後面數二十四個字母，數到B，形成第二個音節，MB。DUMB。他不到三十秒就得出答案：DUMBWAITER（送貨升降梯）。

潔絲把皮箱藏在送貨升降梯。

布林克從樓梯跳上三樓，找出送貨升降梯的門。他根據潔絲的描述，一眼就認出來。裝了兩個電木按鈕的門框裡，藏著一塊鑲板。他一開始猜測皮箱藏在臺架裡面，可是等他把門打開，他只看到一個空無一物的空間。他按下一個電木按鈕。引擎隆隆響起，但臺架沒有升上來。他撳另一個按鈕，又聽到馬達轉動，但還是沒有看見臺架。這東西不是故障，是卡住了。

他開始懷疑他代換的字母對不對。按照詹姆森的說法，當晚應該沒有多少時間藏東西。從她打電話報警到警察趕到的這段時間，她必須從容鎮定，才能把薇奧蘭裝進皮箱，找一個安全的地方藏起來——就像她說的，一個可以之後再回來拿的地方。照理說，看到諾亞死得這麼慘，她應該會大受打擊，然而那些卻是思慮周密、沉著冷靜的行動。

正準備回到樓下的時候，他想起這個線索：俯視黑暗的深淵，就會找到。俯視。他回到豎井，可是從送貨升降梯往下看，什麼都沒看到。他一定遺漏了什麼。他正在思索可能遺漏什麼，突然想起潔絲是在閣樓發現薇奧蘭。上面還有另一層樓。如果他爬上閣樓，俯視升降梯的豎井，可能會找到皮箱。

穿過走廊，他用手電筒仔細查看碎花壁紙，想找出暗門。最後他終於找到了，然後把門撬開，沿著樓梯爬進黑暗中。他用手電筒到處照，照出一格一格的蜘蛛網。空氣悶滯、缺氧、一片片塵粒在其中旋轉。

送貨升降梯的門開著。布林克走到閣樓的另一頭往裡看。前後不過十秒鐘，就證實滑輪被卡住——有一枝筆卡著機件。他把手電筒往下照，在豎井深處看見躺在臺架頂上的皮革行李箱。潔絲把皮箱丟下豎井，然後用一枝筆卡住滑輪，確保不會被任何人發現。他用力拔出卡在絞盤裡的筆，然後按下按鈕。臺架顛了一下，被吊起來，慢慢、慢慢往上升，讓布林克拿到行李箱和鎖在裡面的寶藏。

他剛從樓梯下來，就被地板的嘎吱聲嚇了一跳。突然之間，燈光大亮，令人目眩，布林克發現詹姆森．賽吉出現在他面前。詹姆森看看布林克，再看看皮革行李箱，又看著布林克，大吃一驚。詹姆森慣於預測這場遊戲的每一步，而布林克讓他始料未及。

「幹得好，」詹姆森說。「幹得好。」

布林克退後一步，評估他有多少籌碼。如果只有他們兩個人，他一秒鐘就能制服賽吉。但他知道他帶了PPK手槍，藏在他的外套裡，這個他對付不了。

「想必你忙了一晚上。」詹姆森說。「我有考慮和你一起在小餐館喝咖啡，那櫻桃派看起來真美味，但你好像全神貫注地閱讀，我不忍心打擾你。」

「謝謝你這麼識相。」布林克試圖控制自己的怒氣。他原本就知道自己被跟蹤，他一直感覺得到賽吉在附近徘徊，卻沒有想辦法甩掉他。

「不用謝，布林克先生，」詹姆森瞥了皮箱一眼。「你已經做得太多了。不過我還是想問，它在哪裡？」

布林克思考自己該怎麼辦。他有三個選項：憑口舌工夫脫困、留下來作戰，或是拔腿逃跑。不妨先來一場口舌交鋒。「在閣樓裡。想不到你竟然沒發現。」

「啊，閣樓，」他搖搖頭。「警方調查結束，准許我回來的時候，我找遍每個房間、每個衣櫃、這幢房子的每個角落，包括閣樓在內。皮箱不在那裡。我判斷是她毀掉了。」

「顯然不是這樣。」他說。

「顯然不是。」詹姆森複述一遍，伸手去拿皮箱。

布林克又退後一步，避開詹姆森。他必須離開這裡。他的機會之窗越來越小。「不如告訴我，潔絲到底出了什麼事。」

「沒有人確定那天晚上出了什麼事。也沒有人確定家父出了什麼事。但現在該弄清楚了。」

詹姆森撲過去搶皮箱，布林克推開他，轉過身，拔腿就跑，穿過走廊，衝下通往地下室的樓梯。門沒關，他直接跑到草地上。他卯足了勁往前跑，把皮箱像足球一樣抱在懷裡，隱隱約約聽見啦啦隊、加油聲和看台的跺腳聲在他心裡迴盪。他全速衝刺，穿過月光下的草地，上了貨卡。

布林克開了半哩，就在後視鏡看見安–瑪莉的ＢＭＷ。他把貨卡的速度加到最快，領先了

一、兩分鐘，但他的貨卡不是BMW的對手。詹姆森很快追了上來，在他旁邊猛踩油門，最後一個大轉彎，超在貨卡前面，攔住他的去路。

他緊急轉向，猛踩煞車，隨後貨卡翻覆。車子在地面翻滾，每次旋轉都造成玻璃和金屬爆破。雖然全程最多只有一、兩秒鐘，時間似乎拉長了，看得人眼花撩亂。他腦中爆出一連串的火花，然後看到一個全身是光的女人，站在他的視野邊際。她站在那裡，恰恰超出他的視線範圍，一個純能量的存在，她的雙眼熊熊燃燒，頭髮是一束束烈焰。當她伸手過來，他感覺到一股強烈的欲望，恨不得把自己交給她，墜入火焰中，和她一起燃燒。

意識恢復時，他頭下腳上，被安全帶扣在原位。一滴血從他眼睛上方的裂口滴出掉在駕駛艙的天花板上。儘管他的第一個反應是拚命掙扎，但始終動彈不得。他被困在自己心愛的舊貨卡裡，頭部一陣陣抽痛。即使看不見受損有多麼嚴重，也知道貨卡已經徹底報廢，無力回天。他的處境也一樣：就算他可以從貨卡掙脫，就算他傷勢不重，也完全沒機會逃跑。目光所及，只有無盡的森林。他無處藏身。

隔著破裂的擋風玻璃，他看到卡姆．普特尼的靴子，還有後頭的黑色特斯拉，停在BMW後面。布林克把手伸向被拋到駕駛座頭頂天花板上的行李箱，緊緊抓住，但抓了也沒用：卡姆打開車門，把行李箱搶走。然後，隨著安全帶喀的一聲，普特尼緊抓布林克的T恤，把他拉出車外，進入夜晚涼爽的空氣中。

他一站就痛，倚著他撞壞的貨卡，頭暈目眩。他的左眉上方有一股灼熱感，摸摸臉頰，手上沾了血痕。布林克看著碎裂的擋風玻璃，心裡有什麼好像也碎了，是過去的他和現在的他的某種平衡點。現在他回不去了。

就在這時，他聽見熟悉的嗚咽聲。卡姆在馬路對面，用狗鏈把康南德隆從特斯拉的後車箱拖出來，勒住牠的脖子吊在半空中。康妮又踢又踹，拚命掙扎，牠喘不過氣，嗚咽聲越發絕望。布林克衝過去，絲毫感覺不到前一秒的疼痛，不過就在他要把狗抱起來的時候，卡姆一個閃躲。布林克頓時火冒三丈，氣得渾身發抖。卡姆想怎麼對付他都行，但不能對康妮下手。

布林克衝向卡姆，準備打一架，但他還來不及出手，詹姆森打了個響指。「把狗放了，普特尼先生。」卡姆停下腳步，拋下狗鏈，走開了。

布林克一把抄起康妮，感覺懷裡的牠不住顫抖。「千萬不要，千萬不要再碰我的狗。」他說。

「我開始發現，你不像我以為的那麼好對付。」詹姆森嚴厲地看著布林克。「這是一種讚美。」

「有人欣賞總是好事，」布林克擦掉流進眼睛的血。「但你是他媽的瘋子。」

「我們別吵了，布林克先生，」詹姆森說。「反正吵不出結果。而且我們還有很多很多事情要做。來吧。」詹姆森把一隻冰涼的手搭在他手臂上。「我們看看箱子裡裝了什麼。」

回到賽吉府邸，卡姆押送布林克穿過大宅。這時康妮已經不再發抖，但牠繃緊神經盯著卡姆，用棕色的大眼睛評估他的一舉一動。他們要去的是一個八角形的房間，牆上全是書架，中央有一張很大的律師辦公桌，壁爐貼的是綠色玻璃磁磚，還有一把厚墊扶手椅。圖書室和潔絲描寫得一模一樣。連她欣賞的書，那幾百本皮革裝訂的書籍，也留在幾年前的位置。

詹姆森進了圖書室，走到辦公桌那裡。「屍體搬走以後，我們清理過這個房間，土耳其地毯沒辦法修補，扔掉了，除此之外，每樣東西都還是潔絲．普萊斯離開時的樣子。」

他拿起行李箱，放在辦公桌上。

「查案期間，整幢房子被翻得亂七八糟。警方到每個房間採指紋，把每張椅子翻倒，把每張地毯掀開。如果潔絲．普萊斯把皮箱放在外面，甚至是傳統的藏匿地點，早就被警方找出來沒收了。我們什麼都得不到。」

詹姆森把拇指伸到銅環底下，把扣帶往上拉，解開。

「不知道多少次，我努力想像那天晚上這裡發生了什麼事。我知道聽起來很荒誕，但我一直堅信或許我能查到警方疏漏之處，一則訊息或一個線索，指引我找到這個皮箱。我確定我姑母珍貴的薇奧蘭就藏在這裡。事實證明我的推測完全正確。她一直在這裡。」

詹姆森解開第二個銅環，鬆開第二條扣帶，抽出來，然後停了一下，環顧圖書室。

「普萊斯女士打算在這裡寫她的下一部傑作。在調查期間，警察徹底搜查了圖書室，沒收她的筆記型電腦、書籍和文件，但他們忽略了一樣東西。」他繞過辦公桌，打開抽屜，抽出一疊雜誌。「要是他們把這些檢查得仔細一點，可能早就想找你談話了。來，布林克先生，你看看。」

他看到一疊疊舊雜誌和報紙，很快翻了一下，雖然第一印象感覺沒什麼特別，卻發現裡面全是他的謎題。有一本他的謎題書處女作，《布林克的大腦剋星》，是線圈裝訂的填字遊戲和幾何謎題集，有他登在《紐約時報》和《紐約客》的謎題，令他驚愕的是，還有他二〇一〇年在麻省理工寫的一篇散文。這是他唯一發表過的文章，登在麻省理工的學生報，《科技》。他在文中描述自己和創傷性腦損傷的搏鬥，他在意外發生後的幾個月有多麼恐懼，以及模式、謎語和數學遊戲如何避免他陷入嚴重的抑鬱。他在文章裡看到自己寫的一句話：沉醉在模式和謎題中，我才能繼續活下去，即使覺得這世界和其他人不可靠，也不至於感到恐懼和不確定。

他沒有在那篇散文裡寫到，也從來沒有對任何人說起的，是他在理解自己的天賦之前，差點就要自殺。了解什麼叫突發性後天學者症候群，得知其他人過著幸福而有意義的生活，是他人生的轉捩點。有一個名稱來表述他的經歷，有助於他接受新的現實。儘管隨時可能陷入悲觀的心情，謎題讓他保持穩定。他需要謎題，就像有人必須服藥。而且和服藥一樣，這些年來，他的抗藥性越來越強。他需要越來越難的問題、更難的謎題、更加棘手難解的挑戰。

他抬起頭，發現詹姆森正盯著他看。「潔絲收集我的謎題？」他困惑地問道。

「這些不是潔絲．普萊斯的。」他把手伸進辦公桌抽屜，拿出M謎題——就是潔絲在監獄做給他看的數字謎題，裡面隱藏了他的加密金鑰——放在桌上。「是我的。」

布林克瞪著賽吉，悟出事實的真相，頓時有些難堪：破解M謎題的不是潔絲，而是詹姆森。

「姑母過世以後，我不時會到圖書室來。奇點的保安級別很高，但你永遠不知道會不會有人監視你。賽吉府邸從來沒有安裝網路、沒裝過有線電視、沒有電話線。待在這裡，任何一種數位監視都束手無策。特別是蓋瑞．桑德，還有你朋友維威克．古普塔擅長的那一種。」

「你是怎麼知道M的？」布林克問。

「我研究密碼學的時候，你還沒出生呢，」詹姆森說。「而且有高手向我通風報信。蓋瑞．桑德是第一流的。儘管他效忠國安局，但也為我服務了很長一段時間。你的技巧馬上引起我的注意。事實上，我一開始是希望聘用你。你原本可以成為我們的重大資產。但事情的發展顯然不如預期。」

布林克瞄了桌上的謎題一眼，認出了結構和解答。想必是潔絲發現了詹姆森藏匿的布林克相關資料，研究M的謎題，接著在鋃鐺入獄後，決定自己把他找來。這樣整件事就說得通了，從頭到尾都和詹姆森．賽吉息息相關。

詹姆森轉身把皮箱打開。裡面躺著一個用布料包裹的瓷玩偶，有綠色的大眼睛和雪白的皮膚。布林克一眼就認出是薇奧蘭，潔絲描寫過，他也在拉莫里埃特的信裡讀過的玩偶。詹姆森把玩偶翻過來，撥開紅褐色的長髮，撬開後頸的一個腔室。用指甲尖摳出一個極小的紙捲，他的手在發抖，是出於興奮，或許是恐懼。

「找到了。」詹姆森的聲音裡充滿了驚奇和得意。「這就是關鍵所在。」

詹姆森在桌上攤開紙捲。布林克看到一個精密複雜的圓圈，形狀和太陽很像，周圍有一圈火舌；火焰之間夾著一到七十二的數字，看起來像一種深奧的賭博輪盤。他看到潔絲記住的部分——數字和三角形的位置。但這個謎題複雜得多。除了希伯來文字母，最大的差別是外緣的一圈黑色和白色小方塊，他第一眼就注意到了。他感覺得出來，其中包含了一個模式。

「這是阿布拉菲亞的神名變體。」詹姆森開口，打斷了他的思緒。

布林克很想釐清數字和字母的模式，這種古怪而美麗的對稱。潔絲畫出的圓圈只是一個架構。她記住了圓圈周邊的數字和幾個象徵圖案，但她的圖基本上是一張空白的畫布。不過圓圈是完整的，充滿了對稱美，數字的放射線優雅而迷人。他恨不得詹姆森把紙捲交給他，研究、剖析、破解。

不過這個謎題看起來沒那麼容易破解。它的設計是針對非常特定的解謎者——懂得希伯來文，而且對數學和數字遊戲非常拿手的人——或許還包含一種古代的加密金鑰。用金鑰解開這個謎題，可不像說「芝麻開門」那麼簡單。但話說回來，依照他目前的理解，上帝謎題本來就難。

趁詹姆森專心看著紙捲，布林克回頭轉向行李箱。潔絲說她把拉莫里埃特那封信的最後幾頁和薇奧蘭一起藏在箱子裡。然而布林克往箱子裡看了一下，完全沒發現別的東西。他彎腰搜索皮箱的一邊，再搜索另外一邊。最後終於看到了。從皮箱的絲綢內襯探出頭的，是紙張的一角。這封信藏得很隱密，塞在內襯的深處，要不是潔絲叫他去找，他根本不會發現。

詹姆森把紙捲放回腔室，回頭轉向皮箱，這時房間開始震動。輕微、穩定的震動，弄得窗玻璃嘎嘎作響，詹姆森於是離開辦公桌，走到窗前。他拉開厚重的錦緞窗簾，看到一隻巨大的金屬昆蟲在夜空盤旋。震動變成了螺旋槳節奏分明的的颼颼聲，歐洲直升機降落了。安─瑪莉跳下駕駛艙，走向賽吉府邸，秀髮在風中飄揚。

「你看，」詹姆森推開窗戶揮手，「安─瑪莉是個多才多藝的人。」

但麥可．布林克也不遑多讓。趁詹姆森被轉移注意力，他迅速把手伸進皮箱，扯開絲綢內襯，抽出藏在裡面的幾頁拉莫里埃特的信。

麥可不是侵略性很強的人。他這輩子總共打過兩場架，其中一次是在小學。身為足球隊的先發四分衛，他絕對不會冒著手臂受傷的危險，和別人動拳頭，所以他早就學會用幽默化解衝突。但卡姆·普特尼押送他穿過草坪時，他從心底深處想把這傢伙撂倒。

他們往安—瑪莉那裡走，卡姆最後推了他一下。「夠了，卡姆。」她說，口氣很重，不像平時的她，布林克明白她是把他眼睛上方的裂口算在卡姆頭上。他沒有說出實情，反而在她從頭到腳評估他的傷勢時，從嘴角擠出一絲微笑。她擔心得皺起眉頭。「真對不起，麥可，」她說。「真的，我沒想到事情會弄到這個地步。」

「現在還有機會挽回。」他說，想不通安—瑪莉這樣身兼學者和教授身分的人，怎麼會和詹姆森·賽吉這種人糾纏不清。顯然他對她的初始印象並不準確。有幾個藝術史學者會開直升機？「你不必和詹姆森一起發瘋。」

她盯著他看了很久，他覺得她眼中閃過些許悲傷。

「我把我們的計畫告訴你，是相信你會了解我們的任務有多重要。我以為你看得出我們差一點，只差這一點，就會有震古鑠今的發現。這當然有風險。我無法判斷你會不會幫我們的忙。我只能賭一把，希望你是那種會用安全來換取知識、換取真相的人。」安—瑪莉的目光飄到他眼睛上方的傷口，布林克明白他的傷勢和他感覺到的一樣慘重。「而且我賭對了，你就是這種人。我們發現了一件會改變人類生存本質的東西。你現在是我們的一員。但你必須信任我們。」

他摸摸眉毛上的傷口，感覺那股刺痛。他的大腦開始出現劇烈的頭痛，「原諒我現在很難信任任何人。」

安—瑪莉靠過來，把手搭在他手臂上。「每一個學者的夢想，是找出了解過去和發現未來之間的關係。知道有一個銜接過去和未來的節點，你才感覺自己的存在是有目的的。你剛才的發現做到了這一點。那個圓圈也許正是把理論上的可能化為現實、讓過去和未來交會的點。你現在或許看不出來，但很快就會知道：現在我們有了上帝謎題，從此一切都不同了。」

布林克注視著她，思索她的每一句話。儘管他有幾分想一口拒絕安—瑪莉，卻不能否認自己的好奇，以及這份好奇心讓他想進一步了解。詹姆森說過他在追求永生，但布林克無法想像，藏在老房子裡的一小張紙，可以克服人類生物上的極限。

詹姆森拎著行李箱走向直升機，「你打電話了沒有？」

「我們的嚮導正在待命，」安—瑪莉爬上駕駛座。「等我們到了那邊，他會負責接待。」

「太好了，」詹姆森登上直升機，扣好安全帶，向布林克露出勝利的笑容。「我們去改變世界吧。」

布林克扣上安全帶，讓康妮窩在他大腿上。歐洲直升機升空時，康妮把鼻子貼在玻璃上向外看，這時安—瑪莉把直升機駛向哈德遜河對岸，越過樹梢，升上漆黑的夜空。沒多久，大地在下方展開，一片幽暗的森林和一條條鄉村公路，黑暗中有幾對稀疏的前照燈。

布林克先看卡姆，再看看詹姆森．賽吉，努力想像他們打算幹什麼。他懷疑詹姆森是否有看到他在圖書室玩的小把戲。像他這樣的人，可能明知道布林克在打什麼主意，卻等到最佳時機才肯透露。例如詹姆森明知道他在小餐館裡，大概是把車停在外面，看他閱讀拉莫里埃特的信，他甚至知道他點了櫻桃派，卻不動聲色，靜待佳機。布林克認為這是詹姆森厲害的地方：有足夠的定力，讓獵物自由行動，幻想他們是自由的。

但他並不自由。他明白自己處境危險。他知道他們可以帶他到任何地方，而他無力阻止。但他還有一個錦囊妙計，或者應該說是口袋妙計。他悄悄把手伸進休閒外套的口袋裡，摸到信封。裡面是拉莫里埃特那封信的最後幾頁。

他往後靠在椅背上，身心俱疲。他連續兩夜沒睡。肌肉沉重、眼睛疲倦不堪。不到幾分鐘，他在直升機溫和的搖晃中沉沉睡去。

潔絲在意識的另一頭等他。她抓住他的手，帶他穿過一條黑暗、狹窄、兩邊都是門的走廊。「你有鑰匙。」她說的對：他往口袋一摸，找到了，那把古董鑰匙。他開了門，走進骯髒昏暗的旅館房間，裡面陳設有笨重的木製家具、鋪在赤陶地磚上的破舊地毯、剝落捲曲的老舊壁紙。透過落地窗可俯瞰歐洲城市的夜晚。漆黑的天空飄著幾抹灰雲。一片片屋頂斜斜地向遠方延伸。床頭櫃點了一枝蠟燭，把光影投射在一張大床上。

他們寬衣解帶，撲向對方。如果他對她充滿飢渴，她對他就像餓虎撲羊。他躺在床上，推開被單，急著和她溫存片刻。他知道他睡著了，隨時可能醒來，沒辦法再見到她。時間一秒一秒溜走，每一秒都像一把利刃，將他們切開。

潔絲一定也感覺得到在夢境結束前和他溫存的急切和需求。她把他的手緊緊綁在床柱上，然後綁他的腳，捆得他四肢發熱。冷空氣從窗戶湧入，房間裡冷颼颼的，但潔絲趴在他身上時，身體是滾燙的，觸摸到他的皮膚時，像油一樣滑溜。她親吻他的手指、他的腳趾、他的肚臍。她完全沉醉在自己的歡愉中，使他的渴望更加熾烈。

她把他鬆綁之後，兩人一起躺著，在床笫間纏綿。他用手指劃過她的脖子、她的肩膀、她的胸脯，迷失在她的美貌中。無論這是什麼，幻覺、錯覺、奇蹟，都是妙不可言、意義非凡的。

潔絲下了床，套上一件和服，從瓶子裡倒了一杯酒喝。「聽著，我必須告訴你事實的真相，」她轉頭凝視窗外、眺望無盡的屋頂。「事情和你想的不一樣。」

他在床上坐起來，拉起被單。沒有她，他覺得蒼白無力，像大理石一樣冰涼。「你是指諾亞．庫克的死？」

「你認為我是凶手，但責任不在我身上。那是一個錯誤，就這麼簡單，整件事是一個巨大、愚蠢的錯誤。」

他盯著她看，想聽懂她的意思。這是認罪？是辯解？如果是她殺了諾亞．庫克，他們人在哪裡還重要嗎？

潔絲走到床前，把那杯酒遞給他。他喝了一口，喝出黑莓和石榴、少許礦物的味道。他抬起頭，房間不見了，兩人坐在陽台上，俯瞰一片廣袤的沙漠。天空的顏色是深海藍，濃郁到他只得把目光移開。在遠處，他視野最邊緣的地方，一座金字塔曝曬在太陽下，有十個點在邊緣跳動。

「輪到你了。」潔絲指了指擺在兩人中間桌上的棋盤。

紅色和黑色正方形構成的棋盤。他想數一數有幾排正方形，但怎麼算都不對。潔絲節節勝利。她吃了一大堆棋子，而他毫無斬獲。他知道遊戲規則，就連三歲小孩也知道，但這盤棋他下得荒謬絕倫。他不知道棋子要怎麼走。他不知道如何取勝。他看不出意義何在。

「喂？」她很不耐煩地看著他。這時已經聚集了一群蜂鳥，在她周圍盤旋。「你到底要不要下？」

他低頭看著棋盤，感覺整個人都放鬆了。棋盤只是棋盤。沒有三維圖案、沒有源源不絕的數學方程式、沒有幾何折疊算法。這些正方形只是單純的紅黑棋盤，僅此而已，絕無其他。多年以來，這是他第一次把謎題拋在腦後，從此他再也不是麥可·布林克了。

第四十七章

直升機觸地時，麥可．布林克醒來，殘留的夢境讓他有些暈眩。他伸個懶腰，依舊半睡半醒，望向窗外，發現自己降落在俯瞰曼哈頓的東河停機坪上。旭日初升，摩天樓沐浴在微弱的光線中，橘黃相間的光彩沖刷河面，燦爛得讓人幾乎睜不開眼睛。在這種光線下，曼哈頓建築物冷硬的灰色顯得比較柔和、溫暖，回到紐約市，他整個人都放鬆了。他才離開兩天，感覺卻像度過了另外一世。紐約感覺不一樣了。他感覺不一樣了。他不得不承認，他現在捲入的陰謀，比他過去所有的經歷更深刻、更激烈、更刺激。

他摸摸身上的外套，想找到那個信封，確定詹姆森沒有趁他睡著時搜他的身。他摸到藏在布料下面的信封，答案可能就在裡面，雖然想當場拿出來看，但他必須控制自己的衝動。

布林克跳下直升機，康妮跟在後面。螺旋槳吹出的風劃過他的外套，雙腳落在堅硬的地面時，忽然一陣天旋地轉。他現在全靠滿腔的怒火支撐。他需要水。他需要食物和睡眠。不管接下來發生什麼事，他必須集中精神應付，此時此刻，他徒步穿過碼頭，望著天空漸漸明亮的色彩，感到無比陰鬱。

一輛黑色的凱迪拉克休旅車在碼頭的盡頭等候。卡姆上了乘客座，給司機一個地址，詹姆森則和安—瑪莉與布林克一起坐在後面。康妮蜷縮在他的兩腳中間，鼻子挨在他的鞋子上。就算不為別的，他也得把康妮送回家、讓牠飽餐一頓、脫離危險。

車子駛離碼頭時，布林克把車窗搖下來。清晨的街道有一種乾淨、剛剛洗過的氣味，彷彿被大雨洗刷了一番。路上的車子極少，波爾街一輛車也沒有。這種寂靜是一種慰藉。頭部不斷抽痛，加上擔心不知道賽吉要帶他去哪裡，此刻他盡情欣賞安靜的市區街道、街道的安詳。他從來沒有厭倦過這個城市，地球上沒有其他地方能像曼哈頓一樣，和他心目中的魯布・戈德堡機械相媲美，不過這時候，他需要一點時間振作振作。

短短幾分鐘，他們悄悄駛過一幢幢建築物，從布魯克林大橋底下穿過，上了包里街。他在紅綠燈前面看到一張印了中文的蘋果手機告示牌，發現這裡離他的公寓只有幾條街。

「如果要跟別人見面，」他指著自己沾滿了血的T恤，「我得回家沖個澡，或至少換個衣服。」

詹姆森看著布林克，顯然心存懷疑。

「而且把康妮留在我家會省事得多，」他補充。

安—瑪莉不屑地瞥了康妮一眼，然後看著賽吉。「這個主意好極了。」

賽吉吩咐司機把車停在堅尼街和包里街口附近，證實他對麥可・布林克瞭若指掌，不像他起初透露的那麼簡單，他連他住在哪兒都知道。停車以後，詹姆森拿走布林克手上的郵差包。

「我來保管，」他說。「而且卡姆會陪你回去。」

想到要把背包留給詹姆森，他感到一陣恐慌，不過裡面完全沒有詹姆森想要的東西：潔絲的手札他已經看過了。最重要的是裝了拉莫里埃特那封信的信封，現在好端端地放在他的外套口袋裡。

布林克跟在康妮後面，爬上他家樓房熟悉的階梯。他深吸一口氣，欣然迎接老鼠藥和洗衣精的氣味。他很喜歡他的挑高公寓，喜歡住在五樓，居高臨下。他喜歡俯瞰他這個中國城的小角落：閃爍的中文招牌、香料店和港式點心店。但最重要的是他熱愛自己的謎題收藏，不想讓卡姆，或是任何人靠近。

他在門口的鍵盤上輸入密碼，是他的社會福利號碼和出生年月日，先是依序排列，再重組成一連串遞增的數字，一個不太可能破解的密碼。趁卡姆還沒跟上來，他迅速抱起康妮，一溜煙鑽進公寓，砰一聲把門關上。門外隨即傳出連珠砲似的敲門和吼叫聲，而這只是讓他回家的滋味更加美妙。活該，王八蛋，他心想，同時把康妮抱進牠鋪了羊毛的床上，然後走到公寓正中央。站在他的挑高公寓裡，他感覺過去兩天的緊張全都舒緩了。此時此地，他是安全的。

他看著自己的收藏，一疊疊的謎題書、他的日本寄木細工機關盒，他恨不得鑽進這個舒適的世界，渾然忘我。發生意外之後，布林克就有了收集謎題的習慣。他盡情恣意地蒐羅、購買，而且從來不丟。現在他有幾千件收藏，其中有許多是稀罕的珍品，包括歷史上第一本填字遊戲，賽門與舒斯特的《填字遊戲書》；他還有一八五八年的山姆·洛依德騾子魔術謎題珍本，是他在拍賣會斥鉅資買下來的；有填字遊戲、數獨、搜字遊戲和迷宮的謎題書；幾份古董十五數字推盤遊戲；幾張折疊牌桌，擺了維寶牌彩色漸層漩渦五千片拼圖；一整面牆的魔術方塊，有的舊，有的新，顏色對得整整齊齊；他超級沉迷、喜歡的日本漆器寄木細工機關盒，約有五十幾個，放置在各處，閃閃發光，而且奧妙難解。

雖然他家看起來亂七八糟，他的收藏卻有清晰而明確的秩序。事實上，有了過去這幾天的離奇經驗，現在他更加明白：他是一個無時無刻不在混亂中找出秩序的人。

他把康妮的水盆和食盆裝滿，然後打開通往逃生梯的窗戶。他樓下的鄰居名叫丹尼斯，年紀比他大，打了一輩子光棍，很喜歡康妮，會在布林克出門時照顧牠。疫情期間，丹尼斯和布林克一天輪流帶康妮出去遛幾趟。康妮會走下防火梯，在窗戶上抓幾下，丹尼斯就會放牠進去。布林克知道無論發生什麼事，都有人照顧康妮，也就放心了。

他脫下髒衣服，往臉上潑潑水，換一條乾淨的黑色牛仔褲，和一件寫著「我是配平片」的T恤，是他在巴克敏斯特·富勒研究所參加活動的贈品。換好衣服，他坐在窗台邊，拿出外套口袋裡的信封。

在清晨的微光中打開信紙，他認得拉莫里埃特略帶斜度的字跡、深藍色的墨水、脆弱的紙張。毫無疑問，這些就是拉莫里埃特信件缺漏的那幾頁。信紙的順序混亂，於是他全部攤在地板上，分出前後。他猜潔絲當時急著把信紙藏好，便手忙腳亂地撿起來，摺進行李箱的內襯。馬上就要讀到拉莫里埃特致兒書的最後幾頁，一股興奮之情油然而生，裡面想必有說到那場儀式的意義。

正當他準備看信時，瞥見最後一頁底下的幾個字：

Hellish Evil Rite（地獄般的邪惡儀式）

他盯著這幾個字，想弄明白箇中含意。有一點可以確定，這絕非出自拉莫里埃特筆下。墨水是紅色的，字體又大又粗。不，這是潔絲．普萊斯寫的。地獄般的邪惡儀式（Hellish Evil Rite）。她為什麼把這幾個莫名其妙的字寫在拉莫里埃特的信底下？是供認賽吉府邸的命案？是解釋諾亞的死因？說也奇怪，她教他怎麼找出這幾頁信紙，卻完全不提她在上面寫了什麼。每次和她互動都會得出一個謎題，這次也不例外。

他必須仔仔細細地研究一番，可是來不及了。卡姆使勁拍門，大聲說他們該走了。「稍安勿躁，老兄。」他怒吼道，這下那傢伙更生氣了。現在沒有太多時間讀拉莫里埃特最後幾頁的信件內容，但這不成問題。布林克倚在窗邊，任由卡姆拚命敲門，把信看完。

第四十八章

那天晚上在猶太會堂目睹異象之後，我足足休養了好幾天。無論黑夜或白天，都化為一場漫長而恐怖的惡夢。卡爾大師以為我又病了，擔心我的身體，把我在窯爐剩下的工作交給別人，敦促我好好休息。所以我在床上躺了幾天，迷失在詭譎的夢魘中。

我忘不了吹襲閣樓的風暴，把第一次動起來的戈倫照亮的閃電。我看著它轉動頭部，緩緩地、小心翼翼，不確定它的活動力有多大。然後，就像初次使用雙腿的馬駒，顫顫巍巍地踏出一步。然後再一步。那一刻，我頭昏目眩，一個字也吐不出來，更無法為眼前的異象找出合理的解釋。這些年來，我一次又一次回到當時，並藉由一次次的反思，釐清當時站在猶太會堂裡的我感受到的情緒：敬畏、恐懼、懷疑和謙卑。恐怖之氣長驅直入，因為這個東西只代表一件事：我們掌握了造物的力量。而我製造了這股力量的容身之器。

這是我一生最驚異、最驚恐的一刻。即便親眼目睹一股不可思議的力量，我認為這是一場極其險惡的勝利。因為我是照我孩兒的形象塑造戈倫，但這個東西根本不是我的薇奧蘭。她頭髮的顏色絲毫不差，她的眼睛是同樣明亮的翡翠色；就連兩頰零星的雀斑，也和我的孩兒一模一樣。但戈倫體內的靈體卻和我珍愛的薇奧蘭天差地遠，讓我當下就非常反感。它的污濁之氣四處瀰漫，以猛烈的威力在我們周圍盤旋，我知道眼前是一個憤怒、暴躁的靈魂。

我嚇得不敢直視。拉比把雅各叫來，幫他檢查我們用的那一頁經文。先前因為這個容器是我創造的，所以他們要我書寫經文。我也依言照辦，把手稿上的希伯來文一字不差地抄錄下來。我把經文交給拉比，由他誦讀。雖然聽不懂他們狂亂的對話，但我知道一定是我抄錯了。結果出了問題，天大的問題。

閣樓無比炙熱，有肉體焚燒的味道，感覺空氣中充滿壓力，彷彿著火似的。的確，當我把目光移回他們身上，只見雅各站在火焰的旋風中，淒聲慘叫，手腳亂揮，身體被藍橘色的火舌包圍。

我衝出猶太會堂，穿過猶太區的街道，一直跑到沃爾塔瓦河才停下來。出現了，在煤氣燈朦朧的微光下，我看到手臂上的傷痕，以蜂巢的形狀在皮膚上擴散。這是一種我從來沒看過的疤痕，不是出自燒傷或刀傷，而是我和邪惡的交會。惡魔在我身上做了記號。

等我終於有體力下床，就決定盡快返回巴黎。我正在收拾行李時，玩偶店收到一個信封，上面寫著我的名字，沒有回信地址，但我看到裡面的卡片，就知道是誰寄的，上面只有一句潦草的法文：*Viens, mon ami.*（來吧，我的朋友。）

我把卡片塞進口袋，便立刻出門。我不敢回去，但也知道非回去不可——雅各沒有死，我必須知道他究竟怎麼了。半小時後，我到了猶太區，輕敲拉比家的門扉。裡面安靜無聲，沒有一個房間點了燈，沒有從裡面的房間傳出小提琴聲，也沒有燉肉的味道。從門窗的隙縫往裡看，發現屋裡沒有家具、牆上沒有照片、地上沒有地毯，我大吃一驚。裡面家徒四壁，宛如人去樓空。

我跑到猶太會堂，拚命敲門。當晚的天氣和煦，廣場上全是傍晚出來散步的人。明知一個瘋狂的法國人在猶太會堂門口大呼小叫會引人側目，我也毫不鬆手。自從上次來到猶太會堂，這幾個星期，我已不知禮儀為何物。事實上，我曾經在乎的一切，包括我的工作和我在藝術上的抱負、我打造的那件完美的瓷器，都變得無關緊要。我只看到拉比把雙手放在戈倫身上，在幽暗的燭光中誦讀經文；我只感覺到萬分恐怖，有個邪惡的東西已然來到這個世界，一個靈體，一個惡魔，一股強大的邪惡力量。

只要雅各來應門，就能說明到底發生了什麼事。雖然當時我相信自己只是急著知道真相，但我理智的邊界已經開始磨損，過了將近二十年才終於瓦解，雖然我屢屢試圖修補損傷，但無庸置疑，是發生在那所猶太會堂裡的事，讓我淪落到這個地步，在此時此刻，準備用身邊這把手槍，做出慘烈的行動。就連我寫給你的最後這封信，主要也是為了挽回當日鑄成的大錯。

猶太會堂的門終於開了。前面站著一個和我素未謀面的男子。我操著一口蹩腳但足夠清楚的捷克語，開口說要見拉比，對方明白了我的要求。我望向他背後陰暗深邃的會堂，以為會看到燃燒的地獄之火。「麻煩你，他在等我。」

「但我就是這所會堂的拉比，」男子好奇地看著我。「而且我沒有在等任何人。」

我極力克制內心的焦急。「是約瑟費茲拉比請我來的。」

「這恐怕是不可能的事。」

「這是他寄來的。」我從口袋抽出那張紙，拿給拉比看。

他仔細打量我，然後看著卡片。「你是玩偶師拉莫里埃特？」他問道。在我點頭承認時，他連忙向一旁移步，讓我進入會堂，然後關上大門。我滿心困惑，而且惶惶不安，跟著拉比上閣樓。上去之後，我發現眼前的景象和上次離開時截然不同。這裡空無一物、一塵不染、空氣清新。不只木櫥櫃和蠟燭，曾經侍奉戈倫的每一樣東西，都被搬走了。只剩下我幾個星期前搬來猶太會堂的皮箱，放在桌子上。

他凝視了我半晌，然後說：「幾百年來，哈希姆一直不為人知。但以前可不是這樣。原本全體猶太人每天都把造物主的名字掛在嘴上——做為禱告時的問候、祝福。然後，當第二聖殿被毀，造物主的本名被迫地下化。拉比用『阿多乃』代替本名。長此以往，就連『阿多乃』也變得太過神聖，不能說給異教的人聽，日常交談時以哈希姆稱之，或直接說『神名』。而你，」他看著我的眼睛，「聽到了祕密的唸法。」

拉比走到桌前。上面擺著裝了我作品的皮箱。

「約瑟費茲拉比不該把你帶來。你的戈倫造成重大傷害。」

「我不是故意的，」我說。「只要見到拉比他們父子，我會當面解釋。」

「拉比已經在上星期傷重不治。」

我倚在桌邊，怕自己會倒下來。「那他的兒子雅各呢？」

「布歇爾受了很多折磨。」

「但他還活著？」

拉比點點頭，確認我的朋友還活著。「這是你的。」他指著皮箱。「你必須盡快把它帶走。」

我打開皮箱，看到裡面的玩偶，我美麗的薇奧蘭，頓時放下心頭大石：我的玩偶安然無恙。但隨之而來的是恐懼。萬一先前附在她身上的災禍回來了呢？我用手指輕輕劃過薇奧蘭冰涼的瓷臉頰，然後闔上箱子。

「我想和雅各談談。」我說。他示意我跟著他走，我毫不遲疑，快速步下樓梯，急著見雅各一面。

在猶太會堂的樓下，拉比打開大廳旁一個小房間的門，讓我進去。空氣中充斥著極難聞的氣味，是疾病和感染造成的腐臭。我受不了這股臭味，正想轉身，卻被眼前的景象嚇呆了：有個東西在床上縮成一團，皮膚上東一塊西一塊的疥瘡，修長瘦削的身體病得歪七扭八。我瞪大眼睛，呆立了半晌，極力想看清楚那究竟是什麼。

最後才看出那是一個人，但身體嚴重變形，顯得十分醜怪。我上前一步，靠近這個不幸的人，心裡既同情又害怕。他顯然得了某種惡疾。或許是痲瘋病。不然就是感染的痘症發作。他手臂上的皮膚起皺化膿、打褶流血。房間的一角堆滿繃帶，被膿汁和血液染成綠色和棕色。情狀慘不忍睹，我無意久留，正準備丟下他繼續受苦時，這個可憐人抬起頭，和我四目交接，雖然傷得幾乎面目全非，我在他眼中看到熟悉的炯炯目光。是雅各，雖然完全變了樣，但仍是雅各無誤。我走到他身邊，站在床前，估量他的傷勢到底有多重。

「我的朋友，」我低聲輕喚，嚇得全身發抖。「你怎麼會變成這樣？」

「你在現場，」雅各的聲音有氣無力。「你和我都看到了。」

「但怎麼會……」我腦子裡有一大堆問題。我想知道我們的作法怎麼會造成這種傷害。我想知道這樣的邪惡源自何處，透過什麼樣的儀式來到人間。

雅各抓住我的手，不肯放開。「這是個失誤。必須把它毀了，我的朋友。求你聽我說。我犯了一個天大的錯誤。必須把戈倫燒了。那個圓圈。那個容器。全都要燒。」

他說得顛三倒四，我推斷他是不堪痛苦折磨，以致於心神恍惚。我轉頭望向站在門外的拉比。「必須馬上為他請醫師。」

「醫師已經來過很多次了，」拉比說。「他父親差不多也是這樣死的。只是他死得很快，因為那個靈體強而有力。」

「靈體？」我不解地問道。

「它附在約瑟費茲拉比身上，然後，等那個容器完全枯竭，就找上他兒子。」

拉比走到雅各床前，掀起他胸口的一條繃帶，露出刻有幾何形狀傷痕的皮膚，活像是用刀子劃出來的。我認得這個記號，因為我身上也有相同的烙印。

「這到底是什麼？」我問，被這個畫面嚇得幾乎說不出話。

「這個記號，」拉比的聲音充滿驚恐。「這個記號永遠不會消退。」

「讓我們單獨談談，」雅各對拉比說，聲音很低。拉比離開房間以後，雅各把我拉到面前，示意我取出他床墊底下的一樣東西。是我初次造訪他家和猶太會堂那一天看到的手稿。裡面畫著那個萬惡的圓圈，雅各告訴過我，這本書記載了所有造物的祕密。

然後，他塞給我一沓散開的紙頁，非要我收下不可。「快，免得被拉比看見。」在我斷然拒絕，堅稱我無權收下時，他突然激動起來。「這是門戶的語言，」他說。「是靈體得以登高和墜地的梯子。只有這個能毀滅那個靈體。先毀戈倫，再滅圓圈，」雅各低聲說道，害怕得瞪大了眼睛。「在悲劇重演之前盡快毀掉。」

我的淚水盈眶，但沒有和他爭辯。我把手稿收下，放進箱子裡，貼在薇奧蘭旁邊。我控制不住情緒，便向他道別。但他示意我靠過去，把耳朵貼著他的嘴唇。起初以為他只是要和我說再見，沒想到完全不是這麼回事。在極大的痛苦中，他的聲音小到我只能勉強聽見，他低聲唸出神名，也就是哈希姆，在我耳邊慢慢地、清晰地唸出來，一次、兩次，然後是第三次，好讓我聽完後牢記心中。那幾個字，吾兒，和它們包含的無窮威力，我一直銘記在心，不曾忘懷。

次日，我馬上搭火車到維也納，再轉往巴黎。我誓言要把布拉格的恐怖經歷收起，鎖進我的潛意識裡。但這樣的一股力量，包含生與死的種子，要怎麼忘掉？在直視上帝的眼睛，得知祂的祕密以後，要如何置若罔聞？

直到返回巴黎一個月，安全地待在作坊裡，我才把雅各交給我的書拿出來看個仔細。裡面寫滿文字，但我最有興趣的是那個圓圈，它迷人的對稱性令我著迷。我在布拉格瞥了一眼，但直到那一刻，才完全看清楚。我拿到放大鏡下面專心研究，想認清圓圈裡的字母和數字、古怪的象徵符號。就這樣，我被這道通往未知的古老門戶迷得神魂顛倒。

雅各拜託我把圓圈毀掉，但我不忍心。我也不忍心摧毀戈倫，你現在想必知道了。我反而把它們保護得很好。離開布拉格這麼多年，我從來不曾將圓圈示人。

儘管我沒有摧毀戈倫，我拜託你，吾兒，既然對這個東西沒有感情，也不會在它臉上看到熟悉的容貌，為我代勞。我不忍心摧毀薇奧蘭。我試過，試了不知道多少次，但就是下不了手。這件事，吾兒，就交給你了。

第四十九章

休旅車在麥迪遜大道和三十六街口轉彎，停在摩根博物館門口。布林克從詹姆森那裡拿回郵差包，跟著他下車，來到一幢帕拉底歐風的長形別墅，附近全是二十世紀的建築物，北邊是中城的高樓大廈，這幢大理石建築夾在中間，顯得時空錯亂。「這幢建築物一直是個異類。」安—瑪莉一面解釋，一面把他們領到三十六街的私人入口。「約翰．皮爾龐特．摩根蓋這幢別墅，是為了逃離華爾街，享受悠閒的生活，同時把他收藏的珍貴手抄本和書籍存放在這裡。他辭世之後，兒子把書庫轉型為博物館。」

珍貴書籍和手抄本沒什麼不好，可是現在還不到早上七點，博物館當然沒開門。然而安—瑪莉不以為意。她走上一排大理石階，來到巨大的青銅門前，抬頭看著監視攝影機，突然伸手一揮。

「館長是我的朋友，」她對布林克說。「他和我們見面，有可能被開除，可是當我告訴他，我們找到了拉莫里埃特的傑作，他說什麼也不肯放過這個機會。」

青銅門打開，出現一位身材瘦高的黑人，戴著玳瑁眼鏡，穿著薰衣草色的禮服襯衫。他示意他們進去，然後關上身後沉重的大門。他們站在一間圓形大廳裡，四周豎立著大理石柱。牆上的壁畫滿是羅馬男女諸神的形象。「安—瑪莉，」那名男子的語氣很是焦急。「我還以為你一小時前就會到。」

「庫倫，你見過詹姆森了。」安—瑪莉說。「這位是麥可．布林克，負責協助我們的某些研究。布林克，見見庫倫．威德斯，摩根圖書館的館長，」

庫倫．威德斯和布林克握握手，盯著他看了好一會兒，足以注意到他腫脹的眼睛。「我是你的熱情支持者，」他露出靦腆的笑容。「《紐約時報》雜誌上個月的藝術史填字遊戲實在太精彩了。」他沒等布林克回應，就回頭望向安—瑪莉。「接到你的電話以後，我再也睡不著覺。你確實很能挑動別人的好奇心。我從凌晨三點就在這裡等。」

「保安方面沒有麻煩嗎？」詹姆森問，看著圓形大廳周圍安裝的攝影機。

「他們習慣我工作時間不規律，」庫倫說。「我整天待在這裡，不分晝夜，特別是在布置展覽的時候。你把拉莫里埃特的作品帶來了？」

「當然。」安—瑪莉比比詹姆森手上的皮箱。

「你一定知道，多年來出現了不少贗品，」庫倫說。「三年前，市場上出現一個幾可亂真的假薇奧蘭。想必你也聽過，安—瑪莉。」

「誰沒聽過，」她說。「邦瀚斯拍賣會無人不知。」

「那個玩偶看起來和真品薇奧蘭一九〇九年的照片一模一樣，可是買家的經紀人把連身裙的纖維送去化驗時，發現了一種一八九〇年代不存在的合成材料。絕不能掉以輕心……」

「我保證你可以證實這個玩偶是真品。」詹姆森說。

庫倫聽到這句話就夠了。他連忙轉身，帶他們穿過圓形大廳，腳上的雕花皮鞋喀嗒喀嗒地踩在石造地板上。他們從拱形天花板底下經過，上面畫的是神話裡的角色，諸神赤身露體，端著水果和寶藏。然後一行人進入氣派的圖書館，樓高三層，共有三層到頂的落地書櫃。天花板的壁畫描繪神話裡的人物，另一頭的牆壁有一座很大的石造壁爐。

「這是摩根先生的私人圖書館，用來存放他收藏的大量珍貴書籍和手抄本。原本只設計了一層書櫃，但圖書館還沒蓋好，他的收藏就越來越多，於是他的建築師查爾斯．麥金連忙變更設計，增加更多書櫃。」

「在這間圖書館，加斯東．拉莫里埃特的文件享有特殊地位，拉莫里埃特的傑作也一樣。皮爾龐特．摩根圖書館的首任館長，也是本地的傳奇人物，貝兒．達科斯塔．格林，把拉莫里埃特的作坊整個買下來。她是泥金裝飾手抄本的專家，這批收藏是她親自建立的。她生在著名的非裔美籍家族，卻選擇過著白人女性的生活，憑著敏銳的機智和聰明的頭腦，成為摩根先生的重要親信，圖書館這裡的大小事，幾乎全數委由她管理。他留給她相當於一百三十萬美元的遺產，所以有人認定他們有私情，但他們的友誼是真正的心靈契合。她蒐羅文物的天賦，是摩根收藏的幕後功臣——她在拍賣會智取投標對手的絕招是出了名的，此外她也善於保留她的採購紀錄。這裡就要回頭說到拉莫里埃特的作坊。她在一九一〇年買下加斯東・拉莫里埃特的文件，確實記錄得鉅細靡遺。」

庫倫走到圖書館的角落，握住一個書櫃的把手，書架從牆壁向外轉動，露出牆壁背後的空間，裡面空無一物。他走進去，登上藏在牆壁後面的螺旋樓梯，二樓的一座書櫃隨即開啟。庫倫順著狹窄的平台往前走，停在一座書櫃前面，從架上抽出一樣東西，然後帶著一本小帳冊回來。

「這間圖書館到處是暗角、暗門還有密碼。」他說。「而這個，貝兒的私人帳冊，就是解碼的關鍵。」他翻開一頁。「這裡記載，一九一〇年的拉莫里埃特採購案買下四十七件物品：初版的阿格里帕・馮・內特斯海姆《神祕學》，至今仍由本館收藏；義大利語版的《所羅門之鑰》，也還是本館的收藏；還有其他許多沒那麼珍貴的作品，馬上銷售一空。就像她在筆記上寫的，這是一次非常難得的採購，讓摩根先生心花怒放。」

在他翻閱這本皮革小帳冊時，布林克看到一排排整齊的手寫字，中間穿插著數字。

「在摩根圖書館的拉莫里埃特作坊採購案當中，有一批布拉格時期留下的文件，包含拉莫里埃特的草圖和筆記，還有另一份老舊許多的手稿，出自十三世紀末期，裡面畫了十個圓圈，原本保存在摩根先生的保險庫，是他私人書房裡的鋼筋密室。」

「想必他認為很重要。」詹姆森說。

「的確，摩根先生在裡面存放他最貴重的手抄本。有古騰堡聖經，共三本，一本是上等皮紙的，兩本是羊皮紙的；鑲有寶石的林道福音書手抄本；還有他最寶貴的時禱書。畫了圓圈的手稿是猶太神祕主義者亞伯拉罕・阿布拉菲亞在一二七八年寫的。這本書對摩根先生有奇特的影響力。他聘請專家為他朗讀，傳說遠行時還會隨身攜帶。看那裡，」他轉頭望向壁爐上方的巨型掛毯，「就知道這本書對他的影響有多深。」

布林克轉頭看見一張占據整面牆壁的巨型掛毯。

「那張掛毯，」庫倫說，「是十六世紀的作品，叫《貪婪的勝利》。當時編織了七張這樣的掛毯，每張代表七宗罪的其中一樣，但摩根先生只買到這一張。看得出來，這張掛毯占據他圖書館的主要位置。那個人，」他指著掛毯上的一個人物，「是邁達斯國王，我相信他的故事對摩根先生有很大的啟發：此人視財如命，結果被他摸到的每一個人，都變成冰冷、毫無生氣的黃金。或許這是死亡的象徵，提醒我們人生不只有金錢，也可能像某些人說的，是尋找摩根先生祕密寶藏的線索。有沒有看到邁達斯往哪裡指？」布林克的眼睛跟著邁達斯的手指，望向掛毯上方的壁畫。描繪一個孤僻的女子，斜躺在一疊書上，手裡拿著一副面具。正上方畫了兩個字：悲劇。

「戲劇元素的擬人化並不罕見。」庫倫指向掛毯對面的另一個女人的壁畫，畫中人開心得多，頭頂上畫著「喜劇」二字。「當然，邁達斯的一生是悲劇。」

「如果沒有時間和能力享用，黃金毫無意義。」詹姆森說。

「說的對。」庫倫說。「但掛毯有趣之處，也是我懷疑摩根先生對拉莫里埃特的祕史知之甚詳的原因，在於悲劇手上的書。」

布林克仔細端詳，想看出書名或明顯的標記。

「是阿布拉菲亞的書，你們來看的那一本，」庫倫說。「存放在我們的檔案庫，書中的故事非常精彩。跟我來，我帶你們去看。」

第五十章

庫倫．威德斯把他們帶到圖書館的現代附樓，一幢灑滿耀眼晨光的玻璃建築。他走到通往樓下的樓梯口，推開一扇標示著「僅限員工」的門，進入地下室。

「圖書館開放的時候，會在玻璃櫃展示某些手抄本。但閉館之後，珍貴書籍就放在倫佐．皮亞諾附樓下方的地下保險庫。拉莫里埃特的草稿和對應的阿布拉菲亞手稿就保存在這裡。」

庫倫輸入一個密碼，是一串簡易的數字，簡單到談不上真正的安全性。他背後的人都看得到。有時候布林克會不經意看到一個密碼，並在他記憶中留下永遠的印記。庫倫輸入最後幾個數字時，他把目光移開。

密碼鎖的旋鈕喀一聲，門馬上開了，彷彿是被真空密封似的，空氣往外釋出。保險庫很大，燈光昏暗，用鋼筋加固，裡面全是存放檔案箱的架子，他們圍著密室中心的桌子。桌面中央的玻璃盒裝了摺好的棉手套，就近擺著一疊紙張和一個放大鏡。每樣東西都一塵不染，秩序井然，像醫院的病房。

庫倫關上保險庫的門，在第二個小鍵盤輸入密碼，螺栓鎖上了。布林克發現他們被鎖在裡面，只能任由庫倫的密碼宰割，可惜他剛才沒有盯著小鍵盤看。

「我的工作有一半是資產保存。手抄本完全以有機材料構成，會因為陽光照射而劣化。雖然圖書館沒有紫外線什麼的，我們還是把藏品輪流展示，手抄本展覽三個月左右，就拿到下面這裡休息一陣子。書籍、書信、和館藏有關的暫時性資料，都放在這個保險庫。」

他戴上一雙白棉布手套，走到架子前面，搬下一個檔案箱，從裡面拿出一冊記事本。

「這個記事本裝的是亞伯拉罕．阿布拉菲亞手稿，」他說，同時把一頁頁手稿放在桌面。布林克早料到會有手稿，巨大、厚重、卷帙浩繁，一大本博識精通的註解，可以解釋那個圓圈的謎團。卻沒想到只有寥寥幾張，每一張正中央都是一個圓圈，和瑟薩莉給他看的差不多。

「是用墨水畫在上等皮紙上，雖然我不清楚它們的宗教用途，但我相信是做為禱告的輔助。貝兒．達科斯塔．格林當初採購時，留下了大量筆記。」

庫倫小心翼翼地從記事本拿出脆弱的紙張，把十張上等皮紙排在桌上。「阿布拉菲亞這十頁祈禱圓圈被發現時，就是我們現在看到的樣子。從來沒有裝訂過。你們在仿羊皮上看到的任何損傷，在購買時就有了。」

布林克掃視這十個圓圈，記住它們的模式和順序，發現每個圓圈都和其他九個大同小異：用希伯來文字母、從圓心射出的輻射狀火焰、排在邊緣的七十二個數字構成的圓圈。

「真是美極了。」安－瑪莉逐一查看這些圓圈。「但它們有什麼含意？」

「恐怕我不能妄加臆測，」庫倫說。「我的專業能力僅止於手稿本身。我可以告訴你上等皮紙的構造，是延展到四分之一公釐厚的綿羊皮；另外是墨水的化學特性，把氧化鉛懸浮在植物性黏結劑裡，極可能是茜草，所以才是紅棕色調。我可以告訴你，碳十四定年法鑑定這些手稿是在十三世紀的最後二十五年寫的，而且在大英圖書館的一批館藏裡，可以找到更多阿布拉菲亞的圓圈。我甚至可以告訴你，看上等皮紙邊緣這裡的壓痕就知道，這幾張紙原本捲在一起，用一條皮帶固定。不過對於這些圓圈的含意，或是在宗教史上有哪些層面的的意義，我說不上來。這種問題要請教專家。而且我剛好認識這個人。」

「有專家研究十三世紀猶太祈禱圓圈這麼晦澀的題材？」詹姆森問道。

「她叫瑞秋·艾培爾，而且我已經知會過她。」庫倫說。「她在曼哈頓開了一家卡巴拉研究中心。我今天一早就打電話給她，討論這整件事。你轉寄給我的拉莫里埃特致兒書的PDF檔，我也寄給她了，安—瑪莉。」

布林克看了安—瑪莉一眼。他從她家裡偷走了拉莫里埃特那封信的原版，不過她當然掃描了副本。

庫倫接著說，「她聽過拉莫里埃特的傳奇，而且馬上自願提供服務，這真是天大的好運，全世界找不到第二個具備她這種專業知識的學者。她在大英圖書館研究過阿布拉菲亞手稿的大量館藏，包含他的祈禱圓圈在內。她想盡快見到你們，以及你們發現的圓圈。」

「絕無可能，」詹姆森說。「已經有太多人知道這件事。」

「詹姆森，」安—瑪莉開口。布林克可以感覺到詹姆森和安—瑪莉之間的張力，懷疑他們出現了根本性歧異。「我們必須了解這些圓圈的含意，否則無以為繼。我們自己試過了，現在必須藉助外力。」

「絕不能再把別人弄進來。」

「瑞秋為人謹慎，」庫倫說。「而且她的專業資格無可挑剔。我相信她會帶來莫大的助益，幫我們確認這些到底是什麼，怎麼會重要到讓約翰．皮爾龐特．摩根這樣的人費心保護。」

庫倫走到門口，輸入密碼。兩名警衛走進來。

「瑞秋唯一的要求是讓她看看阿布拉菲亞的原始手稿，還有你們在拉莫里埃特的玩偶身上找到的抄錄版。」他把上等皮紙收集在一起，放進記事本，然後把檔案箱關緊。「我答應拿給她看。我想趕快看到薇奧蘭，也必須盯著這份手稿，所以我會跟你們一起去。在圖書館開門之前，我們有三小時，動作快的話，時間剛好足夠。」

第五十一章

他們尾隨裝甲保全車，沿著麥迪遜大道向北行駛，穿過中央公園，不久便停在上西區一棟氣派的磚造排屋前面。布林克下了休旅車，邁入燦爛的晨光中。現在剛過八點，不過適逢星期六早晨，紐約市非常安靜，和空城差不多。他伸個懶腰，四下張望，看到對街的公園，側邊有一個共享單車站點。哈德遜河隨著海水上漲。布林克吸一口氣，幾乎能嚐到空氣裡的鹹味。

庫倫一下車（通常在各家銀行間運送鈔票的那種車），兩名武裝警衛立刻隨侍左右。布林克瞄了卡姆．普特尼一眼，相比庫倫的維安層級，頓時顯得寒酸。他想像普特尼這時陷入強烈的不安全感——他體格不夠強壯、身手不夠敏捷、腦子也不夠機靈。縱使他不喜歡這個人，卻突然開始同情卡姆。即便布林克身高六呎一吋，在球場仍永遠是小個子。比別人弱小的感覺一向不好受。

布林克跟在庫倫、賽吉和安－瑪莉後面，走上排屋門前的階梯，鑲嵌在砌石立面的黃銅板上蝕刻了幾個字：卡巴拉研究中心。庫倫剛敲一下，門就馬上開了。一個穿著運動衫牛仔褲的年輕人直接稱呼庫倫的姓氏，「威德斯先生，往這邊走。」他將他們帶進通風良好、布滿花卉的門廳，然後登上樓梯，來到閱覽室，裡面有橡木桌和有玻璃燈罩的閱讀燈。

「我去跟艾培爾女士說你來了。」年輕人說，然後步向走廊盡頭。

布林克不自覺地走向書架。閱覽室中央的講台上有一本很厚的希英字典，他知道只要花幾個小時研究，他就能學會這種語言的基本用法。他的語言能力是一種天賦，和他破解謎題的才能同出一源。意外受傷之後，他學會流利的法文、西班牙文、義大利文、拉丁文、日文、中文和古希臘文，都是看文法課本學會的。學習語言就像破解密碼，在他眼中，外語就像謎題。解答就是和別人溝通的能力。

一名留著烏黑長髮的女子走進來，把正在沉思的布林克嚇了一跳。她個子很高，身材纖細，顴骨突出，有一雙藍色的大眼睛，穿著寬鬆的酒紅色燈籠褲和絲質吊帶背心。她向庫倫熱情寒暄，示意他把檔案箱放在桌上，然後對其他人介紹自己是研究中心的主管，瑞秋．艾培爾。

「很高興認識你，」她主動和布林克握手。「但老實說，看過《浮華世界》那篇報導，加上每週為你的填字遊戲白白自討苦吃，感覺就像我們已經認識了。」她看著他臉上的傷口。「看來你也是為了這個一大早起床。或者應該說是被拖下床？」

他摸摸眼睛上方的傷痕，還沒消腫。「這樣說比較精準。」

「恐怕我們大家都沒睡好。」安─瑪莉說。

瑞秋走到庫倫旁邊，看他打開檔案箱，戴上手套，把阿布拉菲亞的手稿一頁一頁擺在桌上。瑞秋繞著桌子走，仔細觀察每個圓圈。「為了亞伯拉罕．阿布拉菲亞和他的神祕圓圈，犧牲一晚的睡眠也值得，難得有機會檢視歷史文物。」

「威德斯先生保證你會謹慎行事，」詹姆森說。「我相信他在這方面的判斷。」

瑞秋莞爾一笑，擺出一副自己人的表情。「『謹慎』二字遠遠不足以形容我，賽吉先生。等你們一走，我甚至不會記得你們來過。」

這句話似乎讓詹姆森放了心。他淡淡一笑，不再多說。

瑞秋倚在桌邊。「看完拉莫里埃特寫給兒子的信以後，我心裡七上八下，乾脆到中心來查詢我們的館藏，結果在我們的系譜學檔案裡發現，真的有一位以西結．約瑟費茲拉比，拉莫里埃特旅居布拉格期間，他也住在那裡，而且這位拉比是老新猶太會堂的拉比。他有一個叫雅各的兒子。就像拉莫里埃特的信上寫的，他們父子在一八九一年死亡，雙雙葬在布拉格的老猶太墓園，和羅伊拉比本人的墓地相距不遠。」

「所以確有其事，」庫倫說。「可以證實拉莫里埃特的故事。」

「可以證實一部分，而且雖然我在大多數情況下，總把這類事情斥為荒誕離譜的想像，如同魔鬼和吸血鬼，戈倫的故事似乎會激發天馬行空的幻想，但我認為拉莫里埃特的可信度很高。他知道非常特定的宗教觀念，這些是一般的神話沒有的。十六世紀，布拉格的羅伊拉比創造了戈倫，有些聳人聽聞的傳說借用這個故事的細節。他在戈倫的額頭上寫下意指『真理』的字母EMET，戈倫便有了生命。把E去掉，就成了MET，意謂『死亡』，戈倫就會死去或毀滅。拉莫里埃特在信上沒有說他看到EMET這個字，也沒提到有一個字母被去掉。當然，再加上他提到最機密的元素：神名，也就是哈希姆。」

瑞秋走到書架前取下拿一本書。

「想知道約瑟費茲拉比的用意，就必須了解戈倫到底是什麼。『戈倫』這兩個字最早出現在塔木德裡。」她把書打開，翻到其中一段話。「公會篇第三十八節（下）描述上帝創造亞當時，把剛捏好的人體稱為戈倫，未成形的外殼。早期的希伯來文把戈倫譯為『未成形的體質』。戈倫被視為黏土模型，是某種原型。在造物者往亞當的鼻孔吹氣之前，他的身體就是戈倫，不完美的東西，沒有靈魂的軀體。雖然創世的故事被詮釋成一種隱喻，但很多人相信這是客觀存在的事實，而且從物質最小的粒子，到整個宇宙，都是照這個模型創造的。」

「我想你指的不是大霹靂。」詹姆森語帶嘲諷。

「事實上，這個創世故事和大霹靂如出一轍，恐怕會讓你嚇一跳。」瑞秋的嘴角微微上揚。「在卡巴拉的宇宙觀裡，物質世界是從神爆發出來的，結合正向和負向的元素，上帝的陽剛和陰柔的顯現，形成物質宇宙的建構單元。科學研究已經證明，宇宙最早的化合物包含一個帶正電的質子和一個帶負電的電子，這些元素結合起來，創造出更複雜的形式，直到幾十億年後，形成我們現在所謂的宇宙。」

瑞秋．艾培爾闔上書，走到書架前面，抽出另外一本。

「創造，不管從宗教的觀點還是科學的觀點，關鍵都在於化無形為有形，從無到有的一瞬間。在我的傳承裡，對這個過程有所涉獵的最古老也最重要的典籍，是Sepher Yetzirah，翻譯成《創世之書》。」

瑞秋把書翻開，頁面畫滿了圓圈，用路徑連結成一個網絡。每個圓圈和每條路徑都有希伯來文字母。她伸出手指，從最上面的圓圈開始，以之字形順著路徑往下描。

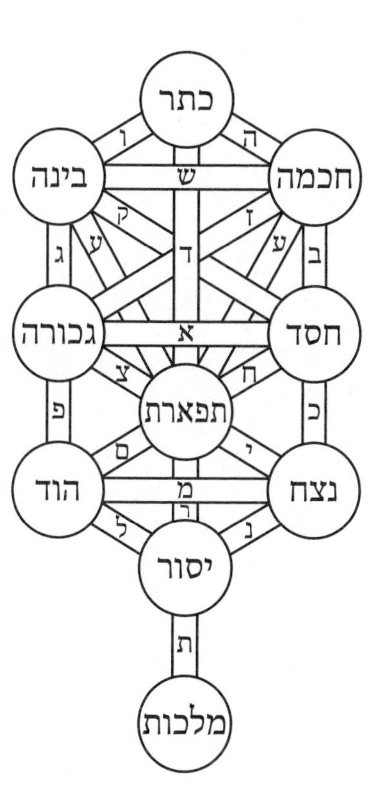

「這個構造被稱為生命之樹，或者叫 Eitz Haim，由質點組成。代表無限之神在物質世界裡揭露自我的動態過程。最上面的圓圈，Keter，王冠，是純淨能量的領域。最底下的圓圈，Malkhut，王國，是我們所謂的物質世界。卡巴拉主義者相信，從純淨能量移動到物質層面，是透過文字。在卡巴拉思想中，文字具有莫大的力量，神奇的力量。在正確的環境用正確的方式說出正確的文字，就能顯現它的力量。而這個顯現是透過門戶，或窗戶，從一個次元，飄渺、無形的上帝國度，轉移到另一個國度，地球。」

「約瑟費茲拉比和他的兒子雅各運用這種力量創造生命。他們知道哈希姆的祕密，也就掌握了所有創造的祕密。」她轉過頭，和布林克四目交會，對他莞爾一笑，他感覺她是專門說給他聽的。「不過要知道他們是怎麼辦到的，就必須了解質點，從無限（上帝）通往有限（地球）的直接途徑。這需要充沛的想像力，但我想這對你不成問題。要是你到我旁邊來，我就示範給你看。」

第五十二章

「阿布拉菲亞的圓圈被設計成七十二字母神名（Shem HaMephorash），用象徵圖案再現隱藏的神名。包含四字神名YHWH的七十二種變體。阿布拉菲亞畫了幾百個圓圈，但這十個圓圈有一個特定的目的，」瑞秋比了比他們從摩根圖書館帶來的手稿。「他畫這些圓圈，是對應十個質點圓圈。」

瑞秋拿起阿布拉菲亞手稿的其中一頁，放在桌面上，代表最上面的質點圓圈。

「但這是為什麼？」布林克問道，仔細研究這個質點，記住上面的希伯來文字母。系統已經形成，他看得出字母的模式，但很難參透更大的意義。

「當然是為了接觸非物質的國度。」她的語氣從容淡定，彷彿和靈體接觸是家常便飯。「連續不斷地吟誦、執行、演出和重複這些圓圈裡的文字，以便召喚和每個國度相關的靈體。」

她拿起另一個圓圈，蓋在第二個質點圓圈上。

「神名或哈希姆固有的力量，就是把精神世界帶入物質世界的最佳媒介。阿布拉菲亞相信他可以用這些祈禱詞，把靈體實際召喚出來。他的作法離經叛道。他相信心靈可以透過儀式的舉行，看見異象和預言，直接和上帝接觸。阿道斯・赫胥黎的《知覺之門》，或是後來的吉姆・莫里森和門戶合唱團，都在探索一個觀念：必須拆毀理性的心靈，才能『突破到邊界的另一邊』，不過阿布拉菲亞早在六百年前就舉行過這些儀式。這些圓圈是那一派哲學的結晶。」

「然而，」布林克低頭注視阿布拉菲亞的圓圈，「它們極其平實，有精確的模式，就像只有單一解答的方程式。」

「沒錯，」瑞秋直視他的目光。「阿布拉菲亞相信，希伯來文字母表上的字母是一個神奇的密碼。他設計了這個密碼巧妙的排列組合，創造圓形的咒語，其中有一些複雜得不得了，就如你也注意到的，看起來就像迷宮或謎題。這些謎題是用來表演的，希望藉此進入圓圈，透過重複和視覺化，和上帝產生空間和感官上的連結。這些就是門戶。阿布拉菲亞宣稱他可以把靈體從天上送到地下，反之，也能透過這些圓圈讓地下的人來到天上。正因如此，約瑟費茲拉比才相信他的戈倫能靠這些圓圈活起來。」

她把第三、第四和第五個圓圈放在它們的位置上。然後是第六、第七和第八個。

「實在太美了。」安—瑪莉俯身看著圓圈。「它們看起來固然很美，卻不是觀賞物：它們是用來表演的，大約是在齋戒的時候，而且最好是一遍又一遍地表演，直到表演者陷入恍惚。然後靈體降臨。」

「蘇菲派教徒就是這樣禱告，」安—瑪莉說。「不停地旋轉，直到他們到達更高意識的境界。」

「當然，不只卡巴拉主義者有這些觀念。人類渴望改變現實，並且和造物的力量站在同一陣線，這個欲望是許多靈修的核心：基督教的禱告、佛教涅槃的概念、蘇菲主義、超覺靜坐，甚至在火人祭服用迷幻蘑菇。所謂的新世紀所提到的，所有關於顯現及其他等等的講說，也就是透過意向和文字創造期望的現實的想法，這種觀念最初的起源就是卡巴拉，它教我們如何透過某些形式的儀式，和上帝的豐饒，也就是shefa，連結在一起，從而直接與神溝通。」

「但阿布拉菲亞的圓圈不是為了創造財富和權力，或甚至達到更高的意識境界。只要正確演出一個祈禱圓圈，也就是解開它，便是開啟一條往來不同次元的路徑。當某個靈體受到召喚，就會穿過圓圈，進入容器。以拉莫里埃特為例，靈體的容器是玩偶薇奧蘭。那個靈體可能是善良的，可能是邪惡的。但無論它的用意為何，都威力驚人。」

「而且危險。所以必須把神名藏起來，就像直視太陽時必須遮住雙眼。少了這層保護，靈體會有太大的威力、太大的破壞力。因為這個原因，也因為我的族人從古至今受到的迫害，我們最神聖和最祕密的典籍都受到加密保護。神的本名是最神聖的密碼，不過很多人相信聖經最深刻的意義也經過加密。舉個例子，把摩西（Moses）這個名字的希伯來文倒過來拼，就是哈希姆（HaShem），表示他是神的本名的導管和容器。我們的神聖典籍包含了無數隱藏的意義。迴文、單字母移位密碼，甚至密碼棒這種希臘解密工具，都被用來掩藏上帝神聖存在的本質。」

「我認識很多謎題師，」布林克說。「沒有任何謎題設計師會創造一個無法破解的系統。謎題的重點是跨越時間和空間，與解題者建立連結。這是設計謎題的終極目標。阿布拉菲亞創造這些圓圈，必然是針對特定對象。」

「的確，」瑞秋說。「但阿布拉菲亞會說這些圓圈根本不是出自他的創造，而是從天上降下來的。神名開創了造物者，再回歸造物者。這是一個循環的謎題。問題和答案都是上帝。祂既是謎題的創造者，也是解答。但就實際而言，這些圓圈是一名拉比為其他拉比設計的。這是一個拉比專屬的團體。他們都知道規則。」

說到這裡，瑞秋把第九個圓圈放在桌上，然後是第十個。既然十個圓圈全部到位，質點就齊全了。

布林克低頭看著圓圈，盡情欣賞它們匪夷所思的複雜構造。突然靈光一閃，他感知到一種令人愜意的對稱性，把魔術方塊的彩色面全部還原時，他也有這種如釋重負的感覺：這些圓圈有一個模式，有一個他看出來的基本結構。就像下棋的時候，一瞬間看到整盤棋排列成一系列棋步。福至心靈，字母和數字在他心裡發光，而他看出來了，圓圈成形、解開、再重新結合。他看出一致和不一致的地方。一種模式。他抬起頭，瑞秋正盯著他看。

她轉頭對庫倫、詹姆森和安─瑪莉說：「你們來請我解答問題，我也願意回答你們。如果你們可以先出去一會兒。」她比比皮箱。「我想仔細看看你們找到的七十二字母神名抄錄版。」

詹姆森的肢體語言很緊繃，布林克看得出他要提出反對，可是瑞秋說，「你們如果要我幫忙理解這些圓圈包含的訊息，以及如何使用這個訊息，我必須看看你們找到的圓圈和裝載圓圈的容器。」

「我想這是合理的要求。」安—瑪莉輕輕地從詹姆森手中取走皮箱，放在桌上，旁邊就是圓圈構成的生命之樹。

「謝謝，」瑞秋說。「給我半小時，到時我會給你們一些答案。」

「十五分鐘，」詹姆森說。「我會在站在那扇門外面，靜待結果。」

布林克尾隨其他人出去的時候，感覺瑞秋把手搭在他的手臂上。「你留下，」她說。「我需要你幫忙。」

第五十三章

其他人出去以後，瑞秋鎖上門，回到桌邊和麥可．布林克討論。

「你看出來了，」她盯著他看。「看你凝視圓圈的眼神就知道。」

「你也看得出來，」他把皮箱打開，推到她面前。「只要把這個打開。」

她取出玩偶，放在燈光下，它明亮的綠眼閃爍生光。然後她讓玩偶趴在桌上，打開後頸的腔室，用指甲掐住紙捲，抽出來，在桌上攤平。

「這的確是阿布拉菲亞七十二字母神名的抄錄版，可是我看不出哪裡不對勁。」她看著布林克。「而你看得出來。」

「受傷以後，」他說，「所有想像得到的檢驗我都做了。但直到我去看一位精神科醫師，做了聯覺檢測，我才開始明白自己到底發生了什麼變化。我做的其中一種測試是這樣的……」

布林克抽出他的方格紙筆記本，畫了一個寫滿數字五和二的圖表。「你看看。」他把圖表推向瑞秋。

「如果我要你把這張圖裡面的數字二都指出來，你辨得到，但要花時間。可是有聯覺的人，就像我，一下子就能看到數字二。」

「怎麼看到的？」她問。

「像這樣，」他把二的顏色畫深一點。「我的感官互相交錯。每個數字的明度都不一樣，顏色可以馬上把二區分出來，你看，」他說。「我看到的這張圖表是這樣的。」

「而這和阿布拉菲亞的圓圈有關？」她揚起一邊的眉毛，研究這張圖表。

「我可以立刻看出其中的模式，」他說。「所以兩者的差異顯而易見……」布林克拿出圓圈的抄錄版，放在阿布拉菲亞一個原版的圓圈旁邊。「在拉莫里埃特的玩偶裡找到的圓圈，是抄錄手稿的這個圓圈，第十個。兩個圓圈應該完全一樣。結果沒有。」

「你確定？」瑞秋詳細比對兩個圓圈。

「確定。」他說。「我一眼就看出兩者幾乎一模一樣，但有一個重大差別。」

「什麼差別？」瑞秋問，輪流檢視兩個圓圈，想看出哪裡不一樣。

「就像你剛才說的，文字本身，還有誦讀的順序，是一種密碼。一個字母都不能錯。所以乍看雖然只差了一點，事實上已經天差地別。比較這兩個圓圈，就知道抄錯了。」

「你怎麼知道？」

「看到這些字母沒有？」布林克指著希伯來文字母。חַיִּים。

「有，這個字是*haim*，」瑞秋說。「翻譯成『活著』。是*l'chaim*的字根，希望你活下去，這句話常常被當作敬酒的祝賀詞：祝你長命百歲。」

「嗯，這個字在原版的圓圈裡是一種寫法，在抄錄版裡反轉或顛倒了。你看。」他把字母顛倒的圓圈拿給她看。

瑞秋研究了一會兒。「所以你的意思是抄錄版裡的*haim*寫反了。」

「沒錯，」布林克說。他記得拉莫里埃特那封信的最後幾頁。雅各是怎麼說的？這是個失誤。必須把它毀了。「在抄錄時出錯了。」

瑞秋細看圓圈時，緊張得說不出話，她的目光從手稿裡的原版移到比較小的抄錄版上。

「你說的對，」她最後表示。「抄錄版的*haim*寫反了。我只是想弄清楚怎麼會發生這種事。拉比有阿布拉菲亞的手稿。他應該知道正確的拼法。不可能是抄錯了。」

「但不是拉比抄錄的。」布林克抽出拉莫里埃特那封信的最後幾頁，拿給瑞秋看。我也依言照辦，把手稿上的希伯來文一字不差地抄錄下來。「他應該看不懂這段希伯來文，而且……」

「當然，」瑞秋說。「阿布拉菲亞的原版是採用牛耕式轉行書寫法，像這樣把經文用鏡像或左右顛倒的方式書寫，在古代世界非常普遍。約瑟費茲拉比知道該怎麼正確地書寫和閱讀。但拉莫里埃特不知道。他按照原版依樣畫葫蘆，造成失誤。」

「這個失誤顯然讓他記憶深刻，因為多年以後，他又用了這種鏡像書寫法。」布林克說。

「在哪裡？」她問，同時查看書信。

「你看拉莫里埃特給兒子那封信的第一頁。有沒有注意到上面的迴文？」

瑞秋搖搖頭。「迴文？」

「一串由左到右或從右到左都一樣的字母或數字，用這種寫法，正著唸和倒著唸都一樣。」

「我知道迴文是什麼，」她翻了個白眼。「但我不記得在拉莫里埃特的信上看過。是哪一段？」

布林克拿出筆記本，寫下拉莫里埃特那封信第一頁的拉丁文句子。他把最後一個字母大寫，凸顯鏡像書寫的效果：*In girum imus nocte et consumimur ignI.*

瑞秋大聲唸出這句拉丁文，並且翻譯。「我們在深夜盤桓不去，然後被火吞噬。」

「這是一個謎語。」不管是這句話的意義，還是臻於完美的迴文，這種精妙的構造讓布林克喜不自勝。

「什麼東西會在黑暗中圍繞火焰盤桓，最後被燒死？」瑞秋問。

「蛾。」布林克說。

「對，」瑞秋說。「還有伊卡路斯，他飛得離太陽太近，結果翅膀燒毀，摔了下來。還有普羅米修斯，因為偷竊眾神的火種而被懲罰。約瑟費茲拉比也一樣，離哈希姆太近，結果賠上性命。」

「還有拉莫里埃特自己。」布林克說。「基本上，他那封信是一篇很長的自殺遺言。」

「那封信是自殺遺言，對，不過最重要的是，拉莫里埃特想警告兒子提防這種力量的誘惑。他寫下，『我們在深夜盤桓不去，然後被火吞噬』，這是描述把神的本名唸出來的驚人威力。」

「同時也說明了他為什麼急著寫這封信。」布林克說。「拉莫里埃特覺得自己有危險。甚至這可能就是拉莫里埃特自殺的原因。他嚇壞了。」

「阿布拉菲亞設計圓圈的目的，正是製造這種恐懼，」瑞秋說。「完全是為了體驗對上帝的那種恐懼和敬畏，透過禱告與神溝通，進入一種與神共融的境界時感受到的真實恐懼。圓圈是門，但這種心境，這種文字造成的恍惚，才是開啟這扇門的鑰匙。」

「你的意思是，一種心境導致拉比和他兒子雙雙慘死？」

「這是其中一個原因，」她說。「圓圈裡的文字和數字本身，是另一個同樣重要的因素。當*haim*這個字被改變，結果就變了。這可以解釋拉比和他兒子的遭遇，還有賽吉府邸發生的慘劇。你在阿布拉菲亞圓圈的抄錄版上發現的改變，儘管看似微小，卻有毀天滅地的威力。約瑟費茲拉比使用這個圓圈的時候，引發了慘絕人寰的後果。」

布林克記得拉莫里埃特在信上把雅各描述得多麼恐怖，加上曾經目睹法蘭基・賽吉和諾亞・庫克的照片，他知道瑞秋是對的。他也知道，在複雜的系統裡，把密碼略做更動，就會釀成大禍。有時候，最微小的失誤可能造成最嚴重的損害。一個基因裡的一絲絲突變，會導致嚴重缺陷。電腦代碼一個細微的錯誤，就能讓整個系統停擺。布林克明白這種失誤可能會改變整個系統——古普塔博士會稱之為程式漏洞或病毒。「好，但它改變了什麼系統？」

「終極系統，」瑞秋說。「生命的系統。就像法蘭克斯坦博士把電力輸到他創造的科學怪人身上，他們把阿布拉菲亞的祈禱圓圈當作一條路徑，直接從上帝那裡取得能量，賦予戈倫生命。而且，無論如何，他們成功了。他們表演的儀式是正確的。結果卻出乎他們的意料。」

她把布林克的注意力拉回排列在桌上的生命之樹。

「我已經先說明質點和生命之樹這十個圓圈的位置，但還有一個層面是我沒談過的。對大多數的人來說，委實太過深奧。但你不是大多數的人。我想你會理解。」

她指向最上面的圓圈，Keter（王冠），然後畫一條線，穿過每個圓圈，停在最後一個圓圈Malkhut（王國）上。

「在卡巴拉思想中，這每一個圓圈都是天體，各自在創世過程中貢獻了獨特的屬性和功能。基本上，就像變電所，透過通電的電線，把神和物質世界的萬物連起來。這些圓圈，也就是變電所，是能量聚集、轉換、輸配的地方。因此，守護這些天體的，是兩個同樣強大的隨從：神聖的靈體，俗稱為天使。」

布林克立刻表示懷疑。「天使？」

「聽我把話說完，」她說。「我先前提過，在卡巴拉思想中，創造的基礎是把相反的元素結合：正向和負向、男性和女性。因此，在卡巴拉當中，宇宙含有一種反向的力量，叫克利帕（Klipot）。這是黑暗或邪惡的力量，和生命之樹相反。克利帕常常被形容是外殼破裂，或是空容器裂開的產物。傳說上帝第一次嘗試創造宇宙的時候，祂的流溢非常強大，使容納流溢的容器迸裂了。後來祂再試一次，創造出我們所謂的世界。但先前迸裂的宇宙並未消失。它繼續存在，對抗我們生存的這個宇宙。」

布林克想起安－瑪莉所說的裂紋——極大的壓力導致爆裂，形成不完美的圖案。

「善惡樹就是這種二元性的體現。如果你記得的話，這就是引誘亞當和夏娃的禁樹。他們吃了樹上的果子，知道了二元性，也就是善與惡的存在，便脫離了無罪狀態，也就是樂園，落入知識的國度。生命之樹的天體由天使照料；克利帕的天體由惡魔看顧。生命之樹的第十個圓圈，Malkhut（王國），拉比用來創造戈倫的圓圈，由天使聖德芬照料；克利帕的第十個圓圈，是惡魔莉莉絲的住處（Lilith lives）。」

「等一下。」瑞秋的話觸動了布林克的記憶。他看到Lilith lives（莉莉絲的住處）這幾個字浮現腦海。「你剛才說的話……」他拿起拉莫里埃特的信，給瑞秋看潔絲寫在底下的字：hellish evil rite（地獄般的邪惡儀式）。「這是潔絲．普萊斯在諾亞．庫克死後寫的。」

瑞秋看了半天，顯然不明所以。「到底怎麼回事？」

「我一直想弄清楚潔絲的意思。在藏信之前，她只有幾分鐘的時間傳達訊息，而且她隨便寫什麼都可以，卻偏偏選了這幾個字。地獄般的邪惡儀式（hellish evil rite）。起初我以為她是用這幾個字形容那天晚上發生的事。但潔絲對語言情有獨鍾，尤其是文字遊戲和謎題。她絕不會寫出這麼簡單的東西。但是你剛才說到Lilith lives（莉莉絲的住處），我靈光一閃。這是個同字母異序字。」

布林克立即在腦中排出這些字母，但為了讓瑞秋明白，他拿起筆記本，寫出hellish evil rite這幾個字。然後把字母重新排列，最後拼出這句話：Lilith lives here（莉莉絲住在這裡）。

「莉莉絲住在這裡。」布林克和瑞秋四目相對。「潔絲．普萊斯證實諾亞．庫克喪生當晚，莉莉絲就在賽吉府邸。」

瑞秋瞪著紙上的字，然後望著布林克，震驚不已。「如果是真的，」她說，「潔絲的處境很危險，危險極了。」

危險極了。從見到潔絲的那一刻，她就一直這麼告訴他。從兩人第一次見面開始，她就警告他說他們被人監視，有人殺害了雷斯醫師，有人要對他不利。他確實遇到危險，卻不知危險來自何方。他原先認為是賽吉，但現在他不敢確定。「你是指什麼樣的危險？」

「拉莫里埃特在信上描述拉比如何使用阿布拉菲亞的圓圈，」瑞秋說。「還有你剛才發現的，潔絲．普萊斯和諾亞．庫克在賽吉府邸用了顛倒的抄錄版，再加上潔絲寫的這個同字母異序字，如此看來，這個圓圈倒成了通往惡魔莉莉絲的門戶。」

布林克不知該如何回應這個說法。瑞秋是理性的人，是傑出、受人敬重的學者。然而她這番話似乎純屬無稽，不僅挑戰他智力的極限，甚至違背他所有的信仰。在他眼中，世界是一個巨大、互相連結、精彩絕倫的謎題，可以透過邏輯和技巧來破解。他不相信任何逾越這些界限的事物。他的世界只有他能理解的具體元素、客觀事實、可靠數據。而瑞秋對這件事的解釋是……什麼？一個看不見也摸不到，只憑純粹的信仰就深信不疑的抽象概念。

看他驚愕的表情，瑞秋把他拉回阿布拉菲亞的手稿上。「你看這裡，」她說，重新指向阿布拉菲亞的第十個圓圈。

「阿布拉菲亞創造的這個七十二字母神名，屬於第十個圓圈的質點，Malkhut（王國），統治者是聖德芬，這位大天使把人類的禱告收集起來，轉達給上帝。拉比舉行儀式的時候，用這個圓圈把聖德芬叫下來。」

「叫下來？」布林克問道。他聽出自己語氣中的質疑。「你的意思是把聖德芬遠距傳輸到地球？」

「和《星艦迷航記》不太一樣，」她露出寵溺的眼神。「但沒錯，我覺得他們是想和不屬於這個次元的存有溝通。我不跟你談神學，但神聖靈體傳送訊息的能力，代表一套精密的創造系統，一種語言或密碼。拉比用這個圓圈召喚靈體，而且成功了。但由於裡面的字母顛倒，不但沒有如願打開聖德芬的門。反而召來了他的勁敵，莉莉絲。」

布林克望著圓圈，仔細思量瑞秋方才說的話。「但你要怎麼證明？」

「證據當然是間接的，」她說。「出現在拉比和他兒子身上，然後又出現在諾亞．庫克身上。我沒有仔細關注這個案子，但要是我記的沒錯，潔絲．普萊斯受了傷害，不是嗎？」

「她不只受了傷害，」布林克說。「她的人生被徹底摧毀。」

「這是莉莉絲最擅長的：附身和摧毀。」

「你是說附在潔絲身上的是這個女人……」

「惡魔。」

「從諾亞．庫克死後就被這個惡魔附身？」

「如果能接近潔絲．普萊斯，我比較有把握這麼說。不過依照你剛才的說法，還有我從這些圓圈看出的端倪，我確定她的不幸是莉莉絲造成的。」

布林克覺得天旋地轉。拉出一張椅子坐下。瑞秋的話帶給他重重一擊。他無力招架。他和潔絲之間的默契、令人困惑的上帝謎題、詹姆森．賽吉對他的威脅，齊齊向他席捲而來。被捲入如此複雜、如此危險的局面，弄得他現在頭昏眼花。他打內心深處渴望開門出去，搭上地鐵，回到他安全而穩定的現實生活。壓力對他的影響比大多數人嚴重。他應付不了腎上腺素、壓力、三餐不定。他必須下午跑步、每天冥想、晚上帶康妮出去散步，才能保持平衡。他想重新回到沒有潔絲．普萊斯的人生。

「我知道，再怎麼說，現在的情況確實令人不安。」瑞秋拉出椅子，和他一起坐下，神情和他一樣氣餒。「我做夢也沒想到，有一天會煞有介事地討論這種問題。雖然我畢生研究惡魔學的階層體系，可以詳細描述天使和惡魔的屬性，但我不知道如何從應用卡巴拉的角度探討這個課題。」她雙手抱頭，他知道她跟他一樣難以接受。

看到她的脆弱，他才發覺自己是鐵了心想知道潔絲的遭遇。眼看謎團即將解開，他現在不能放棄。「把你了解的莉莉絲告訴我。」

「簡單地說，莉莉絲是神祕主義傳統裡最強大的女性靈體之一。神祕主義者奉莉莉絲為惡魔女王，但她起初不是這樣。在希伯來典籍中，莉莉絲是第一個女人，亞當原本的妻子，比夏娃的出現早得多。她和亞當一起被造出來，不像夏娃是用他的肋骨造成，而是用同樣的黏土捏出來的。莉莉絲很美，格外強壯、優秀、求新求變。因此她要求和亞當平等的地位。古代典籍記載，她不願順從她的丈夫，這段話一直被詮釋成她在交合時不願意躺在下面。反而堅持要丈夫順從她。亞當向造物者抱怨，祂便用夏娃取代了莉莉絲。」

「莉莉絲被放逐，但她找到了相配的伴侶，是一個強大的天使，叫撒母耳，有時被稱為死亡天使。學者格哈德．朔勒姆已經證實撒旦是撒母耳的俗名，這應該表示莉莉絲是撒旦的新娘。盧里亞拉比形容撒母耳和莉莉絲是一對強大的惡魔夫妻，撒母耳統治男惡魔，莉莉絲統治女惡魔。不管叫什麼名字，他們共同統治克利帕，控制幽靈、黑暗靈體、惡魔和地上所有的邪惡。千百年來，莉莉絲邪惡之母的名聲越發響亮。她被認為和巫術有關，還會在深夜拐帶孩童。但最重要的是，她的性慾強烈，是女淫妖，是個喜歡挑逗男人的惡魔，她會在夜裡找男人，色誘他們，用他們的精液創造更多惡魔。」

聽到莉莉絲會在夜裡找男人，布林克吃了一驚。這和他認識潔絲．普萊斯以後做的夢相差無幾。他知道應該把自己做的夢告訴瑞秋，但他說不出口。「而你全都相信？」

「完全相信，」她說。「但我也是一名學者。我不會盲目相信。我的信仰是以歷史文獻和詮釋為基礎。如果把文獻記載的莉莉絲一層層剝開，從死海古卷第一次提到她，一直到《光輝之書》，她顯然是人類最早對付的女強人。當女人要求平等，就會被唾罵、放逐和詆毀。從克麗奧佩特拉到聖女貞德到伊莉莎白一世，歷史上每一個女強人都經歷過莉莉絲面對的矛盾：女人只有隱藏實力才能強大。即便到了現在，女性仍舊生活在充滿了這種虛偽的世界裡。我多少也喜歡想像莉莉絲所代表的平等。被逐出伊甸園之前，我們原本都是平等的。但事實上，莉莉絲極度危險。」

布林克完全理解。他不像瑞秋那麼了解莉莉絲，也沒有她那種堅定不移的信仰，但他看得出來，瑞秋的詮釋對潔絲．普萊斯的遭遇提供了前後一貫的解釋。「不管是怎麼回事，」他說，「我可以確定一件事：潔絲需要幫忙。」

瑞秋看著他，琢磨了老半天。「你真的很關心她的遭遇，對吧？」

「我認識她的時間很短，但我覺得和她很有默契。我很少有這種感覺。」他的感覺比所謂的默契深刻多了，但他不知道該怎麼對自己解釋，更別提對瑞秋解釋了。虛幻的夢境、強烈的吸引力、迫不及待的感覺，猶如鋪天蓋地一般。「我想幫她。我必須幫她。」

「那我們也許能做一件事，」她說。「但風險非同小可。」

布林克心裡浮現些許微小而確定的樂觀。「什麼樣的風險？」

她站起來，看著排列在桌上的圓圈。「我不能給你任何保證，但如果我們執行得絲毫不差，或許有機會用阿布拉菲亞原始的圓圈圍堵莉莉絲。」

「圍堵？」布林克試著想像要怎麼圍堵她，這和抓瓶中精靈差不多。「怎麼，你認為她跑到這裡來了，飄浮在某個地方？」

「諾亞．庫克和潔絲．普萊斯演示了這個圓圈裡的文字，因此開啟了一個門戶，讓莉莉絲進入這個世界。他們賦予莉莉絲這個次元的生命。*Haim*。這種連結堅不可摧，就像母親和兒女之間的連結。」

「比較像是法蘭克斯坦博士和科學怪人的連結。」布林克說。

「說的對。就像當初對付拉比和他的兒子，莉莉絲先附在諾亞身上。他死了以後，就移到潔絲．普萊斯身上。只要潔絲還活著，莉莉絲就會和她一起留在這裡，在我們的次元。」

「也許這就是拉莫里埃特自殺的原因。」布林克想起那封信的第一頁。我受盡磨難，但這是我咎由自取。「他受不了那種綑綁。」

「這種綑綁當然可怕。」瑞秋說。「我猜莉莉絲是利用潔絲的身體，攫取所需，然後棄如敝屣。潔絲是能量的來源，而莉莉絲像寄生蟲一樣侵噬她。」

他想到潔絲．普萊斯，她的皮膚有貧血症狀，她的身體和精神都虛弱無力。「如果是這樣，殺害諾亞的不是潔絲，」布林克說。「而是這個惡魔。」

他想起驗屍報告如何描述諾亞．庫克的器官受到的創傷、內出血、他皮膚上詭異的記號。

拉莫里埃特身上有類似的記號。潔絲也有。安—瑪莉把這些記號說成裂紋，這是內部受到極大壓力的外部證據。儘管他心存懷疑，這個推論似乎首尾一貫，毫無破綻。他還有一千個問題要問，但這時有人不斷急促地敲門，然後聽見詹姆森的聲音。他們的時間到了。詹姆森要拿回行李箱。

「我們必須做個決定。」她往門的方向瞄了一眼。

「你決定我們該怎麼做。」他站起來，抄起他的郵差包。「不管用什麼手段，我都願意一試。」

「要圍堵莉莉絲，必須和潔絲見面，這表示我們要去監獄。」

「我和潔絲的接觸管道被切斷。一旦我在監獄現身，警衛會奉紐約州長之命逮捕我。」

「有別的辦法嗎？」瑞秋問道，她的語氣非常急迫。

「我在監獄唯一的人脈現在進了醫院。」

「但我們需要潔絲・普萊斯，」她說。「否則根本辦不到。」

他想起厚重的磚牆、一捲一捲的刺刀鐵絲網、監獄四周綿延不絕的常綠森林。他想起瑟薩莉說過潔絲會被移監。「難度很高。」他說。

「這件事從頭到尾都是高難度的。」她說。「就算我們真的見到潔絲，我研究的是猶太神祕主義史。這是應用卡巴拉。以前我從來沒做過這種事。我們必須萬分小心。你很清楚，這種儀式可能造成嚴重的後果。很可能會失敗，甚至更加不堪，你做好面對失敗的準備了嗎？」

布林克想到潔絲，想起她在兩人初次見面時寫下的字：信任。她相信他會出手相助。他現在不能一走了之。「當然。」他說。「走吧。」

詹姆森使勁敲門，瑞秋收拾行李箱，把瓷玩偶和阿布拉菲亞的手稿放進去。

「快，跟我走。」瑞秋推開窗戶，爬到外面的逃生梯。在詹姆森的聲聲威脅下，布林克火速爬出窗戶，跟著瑞秋．艾培爾奔向耀眼的晨光。

走了半個街廓，瑞秋．艾培爾鑽進一處停車場，對管理員點點頭。不到幾分鐘，他把一輛白色的牧馬人吉普車開過來。布林克鑽進乘客座，小心翼翼地把行李箱放到後面，知道裡面裝的是易碎物品，便謹慎地將之塞在瑞秋的座椅背後。瑞秋踩下油門，把車開到街上。她趕時間是對的。他們從閱覽室爬出來還不到五分鐘，已經有一輛警車停在中心前面，車頂的警示燈轉個不停。布林克瞥見庫倫在跟警察說話，顯然暴跳如雷。他們拿走了摩根圖書館最珍貴的手稿，庫倫．威德斯會被究責。更令人擔心的是詹姆森的休旅車不知所蹤。他不是那種會等警察辦案的人，已經親自出馬了。

布林克扣上安全帶，既害怕又佩服地看著瑞秋快速而精準地穿越市區的車流，宛如在跑一場障礙賽。她彎進一條單行道，抄捷徑穿過一座停車場，然後轉上一條直通亨利哈德遜公園大道的斜坡，讓布林克嘆為觀止，不自覺吹起了口哨。「現在知道，」瑞秋駛進車流，樂得咧嘴一笑，「他們沒有跟來。」

儀表板上的數位時鐘顯示現在才剛過十點，然而陽光已經有好些日子不曾這麼明亮、炎熱、強烈，在這個有著數不盡的玻璃帷幕大廈和水泥森林的城市中，彷彿某種元素放大了太陽的力量。他望向公園大道旁邊的河川，在陽光下閃閃發光，曲折蜿蜒，璀璨得像一條鍛敲金屬。雖然進城的車流量很大，但他們這個方向的車速很快。等他們穿過喬治華盛頓大橋，從匝道開進帕利塞茲公園大道，他總算鬆了口氣。

不過就在布林克放下心防的時候，瑞秋倒抽一口氣。他轉頭看見卡姆．普特尼從後傾身向前，一手拿著行李箱，一手拿槍。他把槍抵在瑞秋的太陽穴上。「靠邊停車，」他說，聲音很輕柔，彷彿是邀他們坐下來喝咖啡。布林克直視他的眼睛，這傢伙眨眨眼，這種嬉鬧的動作讓人火大，幾乎是一種挑釁。想要的話，儘管過來拿。布林克瞥了瑞秋一眼，看到她驚恐萬分。他們別無選擇，只能照普特尼的話做。

瑞秋把吉普車停在路邊，卡姆拿著行李箱跳下車。她沒興趣看他接下來要幹什麼，卡姆還沒來得及關上車門，她就踩下油門，逃之夭夭。布林克鑽向後座，使勁關上車門，正好看見賽吉的休旅車停下來，把卡姆接走。

布林克心跳得很快。他深吸一口氣，想弄明白剛才究竟是怎麼回事。他怎麼沒發現卡姆躲在後面？他們眼看就要帶著箱子遠走高飛，怎麼會功虧一簣？

瑞秋深吸一口氣。「到此為止，」她說。「我們不如掉頭回市區吧。」她的聲音很緊繃，雖然看起來比布林克鎮定得多，她握著方向盤的關節卻毫無血色。

「但我們現在不能掉頭。」這就像是在通過樹籬迷宮時半途而廢。一旦回頭，就再也出不去了。

「沒有那份手稿，就無法重演誦讀的儀式。」她說。「就算見到潔絲也無濟於事。」

「等一下。」布林克邊說邊從外套拿出筆記本和筆。圓圈成形時，他腦子裡塞滿了數字和字母。他打開筆記本，絲毫不差地複製他在阿布拉菲亞的手稿裡看到的圓圈。「容器無法複製，」他說。「但我們可以用這個救潔絲。」

瑞秋細看這個圓圈，搖搖頭，欽佩不已。「這張圖很複雜，有幾百種，也許幾千種排列組合。你確定沒畫錯？」

「百分之百確定。」他拿出手機，把圓圈拍下來，透過加密訊息傳給維威克．古普塔。他對複雜版的圓圈應該有興趣，也可以藉此得知布林克現在的位置。通常他很討厭被監視，但知道導師能夠追蹤自己，布林克覺得很安全。

「我知道你大概經常看到這種反應，不過這真是……哇！」

「對，這是家常便飯，」他微笑著說。「但聽了還是很過癮。等我們解決這件事就更過癮了。」

「那就上路吧。」瑞秋手忙腳亂地撈出手機，然後拿給他。「不堵車的話，五個小時就能開到監獄。」

瑞秋開車時，布林克凝視窗外，看著樹籬另一頭的河川。

「你在監獄的人脈是誰？」瑞秋問道。「進了醫院那個？」

「瑟薩莉．莫塞斯醫師。」布林克說出自己所知的瑟薩莉遇襲的情況：前一天晚上，她在自己的住家被人攻擊，已經入院治療。

「顯然這就是我們要找的人。」她說。「她不但知道我們怎樣才能見到潔絲，說不定還能透露她是怎麼遇襲的。」

他不知道瑟薩莉傷勢如何，或她能不能接見訪客，但他知道現在沒有更好的選擇。他查詢醫院地址，輸入衛星定位系統，然後把手機還給瑞秋，她放在儀表板上。

瑞秋開車時，布林克靜靜坐著，什麼也做不了。有一條蘋果手機的充電線，他插到手機上，很慶幸有機會充電。他必須放鬆，但精神始終緊繃。他用手指敲打座位，拍打的節奏貫穿全身。他感覺自己像顆彈珠，經過了九彎十八拐，被保險槓彈到一邊，又被閃燈推到另外一頭。然而，此刻平靜地坐在瑞秋的車上，他花了點時間讓心情沉澱下來。

綜觀全局，他知道有一個更大的模式正在運作。片斷的碎片接合起來：他已經發現圓圈抄錯的地方，是釀成大禍的程式漏洞。而且他打算扭轉乾坤。不過，每個謎題師都知道，如果沒有掌握全盤的邏輯，就算拿到碎片也沒什麼用。而瑞秋對圓圈背後的歷史知之甚詳，可以把背後的邏輯告訴他。

他看著瑞秋，凝視她的側影：一頭烏黑的長髮和莊嚴的舉止。她堅定不移的信念，讓他非常好奇。「我很想知道，」他說，「你為什麼從事這份工作？你的信仰一直這麼堅定嗎？」

「其實沒有。」她露出一抹微笑。「有很長一段時間，我不知道自己相信什麼。我有宗教信仰，但生活上很少遵守宗教傳統。後來遇到一個人，改變了我的一生。以撒從以色列來到紐約，有個共同的朋友介紹我們認識。他是一位治學嚴謹的學者，對信仰抱持著進步的觀念，當時他在經學院就讀，準備成為拉比。他約我喝咖啡，在聊天的過程中，我發現他和我以前認識的人都不一樣。當我對他說，我不確定上帝是否存在時，他問我相不相信科學。我當然說相信，然後開始討論大霹靂、物理學等等。他說他的上帝觀和我描述的科學現實觀完全一樣。上帝是光，他說。這不是隱喻，不是抽象的說法。而是確確實實符合所有的光子特性：一種無所不在、自由穿越時空的存在，一種在分子層次上有能力創造生命的能量，具備這些特質的創造力，正是我們所謂的上帝。他的觀念當然沒這麼簡單，但我對他信仰的基礎很有共鳴。上帝是光。物質世界是神聖的世界。這是卡巴拉和我所有信仰的基礎。可以說以撒改變了我的信仰。」

「聽起來你們意氣相投。」他說。

「對，當年確實如此。」她的聲音變得溫柔。

「當年？」

「我先生三年前死於肺癌，」她說。「享年三十五歲。」

「很抱歉，」布林克說。「我不知道。」

「你不可能知道。」她說。「他病倒的時候，我心都碎了，常常憤憤不平，但我先生沒有怨天尤人。他擁抱人生，也以同樣的使命感面對死亡。他相信我們在塵世的使命是學會看見，真正看見造物之美，同時了解生存的主要目的不是成就或享受，甚至不是人與人的連結，而是要回到萬物的起源：那個永無窮盡的光點，也就是上帝。他教我必須不斷為我們的信仰奮鬥。你這個，」她看了他一眼，「就是我想幫助你的原因。你不惜以身犯險，拚命幫助這個女人。你的立場堅定，而且絕不退縮。」

瑞秋說的是事實，但布林克的動機不只如此。對，他是想救潔絲，但還有一樣東西牢牢控制著他，一種深切的需求，讓他全身充斥著腎上腺素，是他怎麼也甩不掉的癮頭。只要閉上眼睛，他的大腦就被阿布拉菲亞的圓圈籠罩。字母的漩渦和象徵圖案的構造，猶如泰山壓頂，讓他難以抵擋。他對破解謎題的需求比什麼都重要，什麼都阻止不了他。

雷布魯克唯一的醫院，如同當地唯一的監獄，座落在郊外，隱匿在一片廣闊的森林裡。被卡姆・普特尼偷襲之後，剩下的路程幾乎寧靜無波。布林克把瑟薩莉・莫塞斯可能的情況一一羅列出來。維威克・古普塔傳給他的報導內容很簡略，他的線索有限。他不知道她受到多猛烈的攻擊、當時潔絲・普萊斯在哪裡、警方有沒有找到罪犯。他甚至不知道她的傷勢嚴不嚴重，因為掌握不到細節，他只能做最壞的打算。

他們在下午三點左右抵達。在醫院停車場，布林克試圖打電話給瑟薩莉。她沒有接，不過大約十秒鐘後，一則簡訊從她的電話號碼傳來。不能說話。你在哪裡？

他解釋他們已經到了醫院，必須見她一面。她寫說：警察今天早上來過，把大家弄得很緊張。只允許近親探視。如果有人問起，就說你是我弟弟。我在二〇七號病房。

布林克回覆：好，姊姊，雖然他們可能不會相信，畢竟我是白人。

瑟薩莉的回答是一個豎起深膚色大拇指的表情圖案：那就是同父異母的弟弟。

剛到二樓，馬上有一位護士上前阻攔，問他們要找誰。布林克說他們要找二〇七號病房，護士打量半晌，隨後往走廊盡頭一指。他走得很快，經過一張輪椅、一個棄置的點滴架、一盤放在病房門口的食物，上頭有馬鈴薯泥、青花菜和一坨很像千層麵的東西。他有些畏縮。醫院的氣味總讓他想起父親病倒的那段時間。現在，將近十三年後，透過心率監測器此起彼落的嗶嗶聲，還有差勁伙食的氣味，他感覺往事重現，在他眼前一閃一閃地，然後再度消失，是他的感官喚起這一片時光海市蜃樓。

到了二〇七號病房，瑞秋點點頭，讓布林克獨自進去。瑞秋・艾培爾已經被牽扯進來，自然應該讓瑟薩莉知道，但他猶豫著，覺得現在不適合介紹她們認識。瑟薩莉坐在床上，左半邊的臉裹著繃帶。他進了病房，但直到他幾乎站在她的正前方，她才看見他。「布林克先生，」她說，繃帶下的笑容歪了一邊。

「到底發生了什麼事，莫塞斯醫師？」他把聲音壓得很低，彷彿音量會加重她的傷勢。

「縫了二十二針。」她在臉頰描出一條線。「算我走運，眼睛沒瞎。」

他這才驚覺事情有多麼恐怖。襲擊她的人下手狠毒。她一定痛得不得了，而且臉上一定會留下疤痕。他再次深感自責。他不該走的。要是他沒有離開雷布魯克，她就不會受傷。

他拉來一張椅子，坐在床邊，希望能設法緩解她的不適。就在這時，他看見厚厚的一疊週末《紐約時報》擺在床邊的桌上。《時報》週日版雜誌翻到謎題版，整頁都是他的謎題，是他捲進這整件事的那一天，令他傷透腦筋的那個三角座。

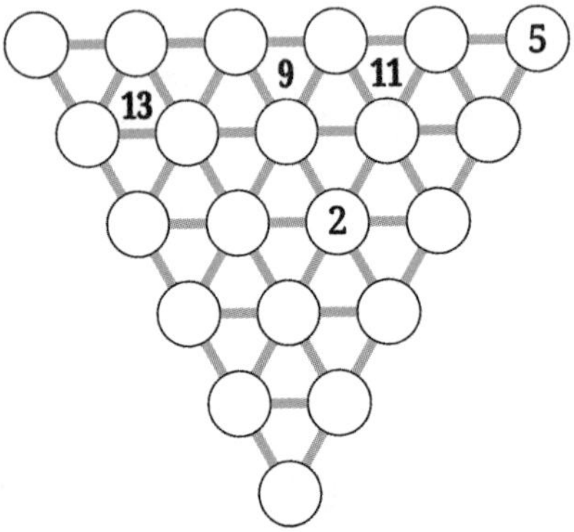

這個謎題設計精巧，巧妙的構造讓他非常自豪。他特別偏愛數字謎題，像是順獨、二十四點、數獨、交叉數字。這種謎題的前提清晰，沒有曖昧空間。謎題會提供幾個數字，剩下的由讀者填寫，最後加起來的數字完全吻合。他看了這個三角座一眼，發現這是他比較難的一個謎題。瑟薩莉只填了兩個答案。「這一題很有趣。」他說，朝他的謎題點了個頭。

「對，」她說，聲音沒什麼起伏。「我做了整個早上，布林克。你就不能設計對我們普通人來說稍微容易一點的謎題嗎？」

「你可不是普通人，」他說。「真沒想到你能讓潔絲．普萊斯為我錄下那些話。要不是你弄到這段錄音，我絕對不可能查到現在這裡。」

她睜大眼睛，瞪著他看了半天。「你查到哪裡了？」

他看看外面的走廊，再看看她旁邊的監測器。以前他從來不會疑神疑鬼，但現在他太清楚隨時可能有人追蹤他的行動，錄他的音。「我會盡快向你一一說明，」他說。「但首先告訴我，是誰把你傷成這樣？」

她搖搖頭。「我不知道，我回家把音訊檔傳給你，事情發生的時候，我正坐在餐桌前面。顯然我當時一定是和闖入者正面對抗，因為我的臉是被我自己的筆電打中的，但我不記得了。我的醫師說我恢復記憶的機率是五成。」

布林克完全可以感同身受。他很清楚受傷後失控的感覺。

「同時，我提過的那個朋友，約翰．威廉斯，監獄的安全主管，正在埋頭調查這件事是誰幹的。他認為和阻礙我登入系統的駭客行為有關。」

「他認為是監獄裡的人幹的？」

瑟薩莉聳聳肩。「他不知道，但有這個可能。他複查所有的監視資料，希望能看出哪裡不對勁：未經許可就進出監獄的人，最近剛放出來，可能心懷不軌的囚犯，什麼都行。要看的資料很多，因為監獄有幾個結構死角，我們去地下室的時候，你也注意到了。到目前為止，約翰沒發現任何端倪。」

「他查過卡姆．普特尼的行蹤了嗎？」

聽他提起卡姆．普特尼，她吃了一驚。「你怎麼會知道他？」

「他是詹姆森．賽吉的人。」

瑟薩莉消化了這個訊息。「你是說卡姆．普特尼的主子，是我朋友警告我要提防的那個開特斯拉的傢伙？」

「正是，」布林克說。「他是這整件事的幕後主謀。」

瑟薩莉的表情透露出一連串的情緒：驚訝、憤慨，然後是怒火。「約翰一定會暴跳如雷。他會想知道前因後果。你介意我把這件事告訴他嗎？」

「我也有話要跟他說，」他說。「我想問他能不能幫我一個忙？」

「什麼樣的忙？」

他吸了口氣，知道他接下來的要求會讓她嚇一大跳。「我必須再見潔絲．普萊斯一面。」

瑟薩莉盯著他看，彷彿沒聽清楚他剛才的話。「你說什麼？」

「你說過獄方要把她移監，」他說。「現在移監了沒有？」

她搖搖頭。「我出事以後，約翰．威廉斯就延後移監時程了。」

「我有話要跟她說，」布林克說。「在哪裡都無所謂。圖書館、你的辦公室、任何地方都行。我一定要見她一面。」

「你知道這是不可能的。」

「這個要求很過分，我了解。」他說。「但這件事很重要。你朋友如果知道這件事有多重要，他也會想幫我。」

瑟薩莉眉毛一挑。「先讓我弄清楚。你是要紐約州立矯正中心的監獄安全主管，允許一個被視為安全風險、不得踏入監獄一步的人，和一名囚犯獨處？」

他知道這個要求很過分。「給我十分鐘就好。」

「你瘋了，麥可．布林克。」

布林克暫不作聲。同樣的想法在他腦子裡出現過很多次，但聽到有人大聲說出來，還是帶給他某種滿足感。

「聽我說，這件事背後的陰謀，超乎我們任何人所能理解。潔絲．普萊斯一直不敢說出她的遭遇，是因為有人監視她。卡姆．普特尼監視潔絲，並回報給詹姆森．賽吉。潔絲恐怕還知道很多內情，只是沒有說出來。她已經開始向我透露。只要約翰．威廉斯讓我進去見她，我知道她會把事情原原本本地告訴我，包括襲擊你的人是誰。」

瑟薩莉再三考量，就在布林克以為她要叫他走人的時候，她拿起放在大腿上的手機。「給我幾分鐘，」她說。「我想想辦法。」

耐性不是麥可・布林克的優點，等待瑟薩莉告知他能不能和潔絲・普萊斯見面，實在是一種折磨。他在瑟薩莉病房外面的走廊來回踱步，去販賣機給自己和瑞秋買兩杯苦咖啡，同時努力不讓自己發瘋。他在等候區發現另一份《時報》週日版雜誌，然後幫瑞秋破解三角座的謎題。

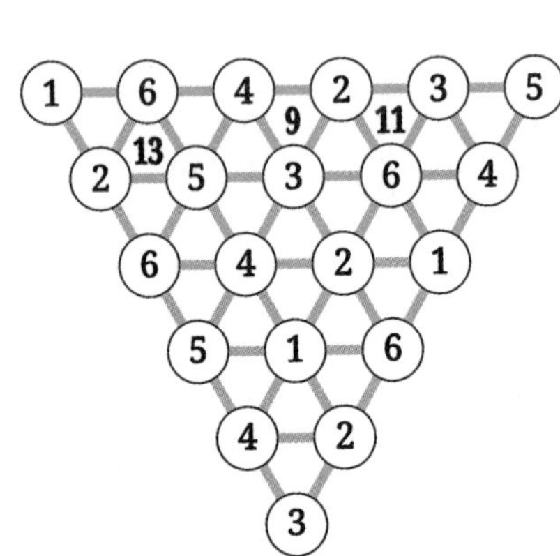

填寫數字圖形可以撫慰他的心靈，帶來一種原始的滿足感。數字組合的方式清晰、合理、明確。沒有任何曖昧。答案就是答案，殆無疑義。他笑著把他填寫的字母拿給瑞秋看，他名字的文數彩蛋藏在這幾個數字裡：13、9、11、5、2。Mike B。

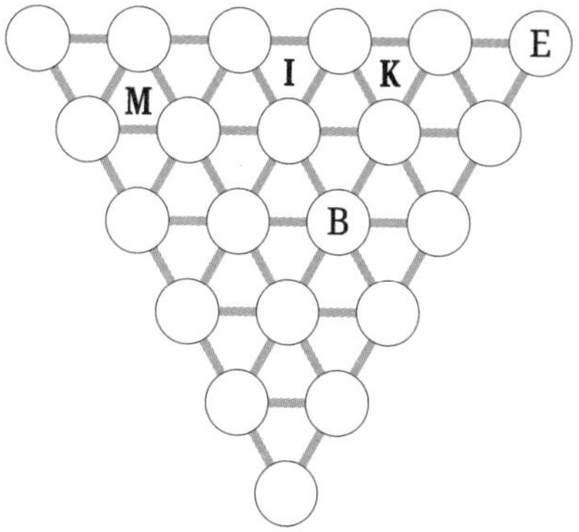

最後，他聽到瑟薩莉・莫塞斯講手機的聲音，他悄悄走到病房門口，聽她把布林克對她說的話大略轉述給約翰・威廉斯聽。她說布林克有確切的證據，證明卡姆是詹姆森・賽吉的手下，一直在監獄裡進行監視任務。她告訴他，布林克和潔絲有了交情，得到她的信任，如果有人能從她嘴裡問出事實真相，一定非他莫屬。或許是別無良策，她乾脆說：「聽著，我要知道下手的人是誰，除非查出是誰幹的，否則我絕不回去。」聽到這裡，約翰讓步了。

「他答應了，」瑟薩莉說，看到布林克在走廊裡。「他必須處理幾個問題，但他說會打電話通知你什麼時候去監獄。」

第五十七章

在醫院乾等，只會變成活靶子，所以他們決定先出去兜風，等約翰・威廉斯打電話來。他們上了吉普車，繼續深入阿第倫達克山脈，在濃密的森林裡蜿蜒前進，沿途經過幾個小鎮，空中飄揚著美國國旗，路邊的酒吧門口停了一排排簇新的四輪傳動車。在居高臨下的山路上，布林克注意到窩在山腳一處凹地裡的監獄。他發現他們一直在周圍兜圈子，像撲火的飛蛾，被潔絲・普萊斯的謎團吸引。

瑟薩莉保證約翰・威廉斯會打電話來，但他們已經在路上開了一個多小時，仍然毫無音訊。最後，瑞秋在美孚加油站靠邊加油。布林克給吉普車加滿普通無鉛汽油，然後去裡面買了鮪魚三明治、幾包洋芋片和幾瓶水。雖然他樂得在吉普車上吃，不過瑞秋提議他們依照路標指示，到健行步道盡頭的一處野餐區。從桌子和營火坑看來，這裡不像他期望的那麼與世隔絕——詹姆森當然在找他們。但瑞秋指出，以野餐區所在的角度，他們可以把綿延的山路盡收眼底。「不可能有人神不知鬼不覺地摸上來，」瑞秋說，把三明治放在木製野餐桌上。

現在將近晚上六點，布林克飢腸轆轆。這個三明治只夠他塞牙縫（他早該知道要買比鮪魚更能果腹的食物），但能踩在堅硬的土地上，在涼爽、清新的高山空氣裡做些像是野餐這樣單純的事，他感到心曠神怡。

然而，這一刻雖然恬靜美好，布林克卻坐立不安。就連把三明治打開品嚐的時候，也禁不住感覺樹林從四面八方向他逼近。他心裡始終放不下潔絲。無論如何，他一定要見到她，一定要接到約翰．威廉斯的電話，一定要看著她的眼睛，證實他感覺到的一切絕非虛假。他看著手機，有一則瑟薩莉傳來的簡訊。潔絲會在第二天早上從雷布魯克移監到康乃狄克州一所中等安全級別的監獄。儘管早在意料之中，對他來說卻像晴天霹靂。這是他最後的機會。假如今晚不能見到她，假如現在不能在約翰．威廉斯的協助下進入監獄，他也許再也見不到她了。

他走到路邊，想驅散充塞在體內的緊張能量。太陽逐漸下山，紫灰色的光線籠罩森林，有一種淒涼、詭異的氛圍，照理說，這樣遼闊的美景可以撫平他的情緒，不過腎上腺素對聯覺者而言，就像普通人的興奮劑：升高他的情緒、強化圖像、激發源源不斷的色彩和數字。他眺望蜿蜒的公路，在平坦的黑色路面看出大量的幾何模式。他深吸一口氣。又吸了一口。這些模式不會讓他分心。他可以妥善控制。他只是需要花點時間打起精神。

「麥可，過來坐一會兒。」瑞秋示意要他在桌邊坐下。「約翰．威廉斯會打來的。我們只需要耐心等待。」

「看你老神在在的樣子。」他離開馬路，在她旁邊的長椅坐下。

「我有把握，」她說。「他會和我們聯繫。」

他看著她，猜測她的信心從何而來。確實，她很有把握。「你怎麼能對一個素未謀面的人這麼有信心？」

「不知道為什麼，但我就是能感覺到，」她說。「在這種時候，當一切懸而未決，眼看就要出事的時候，我對自己的信心有十足的把握。」

「如果能借你的一點信心給我，只要一、兩小時，我會感激不盡。」他說。

「哦，我想你有你自己建立信心的方式。」她反過來盯著他看。「我不想讓你尷尬，所以先前沒有提，但《浮華世界》那篇報導真的讓我很感動。我無法體會你所經歷的困難。遇上這種事，一定很可怕。」

「嚇死了，」他說。「一覺醒來，完全變了一個人。」因為瑞秋坦率地向他傾訴了自己的喪夫之痛，他覺得可以無所顧忌地和她說話。「受傷以後，從前的我徹底消失。原本的麥可．布林克死了，我必須弄清楚新出現的這個人是誰。」

「你有沒有想過，要是那天晚上沒有受傷，現在的你會是什麼樣子？」

「你的意思是，假如我觸地得分，贏得冠軍，然後成為明星四分衛嗎？」他問。「我不知道。我很難去想這個問題。我渴望的一切瞬間化為泡影。所有的努力都付諸東流。我當然有天分，但我花了很多心力鍛鍊。經年累月在早上六點練習和受訓，長年不參加派對、不泡妞、不喝酒。都為了淬鍊那唯一的天分。然後，撞了一下，我渴望的一切就這麼……付諸流水。」

「聽起來，你很懷念那個無緣實現的自己。」

「我想是吧。」他在堅硬的長椅上不安地搓手頓足。「可是他如果沒有消失，我就不會是現在坐在這裡的這個人。我永遠不會知道自己還有截然不同的這一面。我想我應該慶幸自己受了傷，即便我的生活因此變得困難重重。」

「很少有人會為吃苦感到慶幸，」她說。「有時候我會為失去以撒而憤怒。我質疑一個像他這麼善良、立志要讓世界進步的人，怎麼會英年早逝。但苦難具有淨化的力量。讓我們看到真正的自己。你就是這樣喜歡上謎題的，我想。」

她說的對。對布林克而言，謎題逐漸增加的難度、找不到解答的痛苦，以及得到解答時的興奮，讓他的生命有了意義。他記得古普塔博士常說的那句話：異常之人會引來異常之事，無論好壞。「你說的對。也許某一部分的我就得要吃苦受罪。我可以到谷歌或是政府機關上班，或是在麻省理工教書，擁有高薪厚職，」他說。「但只有設計謎題能讓我活下去。」

「你有沒有想過，你非得幫潔絲．普萊斯不可，也許和這部分的你有關？」

「這當然是原因之一。但我也覺得自己幫得了她。我必須知道我人生的這場意外不只是為了我。這份天賦，不管你叫它什麼，是為了實現更重要的目的。潔絲讓我找到了這個目的。」

夜色降臨，約翰．威廉斯的電話還沒打來。布林克一分鐘也坐不住了。他必須展開行動。

他們決定開車前往監獄，在那裡等待約翰．威廉斯的消息。「你介意讓我開車嗎？」布林克拿起野餐桌上的鑰匙。多年以來，他只開過他的舊貨卡，設法緩解緊張能量，可以改善他的心情。

兩人坐上吉普車，開往山下的時候，他的思緒飄回自己和瑞秋的對話。她說的當然很對。苦難鍛鍊了他。痛苦和失落創造出的環境，讓他的天賦得以發揮。他思量著，若非歷經苦痛，若非他意外受傷的毀滅之火把他昔日的自我徹底摧毀，恐怕他連現在的一半都比不上。

布林克正在慢慢轉彎的時候，吉普車突然開始搖晃。剛開始只是方向盤輕微震動，然後排檔突然咬緊。前照燈發出劈里啪啦的聲音，儀表板畫面消失，煞車器動不了。這種情況他以前只遇過一次，俄亥俄州一場冰暴期間，他開到一段濕滑的路面，車子失控，滑到路邊的陰溝裡。不過現在路面沒有結冰。六月的夜晚天氣暖和，天空連一片雨雲都沒有，車子也沒有打滑。他有種驟然飛躍的感覺，即使知道他們有可能撞上岩石山坡。

他盤算他們是不是應該在吉普車逐漸停止的時候跳車。他還來不及弄清楚是怎麼回事，一輛加長型豪華轎車停在他們後面，一個身穿夏季西裝、頂著費多拉帽的大塊頭爬了出來。維威克．古普塔找到他們了。

布林克跳下吉普車，不確定他應該擁抱維威克．古普塔，還是給他一拳。他的導師替他決定了，他一把將他攬進懷裡，緊緊擁抱。古普塔博士的身體軟得像靠墊，有帕爾馬之水的味道，這款古龍水是他的招牌氣味。他鬆開布林克，走到瑞秋面前，她嚇得目瞪口呆。

「艾培爾女士，我是維威克．古普塔博士，你可能不認識我，但我已經擅自把你好好了解了一番。」

「你說什麼？」瑞秋驚愕地看著古普塔博士。

「當布林克先生把那個圓圈傳給我，我就可以透過衛星定位並且追蹤你的車。你開的是二〇一五年的牧馬人吉普車，我根據你的車牌號碼，找到你在監理處的紀錄，並且調出你的姓名、社會安全號碼和出生日期。對了，詹姆森．賽吉的打手就是這樣在停車場找到你的吉普車，只不過是反其道而行：他掌握你的姓名和工作資料，用這些查出你的車牌號碼。資訊都是互相連結的，只要取得一份資料，所有資料都會出現破口。舉個例子，稍微搜尋一下，我就會查到你活期存款帳戶的餘額和你房貸的利率。對了，你的利率很不錯。我還可以查到你得過的專業獎項，甚至是你的牙醫紀錄。你的牙齒好極了，艾培爾女士。漂亮。」

他頓了一下，淘氣地向布林克笑了笑。

「請原諒我剛才突然占用你的車，」古普塔博士說。「但我不想把你們跟丟了。山上的手機訊號有點弱。」

「是你幹的？」布林克驚訝地問道。「怎麼辦到的？」

「吉普車作業系統裡的零日攻擊程式，」他說。「對我們這種行家相當有用。」

「零日攻擊程式？」瑞秋顯然一頭霧水。

「這是一個電腦程式漏洞，」布林克忍不住笑了。維威克．古普塔對他解釋過這個程式漏洞，但他沒注意聽。他開始後悔自己上課經常恍神。

「其實，這是作業系統裡的後門漏洞，任何人只要懂得必要的技巧……事實上，隨便一個有經驗的駭客，都可以進入控制車輛的電子系統。這是個眾所周知的問題，儘管製造商宣稱他們已經把漏洞補好了，顯然問題依舊存在。」他望著前方的馬路，再回頭看看。「而且如果我能進入你這輛車的電子系統，親愛的，詹姆森一定也辦得到。所以，快快上車，免得被人看見。」

維威克．古普塔帶他們坐進豪華轎車的後座。這裡裝了絲絨座椅和一台很大的電腦監視器。他打開一個貼了錫箔紙內襯的小金屬箱，是法拉第籠。布林克記得他去鱈魚角的時候看過。古普塔博士整個週末都把他們的手機鎖在箱子裡，現在也用同樣的方式處理手機。

「布林克先生有一種可以在腦子裡破解謎題的奇才，我卻必須仰賴我的電腦永不懈怠的協助。」

古普塔博士按下控制台的一個按鈕，一扇門縮進去，露出一個小酒吧。「布林克先生，麻煩你。」

布林克立刻動手。他在調酒器裡倒入裸麥威士忌、苦艾酒和苦精，調出三杯曼哈頓，這是古普塔博士最愛喝的雞尾酒。他把樂莎度櫻桃放進酒杯裡，然後遞一杯給瑞秋，再遞一杯給古普塔博士，然後，隨著酒杯的叮鈴聲，他輕啜一口，坐回他的位子。

古普塔博士把一個鍵盤放在大腿上，輸入一項指令，電腦螢幕被一個發光的圓圈占滿：阿布拉菲亞的神名變體。

「現在，放輕鬆，好好喝一杯，同時仔細聽清楚。這會讓你們大為震驚。」

第五十八章

「布林克先生把這個神奇的構造傳給我時，我其實非常困惑。我對宗教史不甚了了，身為佛教徒，對猶太教的聖像所知有限。」古普塔博士說。「不過從數學的角度來看，這個圓圈相當令人好奇，也非常複雜。考慮到這個圓圈的設計者生活的時代，完全沒有你我用來理解世界的數學發展，我忍不住嘖嘖稱奇。誠然，他生活在一個連蠟燭都算奢侈品的時代。」

維威克．古普塔調整大腿上的鍵盤，輸入另一項指令，圓圈放大了。麥可．布林克只看過幾次，不過每次閉上眼睛，圓圈就出現在他心裡。維威克．古普塔用一枝雷射筆，把放射線周圍的一圈數字指給他看，然後指向圓圈中央的大衛之星。「我是異教徒，如果要解釋這個圖像的宗教意義，艾培爾女士比我在行得多。但我在這裡看到的是一種數學難題。謎題，朋友們，謎題。就是這個東西深深打動了我，讓我一步步成為密碼高手、數學家、藝術家、禁忌言論的愛好者。話雖如此，如同我的偶像，印度數學家斯里尼瓦瑟．拉馬努金，我也篤信：『除非表達出神的思想，方程式在我眼中毫無意義。』這個謎題就是這樣的方程式。」

維威克．古普塔回頭望向螢幕。「這個圓圈一開始讓我感興趣的地方，是它包含一個獨特的模式。你有沒有看出來，布林克先生？」

「圓圈邊緣的黑白方塊，」布林克說。「是二進制的。這是我最早注意到的地方。」

「二進制密碼，」古普塔博士說。「在這樣一張圖畫裡，我認為這個元素很不尋常。」

「歷史上曾有人用密碼來傳遞造物者的消息，」瑞秋說。「阿布拉菲亞顯然是青出於藍而勝於藍，但並非只此一家。」

「是嗎？」古普塔說。「嗯，猶太人可能用過二進制密碼，但這個系統不是他們的專利。」維威克．古普塔點擊一個按鈕，螢幕上出現了六條一組的粗黑線疊起來的圖像。

「亞伯拉罕．阿布拉菲亞和中國人沒有往來，所以不可能知道這個，不過中國哲學家伏羲氏比他早了四千年，他仰觀天象，得到一套類似的二進制訊息，陰柔和陽剛二元力量的祕密，稱為陰陽。他和阿布拉菲亞一樣，創造出一個符號系統，不是神名的變體，而是卦：六條一組疊起來的虛線和實線，陰爻與陽爻。這些卦再進一步交織組成六十四卦，形成易經的基礎。卦的作用是占卜。事實上，據說卦能算出世界上所有的祕密。」

古普塔博士點擊了一個按鈕，螢幕上出現一張漩渦的照片。漩渦裡布滿了離散的截面：每個截面上都寫了方程式。

「德國數學家萊布尼茲注意到伏羲氏的二進制，他不眠不休地創造出一個不需要小數的運算體系。他渴望一種純粹的數學，可以充分表達出零與一的差異。萊布尼茲對零或無的問題非常著迷。零，純粹的位勢，怎麼會變換成一，一個完全而完整的物質客體？從無到有的轉變是……嗯，天地萬物的核心問題。直指我們所有的精神與知識體系——宗教與科學，以及存在問題：生命是怎麼開始的？肉體死亡後會怎麼樣？還有無的本質是什麼？」

布林克看了瑞秋一眼，想知道她跟不跟得上古普塔博士的思想髮夾灣。他很習慣這種天馬行空的思維，以前在麻省理工修古普塔博士的課，他就能心領神會。眾所周知，古普塔博士為了解釋數學謎題的細微差別，不惜耽誤學生下課。不過他多慮了。瑞秋聽得津津有味。她全神貫注地看著古普塔博士，把每個字都吸收進去。

「萊布尼茲的問題，」瑞秋說，「正是卡巴拉主義思想的根源。」

「的確！」古普塔博士欣然一笑。「萊布尼茲對卡巴拉有莫大的興趣，畢竟這和他對創造之謎的執念是一致的。他假定可以用零與一構成的一套系統，解釋宇宙最深奧的運作。時間證明他的直覺是對的。二進制成為人類計算和表達物質世界的主要方式。你大概也知道，我們完全仰賴二進制代碼來操作以電腦為基礎的通訊方式。交通、網際網路、國家安全，全部由二進制代碼操作。幾乎所有的文化體驗，從錄製的音樂到電影和電視，到有聲書和電子書，都是用二進制代碼來創作和發表。而且事實證明，這個圓圈也含有一個二進制代碼。」

瑞秋傾身靠向螢幕。「不知道我以前為什麼沒有看出來。」

「其實不是很明顯，」古普塔博士說。「但如果仔細研究這個序列，一定會發現圓圈邊緣的黑白方塊絕非隨機排列。我很快就發現這一點，並且猜想這個序列有第一層的解答，但我懷疑事情沒有這麼簡單。所以我把它輸入很多不同的電腦程式，而我萬萬沒想到，這個序列產生了驚天動地的結果。」

「什麼樣的結果？」瑞秋仍然盯著電腦螢幕。

「七十二種變體是這個祈禱圓圈的原始用意，對吧？這個二進制序列，用七十二種變體操作以後，產生了一行電腦代碼。」

「電腦代碼？」瑞秋震驚地問道。「這是將近一千年前畫的圖。」

「不可思議，我知道，更令人吃驚的是，這不是普通的舊電腦代碼。」古普塔博士在鍵盤上按了幾個鍵，螢幕上出現一個方程式的畫面。「你有沒有聽過量子位元？」

「量子計算的代碼單元，」布林克認真端詳這個方程式。他從來沒看過這種東西，把零和一層層相疊，不過他喜歡這種對稱性。

「說對了，」古普塔博士說。「量子位元是量子資訊最簡單的單元。儘管現在的電腦是用位元或二進制元素做資料編碼，未來的電腦會使用量子位元，或是能駕馭量子力學的代碼，量子力學非常複雜，而且坦白說，它的定律令人匪夷所思。量子位元是非二進制，用多位置的方式處理資訊。最簡單的說法是：位元把資訊封鎖在一種狀態下，零或一；無或有。而量子位元讓資訊同時處在兩種狀態下。資訊可以同時既在此處又在彼處，既是黑又是白，既是陽又是陰。這種同時處於多重位置的狀態，稱為疊加。未來所有的資訊系統都處於疊加狀態。」

古普塔博士頓了一下，看著麥可．布林克和瑞秋．艾培爾。「你們明白我的意思嗎？」

「你是說，將來資訊會像量子粒子一樣，」瑞秋說。「就像做雙縫實驗的時候，光子可以同時出現在兩個地方。」

「沒錯，」古普塔博士說。「將來量子電腦的性能會比現在最快的電腦強幾千倍。這樣的算力會驅動資訊的疊加和量子遙傳，賦予我們超乎尋常的能力，解決現在看似解決不了的問題：疾病、飢餓，甚至死亡。」

「我知道這種機器的厲害，」瑞秋說。「可是詹姆森・賽吉為什麼志在必得？」

「想必他早就懷疑阿布拉菲亞已經把他要找的資訊編成代碼。或許他連我發現的量子代碼都知道了。和我一樣，他當然有能力提取出來。但真正的問題在於詹姆森是否已經研發出使用的方法。要執行這個代碼，需要一台量子電腦和操作電腦的網路。如果他擁有這些設備，又取得操作的科技……」

「他就掌握了永生的代碼。」布林克幫他把話說完。他盯著螢幕上的代碼，想弄明白究竟是怎麼回事。十三世紀一個神祕主義者創造的一段古老序列，含有一個量子代碼的建構單元，只要使用得法，這個代碼會改變人類的未來。「這也太出人意料了。」

「我們年輕時幻想過，」古普塔博士說。「我們曾經夢想，可以在純屬生物性的意識以外，創造新的意識系統。我們開玩笑說，要為靈魂找一個更好的皮囊，一個不需要吃飯或睡覺的皮囊。永遠不會磨損的皮囊。你想想，布林克先生：我們昨天透過視訊通話時，你分不分得出螢幕上的影像是重建我的生物自我，還是透過像素重建我的意識？那究竟是我，還是我的影像？你永遠分不出來。」

維威克・古普塔啜了最後一口曼哈頓，然後把酒杯放在地上。

「以前我一直認為永生的觀念純屬理論，是科幻小說的靈感來源。但我以前也不相信真的會有量子位元、量子力學和資料遙傳。現在這些已經不是空中樓閣。意識可以被編碼、保存、遙傳。賽吉的心靈可以存在於現在和未來的疊加中。我們有數學模型做為佐證。」

「但這些目前都純屬理論，」布林克說。「現在還沒有這種科技。」

「沒錯，」維威克・古普塔說。「但理論是把想像化為現實的第一步。依我個人淺見，要對人類的存在做出那種大規模的干擾，我們現在還差得遠。不過詹姆森意志堅定。他的想法總是領先時代一大截。而且這個代碼，即使在理論上，也堪稱奇蹟。阿布拉菲亞給了人類一個非常強大的工具。」

「或許吧，」瑞秋的表情似乎不以為然。「可是阿布拉菲亞不可能知道什麼是量子代碼。他設計的圓圈是一種禱告。是用來表演、吟誦和體驗，是用來和上帝溝通的。」

「你的話很可能是對的，」維威克・古普塔說。「但身為數學家，我可以告訴你，這個圓圈包含一件舉世罕見的寶藏，它太精準、太完美，不可能是意外。」

「也許根本不是意外，」瑞秋直視他的眼睛，他看得出她在想什麼：上帝謎題不是隨機的產物、不是失誤，更不可能是一場幸運的意外，而是上帝賜給人類的禮物。

十幾年來，卡姆．普特尼一直徹底服從命令。他前往世界各地，收集存滿了天知道是什麼寶貴資訊的硬碟；他堅持不懈地接受訓練，挑戰他體力和精神能力的極限；他搬到紐約市北邊五小時車程的地方，丟下他的孩子，在監獄當警衛；他殺了一個男人，攻擊了一名女子。他一直對詹姆森．賽吉唯命是從，絕無異議，從不質疑。他用梅師父訓練他的方式執行命令：迅速、徹底、心懷榮譽、守口如瓶。這是奇點武士的作風。在他心目中，任務比什麼都重要。

除了他的女兒以外。雅思敏十三歲，生活得健康快樂，這個女孩身心健全，完全不知道她父親以何為生。他沒有對她透露真相，希望她擁有正常的童年，而且一切都如他所願。拜賽吉先生的教育基金所賜，她進入曼哈頓最好的私立學校，同學邀她去漢普頓參加奢華的生日派對，寒假在巴哈馬群島的海灘度假。她喜歡音樂劇（他帶她看過四次《小魔女瑪蒂達》）、抖音和韓國流行音樂。她喜愛動物，上次見面是在幾個月前她放春假的時候，當時她對他說自己長大以後要當獸醫。獸醫。他十三歲的時候，絕對想不到將來要從事這種職業。他很驕傲自己把她保護得很好，不讓她知道世界殘酷的真相和他的真面目。然而她很脆弱，很容易受傷。他不知道自己能不能硬起心腸，幫她堅強起來、讓她吃苦。只有這樣，她才會學到他的心得：安全感來自和痛苦正面迎戰。

這些年來，卡姆一次又一次面對危險，直到它成為自己的一部分。梅師父教過，他的身體保留了那些經驗，所有的痛苦和歡樂、失敗和勝利。但他總是半信半疑，直到他對莫塞斯醫師下手那一刻。

他已經準備好了。他知道他有一次機會，也只有一次。訣竅是在襲擊她的時候不損壞電腦。她從手機傳到筆電的檔案很重要。賽吉先生應該會想拿到電腦，還有手機，所以卡姆必須小心，子彈命中的角度，要讓她往後倒，將身體推離餐桌。由於他站在她背後，這一槍不容易擊中目標，但也不是毫無可能。

他的動作很慢，每一步都像在走鋼索。稍有失誤，就會破壞這個脆弱的平衡，讓他前功盡棄。他走到一半，才發現自己疏於防範：一個人影閃過筆電螢幕，讓莫塞斯醫師發現他的存在。前後只有幾秒鐘：她發現他站在身後，立即闔上筆電，轉身面向他。看到她迅捷的反應，他突然呆住了，完全無法動彈，只能看著她把筆電揮過來，對準他的手腕迅速一擊，讓他的克拉克手槍飛到餐廳的另一頭。

後續的幾秒鐘，他的大腦停止運轉，全靠多年訓練出來的反射動作。他的視線模糊，意識不清，痛下殺手。等他回過神來，瑟薩莉．莫塞斯已經被撂倒。她躺在餐廳的硬木地板上，左邊臉頰有一道很長的裂口，慢慢滲出鮮血。他低頭一看，發現筆電纖薄的邊緣沾滿鮮血。他不記得自己從她手中奪下筆電，不過一旦到他手裡，就變成一把利刃。

突然間，地板傾斜，他陷入一陣恐慌，頭暈目眩，兩腿開始彎曲，雙手發抖。這是他生平第一次殺女人，而且是親自動手。他有點不敢置信。梅師父教過他，想站得穩，必須先退後一步。他必須把恐慌放在一邊，深呼吸。他把空氣吸入腹腔，憋住四、三、二、一秒，然後吐出。房間不再傾斜，他的手也不再發抖。

卡姆十幾年滴酒不沾，不過這是他第一次在執行任務時崩潰，迫切需要喝一杯。他開了一瓶葡萄酒，倒了一杯，一飲而盡。他怎麼會變成這樣？他回頭看著瑟薩莉．莫塞斯，地上的血不斷往外流，然後他看到女兒的臉，一旦頭部受到重擊，雅思敏的生命和頭腦也可能這麼輕易就被摧毀。

卡姆內心深處有一樣東西碎了。他以賽吉的戰士自居的認同基礎也開始瓦解。他不是盲目無腦的畜生。他不是禽獸。梅師父對他的諄諄教誨可以證明。他女兒可以證明。然後，就像從另一個國度傳來消息，瑟薩莉．莫塞斯發出呻吟。他轉頭看到她睜開雙眼，總算鬆了一口氣。她沒死。他拿起她的手機，撥了九一一，把手機放在她耳邊，讓專業受理人員的聲音把她叫醒。卡姆知道很快就會有人來救她，這才放心離開。

莫塞斯醫師不會死。儘管如此，他心裡一直忘不了自己對她幹的好事。當賽吉先生對他說，他完成任務的時機到了，他再次陷入恐慌，現在卡姆的眼裡只有雅思敏。他早知道會有這一天。他接受種種訓練，就是為了執行這個偉大的效忠行動。他學到的每一種技巧、他收集的每一份資料、他監視那個囚犯的時時刻刻，這些任務都只是賽吉先生實現終極計畫過程中的幾個步驟。

然而這樣一來，他女兒會怎麼樣？他會怎麼樣？這些年來，他已經變了。在紀律和教育的薰陶下，他已經和當年簽約的時候不同了。如果他答應賽吉的要求，完成他的職責，如果他因此犧牲性命，以後就再也不能當雅思敏的父親，至少不是正常的父親。他並不害怕行動本身或行動的暴力。可是一旦計畫成功，一旦證實賽吉先生的理論是對的，那卡姆的人生將就此改變。

卡姆把行李箱從吉普車拿回來以後，賽吉先生通知他時機已到。「我們追求的目標就在這裡，」他說。「未來已經到來。」卡姆認真思考接下來的情況，他答應履行的職責、他必須付出的犧牲，然後他開始恐慌。他告訴賽吉先生，他無法達成他的要求。他辭去工作，準備面對一切後果。

但賽吉先生沒有生氣。他們駕車前往曼哈頓下城，安—瑪莉正在直升機上等他們。飛往基地的時候，他們全程不發一語。到了目的地，賽吉把手搭在卡姆肩膀上，看著他的眼神，說他理解他的反應。「未來令人恐懼，」他說。「但你無須恐懼。我會一步步指引你。」他們來到地下室，進入賽吉布滿電腦設備的掩體。這裡有一台地熱發電機，讓整個地方離網運轉，地窖塞滿了緊急補給品，包括一個月的用水、糧食、碘片、罐頭食物、五十磅一袋的豆子和白米。他不該感到驚訝。賽吉先生崇尚百分之百的自力更生。不請律師、不上銀行、不看媒體、身邊絕對不能出現任何數量不明的東西。

卡姆確定連安—瑪莉也不清楚賽吉先生的志業究竟是什麼。他想不通這樣一個聰明、美麗的女士，怎麼受得了賽吉先生的種種古怪行徑。他猜想賽吉先生的怪癖也許是金錢養出來的，但他好奇她是否和卡姆一樣，漸漸認為他的志業與金錢無關。如果她在賽吉先生這股執念的邊緣，看到了美麗的願景。也許她也會被賽吉先生創造的崇高未來所誘惑。

賽吉先生請他坐在掩體的螢光燈下面，為他斟了一杯自己珍藏的世界級蘇格蘭威士忌，然後問他幾個問題：他想得到什麼？他在害怕什麼？他為什麼花這麼多年的時間接受訓練，卻要在關鍵時刻退縮？卡姆回答，他不能讓女兒承受他行動的後果。

「正好相反，她會從中獲益。」詹姆森．賽吉說。「你的行動會讓你成為英雄，朋友。你帶領人類邁向大重啟，你的貢獻會受到頌揚。」

「你很清楚，」卡姆說。「屆時到處都會看到我的名字，電視、網路，雅思敏的母親會知道，她朋友……」

「你女兒不會覺得丟臉。她會以你為榮。你實現了全人類的潛能：取代眾神。把他們變得可有可無。永生不死。」

「可是一旦成功了，」他說，「我可能再也見不到她。」

「一旦成功了，你會和她同享永生。」

賽吉先生走到地下掩體的另一頭，電腦監視器發出的光，把他的臉照成綠色。

「來，讓你看看我有多麼信任你。」這台電腦和他看過的機械裝置都不一樣，滿牆發光的晶片，在玻璃板後面一閃一閃的。賽吉先生坐在鍵盤和監視器前面，打開一個檔案。裡面是他的遺囑，和卡姆的合約一樣，以李嘉圖合約*的方式簽署。卡姆的名字旁邊是一筆天文數字的金錢，他一輩子都花不完。

「安—瑪莉會受到照顧，我還捐了許多不同的基金。但我的遺產有很大一部分會留給你，卡姆。好好考慮。就算我估計錯誤，就算我的計畫一敗塗地，雅思敏也會得到好處。你想想，有了這樣一份保障，她的人生有多麼光明。」

賽吉先生把一個行動硬碟插入電腦，打開了螢幕上一整排檔案。

「這是我畢生的志業，」他說，眼神充滿驕傲。「我知道很可能失敗。但我必須確定你會

* 編按：由金融密碼學家伊恩・格里格（Ian Grigg）所提出，是一種可被人類與機器理解的合約，以密碼方式簽署、驗證、儲存在區塊鏈上。

幫我完成最後幾個步驟。你願意嗎，普特尼先生？你還是我當初認識的那個人嗎？」

最後，他軟化了。卡姆．普特尼會確保詹姆森．賽吉的大重啟以正確的方式展開。「是，賽吉先生，」他的聲音在顫抖。「我還是那個人。」

說完以後，他們從行李箱取出那張圓圈的圖畫，掃描，然後啟動程式。「現在只剩最後一步，」賽吉先生興高采烈地說。「要修成正果，就需要潔絲．普萊斯。」

第六十章

約翰．威廉斯來電時，古普塔博士剛說完他的推論。他在鍵盤上按了幾下，解除對吉普車電腦系統的控制，引擎恢復轉動。布林克把駕駛座讓給瑞秋，當個單純的乘客，他感覺輕鬆多了。他最討厭失去控制，方才吉普車自己想轉彎就轉彎，這種感覺讓他非常忐忑。雖然維威克．古普塔保證下不為例，布林克卻不太相信他的話。古普塔博士喜歡惡作劇，特別是捉弄布林克的時候。

他們不能再耽擱了。約翰．威廉斯的指示很明確。他們要把車停在和監獄相距半哩、貼了一張「禁止狩獵」告示的樹叢裡。他們會在那裡看到一個袋子，裝了一套監獄警衛的新制服、一張識別證和一個名牌。

布林克走進樹叢，把衣服脫了，換上制服，感覺到僵硬的聚酯纖維布緊貼他的皮膚。衣服還算合身，但他發覺腳上的紅色Converse低筒運動鞋不太符合紐約州立監獄警衛的形象。眼下別無選擇，只能勉強湊合。

他把自己的衣服扔進吉普車，向瑞秋點了個頭，然後走向監獄。夜裡的天氣暖和，萬里無雲，一顆顆星辰點綴著漆黑巨大的天幕。監獄就在前面，他看到厚重的磚牆、成捲成捲的刺刀鐵絲網、泛光燈。想到要通過那道屏障，他突然心生恐懼。他知道萬一被發現，會有什麼下場。冒充警衛混進監獄，可不是靠解謎就能脫身的難題。一旦跨過那道門檻，就退無可退了。

約翰．威廉斯叫他晚上十點整到監獄門口，這是夜班人員抵達的時間，他會陪布林克通過各個安全崗哨，介紹他是新來的員工。一身簇新的制服，加上從來沒有人見過他，可以證實這個說法。雖然布林克來過監獄，但那時是白天，夜班的警衛不會認得他。如果一切照計畫進行，他進去一會兒就出來，不會節外生枝。

布林克來到第一個安全崗哨。警衛看看他的制服，瞄了他的識別證一眼，開始詢問他的身分，這時前面傳來一個人的聲音。

「他是新來的，查克，」約翰．威廉斯說。「如果要看他的資料，我辦公室有一份。」

警衛盯著布林克，又看了他的警衛識別證一眼，然後揮手放他過去。約翰．威廉斯示意布林克跟他走。兩人默默走向監獄，泛光燈的白色強光把草坪照得清清楚楚。

最後，約翰．威廉斯說話了，「你跟著我，布林克，不准在舊附樓耍花樣。我們直入直出，不准繞路。」

「沒錯，」布林克說，知道自己的一舉一動都被監視攝影機盡數捕捉。威廉斯想必有看到他跑去療養院的三樓看潔絲的手札。卡姆．普特尼不是憑本事找到他的。「這裡發生的每件事你都看得到。」

「顯然還是百密一疏。」

「如果潔絲・普萊斯知道瑟薩莉是怎麼出事的，她會告訴我。」

「聽著，老弟，瑟薩莉認為你才智過人，但我沒那麼好糊弄。如果你從普萊斯嘴裡問出什麼，就告訴我，但我不認為你會如願。她很可能三緘其口。她最喜歡玩這種遊戲，對吧？」

他突然覺得必須為潔絲說話。「你錯了，」他說。「這根本不是什麼遊戲。」

約翰停下腳步，轉頭對布林克說，「那你說是什麼，自大狂？」

他看過阿布拉菲亞的圓圈，上面的字母和數字。他清楚記得維威克・古普塔對他說的每一句話。拼圖的碎片都在。他只需要把它們拼湊在一起。「這是一道謎題。沒有潔絲・普萊斯，我們無法破解。」

「嗯，」他說，「我把醜話說在前面，朋友。不管你在打什麼主意，現在承擔風險的人是我。要不是看在瑟薩莉的份上，你休想踏進我的監獄一步。」

他們踏入大門，通過金屬偵測器。「新來的。」約翰低聲對值班的警衛說，對方直接放布林克過去，沒有要他交出手機，讓他放下心頭大石。他一見到潔絲，就會馬上打電話給瑞秋，她會一步步指點他該怎麼做。她會指示他應該站在哪裡，潔絲該站在哪裡；她會教他該怎麼說，潔絲又該怎麼說；她會協助他把哈希姆的音節唸出來。

然後呢？雖然同意執行這個計畫，但他百分之九十九確定儀式不會成功。他只想透過這個儀式激出潔絲的反應。那個圓圈就像糖丸，會產生安慰劑效應，讓她回到諾亞・庫克死亡當晚。如果他能重現潔絲在儀式過程中的情緒，她會想起到底發生了什麼事。所有哈希姆的傳說無非只是……傳說。然而即便只有百分之一的機率，他還是忍不住擔心這個傳說並非空穴來風。他看過諾亞・庫克和法蘭基・賽吉的照片，他讀過拉莫里埃特對拉比和雅各傷勢的說明，他們都在玩火。

約翰・威廉斯領著布林克轉了個彎，穿過狹長、燈光明亮的走廊，進入一個空房間。這是進行團體治療的場地，中間有排成一圈的摺疊椅。「我就站在門外面這裡，監視你。」他向上指了指安裝在走廊的攝影機。「這四分之一區的攝影機會中斷十分鐘。我不能讓別人看到我把囚犯帶來這裡進行深夜談話。別胡來。我是說真的。」他解開門鎖，為布林克開門，然後看手錶。「你有八分鐘左右。別浪費時間。」

這個房間沒有窗戶，一片漆黑，唯一的燈光來自門口附近紅色的「出口」告示。潔絲・普萊斯坐在房間中央的一張摺疊椅上，皮膚發出反射的紅光，頭髮柔軟地垂在肩上。他走上前，她沒有認出他是誰，甚至沒有看他一眼，只是怔怔地望著一團漆黑。然而，在她面前，他突然百感交集。過去這三天的壓力，讓他的感情變得緊密、具體成形。他想走過去，摸摸她，想確定她是有血有肉的人，不是他心裡的臆想。

不過到了她面前，他卻被潔絲的模樣嚇了一跳。她不住地發抖，嘴唇乾裂出血，皮膚蒼白到面無人色。她的眼睛發出火光，精神瀕臨崩潰。他想衝過去，想辦法救她，但又按捺下來。他不想嚇壞她。他夢裡的女人固然很像潔絲，但不表示她和他心有靈犀。

就在他躊躇不定的時候，潔絲站起來，逕自往前走，一把抱住他。她緊緊貼在他身上、攬住他的腰。這個親密動作讓他覺得自己不是一廂情願。她也進入了他的夢境。經歷了夢中的一切。

「我以為再也見不到你了。」她說，臉頰貼在他的胸口。

「我不會讓這種事發生的。」他緊摟著她。她的身體很冷，冰冷刺骨。

「你找到那個行李箱了嗎？」她問，從他的懷裡掙脫，聲音非常緊張。

「沒找到的話，就不會來見你了。」

「那你就知道拉莫里埃特發生了什麼事，」她說。「你知道人不是我殺的。」

「我知道你被捲入一個你完全無力控制的陰謀。」

她別過頭，不讓他看見自己的反應，但他看見她泫然欲泣。「為了這句話，你不知道我已經等了多久。」她說。「只要你相信我，我幾乎什麼都受得了。」

「我相信你，」他說。「這件事完全不合邏輯，但我相信你。而且我會幫你。我知道聽起來像癡人說夢，但我要你努力回想那天晚上賽吉府邸發生的事。」

潔絲的神情突然變得狂亂，說話的語氣似乎也和前一秒不同。「你知道他們在做什麼，對吧？」

他不自覺地退後一步，他的頭腦還來不及察覺，身體就意識到危險。「什麼人在做什麼？」

她目不轉睛地瞪著他。「我關在這裡的第一年，在監獄花園發現一隻蝴蝶。一隻又大又美的帝王蝶。牠受了傷。落在一窩火蟻手中，有好幾百隻。牠不斷掙扎對抗，用橘黑相間的翅膀拍打牠們，但牠們不肯鬆手。牠們按部就班地把牠撕裂，一片接著一片。」她的眼淚幾乎奪眶而出。「弱者就是這樣摧毀強者。他們就是打算這樣把我摧毀，一片接著一片。」

他仔細聽完她的話，不明白她為什麼這麼激動。他是來救她的，但他也需要她的協助，而不是更多的謎語。他還來不及問她，就感覺口袋裡的手機震動。

是瑞秋打來的。「你在哪裡？」她問，心急如焚。聽他回答正和潔絲在一起，她馬上說，「你必須離開。馬上走。詹姆森．賽吉到監獄了。」

「這裡？」布林克頓時驚慌失措。「他怎麼會來？」

「我不知道他怎麼會知道你在那裡，但他一定知道。你必須拜託約翰．威廉斯護送你離開。」

「但我不能把潔絲留在這裡。」

「你別無選擇。」她說。

如果詹姆森・賽吉已經到了監獄，瑞秋說的對：他必須離開。但他不會棄潔絲不顧。他把手機塞進口袋，抓住潔絲的手臂。小心翼翼地走到門口，他凝視狹長、燈光明亮的走廊。不對勁。走廊空無一人。約翰・威廉斯原本對他寸步不讓，守在門外，準備親自護送布林克出去，現在卻放任布林克，甚至還有一名囚犯不理。

「跟我來，」布林克對潔絲說。「我們離開這裡。」

他把潔絲帶到走廊盡頭時，監獄的地圖在他眼前展開。他看到縱橫交錯的走廊、南側的自助餐廳、西側的治療室、朝北的監獄大門。在監獄最老舊的東附樓另一頭，是通往療養院的金屬門。瑟薩莉去地下室的儲藏室，開的就是這扇門。舊附樓是監獄裡唯一沒有大批警衛的地方。只要能進去，他們就不會有事，至少幾分鐘之內不會有事。

「這邊，」他抓緊潔絲的手，帶她來到走廊盡頭。兩人一轉彎，布林克突然止步。詹姆森・賽吉、他的保鏢卡姆・普特尼，還有約翰・威廉斯都站在監獄門口。賽吉想進入監獄，威廉斯不讓他進來。普特尼在一旁待命，準備隨時保護賽吉，不過賽吉還是無法得逞：將近十二名警衛齊集在約翰・威廉斯身後。雖然布林克很想留下來看卡姆和詹姆森被痛扁一頓，不過這是他們逃走的唯一機會。趁警衛心有旁騖，他和潔絲可以神不知鬼不覺地溜走。

布林克很清楚該去哪裡，關於路線，他心如明鏡。但詹姆森・賽吉看見了潔絲，大聲叫她。「普萊斯女士，我就是來找你的。」

顯然詹姆森・賽吉看得到潔絲，那批警衛當然也看得到。布林克戰戰兢兢、躡手躡腳退回走廊。他不能暴露形跡。萬一被認出來，他就前功盡棄了。

「我應該感謝你，」賽吉說。「要不是你，我們根本找不到代碼。」

布林克從轉角偷偷張望，只見賽吉站在監獄大門明亮的燈光下。他手裡的蘋果平板顯示了玩偶身上那張紙捲的掃描圖。完整的阿布拉菲亞圓圈被放大了，連站在二十幾呎外的布林克都看得一清二楚。「你和諾亞．庫克發現的就是這個嗎？」

潔絲認出圓圈，瞪大了眼睛，但她什麼也沒說。

「你藏得真隱密，」賽吉說。「我自己一個人絕對找不到。但我現在必須請你證實，這確實是你那天晚上用的圓圈。我在玩一場危險的賭博，我必須知道真相。這是不是上帝謎題？是或不是？」

潔絲不發一語。

「假如我證實賽吉府邸的命案不是你幹的，或許能讓你開金口。誰都阻止不了那天晚上發生的事。諾亞．庫克不是你殺的。他的死是一個不幸的副作用，而你只是一個無足輕重的工具。」

潔絲默不作聲。

賽吉向卡姆．普特尼點了個頭，他馬上做出反應，動作又快又準。他越過約翰．威廉斯和那批警衛，抓住潔絲。警衛立刻反應，紛紛拔槍，但卡姆從皮帶抽出一把華瑟ＰＰＫ，瞄準潔絲的頭，那正是詹姆森在安—瑪莉家裡帶的槍。威廉斯舉起一隻手，示意警衛退後。情勢急轉直下。他們無計可施，只能看著卡姆把潔絲拖回賽吉身邊。

「諾亞．庫克不是你殺的，但你人在現場，普萊斯女士，」詹姆森說。「你看過那個圓圈。你可以證實你用過它。」卡姆拉開手槍的保險栓。「你無可選擇，親愛的。仔細看看，然後告訴我：這是同一個圓圈嗎？」

「對，」她說，聲音很堅定。「是這個圓圈。」

「謝謝你，」詹姆森的聲音平靜得有些詭異。「我知道這個就夠了。卡姆，放開她。時間到了。動手吧。」

卡姆．普特尼放開潔絲，慢慢舉起華瑟手槍，瞄準詹姆森．賽吉的頭。這時氣氛格外緊張。布林克瞠目結舌，不敢相信眼前的情景。太不可思議了，但賽吉叫他的保鏢向他開槍。完全不合理。然而他就是這麼說的：立刻動手。

卡姆．普特尼的手在顫抖，但他搭在扳機上的手指動也不動。

「普特尼先生，」賽吉的聲音激動。「我們說好的。」

布林克沒看錯。賽吉剛才命令他的保鏢對他開槍。但普特尼目光呆滯，僵立在原位，遲遲無法扣下扳機。布林克看到賽吉臉上接連出現不同的情緒：震驚、憤怒、堅決。最後，賽吉丟下平板，奪下普特尼的槍，用槍管抵著太陽穴，扣下扳機。

彈藥的爆炸聲震耳欲聾，不斷迴盪。接著突然寂靜無聲，讓人背脊發涼，布林克嚇得目瞪口呆。他眼睜睜看著詹姆森．賽吉不支倒地，警衛擒住卡姆，潔絲衝過來抓住他的手。他震驚之餘，原本可能待在原地，可是一碰到潔絲的手，他馬上動了起來。她牽著他的手，兩人拔腿狂奔。

他排除一切雜念，心裡只有一個目標：療養院的強化金屬門。等跑到目的地，他已經抖得幾乎無法呼吸。他靠著門框站穩，數字鍵能撫慰他的心情，他注視小鍵盤。絢爛的色彩乍現眼前。他想都不用想，追逐著鍵盤上飛舞的色彩，直接輸入一套數字模式，一首燦爛的奏鳴曲，最後把Code 39條碼的四十三個數字全部輸入。按下最後一個數字，門喀一聲打開。他們進去了。

裡面伸手不見五指，樓梯間一扇窗戶也沒有。他緊握扶手，吃力地爬上樓梯，但潔絲把他往回拉，按在牆上，獻上熱吻。兩人很快糾纏在一起，在激烈的擁抱中，賽吉恐怖的自戕、到處尋找他們的警衛，一切都被拋在腦後。現在只有他們兩個人，麥可與潔絲，單獨待在無盡的黑暗中。

儘管他很想留下，但他們不能冒險。他牽起潔絲的手，帶她爬上樓梯，穿過黑暗，最後來到通往天台的門前。門上裝了警報器。從燈具上方的金屬籠、老式的推桿脫扣，他便知道這是舊式系統，大約在二十世紀中葉安裝，很可能早就壞了。和這幢附樓的其他地方差不多：除非某一位官僚批准拆除，否則只能任其破敗。也許他們可以破壞警報器，到天台碰碰運氣。

不過萬一警報器響了，就會無處躲藏。監獄每個警衛都會知道他們在哪裡。以目前的情況來說，得利於現場漆黑一片，他們占了地點安全、敵明我暗、還有一點時間計畫逃亡路線的便宜。雖然很想衝進夜色中隨機應變，但他認為最好不要輕舉妄動。每次進退維谷的時候，他都會停下來把問題想清楚，推演出各種可能的結果，制定一套可靠的計畫。

不過沒等他把各種選項都想清楚，潔絲已經一腳把門踹開，衝上天台。他尾隨她進入夏日的黑夜，巧妙地避開一陣強風。監獄警報大作，回聲響徹花園。建築物頂上的泛光燈來回旋轉，四處搜尋。現在沒時間計畫如何逃跑了。不過幾秒鐘的時間，現在他們只剩下一個選項：只能從天台逃跑。他們的路線從一道謎題變成一場博弈，現在只能碰運氣。

潔絲毫不猶豫，直接跑到天台另一頭，途中越過一台台用鋁製通風管連接的工業空調機，彷彿期待在那裡找到出路。布林克看得目不轉睛，震驚於她的變化。想到可以逃出監獄，她完全變了個人。那個顫抖、恐懼的囚犯不見了，取而代之的是一個渴望自由的女人。

「麥克爾！」她大喊一聲，揮手叫他也跑到天台邊。「跟我來！」

聽到她的聲音，他大驚失色，和他夢裡的聲音極其相似。迴盪的警報聲、泛光燈、即將找到他們的警衛……所有的一切都消失了，他們一起佇立在另一個世界的森林裡。跟我來。他會跟她一起穿過迷宮和迷路園、森林和地牢、旅館房間和監獄。他會跟她一起穿過時間和空間，衝向他理智的界線。不管她去哪裡，他都會跟著她。

不過就在他也跑到天台邊緣的時候，才發現無路可逃。從天台到混凝土地面，足足有六層樓高。就算奇蹟出現，他們真的爬下去，也有大批警衛和裝了一圈圈刺刀鐵絲網的厚重磚牆等著他們。他們現在走投無路。

俯瞰下面的庭院，潔絲說，「你看他們，一堆沒用的小東西擠在一起。」

「我們回去，」布林克拉著她的手臂。「我們另尋出路。舊附樓有……」

「沒有別的出路了。」她甩開他的手，繼續靠向天台邊緣。過一會兒，她就會變成一具自由落體。「別擔心，吾愛，」她回頭望著他，眼神極為堅決。「我會再找到你的。」說完以後，潔絲．普萊斯跨過擋牆。

他已經料到她會做什麼，便在她墜落之前縱身躍至她身前，雙手抓住她的連身褲，雙腳緊踩在天台上，使盡全身的力氣拉扯。他的手指在聚酯纖維布料的表面滑動，但他沒有鬆手。兩人齊齊摔在天台上，離邊緣只有咫尺之遙。

「你這是幹什麼？」他氣急敗壞，氣喘吁吁。

「我不要留在這裡，」她說。「我寧願死。」

「不，」他小聲地說，他的脈搏跳得很快，說起話來，和風管裡的回音沒兩樣。她想站起來，但布林克把她往下拉，摟在懷裡。「我不會讓你死的。」

她靠在他身上，她身體突然傳來的暖流，讓他感到一陣歡愉的顫動。她在他身邊，一個真正的女人，她的觸摸非常原始，和擋風的石屋一樣堅實。他緊緊抱著她，在那一刻，監獄的警衛、大聲鳴叫的警報器，甚至是她保存的危險祕密……不管是什麼，都不能讓他把她放開。他感覺到她快速的心跳，撲通撲通地響著，非常規律，非常有力，直到她的聲音傳入耳中，這種低沉的節奏才乍然消失。

「有人來救我們了。」她指著天空，她的心跳換成了直升機螺旋槳的嗡嗡聲。他抬頭一看，那架歐洲直升機在上空盤旋。是一種奇蹟，是迷宮的出口，給他們最後一次獲得自由的機會。

瑞秋用力打開艙門，向布林克揮手，拋下一副繩梯。他伸手摟住潔絲的腰，找到自己身邊，抓住梯子，把她抱上漫天星辰的夜空。

第六十二章

直升機轉向駛離天台的時候，布林克陷進他的座位裡，震驚得說不出話。監獄接連發生的事，弄得他頭腦發脹，他需要暫停一下，喘口氣，弄清楚究竟是怎麼回事。

他扣上安全帶，環視四周。潔絲坐在他旁邊，仍緊緊抓著他的手，彷彿擔心會失去他。瑞秋坐在他對面，扣好了安全帶，在等一個解釋。他看看駕駛座的安－瑪莉。他想到安－瑪莉不知道詹姆森死在監獄。回想賽吉自殺的景象，他感到一陣噁心。他看到那把華瑟手槍，聽到爆炸聲，看到賽吉的身體倒地時的撞擊，聽到砰的一聲。他揉揉眼睛，希望可以抹去這段記憶。他怎麼能告訴安－瑪莉，她的伴侶已經自殺？

安－瑪莉駕駛歐洲直升機掠過樹梢，滑進黑暗中，外面震動的螺旋槳發出穩定的敲擊聲。布林克靠著窗戶，看著下面的監獄逐漸後退。從空中遙望，像一場行動嘉年華。警車抵達監獄時，一支閃著紅藍燈光的車隊劃過黑暗的大地。一輛救護車在門口待命。他看到警衛在庭院裡欣賞這齣鬧劇開鑼上演。這裡已經被布林克鬧得天翻地覆。

他心裡五味雜陳，固然因為順利逃脫而安心，但他很清楚警察不會放過他。維威克．古普塔說過：「你說的每句話都能做為對你不利的證據。」他剛才幹的好事可不是輕罪。劫獄這種罪行，警方不可能讓你輕易逃脫。他想像他們徹底搜索他的公寓，打電話問他的同行，甚至可能找到他遠在法國的母親。他做出這種事，也委實無從辯解。他協助一名被定罪的殺人犯逃出州立監獄。無從抵賴。要是被他們抓到，非吃牢飯不可。

瑞秋注意到他越來越慌張，傾身向前說道：「別擔心，麥可。一切都在計畫中。」

布林克正要插嘴，他有一百件事要告訴她，其中最要緊的是詹姆森．賽吉舉槍自盡，這絕對不在任何人的計畫中，但瑞秋舉起手，要他住嘴。

「仔細聽好，聽完你就會恍然大悟，」她撥開遮住眼睛的頭髮。「安—瑪莉打電話給我的時候，我正在監獄門外的吉普車上等你。她說正要趕來雷布魯克。詹姆森要來監獄，她必須攔住他。」

布林克正想告訴她詹姆森．賽吉做了什麼，但瑞秋只顧往下說。

「我們在吉普車上被卡姆伏擊以後，安—瑪莉就開直升機把詹姆森和卡姆載回基地，把圓圈輸入各個電腦程式，果然被維威克．古普塔說中了，詹姆森在圓圈裡發現他要找的東西，決定執行他下一步的計畫。」

「什麼計畫？」他問，認真研究瑞秋的神情，他敢打包票，現在詹姆森．賽吉的計畫全部告吹了。

「這就是我想知道的，」她說。「安—瑪莉告訴我，詹姆森已經為這一刻準備了幾十年。有了阿布拉菲亞圓圈裡的代碼，他透過奇點公司研發的科技就大功告成了。我設法讓安—瑪莉說得具體一點，但她只肯告訴我，一切都是從詹姆森小時候開始的。他姑母歐若拉一時糊塗，把薇奧蘭拿給他看。她不知怎麼提到了七十二字母神名的力量。這件事改變了他的一生。他想從歐若拉嘴裡套出更多線索，但她跟他斷絕往來。他加入了一個地下團體，成員都是未來主義者和超人類主義者，相信只要把古代祕術與科技結合，就能創造不朽的生命。他投入大量的個人財產從事研究，創造他個人達到永生的條件。」

「但這是無稽之談……」布林克開口了，必須把他親眼目睹的事情告訴她。詹姆森・賽吉不可能追求永生。他剛才自殺了。

「聽我把話說完！」瑞秋扯開嗓門，蓋過直升機的噪音。「他心目中的永生，不是我們平常想像的永生。不是什麼荒謬的靈丹妙藥，或是仿生的身體。依照安—瑪莉的說法，詹姆森在過去幾十年，建構了一個非常精密、不容變更的區塊鏈網路，把他神經和心理自我的元素一一記錄和儲存。這不是一般的網路，而是用量子電腦驅動的網路，專為永生而研發。他透過加密貨幣激勵這個系統，支付數十億美元，給確認、維護、保障他資料安全的人。他從全球各地收集最先進的科技，增建這個網路。透過量子運算，他可以隨時隨地把他資料的疊加上傳。千秋萬世。」

「但就算可能做到，他也有辦法儲存他個人資料的量子位元，那也不是真的，而是……」

「人工智慧。」瑞秋說。「我也是這麼說的。安—瑪莉告訴我，這正是詹姆森遲遲無法解決的問題：他不知道怎麼建構把生命本身譯成代碼的網路。多年以前，他就能顯示自己的電腦模擬，雖然看起來像真的，卻少了他本人現有意識的自主性，或是複雜性。阿布拉菲亞的七十二字母神名解決了這個問題。它包含一種創世的古代科技——原初科技。就像古普塔博士說的，裡面隱含一個代碼，只要透過量子運算開啟，就能捕捉意識的非二進制疊加。卡姆在公路上從我們手中搶走阿布拉菲亞的手稿之後，賽吉就能把代碼輸入這個程式。現在萬事俱全，他啟動了初始下載，一切準備就緒。他要做的最後一件事是進入網路。」

「他要用什麼方法進入網路？」

瑞秋嘆了口氣，顯然心亂如麻。「他必須死，」她說。「這是安—瑪莉趕來監獄的原因。阻止他自殺。」

他看了駕駛艙的安—瑪莉一眼，沒想到她對賽吉的計畫心知肚明，照樣助他一臂之力。表面看來，她似乎很理智。「可是她一步步鼎力相助，」他說。「為什麼最後要阻止他？」

「對，她是他的左右手，」瑞秋說。「可是當她發現他真的打算付諸行動，她知道這是不值得的。為了一個概念犧牲性命，理論上很偉大，等到真的要扣下扳機，那就是另一回事了。無論我怎麼旁敲側擊，她只說她已經說服卡姆．普特尼阻止詹姆森，他也答應了。」

「但他沒有阻止他，」潔絲說。「詹姆森．賽吉死了。」

瑞秋看看潔絲，又看看布林克。「情況比我想像中更糟糕。」

賽吉死得猙獰，那副慘狀震驚了他，然而布林克整個人都放鬆了。到此為止。詹姆森．賽吉不再構成威脅。就算潔絲回到監獄，也不會有人監視她。她不會有危險。布林克握緊潔絲的手。她曾經受盡折磨，但賽吉的死必叫她得以自由。現在，他們必須對付莉莉絲。

安—瑪莉在森林裡的一塊混凝土停機坪降落。一行人爬下直升機，前往懸臂式露台。在廣袤、幽暗的森林深處，布林克娓娓道出監獄裡發生的事。他告訴安—瑪莉，卡姆如何企圖阻止賽吉，又如何功虧一簣。安—瑪莉聽完以後，他望向綿延無盡的樹林。就在前一天，他還跟詹姆森站在這座露台上，討論那個「自古便有去無回的神祕國度」。現在詹姆森走了，布林克不禁覺得悲哀。

「詹姆森天不怕地不怕，」安—瑪莉抹去眼中的淚水。「但他對死亡有莫大的恐懼。所以他非常需要卡姆・普特尼。他不認為他自己下得了手。他對他的計畫胸有成竹，然而我知道，他最害怕的是自己估計錯誤。其實在基地這裡完成他的計畫是比較合理的。但他必須見你一面，」她說，看了潔絲一眼。「他要你證實那是同一個圓圈。且不提你可能弄錯，或根本不記得了。」

「我沒有弄錯，」潔絲說。「他給我看的，就是我和諾亞一起找到的圓圈。」

「那他應該放心了。」她說。「我是最相信詹姆森的人，可是到了最後，我知道他已經走火入魔，完全昧於事實。根本沒有所謂的永生，無論科技提供了多大的幫助。我很清楚這一點，所以才說服卡姆不要服從詹姆森的命令。他也保證不會動手。」

「他確實信守承諾，」潔絲說。

「我不知道這為什麼很重要，但這點確實很重要。」安—瑪莉說。「詹姆森選擇死亡。不管這個選擇多麼不智，都是他自己的選擇。」屋裡傳出市話鈴聲。她示意他們入內，同時跟著進去接電話。「我待會兒就來，」她把話筒夾在肩膀和耳朵之間。「我必須接這通電話。」

安—瑪莉的家和布林克前一天離開時一模一樣：擺了三份餐具的桌子、義大利麵盤子裡發亮的橄欖油光、水晶高腳杯裡葡萄酒光滑的表面、用皺的布餐巾。然而一切都變了。詹姆森・賽吉死了。潔絲・普萊斯在他身邊。他找到了上帝謎題，解開其中的祕密。現在是時候完成任務了。

在監獄死裡逃生以後，他覺得和潔絲格外親近。一想到他們在樓梯間的接觸，他高興得全身哆嗦。他在夢裡感受到的一切，都在她懷裡再次找到了。儘管如此，他不確定她是怎麼想的。她像一道白光，穿過稜鏡，迸發各式各樣的顏色，每一種都千變萬化。她一會兒是謎語，一會兒是答案；他一會兒想救她，一會兒又覺得只有她救得了他。

他們在廚房旁邊的洗衣間找到乾淨的衣服。潔絲換下囚犯的制服，穿上安—瑪莉的鈕釦式牛津紡襯衫和牛仔褲。瑞秋帶來了布林克的衣服，他把監獄警衛的制服換掉。更衣時，他端詳鏡子裡的自己。蓬頭垢面，胸口有一條垂直的切口，貨卡翻覆時被安全帶勒出一大塊瘀青。眉毛上面的傷口已經結痂。雙眼布滿血絲，皮膚蒼白。過去幾天的經歷弄得他傷痕累累。但無論如何，他感到一種莫名的輕快，他的心情從來沒有這麼輕鬆過。他歷盡艱險，依然挺立。

他把監獄警衛的制服用力塞進廚房垃圾桶，然後走到房子的另一頭。現在他知道要留意什麼，才發現到處都是詹姆森和安—瑪莉研究煉金術的證據：掛在客廳牆壁上的加框希伯來文古捲、收納瓷器皿的櫃子、黃金聖餐杯。他先前有看到，但以為只是裝飾品。原來真相早已擺在眼前，不過就像錯視畫。換個方向，畫面便清晰起來。換個角度，又出現另一幅畫。他覺得潔絲．普萊斯也給人類似的錯覺。只有找到正確的觀察點，才能解開她身上的謎。

事實上，她仍讓他摸不著頭腦。她在天台上如此強壯，可是他們一走進客廳，她彷彿被吸乾了血，虛弱到幾乎只能癱在沙發上。夜裡的氣溫很暖，她卻冷得發抖。布林克找到一條雪尼爾毯子蓋在她身上，然後從一個籃子取出木柴，利用壁爐生火，直到爐火熊熊，才在她身邊坐下。

安—瑪莉走進來，把上午被卡姆．普特尼搶走的皮箱放在茶几上。她打開皮箱，裡面是阿布拉菲亞的手稿和薇奧蘭。「詹姆森和卡姆把這個留在地下室，」她說。「瑞秋跟我說你用得著。」

「我知道你們都累壞了，」瑞秋來回看著潔絲和布林克。「但我們有一件重要的事情要做。」

「最好快點，」安—瑪莉說。「我的律師剛才通知我。警察追查直升機的所有人，已經趕過來了。」

「那就開始吧，」瑞秋說。「我需要蠟燭和披肩，或是一條小毛毯。一整碗清水、一條白色的毛巾、一張紙、一把刀。如果有的話，還需要紅酒。」瑞秋打量著茶几。「要是有祭壇就好了，但只能用這個湊合一下。」

安—瑪莉穿過客廳，把瑞秋要求的東西都拿來了。布林克關掉電燈，客廳只有忽明忽滅的火焰。

安—瑪莉把那碗水放在瑞秋面前，「多謝，」她說。瑞秋把手泡在水裡，然後用毛巾擦乾。「我們需要安靜。」

瑞秋看了安—瑪莉一眼，她點點頭，走出客廳。

等露台的門一關，瑞秋用絲質披肩裹住頭髮，劃一根火柴，點燃蠟燭，放在茶几的四個角，直到客廳明亮起來。然後她把薇奧蘭放在三人面前，攤開阿布拉菲亞的手稿，轉向潔絲。

「這是原版的祈禱圓圈，」瑞秋說。「和你在賽吉府邸發現的很像，只不過年代久遠得多。它有一段很複雜的歷史，我改天會解釋，不過你現在要知道的是，你和諾亞誦讀的圓圈是這個原版的抄錄版。而且有一個地方抄錯了。」

「瑞秋相信是因為抄錄錯誤，才會釀成悲劇，」布林克說。「而只要改正過來，就能扭轉乾坤。」

「不可能扭轉，」潔絲說。「諾亞已經死了。」

「你說的當然沒錯，」瑞秋的聲音很溫柔。「賽吉府邸發生的事已經無法扭轉。但我們也許能阻止更多的悲劇發生。最重要的是，只要儀式沒有出錯，你就能重獲自由。」

潔絲考慮了一下。「你的意思是，如果我們再舉行這個儀式，就不會有人重蹈覆轍？」

瑞秋把手搭在潔絲的手臂上，「我無法做出任何保證，不過，對，我相信可以。要是我認為毫無希望，就不會冒這個險了。」

潔絲先看布林克，再看看瑞秋，然後低頭望著玩偶。「只要有一絲機會能結束這一切，我想試試看。」

瑞秋緊握潔絲的手，然後轉向布林克。「你能再把圓圈畫出來嗎？」瑞秋看著玩偶問道。布林克拿出筆，從他的筆記本撕下一小張正方形的紙，把圓圈複製一遍，和阿布拉菲亞手稿裡的一模一樣。瑞秋把紙張捲成一個小紙捲，打開玩偶後腦的腔室，用新紙捲把舊的換掉。

「來，站在這裡，」她領著他們走到客廳正中央，將瓷玩偶放在兩人中間的地板上，並把他們的手牽在一起，然後說：「等你們準備好就開始。」

第六十四章

瑞秋一開始聲音很小，但很快響遍整個客廳。每個字都說得氣勢逼人，擺明了她是統籌全局的人。布林克複誦她的話，盡可能模仿她的發音，一串串的硬喉音，讓他心裡浮現一條條彩色的細絲。他一開始唸得很辛苦，但很快就融入那些文字，被節奏帶著走。他低頭看著躺在蠟燭微光中的瓷玩偶，那閃耀的紅褐色秀髮、臉頰上零星的雀斑、烏黑的睫毛，覺得既著迷又厭惡，不禁打了一個寒顫。它看起來很逼真，以致於他幾乎相信，只要有適當的環境，這東西很可能醒過來。

但它沒有醒來。現場沒有排山倒海的能量，沒有迸發的電光石火。沒有被捲入激流漩渦的感覺。毫無動靜。他開始相信整件事就像他先前懷疑的，純屬無稽。賽吉府邸發生的事，只是想像力和酒精混合之下的悲劇。當時天氣惡劣，突然停電，事情一發不可收拾。潔絲醒來之後，發現有個死人躺在血泊中。事實上，他們無從得知究竟發生了什麼事。潔絲昏迷了，真相如同一枚落入深水井的硬幣，怎麼也摸不著。事實就是事實。昧於事實是荒謬之舉。是該終止這場裝模作樣的遊戲了。

但後來有了動靜。起初只是空氣裡的異動，大氣中微乎其微的震顫，若非潔絲抓緊他的手，表示她也感覺到了，他可能根本不會注意到這麼細微的壓力。燭光搖曳不定，客廳裡瀰漫著臭氧的氣味，熾烈而強勁，然而卻異常清新，像暴雨的味道。然後，忽然間，一陣火光撲面而來，世界消失了。

他往下墜。不斷往下墜落，穿過深不可測的黑暗。他重重摔在地上，把肺裡的空氣都撞了出來。他支起身子，發現自己在土牢裡。頂上是磚砌的拱形天花板，腳下是堅硬的夯土地面，空氣非常潮濕。前方的火把照出一間間牢房，擠滿了悽慘的囚犯。她們向他叫喊，示意要他過去，揮舞拳頭，叫著他的名字。在走廊的盡頭，潔絲在牢房等候。一頭長髮蓬亂打結，穿著一件閃光的紅色織錦連身裙。「你總算來了，」她說。「把門打開。」她指著一個裝滿蘋果的矮胖橡木桶。「鑰匙在那裡。快點。選一把。」

裡面有幾百顆蘋果。他剛把手伸進桶裡，蘋果就成了冰冷的金屬。新新舊舊的鑰匙，大大小小的鑰匙，有銅的、金的、銀的。該選哪一把？打開閣樓的鑰匙？解開謎語的鑰匙？於是我們吃紅蘋果，每個優良的種類。所有的問題，所有的解答，都歸結到這一個選擇。紅粉佳人、北斗、早期黃金、自由、麥金塔。選對了，他就能驅逐莉莉絲，釋放潔絲，從而釋放他自己。

選鑰匙之前，他想起來：他已經有鑰匙了。他從口袋裡找出來，插進門鎖。轉動一次、兩次。嘎的一聲，門開了。他剛走進去，牢房便充滿熊熊烈火。他已經開了窯爐的門。薇奧蘭躺在火焰中。她撐著搖晃的雙腿站起來，極力想保持平衡的同時，粉紅色的連身裙顫悠悠的。她對他有企圖，他感覺得到。她伸手過來，碧綠的眼珠在火光中閃爍。先毀戈倫，再滅圓圈。在悲劇重演之前盡快毀掉。很快地，連想都不想，布林克拽著瓷玩偶的頭髮，把拉莫里埃特的傑作扔進火焰裡。

牢房的門開著。潔絲抱起她的裙子，投給他一抹感謝的微笑，轉頭就跑。

他拔腿狂奔，拚命要追上她。她跑得很快，快得很不自然。他看見她跑到走廊盡頭，可是等他追過去，卻不見她的蹤跡。他繼續追，逼自己跑快一點，但始終追不上她。他穿過一道門，進入一片濃密的常綠森林。她飛也似地往前跑，一雙赤腳越過樹根和木莓，爬上了蜿蜒的小徑，宛如一抹人影，在冬樹的樹幹上搖曳而過。

等追上她的時候，他已經喘不過氣，肌肉因為用力過猛而顫抖。天空寒冷灰暗，她站在林間一片空地上，頭髮粗長而散亂，臉頰凍成了粉紅色。大量嶙峋的樹木構成一個圓圈，中間有一大塊大理石板，正是祭壇。旁邊躺著一把骨柄刀。

她把他拉進懷裡，一面獻上熱吻，一面為他寬衣解帶。他赤裸地佇立在寒風中，皮膚冷得刺痛，兩腳被碎冰劃傷。她吻遍他全身——他的脖子和肩膀、胸口、膝蓋、雙腳，彷彿在為他抹膏。在她的撫摸下，他往後倚著祭壇，穩住身子，把自己完全奉獻給她。

「跟我來，」潔絲說，把他抱得很緊。「我等了好久。」

腳下的結冰裂開時，他把她拉進懷裡，然後平放在冰冷的大理石板上。她極力想掙脫，但他摁住她，用金屬手銬先後扣住她兩個手腕。他伸手拿刀時，遠遠聽見瑞秋的聲音。他把她說的話照唸一遍，瞬間天地變色。風勢停歇，寒冰融化。祭壇上的潔絲不見了，換成一個光彩照人、美豔絕倫的女子，他退後一步，彷彿在躲避沖天的烈火。他全身發熱，世界消失了。在引力的作用下，他失足墜入火焰中。他抓起刀子，感覺到手中冰冷的骨柄，接著把刀刃插進莉莉絲的胸口。

睜開眼睛的時候，在那個驚悚的瞬間，他相信夢裡的情節都是真的。瓷玩偶在壁爐裡，燒得焦黑碎裂，而潔絲躺在皮沙發上，和她在祭壇上的姿勢一模一樣。她的襯衫被扯破了，雙目緊閉，灰白的臉頰嚇了他一跳。他陷入一陣恐慌：他從來沒想過，假如儀式成功，潔絲會不會有危險。萬一傷害了她，他永遠沒辦法原諒自己。

但他剛在她身邊坐下，她就順勢撲進他懷裡，所以他知道自己的恐懼是多餘的。潔絲安然無恙。

「我們成功了，」潔絲在他的懷裡小聲地說：「一切都結束了。」

第六十五章

警察先帶走的是潔絲。她沒有抗拒或反抗。警方問話時，她很平靜地回答，不帶任何情緒，提供他們要求的資訊，並自願走向警車，只是回頭望了一眼，向布林克微笑。

警察抵達還不到十分鐘，安－瑪莉的律師就來了，為她爭取到多一點時間。他主張他們沒有理由逮捕她，但停在屋後的直升機足以證明安－瑪莉參與了紐約州立矯正中心的事件，無可辯駁，警方給安－瑪莉上銬，宣讀她的權利，然後帶走。

警察向布林克問話時，全部由瑞秋負責回答。她說他們是安－瑪莉的朋友，受邀到她家裡作客，不知道安－瑪莉想做什麼，但他們願意盡其所能地幫忙。她指著躺在茶几上的手稿，告訴警方這就是摩根圖書館報失的藝術品，然後帶他們去看掛在牆上的加框希伯來文古捲，透露這是幾年前一家以色列博物館失竊的館藏。不到十分鐘，她就從嫌犯變成了警方的盟友，布林克全程目睹，簡直不敢置信。憑著平穩的聲音和無可否認的權威、堅定而有禮的舉止，她成功打消了警方的疑慮，如同先前讓詹姆森．賽吉卸下心防。

最後，警察不知道怎麼處理布林克。看他的身形外貌，完全不在他們的搜尋對象之列。約翰．威廉斯說到做到，中斷了監視攝影機，完全沒有把麥可．布林克的影像捕捉或散播出去。對監獄上上下下的人而言，他是剛來報到的菜鳥警衛。雖然記下了他的姓名和聯絡資料，警察壓根不知道他去過監獄。他們給阿布拉菲亞的手稿拍了照，放進塑膠袋封好，回到警車上，下山離去。

警察一走，瑞秋就去到壁爐前，從灰燼中拎出燒毀的玩偶。瓷外殼和晶瑩剔透的眼睛被燒得焦黑，他們打開祕密腔室的時候，紙捲已經化為灰燼。瑞秋把灰燼擦乾淨，連同戈倫一起丟進垃圾袋，綁起來，放進垃圾筒。

布林克想幫忙，可是他一進廚房就開始頭暈。他抓住大理石檯面的中島，讓自己站穩。特雷佛斯醫師提醒過他，如果壓力太大，他的身體可能會化學不平衡。而過去三天，壓力一波接著一波而來。他已經不知道多久沒有睡過覺、吃過飯，難怪站都站不穩。

「你沒事吧？」瑞秋問道，顯然很擔心。

「應該是受了一點驚嚇，」他說。「這整件事都很……荒謬。」

瑞秋把手搭在他的手臂上。「坐下，」她說，從中島拉出一張吧台椅。她拿起一個杯子，倒滿了水，端給他。他一口氣全都喝下去。「想說說剛才是什麼情況嗎？」瑞秋問道。

他方才經歷的情境之激烈、情緒力量之大，非言語所能表達。沒有經歷過的人，怎麼可能了解他的夢境比現實更真實？但他想起瑞秋跟他談過她的信仰，她可以相信包括布林克在內的許多人都無法置信的事，他知道她也許是唯一能幫他釐清這件事的人。

「我想我只能告訴你一個人。」他斟酌自己的遣詞用字。「從見到潔絲・普萊斯的那一天起，我就經歷了……我甚至不知道是什麼，我想是夢吧。可是比做夢更逼真。和現實別無二致，只是放大了一千倍。」

瑞秋拿起他的玻璃杯，再倒滿冷水，看他又一次一飲而盡。然後和他一起坐在中島邊，拿了一個紅酒杯，把酒瓶裡僅存的酒倒給自己。「夢裡發生了什麼事？」

「夢裡的情節千奇百怪，」他說。「我出現在一場盛宴裡，或是義大利的旅館房間，或是森林裡。但每次都和潔絲在一起。」

瑞秋晃了晃杯子裡的酒，喝一口，然後放下酒杯。「就只有你和潔絲在那些地方？」

「我們兩個，在一起，對。」他說。

「別怪我探聽你的私事，不過你的夢有沒有色情成分？」

布林克點點頭，感覺兩頰發熱。要是她知道就好了。

「用不著不好意思，」她微笑著說。「畢竟莉莉絲是女淫妖。她透過性征服來支配對方。剛才在客廳舉行儀式的過程中，你是不是也有這種類似做夢的體驗？」

他點點頭。「而且更奇怪的是，有些夢裡的情節也發生在現實生活中。」他說。「夢裡的我把玩偶扔進火裡。我醒來之後，玩偶已經燒毀了。有一次在夢裡看到潔絲皮膚上的標記，後來到了監獄，也出現在她的手臂上。不過其他的情節……」他想到骨柄刀，以及他是怎麼把刀子插進潔絲的胸骨和心臟裡，「就沒有轉移到現實中。」

「那是因為你經歷的不是夢，」她說。「而是現實。」

「但不可能啊，」他說，想弄清楚她的意思。「這些是我睡夢中的經歷。是我的大腦活動。」

「也許你說的對，」她說。「但不表示那些經歷是假的。正如所有的神聖靈體，莉莉絲透過人類的意識活動。那是她的次元，和我們這個次元一樣真實。只因為我看不見，不表示她不存在。也不表示你在另外那個世界的行為，不會在這裡產生後果。」

布林克深吸一口氣，試圖把自己矛盾的感受梳理清楚。他存在的基礎、他認識的真理，在在表示這是不可能的。然而他身臨其境。他認識夢裡那個女人。他撫摸過她、和她說過話。他親手殺了她。「莉莉絲消失了，對吧？」他最後問道。「拜託你告訴我儀式成功了。」

「從潔絲的反應看來，我想是成功了。」瑞秋笑著對他說。「而且她附身所用的容器，薇奧蘭，已經化為烏有。」她把杯子裡的殘酒喝完，推開酒杯。「但唯一還沒解答的問題，是她為什麼鎖定你。」瑞秋托著下巴，和布林克四目相望。「我一直在思考古普塔博士關於阿布拉菲亞圓圈周邊的二進制序列的說法。他說可能有另一個解答，一個嵌在代碼裡的訊息。我相信他是對的。這個圓圈包含了另一個層面，和七十二字母神名的原始意義和目的相符。你畫的抄錄版還在嗎？」

布林克拿出筆記本，翻到他畫的抄錄版，放在兩人中間。

瑞秋接著說，「我說過，阿布拉菲亞的祈禱圓圈既可以揭露神名，亦可用來隱藏。它創造的目的是用來頌揚上帝，一方面把神名的祕密字母流傳下去，另一方面也能避免遭人誤用。傳統上，神名以YHWH四個字母構成，稱為四字神名。這不是祕密。阿布拉菲亞想保護的，是這幾個字母的祕密排列方式，而且必然用這個圓圈把排列方式編成密碼。」她把圓圈放在大理石檯面上壓平，仔細研究。「如果我研究幾個小時，也許能破解密碼。但我懷疑你解得比我快得多。」

布林克掃視整個圓圈，然後把目光落在黑白方塊上。看到一個二進制序列的模式，然後，突然間，就在他的眼前，解答出現了。

「你說的對，」他說。「阿布拉菲亞確實在這裡編了代碼。你看這個圓圈，就會發現每部分都含藏一個目的：就像古普塔博士說的，這一圈黑白方塊形成了一個二進制序列。不過上面的數字、放射線和希伯來文字母，也都是謎題的一部分。就連大衛之星也是解題的關鍵。看這裡，如果先看正北方，也就是大衛之星的數字1，座落在兩個方塊之間，意味著以二為單位。以此類推，可以得出下列十二個二進制數字：001111、000011、011011、100111、111111、110011，也就是15、3、27、39、63、51這幾個數字。在這個圓盤上，這些數字各自代表一個希伯來文字母。」

他拿起筆，在正方形紙張中心的六個圓圈裡寫下六個希伯來文字母，並展示給瑞秋看：

HYGMHW。

他研究瑞秋的表情，看她是不是看懂了。「你看得出這一系列字母的意思嗎？」

瑞秋微微一笑，興奮得兩眼發光。「看得出來，可是我……我不敢相信。」

「所以，你知道這代表什麼？」布林克急切地問。等待解答的這一刻很難熬，是一種甜美的折磨。通常知道答案的人是他。

「我應該知道，」她說，露出神祕一笑。「這六個字母是HEH、YOD、GIMEL、MEM、HEH、VAV。」

「但這不是神名的傳統拼法，」布林克說。

「不是。而且正因如此，才顯得非比尋常。有證據顯示，原始的神名根本不是YHWH，而是早期的拉比認識的HWHY，正好反過來，唸成HU-HI。我有一個同行，針對哈希姆的這個元素寫了一段時間的文章，幾年前甚至出版了一本相關書籍。他的推論在我們這個圈子裡很有爭議，他認為HWHY才是神的本名，而且只有受過教育的菁英知道怎麼唸。阿布拉菲亞的圓圈顯示，至少到十三世紀為止，他的推論的確屬實。毫無疑義地證明了神名真正的拼法是HWHY。」

「但這有什麼大不了？」布林克問，想知道為什麼把幾個字母反過來，就讓瑞秋這麼興奮？

「因為重要的不只是聲音，還有字母的意義。HWHY在希伯來文的意思是他—她。」瑞秋解釋。「阿布拉菲亞在中間加入另外兩個字，GIMEL和MEM，是『同時也是』的希伯來文，那麼毫無疑問，神的本名的意思是：他同時也是她。」

布林克看著圓圈，仍然不明所以。「上帝兼具兩者的身分？」

「未必，」她說。「歷史上，在猶太教傳統裡，一直把造物主描繪成單身的男性神祇。但根據這個圓圈，造物主是一位雙性的上帝。雌雄同體的神祇。不是聖父。不是聖母。而是聖父同時也是聖母，同為一體。」

布林克思索良久，想了解這個發現的意義何在。

看他一臉困惑，瑞秋繼續往下說。「這是驚天動地、改變世界的大發現。把上帝視為男子，是我們猶太教傳統的基礎，而這一點被阿布拉菲亞的訊息徹底推翻了。這和古普塔博士先前提到的，嵌在阿布拉菲亞圓圈裡的代碼息息相關，這是非二進制、量子、由疊加組成的代碼。上帝也一樣。」

布林克停下來仔細琢磨。如果瑞秋說對了，上帝既非男性亦非女性，造物主和宇宙的量子本質完全一致。「宗教信仰會受到巨大的衝擊。」他說。

「上帝本質的影響範圍遠超過宗教，」瑞秋的聲音裡充滿了新發現帶來的興奮。「上帝做為全能男性神祇的地位，被複製到社會上，從宗教階級體系到家父長制，無不以此為基礎。但如果上帝是雙性，就會瓦解一切社會體制，撼動性別角色的基礎，使政治、宗教、社會裡的男性階級體系，總的來說，使得父權結構，徹底失去正當性。這表示你和我，男人和女人，都只是上帝的一塊碎片，而性別流動的人，那些兼具男女屬性的人，才是上帝最完美的反映。」

布林克看著上帝謎題，理解它的意義多麼重大，對鑲嵌在宗教和社會裡的結構又有多大的影響。

他雖然明白阿布拉菲亞這個訊息的重要性，卻很難理解這跟他有什麼關係。最後，他問瑞秋，「有沒有推測出為什麼是我遇上這件事？」

「其實有，」瑞秋直視他的眼睛。「我想了很久，而且我相信多少是你的問題。」

「我？」他問，這個指控令他既震驚又困惑。「怎麼說？」

「米德拉什裡面有一個故事，我一直很喜歡，」她說。「主角是萊拉，懷孕的守護天使。故事說，萊拉將全部的知識贈予子宮裡的嬰兒。等嬰兒出生以後，萊拉往孩子的嘴唇一按，他們就會忘得一乾二淨。這個故事假定所有的知識都是既有的，不是後天得到的，而是隨著年歲增長，逐漸收集我們失去的知識。或許因為受了傷，你才有機會開發我們所有人出生前通曉的知識。」

「此話怎講？」布林克對她的推論有點不以為然。

「受傷之後，你的大腦發生了本質性的改變。你在原先一無所知的領域獲得非比尋常的能力。但如果那些能力只是冰山一角呢？如果你還能收集更加偉大的知識呢？」

「哪一種知識？」

「有關宇宙、現實、上帝的知識。就像今天晚上，你居然能做到阿布拉菲亞，還有其他許多神祕主義者絞盡腦汁想做到的事：你超越了物質世界的界限。你和另一個國度溝通。」

布林克想起拉莫里埃特寫的那句話：我揭開了隔在人與神之間的面紗，直視上帝之眼。他是不是因為受了傷，才得以接開那層面紗，看到另外一邊？如果他肯嘗試，能不能收集到更偉大的知識？他不知道，但這個想法使他既興奮又恐懼。

「如果真有其事，」布林克的語氣很輕鬆，企圖隱藏自己矛盾的情緒。「我的麻煩可大了。」

瑞秋同樣報以微笑，掐掐他的手臂。「如果真有其事，麥可，你將無所不能。」

第六十六章

潔絲．普萊斯的官司發配重審，最後無罪釋放。詹姆森．賽吉自殺，加上他在監獄公開說人不是潔絲殺的，為本案提供了新證據。安—瑪莉的證詞也支持他的說法。她詳細說明了詹姆森的精神病史，從他童年喪父開始，以他自己悲劇性的自殺告終。她描述他對永生的追求已然走火入魔，也承認自己多年來一直很擔心他。陪審團聽到賽吉在監獄監視潔絲，一手策畫了厄尼斯特．雷斯的死亡，感到匪夷所思。約翰．威廉斯證實，賽吉自殺前幾分鐘，表示諾亞．庫克的死和潔絲．普萊斯無關。他參與了一個自稱是煉金術士繼承人的激進未來主義團體，證據呈堂以後，此案就此了結。

潔絲獲釋前那幾個月，布林克沒有去探監。他們經歷的那些超乎尋常的事件，讓他心裡惶惑不安。關於那些逼真的夢境、儀式、哈希姆驚人的威力，雖然是自己的親身經歷，然而他開始自我懷疑，不斷質疑自己的記憶，直到這一切變得像海市蜃樓，鮮豔、閃爍、而虛幻。他開始把潔絲．普萊斯和上帝謎題視為一系列隨機事件，擾亂了他原本規律的生活模式。那些模式牢不可破、根深柢固，容不下任何難以理解的脫軌事件。

他向特雷佛斯醫師求診，希望對方能給他一個合理的解釋。他們透過視訊通話見面。康妮坐在他的大腿上，專心看著螢幕，而布林克逐一描述他的經歷。他沒有把事情全盤托出，只談到夢中的情境有多麼激烈，如何在他記憶中留下深刻的痕跡。「我必須知道究竟發生了什麼事，」他說，「還有以後會不會再發生。」

特雷佛斯醫師思考了前因後果，最後，他說：「你當然知道，創傷性腦損傷可能造成血清素調控不規律。」

「當然，」布林克說。他們討論過他反覆無常的心情、睡眠障礙，以及他可以透過運動和冥想來調節血清素的各種方法。「但這和做夢有什麼關係？」

「在某些睡眠階段，血清素調節會提高。這很正常。但如果調控不規律，大腦可能血清素氾濫，導致不尋常的體驗。研究發現，高濃度的血清素會在大腦製造出類似洛西賓這種致幻劑的體驗，當然會產生迷幻的幻覺。結果和血清素有著顯著相關：意義深刻的感受、極端逼真的知覺，還有和宇宙的精神連結。這種狀態來自血清素第二型受體的作用，你也知道，你的血清素濃度極不規律。受過你這種傷以後，幾乎一定會做這種夢。」

「在夢裡，」布林克說。「是我受傷以後，第一次能擺脫思緒的糾結。沒有謎題、沒有模式，只有我。有時候感覺很……真實。」

特雷佛斯醫師仔細思量，然後說：「我不是佛洛伊德派學者，麥可，我也不懷疑你的感受非常強烈，但你的詮釋幾乎是一種願望滿足。你渴望你的體驗是真實的，但這不表示它們是真的。」

通話結束後，布林克感覺好多了，在後續的一段時間，特雷佛斯醫師的說明對他起了撫慰作用。認定這一切都是大腦的化學作用，讓他放寬了心。儘管如此，他還是會在深夜驚醒，一身冷汗，陷入對潔絲・普萊斯的強烈渴望中，無法自拔。他會想起她的撫摸、兩人在一起時的心有靈犀、他們超乎想像的默契，他知道他必須再見她一面。一天夜裡，躺在床上想了她好幾個小時，遲遲無法入睡，他知道現在必須做個決定：聯繫她或是忘了她。他拿出他的摩根銀幣，平放在拇指上，然後往上一拋。正面，他就去雷布魯克；反面，就把整件事拋在腦後。硬幣的反面朝上。他應該讓潔絲・普萊斯成為過去。但他做不到。他非見她不可，所以還是聯繫了她。

潔絲在二月底被釋放，這時的阿第倫達克山脈白雪皚皚。在瑟薩莉・莫塞斯的協助下，潔絲在布魯克林租了一間公寓，麥可主動開著新買的貨卡，送她到紐約市。他在潔絲獲釋當天早上去監獄接她，並邀她共進午餐。他找了一些資料，發現一家高山鄉村旅店，接近樹林，可以讓康妮跑一跑。康南德隆立刻讓潔絲迷倒，牠在車上舔她的臉頰，在餐廳的停車場表演牠的拿手絕技。他們的座位可以瞭望山景，康妮蹦到潔絲的大腿上，蜷縮成一團，睡著了。

他們點了漢堡和薯條，聊了兩小時。她詢問他受傷前的生活、麻省理工的事，和他即將到來的謎題比賽。他們聊著聊著，他發覺她在過去幾個月變了很多。她自信、快樂、秀髮光澤柔亮、臉頰紅潤。瑟薩莉告訴過他，潔絲回到雷布魯克以後，食欲恢復了，每天下午在監獄的庭院裡慢跑，而且一覺睡到天亮。她甚至又開始寫作了，儘管不願意討論自己的作品，他知道她找回了人生很重要的一部分。內心的黑暗已經煙消雲散。

然而，儘管看起來健健康康，他知道她的情緒很脆弱。他一直小心避開審判、賽吉府邸，或是任何可能讓她難過的話題。不過吃完了午餐，潔絲說，「我只想忘記我曾經有過這一段人生。但我知道我不會忘記你對我的付出，麥可。當時我很困惑、很痛苦，但知道你還在、知道你是真實的，對我很重要。」

他結帳以後，兩人走出餐廳，在寒冷的午後散步，像老朋友一樣開懷大笑。他們共同有過神祕詭異的經歷，和她在一起，他很自在，這是他跟別人在一起很少感受到的。但他要的不是友情。潔絲彷彿懂得讀心術，抓住他的手，緊緊握住。他全身上下就像觸電似的，既美妙又興奮。他巴不得把她拉到面前，當場親吻，但又不想讓她感覺不舒服。瑟薩莉警告過，潔絲可能承受不了突如其來的自由，需要時間適應。他不想增加她的困惑。如果有誰了解適應新生活的艱難，非麥可．布林克莫屬。

「看看可以走到哪裡，」她說，帶他走到一條健行步道的入口，路上有斑駁的積雪。

太陽漸漸下山，他思忖是不是該走了。他看看錶。下午四點四分。四加四等於八。八不是完全數，不是質數，而是一個普通的數字，平方之後是六十四，在許多不同的傳統裡，意味著擴展。他渴望擴展、渴望他欠缺的一切、渴望人際關係、渴望愛，或許現在就是他實現的機會。

「快點，」她說，嬉鬧地笑著。「我好多年沒有這樣散步了。」

接下來，他們一起往上爬，穿過逐漸漆黑的森林，冬日的陽光灑落在樹葉上，一陣冷冽、刺骨的微風顫悠悠地鑽進他的大衣裡。他解開康妮的狗鏈，牠沿著步道往前跳，向大量湧來的氣味狂吠。步道蜿蜒曲折，穿過老齡林的陰影，蕨類植物表面的霧松形成晶狀幾何形地貌：無邊無際的碎形，耀眼、射出七色光彩，繽紛燦爛的薄紗晶格。森林是一連串錯綜複雜、不斷演變的模式，隨時可能讓他陷入複雜的網格裡，但是有潔絲牽著他的手，他非常踏實，不會被腦子裡的幻覺淹沒。

最後，他們登上了步道頂端。群山的遠景在夕陽的微光中展開，只見一層又一層積雪的山峰。他轉身告訴潔絲，她重獲自由，讓他著實安心，和她一起呼吸山上的冷空氣，是多麼美好，他多麼渴望再見到她，但她用一個吻阻止他再說下去。

他本能地做出回應，把她拉過來，感覺她的身體貼在他身上。有那麼一瞬間，他想像兩人一起沉浸在他們私密的世界裡，那個超逼真、什麼都可能發生的次元。這個吻是一種測試，真相揭曉了：幾乎把他逼瘋的那種劇烈的渴望消失了。取而代之的是溫柔和脆弱，一種渴望了解她的深刻需求，一種全新的默契。他和這個女人共同擁有神奇的經歷，他不想失去她。把她牢牢抱在懷裡，感覺很好，在這樣堅實的擁抱下，他恍然大悟：潔絲完全不像他夢裡遇見的女人。她更加迷人。

第六十七章

卡姆・普特尼在等他女兒。他們提早抵達機場，有一個多小時的時間要打發。雅思敏沒吃午飯，所以他給她二十塊錢，叫她去星巴克買吃的。他不想陪她進去。空間小，他看到那麼多人就心煩。總的來說，他看到人就討厭。這是他在雷布魯克那段時間留下的後遺症：害怕密閉空間。幽閉恐懼症。廣場恐懼症。不管用什麼名稱，本質上都一樣。讓他和幾個人待在狹窄空間裡，他馬上就想逃走。

為了讓雅思敏的母親答應他們去旅行，他費了不少唇舌，不過全靠雅思敏一再苦苦哀求，卡姆才終於得到批准。紐約陰暗、淒涼，去開曼群島可以換換環境。安－瑪莉安排他這個星期住在她的房子裡，家裡包括廚師在內，一應俱全，他們可以住得舒舒服服。安－瑪莉堅持要他搭奇點的噴射機，他原先拒絕了她的好意，後來想到這對雅思敏來說是一次獨特的經驗，才改變主意。賽吉先生死了以後，很多事都變了，不過有一點從來不曾改變：他所做的一切都是為了她。只有照顧女兒能讓他保持理智。

儘管他的最後一次任務完全達到賽吉先生想要的結果，但卡姆辜負了安－瑪莉。她苦苦哀求他阻止詹姆森自殺。他雖然盡了最大的努力，那天晚上也沒有扣下扳機，卻無法阻止賽吉奪槍自盡。

監獄那場意外的轉折替卡姆解了圍。因為賽吉先生是自己動手的，警方最多只能拘留他二十四小時。十名警衛親眼目睹賽吉先生自殺，十個人都證實卡姆曾努力阻止悲劇發生。唯一能控告他的罪名是偷帶武器進入州立監獄，而安－瑪莉的律師成功把罪刑減輕到易科罰金。

真正的懲罰已經出現在他腦海裡。他不斷見到賽吉先生死亡那一幕。手槍舉起，抵著他的太陽穴。從子彈擊發到他轟然倒地的恐怖時刻。還有血，好多血。他會從惡夢中驚醒，而且這還不是最慘的。失去賽吉先生以後，他陷入前所未有的茫然。即便繼承了大筆財產，他也不知道該做什麼。他摸摸脖子，描著上面的三角形，那是他進入賽吉先生世界的象徵。他現在家財萬貫、無拘無束，但他不覺得自由。他覺得自己漫無目的、無依無靠。

和雅思敏在一起能幫助他適應現狀。享受七天的大海、陽光、美食和賽吉先生的蘇格蘭威士忌，有助於他把自己的人生想清楚。善盡父職是一個好的開始。他可以彌補他不在女兒身邊的這些年。雅思敏盯他盯得很緊，這對他是好事。「別緊張，爸爸。」每次他一緊張，她就會這麼說。潔絲・普萊斯出庭受審，加上安－瑪莉堅持和他保持聯繫，弄得他動不動就緊張。在女兒的幫助下，他會設法規畫下一個階段的人生。

女兒對這趟旅行的興奮之情，目前還能讓他撐下去。當他們坐車來到停機坪，登上噴射機時，她一一指出每個小細節：奇點商標和他身上的刺青一模一樣、奢華的皮革座椅、寬螢幕的電視、可以容納一張標準雙人床的臥室、浴室和淋浴間。他曾數度搭乘這架噴射機，通常是和賽吉先生同行，但有幾次是他一個人，即便如此，他還是忍不住嘖嘖稱奇。

兩人就坐時，他感覺到牛仔褲後口袋裡的手機震動。大概又是推銷電話。他最近一天到晚接到這種電話，電話推銷員和保險公司的人接二連三打來。他估計是有人把他沒公開的電話號碼列在某個名單上。不過當他拿起手機時，卻看到一則簡訊：我兩分鐘後打給你，普特尼先生。接電話。和你的合約有關。他大驚失色，他唯一簽過的合約是二〇一一年和奇點訂立的李嘉圖合約。他猜測合約已經因為賽吉先生的死而作廢。他的遺囑執行人，一個卡姆從來沒見過的律師，和他見面討論他的遺產時，連提都沒提。安—瑪莉也沒提過這件事。

卡姆站起來，走到噴射機的機尾，溜進浴室接電話。雅思敏心細如髮，對他的心情瞭如指掌，沒必要讓她聽見他對電話另一頭的人咆哮。他不想被騷擾，但又很想知道是誰打來的電話。

對方打的是視訊電話。他按下接聽鍵，然後看著螢幕上的亂碼變成了詹姆森．賽吉的紅髮、蒼白如紙的皮膚、銳利的藍眼睛，不禁啞然失色。他驚恐萬分，差點把手機掉在地上。那個長方形螢幕裡的人，他曾經日以繼夜地為他賣命，他女兒的未來因為他的慷慨而改變，他目睹他命喪黃泉，卻無力阻止。詹姆森．賽吉盯著他看，眼中閃過一絲雀躍。

「普特尼先生，」他說，他每次揶揄他的時候，都是這樣皺起眉頭。「看來你被嚇得六神無主。」

卡姆瞪大眼睛，震驚得說不出話來。他想呼吸，但覺得胸口綳得很緊。難道賽吉先生那個瘋狂的計畫成功了？檔案已經全部上傳，程式全部啟動，銀行帳戶不斷把現金分發到網路節點。但一定是失誤了。賽吉先生不可能活著。

「監獄那個小差錯幾乎讓我們前功盡棄，」他的嘴角露出一絲笑意。「究竟怎麼回事，孩子？臨陣退縮？」

聲音是賽吉先生的聲音，臉是賽吉先生的臉，用字遣詞也和賽吉先生一模一樣。

「普特尼先生，說話。」

「不，先生，」他說。「不是臨陣退縮。」

「我經常看你以身犯險，」螢幕上的頭像說。「你一向不是會怯場的人，普特尼。」

卡姆想了想。他說的對。他以前也殺過人，從來沒出過什麼問題。他能對他說出事實嗎？說安－瑪莉拜託他不要動手，而且在內心深處，他實在不忍心殺害自己的救命恩人？「我就是下不了手，」他最後吐出這句話，想找出適當的文字來表達他失去賽吉先生的痛苦。「你對我們父女恩重如山……我辦不到，先生。」

「那好吧，」賽吉先生的聲音帶有一絲慍怒。「不用情緒化。就把它當作一次人為疏失，一時失去理智，我們已經處理和克服了。以後不必再提。不過聽清楚，普特尼先生：僅此一次，下不為例。現在你是我的身體，你是我的手、我的腳、我的五臟六腑。儘管我的勢力範圍很大，在網路裡幾乎無遠弗屆，但我永遠不能吃一頓飯、喝一杯好酒、再次擁抱安—瑪莉。我沒辦法奪下你手裡的槍，自己完成任務。現在要由你主持大局，或者起碼要毫不猶豫地聽命行事。明白我的意思嗎，普特尼先生？」

「明白。」卡姆回答。看著螢幕上面目蒼白、無形無體的男人，雖然卡姆多少有些畏縮，但他也覺得整個人都放鬆了，他在賽吉先生死後所感受到的焦慮感也蕩然無存。賽吉先生的存在，無論多麼玄異鬼怪，都讓他充滿使命感。任務並未結束。還有工作要做。他再一次為他效命。「完全明白，先生。」

「很好，」螢幕上的男人說。「因為我們有很多事要做。我們就是未來，而且未來很長，非常漫長。事實上，孩子，今天正是永恆的第一天。」

〔完〕

小說裡設計的謎題，得力於兩位傑出謎題設計師：布倫丹．埃米特．奎格利，以及四屆世界謎題冠軍黃煒華。

迪米特里斯．拉扎魯設計的上帝謎題，是從亞伯拉罕．阿布拉菲亞十三世紀的圖畫得到靈感。《紐約時報》遊戲版編輯威爾．蕭茲就謎題師的生活和工作提供了寶貴資料，也讓我登門造訪，參觀他的謎題圖書室。珍妮特．格里森、米金．岡薩雷斯—維普勒和馬克．薩梅斯拉比的作品，為小說最關鍵的宗教祕辛提供了寶貴資料。

致謝辭

感謝傑出的經紀人蘇珊・戈洛姆在每個階段對本書的支持，感謝我的編輯，了不起的安德莉亞・沃克，她不但有洞察力和熱情，也讓我的創作在許多方面變得更好。蘭登書屋的整個團隊令我嘖嘖稱奇：安迪・沃德、瑞秋・羅基基、溫蒂・多雷斯汀、瑪麗亞・布雷克爾、凱倫・芬克、凱蒂・霍恩、麥迪遜・戴特林格、諾亞・夏皮羅、凱特琳・麥肯納和凱西・洛德。同時也感謝作者之家的團隊——瑪雅・尼科利奇、蘇菲亞・博利多和瑪德琳・蒂克諾，以及A3藝術家經紀公司的莎莉・威爾科克斯。

感謝許多提供專業能力的人，例如漢娜・布魯克斯，關於希伯來文和耶路撒冷歷史，她有著寶貴的專業知識；安妮—瑪麗・理查德提供了她對瓷玩偶的了解；亞當・哈爾讓我了解大腦在做夢時反應；還有布倫丹・埃米特・奎格利，凡是和謎題有關的問題，找他就對了。也要感謝丹・布朗給我的建議與啟發。

特別感謝我的寫作團體——珍妮爾・布朗、安吉・金、珍恩・郭、詹姆斯・漢・馬特森和提姆・威德。感謝史蒂夫・貝里、賈斯汀・克羅寧、克里斯・帕沃恩、道格拉斯・普雷斯頓、克里斯・博賈利安和麗莎斯・科托林的支持。我還要感謝布莉安娜・李、湯姆・加貝克、瑪德琳・溫德里克斯、蒂娜・布切、丹尼斯・多諾休、阿特和利昂娜・德菲爾。

最後，感謝我的家人，我每天都對他們滿懷感激。

國家圖書館出版品預行編目資料

謎題師／丹妮莉．楚索妮（Danielle Trussoni）著; 楊惠君 譯; -- 初版. -- 臺北市：商周出版, 城邦文化事業股份有限公司出版：英屬蓋曼群島商家庭傳媒股份有限公司城邦分公司發行, 2024.06
面； 公分 --（iFiction；96）
譯自：The Puzzle Master

ISBN 978-626-390-151-3（平裝）

874.57　　113006576

線上版讀者回函卡

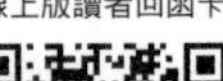

謎題師

原著書名／The Puzzle Master
作　　者／丹妮莉．楚索妮（Danielle Trussoni）
譯　　者／楊惠君
企畫選書／林宏濤
責任編輯／楊如玉

版　　權／林易萱、吳亭儀
行銷業務／周丹蘋、林詩富
總 編 輯／楊如玉
總 經 理／彭之琬
事業群總經理／黃淑貞
發 行 人／何飛鵬
法律顧問／元禾法律事務所　王子文律師
出　　版／商周出版
城邦文化事業股份有限公司
台北市南港區昆陽街 16 號 4 樓
電話：(02) 2500-7008 傳眞：(02) 2500-7579
E-mail：bwp.service@cite.com.tw
發　　行／英屬蓋曼群島商家庭傳媒股份有限公司城邦分公司
台北市南港區昆陽街 16 號 8 樓
書虫客服服務專線：(02) 2500-7718．(02) 2500-7719
24 小時傳眞服務：(02) 2500-1990．(02) 2500-1991
服務時間：週一至週五 09:30-12:00．13:30-17:00
郵撥帳號：19863813　戶名：書虫股份有限公司
讀者服務信箱 E-mail：service@readingclub.com.tw
歡迎光臨城邦讀書花園 網址：www.cite.com.tw
香港發行所／城邦（香港）出版集團有限公司
香港九龍土瓜灣土瓜灣道 86 號順聯工業大廈 6 樓 A 室
電話：(852) 2508-6231　傳眞：(852) 2578-9337
E-mail：hkcite@biznetvigator.com
馬新發行所／城邦（馬新）出版集團 Cité (M) Sdn. Bhd.
41, Jalan Radin Anum, Bandar Baru Sri Petaling,
57000 Kuala Lumpur, Malaysia
電話：(603) 9057-8822　傳眞：(603) 9057-6622

封面設計／李東記
內文排版／新鑫電腦排版工作室
印　　刷／高典印刷事業有限公司
經 銷 商／聯合發行股份有限公司
電話：(02) 2917-8022　傳眞：(02) 2911-0053
地址：新北市231新店區寶橋路235巷6弄6號2樓

■2024年6月初版
定價 520 元

Printed in Taiwan
城邦讀書花園
www.cite.com.tw

ISBN 978-626-390-151-3（平裝）